译文纪实

INSIDE THE MIND OF BTK

John Douglas Johnny Dodd

[美] 约翰·道格拉斯　约翰尼·多德 著
李兰杰 译

走进BTK连环杀手的内心世界

上海译文出版社

丹尼斯·雷德，从男孩到已婚男性再到作为连环杀手被定罪。

图片版权：威奇托警局

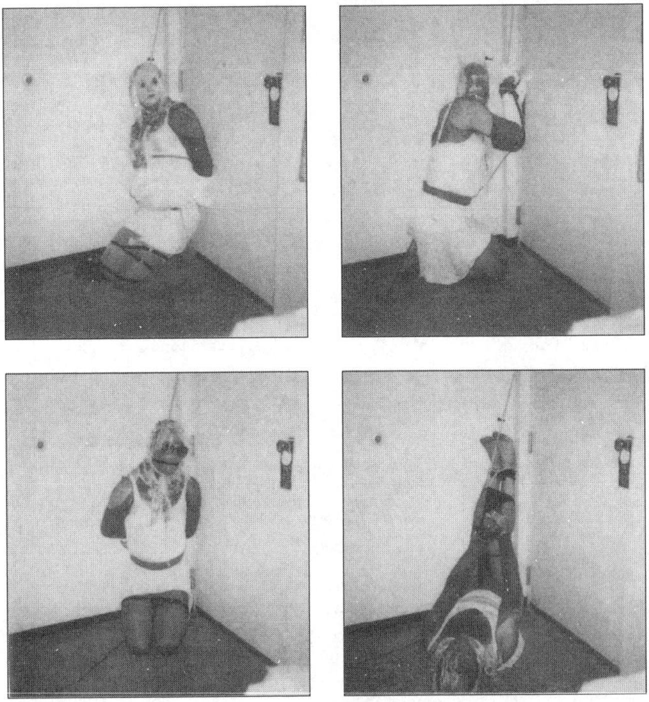

上述照片由丹尼斯·雷德本人拍摄于1980年代末一次他所谓的“汽车旅馆派对”期间。雷德最热衷的消遣活动之一，就是在汽车旅馆开一个房间，换上女装，再用绳索和手铐将自己的手脚捆绑起来。

2005年2月26日午后，刚刚逮捕丹尼斯·雷德的警方和堪萨斯州调查局特工。当时雷德正驾车外出午餐，十余名蹲守在无警方标志车辆中的执法人员上前将其逮捕。此处距离他在帕克城的家不远。

图片版权：威奇托警局

在2005年8月18日的丹尼斯·雷德量刑听证期间，肯·兰德韦尔中尉手持一副在其中一次犯罪行为中使用的手铐。

图片版权：博·雷德 / Getty Images

在2005年8月18日的丹尼斯·雷德量刑听证期间，威奇托警探萨姆·休斯顿手持一个在其中一次犯罪行为中使用的面具。

图片版权：博·雷德 / Getty Images

2005年8月19日，丹尼斯·雷德被押送至堪萨斯州埃尔多拉多监狱。

图片版权：杰夫·塔特 / Getty Images

雷德位于帕克城的家，他与妻子在这里生活了30余年。这栋房子于2007年3月被市政府拆除，改建为其后侧公园的入口。

图片版权：约翰尼·多德

堪萨斯调查局B.T.K.专案小组成员，左起：堪萨斯调查局助理局长拉里·托马斯、堪萨斯调查局局长拉里·韦尔奇、DNA专家辛迪·舒勒、高级专员雷·伦丁，以及威奇托警局的肯·兰德韦尔中尉（右二）。

图片版权：堪萨斯调查局

克丽丝·卡萨罗娜（2005年丹尼斯·雷德被捕后不久便与其取得联系，希望写一本关于他的书）在威奇托与约翰·道格拉斯（右）和本书合著者约翰尼·多德（左）合影。

图片版权：约翰尼·多德

在与连环杀手丹尼斯·雷德交谈结束后，约翰·道格拉斯与本书合著者约翰尼·多德在埃尔多拉多监狱一处警戒塔下的停车场合影。

图片版权：约翰尼·多德

约翰·道格拉斯2005年8月在雷德服刑的监狱门口。雷德将在此服十个终身监禁。由于在他犯下谋杀案期间，堪萨斯州尚未通过死刑量刑，他因此逃过了注射死刑。

图片版权：约翰尼·多德

献给我的母亲——也是我最忠实的粉丝——德洛丽丝·A.道格拉斯（1919.2.9-2006.3.4）。

永远爱您。

——约翰·道格拉斯

献给我的父亲，您话语不多但博览群书。

愿您长长久久一直读下去。

——约翰尼·多德

目　录

致 谢

感谢那些与我分享自己见解、工作经历甚至个人生活的英雄人物，尤其感谢威奇托市警察局和堪萨斯州调查局的工作人员，他们长年不懈追凶，最终破获案件、伸张正义。我们所有人都应该永远感激他们。感谢你们。

本书是团队合作的结晶，尤其感谢我们的文学经纪人莉莎·道森、勇敢的编辑艾伦·林兹勒、我的娱乐法律师和好朋友史蒂夫·马克，当然还有约翰尼·多德，他在写这本书的过程中成了我生命和个性的延伸。感谢你们。

最后，我想向我的母亲德洛丽丝·道格拉斯致敬。她在一场车祸中去世，当时这本书还没有写完。她是我最忠实的粉丝和支持者，我非常想念她。

——约翰·道格拉斯

特别感谢莉莎·道森，她是作家们最理想的经纪人。感谢约翰·道格拉斯对我的耐心与信任。感谢艾伦·林兹勒和他的九尾猫——伤疤几乎已经愈合了。感谢“一切都结束了”克丽丝·卡萨罗娜所做的一切。感谢肯·兰德韦尔、拉里·韦尔奇和伯尼·德罗瓦茨基给予的帮助。感谢所有那些认识丹尼斯·雷德或者以为他们认识丹尼斯·雷德并与我分享自己故事的人。

由衷地感谢埃文与在14街和蒙大拿州匹特咖啡店工作的员工。感谢“猎鹿人”比尔·利沙克和戴蒙德·乔·布鲁格曼总是倾听我的心声，给我可以依靠的肩膀。感谢罗恩·阿里亚斯的语言、智慧和建议。感谢丽兹·伦纳德再次展现她独特的个性。感谢戴安娜收拾家里的零七八碎。感谢安东尼娅修女为我祈祷平安、分享她的见解和洛尔卡葡萄酒。感谢在那14个月期间听我夸夸其谈讲述噩梦的所有朋友们。感谢杰米·李帮我润色文稿。感谢查普·克拉克、奥利弗·琼斯和洛伦佐·贝尼特让我不断征求他们的意见。感谢T.露给我提出慈母般的建议，认真帮我校对。感谢朱莉与我推敲每一个字。感谢克丽丝蒂安和艾拉，你们是我生命中的两束光：永远记住要做到最好。

——约翰尼·多德

前　言

第一次听说他的案件是在 1974 年的秋天，当时我在联邦调查局驻密尔沃基外勤办事处做“街头特工”。我那年 28 岁，已经在联邦调查局工作了 3 年多。一天下午，在与密尔沃基警察局的几个命案警探闲聊时，有人提到了堪萨斯州威奇托市的一个连环杀人凶手，此人自称“B.T.K. 勒人魔”。

B.T.K.，只有这几个首字母。每个字母代表什么词？我那时候还不知道答案，不过一听到这个词，我就感到一股电流从身上穿过。我迫切想知道关于这个罪犯的一切。那时候的我还想象不到，为了查找相关资料，我的生活会如何与这个凶狠残暴、神出鬼没的杀人犯交织缠绕。

我正是在那个时期开始研究罪犯杀人动机的，想弄明白是什么促使一个人热衷于对陌生人实施暴力。这也是为什么连环杀手的身份这么难以查明的原因，因为他们很少杀死熟悉的人，他们的犯罪行为经常找不到动机。

作为联邦调查局的一名年轻特工，我当时暗下决心，立志找出这些罪恶凶狠杀手背后的行为动机。我想知道他们是怎么看待这个世界、怎么实施犯罪行为、怎么选择受害者的。我当时告诉自己，如果能找到上述问题的答案，终有一天可以帮助全国的警察在那些连环杀手继续作恶之前就把他们找出来。

1974年那天听说了B.T.K.案件后，我晚上就去了密尔沃基公共图书馆查阅资料，找到了几份威奇托市的旧报纸。我认真阅读了报纸上有关B.T.K.的每一个字，知道了此人在1974年1月犯下4宗凶杀案，还了解到B.T.K.的意思是“捆绑、虐待、杀害”（bind, torture, and kill）。他为自己起的名字准确地总结了他的作案手法。他会悄悄溜进受害者的家里，把他们捆绑起来，用小男生折磨昆虫的方式虐待受害者，然后在他认为合适的时候夺走他们的生命。他的受害者里有成年男性、成年女性和孩子，没有特别的偏好。

我那个时期的工作紧张又忙碌，不是在处理银行抢劫案和绑架案，就是在威斯康星大学上课。我当时正在攻读威斯康星大学的硕士学位，专业是教育心理学，就是为了更好地理解是什么让如B.T.K.一样的人犯下那么惨无人道、令人发指的罪行。

我在有些晚上睡不着时会问自己：“到底谁是B.T.K.？是什么导致这样一个人做出这种行为？什么会刺激他犯罪？”

那段时间联邦调查局行为科学组（BSU, Behavioral Science Unit）成立了，隶属于弗吉尼亚州匡蒂科市联邦调查局学院，主要以学术科室的角色运转。那时联邦调查局的词典里还没有“心理画像”（profiling）这个词。但是很快就会有的，我对此充满信心。我要求自己取得硕士学位以后，就要调到行为科学组，全职给残暴的连环杀手进行心理画像。

1977年6月，我兑现了上述诺言，被联邦调查局学院选中调到行为科学组任教员，并很快开始讲授人质谈判和犯罪心理课程。我大部分时间都在讲课，偶尔也会思考B.T.K.的事，想知道他是否已经被查明身份并被捕。

1978年3月的一个下午，在重新调查另一起案件的时候，我又开始查找B.T.K.的资料，发现他自1974年以来已经犯下了7宗谋杀案，却一直没有被警察锁定，这让我感到非常意外。截至1978年的那个时候，他已经给当地报纸邮寄过两封挑衅信件，第一封是在1974年10月，第二封是在1978年2月。他在信里问警察有没有胆量去抓他。

到了1979年，我已经启动了连环杀手调查项目，与三十几个连环杀手进行了会谈，后来都演变成为深度访谈。接受会谈的连环杀手包括查尔斯·曼森、亚瑟·布雷默、理查德·斯派克、约翰·韦恩·盖西、大卫·伯科威茨（也被称为“山姆之子”）等人，他们每一个人都谋杀过最少3名受害者，罪行之间都有某种等待期。

1979年秋，我办公室的电话响了，当时我在联邦调查局学院图书馆的地下室办公。电话的另一端是威奇托市警察局一位负责凶杀案的警探，他说：“我听说了您现在从事的工作，不知道您是否可以帮我们看一下手头上的一个案子。”

“说说案子的情况。”我回答。

他说：“我们这里有一个名叫B.T.K.的连环杀手。您听说过他吗？”

“仅限于报纸上的报道。”

他在接下来的几分钟里向我简要介绍了B.T.K.谋杀案件，详细说明了调查的各种波折，反复提到他们愿意接受联邦调查局行为科学组提供的任何帮助。

我告诉他：“如果您能来我这里一趟的话，我可以抽出一天的时间。把所有相关的东西都带过来，我们从头到尾过一遍，然后我给你们提供一份犯罪情况分析。”

一周后，威奇托警督伯尼·德罗瓦茨基来到匡蒂科市。我和他一起爬上楼，来到图书馆一个安静的角落里。德罗瓦茨基把犯罪现场的照片摆在桌子上。我说：“我们一个案件一个案件地过。唯一要提醒的是，不能告诉我你们在调查的潜在犯罪嫌疑人是谁。”

那位经验丰富的警察皱起了眉头，压低声音说：“我们没有犯罪嫌疑人。”

在我翻看那些恐怖的照片时，德罗瓦茨基一句话也没说。他不辞辛苦大老远地跑来向我寻求帮助，这让我意识到只要有任何人或任何事能把案件指向他们没有想到的方向，威奇托市警察局都会紧抓不放。

德罗瓦茨基说："我们以前从来没有这么做过。一般我们都在威奇托市侦办谋杀案。"

我和同事们那段时间正在努力想弄明白一个公式——"为什么+怎么样=谁"。我认为找出这个式子的每一项内容的含义，就可以帮助警探侦破那些通常令人沮丧、难以解决的案件。

我们想知道为什么有人想要在几天、几个月或者像B.T.K.那样在很多年内杀死多名受害者？为什么他们会锁定某种类型的受害者？他们是怎么样为实施罪行做准备的？他们的行为对他们自身有什么样的影响？

他们是天生的杀人魔吗？还是童年时期受到的创伤扭曲了他们，才变得如此暴力？又或者是两者的结合激发了他们杀人的欲望？是什么因素让他们最终被人查明了身份并被逮捕？是他们变得马虎了？还是警探们工作特别出色的结果？我们的访谈协议里有几千个问题，长达57页。我们从这些杀人犯身上得到的见解，对理解连环杀手的心理极具价值。

警察从B.T.K.犯罪现场得出的结论是，B.T.K.很明显对受害者具有高度的控制欲。对另一个人施以这种形式的支配似乎很能刺激B.T.K.。他用绳子或者在现场找到的其他东西把受害者捆绑起来。到了杀人的时候，他喜欢用绳索勒受害者或把塑料袋套在受害者的头上。他经常把尸体摆出侦探杂志[①]封面的造型。他在逃跑前有时会在

① Detective magazine，一种打擦边球的黄色杂志，以男性读者为主，配有女性扮演受害人的各种软色情照片。——译者

受害者身上或者身旁手淫。

此外，我在1979年的分析报告中向警察强调，B.T.K.的自我意识最终将导致他的毁灭。我在分析中写道，警察的工作就是尽可能地公开迎合B.T.K.，给予他渴望的尊重，希望他能继续与警察沟通。我认为能够将这个杀人凶手控制并绳之以法最好的机会，就是让他保持与警察交流。我不知道警察具体怎么处理我写的报告。我那时的当务之急是处理下一个案件。如果他们需要我，只要拿起电话打给我就可以了。

1984年10月，威奇托的警察第二次来到我的办公室。那时距离B.T.K.上一次臭名昭著的谋杀案已经过去了7年，警察对于这个变态杀手仍然所知甚少，无法将其缉拿归案。

威奇托市警察局在那不久前刚成立了一个由8个人组成的B.T.K.专案组，被称为"捉鬼敢死队"（Ghostbusters）。他们的警察局长已经在位很长时间，马上就要退休了，他想要在离职前侦破这个案子，所以组建了一个特别行动组，其中包括6名训练有素、经验丰富的警探，还有一名警监和一名警督。他们重新打开卷宗，仔细查看成堆的犯罪现场照片、目击证人陈词、警方报告和尸检报告，甚至包括5年前我写的关于此案的分析报告。3个月后，为了避免让调查再次进入死胡同，他们再一次找到了我们行为科学组。他们首先打电话问我们能否提供帮助。一周后，两名专案组成员，保罗·多特森和马克·理查森，来到了联邦调查局学院，同时带来了新的犯罪现场照片和各种各样的报告，共有几磅重。当时我的办公室在法医学大楼，手下有6名犯罪心理画像师。我在法医学大楼的大厅迎接了他们。

我对他们说："我们到会议室去吧。我的几名同事已经在那里等你们了。我想让你们把案子的情况给我们介绍一下。"

多特森和理查森先给我们分发了8英寸 ×10英寸大小的照片。在他们为播放幻灯片做准备的间隙，我给他们介绍了我们犯罪心理画像的发展历程。他们给我们看的那些照片展现了很多细节，让人不寒而栗。在接下来的8个小时里，他们把案件的基本事实进行了陈述，包括受害者的情况、凶手邮寄的信件、法医报告、凶杀案发生的几个街区。

我听完他们的介绍后，脑子里想到的问题远比获得的答案多得多。尽管我当时被认为是全国研究连环杀手最顶尖的专家之一，却从来没有遇到过跟B.T.K.案件相似的情况。

距离B.T.K.上一次给警察写信已经过去6年了。他在那封信里因为其中一个受害者而洋洋得意。我想知道的是，像他这样一个渴望被宣传、被关注的心理变态，怎么做到那么多年保持悄无声息的？他还在杀人吗？他对受害者在性方面、身体上和心理上具体做了什么？为什么他还没有被逮捕？

我与4名同事一起根据情况介绍提取分析信息。几天后，我们与两位警探一起坐下来开了一次历时很长的交流会。我们向他们提供了一份详细的口头心理画像，那是我们根据当时有限的信息得出来的，同时还向他们介绍了一些先发制人的做法。我们认为这些做法可能可以把B.T.K.引出来。

“捉鬼敢死队”专案组在1987年的时候被解散了。由于B.T.K.案件只是我那些年研究的成千上万个案件之一，我从来没有了解过我们分析中提到的那些做法到底有多少被用在了案件调查中。但有一个事实很清晰，也很令人沮丧，那就是我1995年从联邦调查局退休的时候，威奇托市的那个不明嫌疑犯（UNSUB）还没有被查出来。他死了吗？他是因为另一个案件被监禁起来了吗？他从威奇托市搬走了吗？还是有其他原因可以解释他为什么销声匿迹了？

我甚至以为可能永远都没有办法找到问题的答案了，直到 2004 年 3 月的一天晚上，一个以前的同事给我打来了电话。那个时候我的妻子帕姆、我与我们的大女儿艾瑞卡住在一起。艾瑞卡那年 29 岁，住在家里，每天努力学习，准备成为一名护士。她的妹妹萝伦那年 24 岁，当时在法学院读大三。我们 18 岁的儿子杰德正在高中读毕业班。我们全家当时刚吃过晚饭。我坐在书房里的书桌前，在与一名强奸受害者通话。她是通过我的网站与我联系上的。她当时还没有缓过来，在电话那端不断地哭泣。我刚结束与她的通话，电话铃就又响了。

“他回来了。”电话另一端的声音说道。那个声音属于联邦调查局一名心理画像师，他是我在位时录用的，我在退休之前对他进行过培训。

B.T.K. 重新冒出来了，刚给当地的报纸寄了一个包裹，里面有一张照片，是他在 1991 年一起凶案作案时拍的。这个消息让我感到既兴奋又失望。我的直觉告诉我他迟早有一天会栽到自己手里，被警察抓住的。但同时我也知道，因为我不再是联邦调查局的一员，所以可能不得不需要等上好几年才能有机会访谈到他。

在接下来的 11 个月里，威奇托市警察使用了我曾在 20 世纪 80 年代侦办圣地亚哥一起凶杀案时首先试过的方法——塑造一个执法人员的形象，我称之为“超级警察”。这位警察能够在新闻发布会上站出来直接向不明嫌疑犯喊话，并最终与犯罪嫌疑人建立起融洽的关系，以至于嫌疑人甘愿冒险与之保持联系。如果没有这样的关系，嫌疑人不会这样冒险。

B.T.K. 就是这样被抓住的。他放松了警惕，开始认为自己和那名超级警察在某种意义上是同志和同事。他犯了一个错，那就是相信警察会告诉他事实，这最终导致了他的被捕。2005 年 2 月，警察逮捕了丹尼斯·雷德。他看起来温文尔雅，已婚，两个孩子已经成年。他经常去教堂做礼拜。他是一名市政雇员，在威奇托市做合规监督员，主要工作是给那些草坪上的草太高或者没有提交申请就在车库进行售卖活动的人递上罚单。而且，正如我们担心的那样，他并没有收手，杀害的人数达到了 10 人。

雷德被捕 6 个月后举行了量刑听证会。我认真观看了电视台的转播。他平静地详细讲述了他杀的是谁、是怎样杀害的。但我最想知道的是“为什么”。

我写上一本书已经是好几年前的事了。我这几年一直在等着合适的故事出现，通过讲述故事来告诉读者连环杀手的头脑是怎样思考的，怎样才能阻止其他连环杀手继续作案。8 月份的那一天，我从电视上看着丹尼斯·雷德的举动，终于找到了灵感。我的职业生涯中不可能再遇到第二个这样的故事了。一些连环杀手对他人死亡的渴望让我开启了研究黑暗内心的征途。B.T.K. 正是我最初遇到的这类连环杀手之一。他的犯罪史贯穿了我的职业生涯。他一直在那里，一直潜伏在周边。所以当终于能够把碎片拼凑起来的时候，我抓住了这次机会。

但是，尽管研究分析连环杀手很多年，雷德对我来说仍然是一个谜。这个人是谁？为什么杀戮对他这么重要？他怎么做到结婚育子的同时，还成了一个这么残酷无情的恶魔，一个这么丧心病狂的性变态？他为什么销声匿迹了这么多年？这样一个杀人凶手是怎么被选为教会会长的？为什么没有人看透他的真实身份？在过去的这么多年里，有没有什么可以做的事能够让他早点被逮捕？为什么他最后不再躲藏而被逮捕了？

我拿起电话，打给我的文学经纪人莉莎·道森，告诉她 B.T.K. 的故事，详细说明了我参与其案件侦破的情况与方式。考虑到我认识州和市两级警察，我想安排在监狱对雷德进行一次访谈。几个星期后，道森与乔西-巴斯出版社联系妥当，确定出版此书，并印上“约翰·威利父子出版公司”的名字。很快我就开始了研究丹尼斯·雷德暗黑扭曲心理的艰难跋涉。

那个时候，我还不知道这段路会有多么崎岖不平。但很快各种各样的问题就接踵而至。这些问题有个人方面的，也有政治方面的，数量之多让我对最终做成这件事都不抱有太大希望了。我原以为 B.T.K. 的故事是完美的，后来却变成了所有我经历过、研究过、撰写过的故事中最费力艰辛、令人沮丧的一个。

不过，等到这些问题都解决好之后，我就成了唯一可以与雷德交谈的作者。部分原因是雷德想要与我交谈。他非常了解我和我的工作，特别渴望与我聊一聊。

我后来发现，在丹尼斯·雷德过着两面人生活的那些年，他读过我的很多书。他在我 1998 年出版的《变态杀手》（*Obsession*）一书中读到了我对 B.T.K. 的心理画像。

很明显，他觉得我写的东西很有意思，所以被捕 9 个月后，他针对我的分析报告写了一份书面批评。我在写这本书的时候，最终读到了他写的那些既引人入胜又令人不安的内容。

这本书是关于一个连环杀手内心世界的故事，他是美国历史上最难捕获的连环杀手之一。写这本关于 B.T.K. 的书，我得以进入他那错综复杂、令人惊恐的内心世界。我走进了他的生活、思考视角、人际关系和他的整个世界。我不仅与很多人进行了交流，包括他的朋友、心腹密友和其他生活中有交集的人，还花了一年时间向许多追捕了他二三十年的执法人员了解情况。他们把我带到了以下这些地方：他的家和办公室，与他作案有关的房间、街道、地下室、汽车和电话亭，还与我分享了调查这些凶杀案时方方面面的情况。这些案件让威奇托人无比恐惧。

但最能揭露真相的，是他们让我看到了雷德被捕后从他家和办公室里获取的大量证据，这是非常罕见的。在职业生涯中，我从来没有机会看到过这么大量的藏匿物，让人无比震惊。这些资料包括雷德的个人日记、图示、拍立得照片和他关于罪行的书面记录，这让我得以直接了解这个冷酷无情、精明算计的杀人犯。这些东西让我非常惊讶，也经常感到恶心。

走进恶魔的内心是我的特长。我在联邦调查局工作的 25 年里，每一天都在做这样的事。我在那里的工作加上现在一直在做的研究，让我能够非常了解像雷德这样的杀人犯，其程度远比他们自己希望的要多得多。在这本书里，我的犯罪学技能会朝着全新的方向发展，我打算做以下几件事：

1. 讲述雷德为什么开始杀人；
2. 描述他是如何做到将自己的生活与犯罪行为有效隔开的；
3. 解释为什么在最令人恐惧的时候他似乎销声匿迹了；
4. 详细说明警察是如何抓捕他的，我们从他身上总结出有助于尽早抓住连环杀手的经验，避免出现下一个 B.T.K.。

你如果读过我的书，就会知道我写作的初衷是为了教育和预防。我想让人们明白，雷德以及像雷德一样的人不是一蹴而就的。在我对他进行监狱独家采访时，他告诉我，他不仅在很小的时候就对暴力的想法感到痴迷，而且在还是一个小男孩的时候就已经开始将这些想法付诸行动了。

我坚信家长和老师们应该有能力识别一些这样的危险行为信号，警醒我们一个潜在的危险问题正在恶化。

雷德的故事最终被证明是一个令人恐惧却又引人入胜的研究，让我看到了凶杀者内心世界的全新变异。话虽如此，但对于他没有因为罪大恶极而得到应有的死刑惩罚时，我感到恶心不已。

1989 年，臭名昭著的连环杀手泰德·邦迪被处电刑前不久，一群行为科学家想让我发表一个公开声明，表示邦迪不应该被处死，而应该留着活口供人们研究。我告诉他们“研究泰德·邦迪只需要几天的时间。过了这几天，他就应该受到应有的惩罚”。他们听后就没那么激动了。

我很高兴丹尼斯·雷德活得足够长，有足够的时间与我谈话，回答了我最早在 1974 年就提出的问题。我一点都不在乎他现在怎么样了。或许他会自杀？又或许他那可悲空虚的生命会被某个为了在监狱圈里获得一点恶名的狱友终结？

不管雷德接下来的命运如何，这本书将要讲述的是他之前生活的编年故事，是对他罪行的独家报道，是对他内心的探索研究。我相信阅读这个谜一般杀人犯的内心世界，你会感到既惊心动魄又深受启发。

这是一个我等了 30 多年才讲出来的故事。

第一幕

我对 B.T.K. 毕生的追捕

第一章

在我大脑的某个地方，凶杀案自行上演的方式与在我梦里的情景一模一样。他的双手锁住她的喉咙，耐心地、无情地将她的生命一点点掐灭。由于脑压上升，她眼白里的血管破裂出血，好像微微发黄的红色花朵。

她从来没有想到自己的生命会这样结束。谁又能想到呢？他继续锁紧双手。他的双手和手指是如此有力，她颈动脉的血液无法蜿蜒到脖子的两侧。为了让她大脑完全缺血，他必须以正好的角度将她的头扭至压迫到脊椎动脉才可以。他把她的躯干从床垫上抬起几英寸，继续刚才的动作。即使当时一片混乱，她也能感觉到一切就快结束了。所以她用尽全身剩下的力气去抓他的脸。但是，他已经预想到这种可能了，所以之前就把她的胳膊和腿绑在了木头床腿上。她根本无法碰到他。

又过了几分钟，她的舌骨断裂了，声音听起来就像树枝被折断了一样。她的死亡不过是早一分钟或晚一分钟的问题了。她全裸的身体出现一阵痉挛似的颤抖，接着两个鼻孔开始有血一滴滴地流下来……

“天呐。”我从床上坐起来的时候喃喃自语，把眼睛上方的汗水擦掉。“我得冷静冷静。”

我的心脏怦怦地狂跳不已。有那么一会儿，我甚至怀疑自己是不是心脏病发作了。但是那位被勒死女性的脸庞快速闪过我的大脑，我意识到自己只不过是又做了一个非常恐怖的噩梦。

在过去的几年里，我曾见过那张脸，以及好几百张与那张脸一样的脸。当我睡着以后，这样的脸几乎每天晚上都会出现在梦里。每一张脸都正在被残忍地杀害，勒死、捅死、枪杀、打死、毒死，各种都有。所有这些人都是在被杀害之后我才见到的。

这件事大约发生在 1984 年 10 月。在那之前的 5 年里，我每天都在为了联邦调查局犯罪心理画像科的成立和发展拼命工作，身心俱疲。1970 年，我刚加入联邦调查局的时候，犯罪心理画像还被当作骗人的鬼话，根本拿不到台面上来。但在接下来的十几年里，我和其他几位有远见且倔强的人如鲍勃·雷斯勒和罗伊·黑泽尔伍德一直坚持不懈地努力证明，犯罪心理画像是打击犯罪的合法有效工具。世界各地警察局的警探在办案遇到瓶颈时，都会向我和我的科室求助。我们会仔细检查犯罪现场，为犯罪者进行心理画像，描述他们的习惯，预测他们接下来的行动。

作为联邦调查局调查支援科（Investigative Support Unit，ISU）的主管，我沉迷于自己的工作之中。多年来我专注研究了全国成千上万个案件，有最可怕的凶杀案，也有其他恐怖的人际犯罪案件。我写出了堆积如山的犯罪现场报告，仔细审查了一摞又一摞的照片，有时候甚至感到身体不适。我捕获了一些全国最残酷无情、臭名昭著的罪犯，包括旧金山的“小径杀手”（Trailside Killer）、亚特兰大儿童杀手、泰勒诺投毒者、阿拉斯加野外以猎杀妓女为乐的杀人犯。

为了弄清楚杀人凶手的动机及其形成原因，我和同事们面对面访谈了几十个连环杀手和刺客，包括查尔斯·曼森、西尔汉·西尔汉、理查德·斯派克、约翰·韦恩·盖西、大卫·伯科威茨和詹姆斯·厄尔·雷。我们访谈的结果是连环杀手动机研究的一部分，这是具有里程碑意义的。我们于 1988 年出版了这些访谈报告，书名叫《性犯罪的模式与动机》（*Sexual Homicide: Patterns and Motives*）。

在那之前，没有人曾想过从案件调查的视角进行这种类型的研究。过去这类研究一直由心理学家、精神病学家或假释官来开展。但是，如果由我们这些具有警察背景的人来研究被监禁的重罪犯，在理解罪犯心理方面会比任何心理学家或精神病学家都要好很多，我对此深信不疑。我们从办案中获取的街头智慧是无法从书本上或者教室里得到的。我们会听犯罪嫌疑人的话，但也清楚罪犯的心理活动。

我的工作很像内科医生，只是在见到所有病人之前，他们通常要么被杀害了，要么被强奸了。我不像医生那样通过研究他们的病历来治病。我会反复查看犯罪现场，研究法庭证据，调查受害者的背景（这被称为“受害者心理学”），试图更好地理解什么样的人会犯下某种类型的罪行。只有在我们找到了上述问题的答案之后，才能开出调查人员应该采取的行动处方。

这么些年来，我们的工作帮助警察侦破了很多案子，把很多危险的变态送进了监狱。但是，我们付出的代价也是很沉重的。由于无法拒绝任何协助调查的请求，所以需要我处理的案件数量很快就变得非常庞大，以至于我长期处于过度劳累的工作状态。

1983年10月初，我在西雅图对“绿河连环杀手”进行心理画像期间，由于罹患病毒性脑炎而昏倒在宾馆房间里。我躺在地板上，被105华氏度的高烧折磨得昏迷了3天都没有一个人发现，因为房门上挂着“请勿打扰”的牌子。

他们最终发现我时，我已经走到了鬼门关。我的右脑血管已经破裂了。医院的专家告诉我妻子说高烧会让我撑不过去的。

他们在匡蒂科市国家公墓给我预留了一块墓地，一位牧师主持了我最后的仪式。不过，我没有轻易放弃生命。我的家人、朋友和联邦调查局的特工同事们在病房里守了整整一个星期。他们在为我祈祷的时候，会时不时地围绕在床边紧紧抓住我的双手。

我从昏迷中清醒过来以后，左边脸瘫痪，口齿非常不清楚，肺和腿上的血管里都有血栓。为了治疗我的癫痫，医生先后注射了苯巴比妥[①]和狄兰汀。出院以后我回到了弗吉尼亚的家里，身体开始慢慢恢复。

但不久后我就开始感觉到自己跟以前哪里不一样了，好像哪里出现差错了。从昏迷中醒过来以后，我好像变了一个人。我发现自己看待世界的方式跟以前不一样了。别人不太能看出来，但我自己能觉察到。一开始这种变化非常微妙，我几乎都没有意识到它的存在。

我开始理解受害者并与他们产生共鸣了。想要抓住罪犯恶棍把他们扔进监狱的愿望没有改变，与暴力犯罪受害者产生共鸣的这种新心理倾向却改变了我看待世界的方式。我开始透过那些不管是出于什么原因，生命被其他人偷走的人的眼睛看这个世界。很快我就开始发自内心地理解这些人在被杀害、殴打或者强奸时的恐惧了。

这种视角的变化其实对我来说一点都不意外。我以自己的方式早就成了强迫性工作方式的受害人。从医院回到家几个星期以后，我仍然感到很虚弱，因为想着这样的事也可能会发生在约翰·道格拉斯身上而情绪激动。几个月前，我正处在人生的巅峰：38 岁，像牛一样壮实，目标明确、积极上进、干劲十足。我有漂亮的妻子、两个可爱的女儿，在自己喜爱的工作上拥有了一定的名气。我势不可挡。或者至少我是这么认为的。1984 年 10 月那个凉爽的秋夜，我从噩梦中惊醒过来的时候，病情正在好转。经过几个月的跌跌撞撞，我终于可以正常走路、慢慢跑步和练习举重了。

然而，我的心理却是另一回事。虽然很不愿意承认，但我当时的心理濒临崩溃边缘。几个星期前，我开始开车到匡蒂科市国家公墓，

---

① 原文是 phobarital，应为拼写错误，正确的写法应该是 phenobarital，一种治疗癫痫的药名。——译者

坐在原本为我准备的那块墓地跟前，想知道是谁在地下占领了我的位置。不管多么努力，我都无法摆脱对联邦调查局的愤怒：没有给我提供工作需要的支持，让我在那样一个环境里工作，在由于过度劳累而倒下的时候竟然没有人能过来帮我。

我强迫自己从床上坐起来，将双脚挪进拖鞋里，吃力地慢慢走到楼下的书房里，关上了身后的门。那是一个漫长的白天，到了晚上又是一个漫长而无眠的黑夜。我瘫坐在皮椅里，将桌子上酒杯里的液体一饮而尽。我在 4 月份的时候已经回到匡蒂科市的工作岗位上，但还是非常敏感，仍然在努力对付那个无法回避的事实——我的大脑不能像以前那样运转了。

那天下午早些时候，威奇托市警察局的两名警探来到联邦调查局总部，希望我能帮助他们解决一些问题。他们已经读过了我在 1979 年写的那份关于 B.T.K. 的分析报告，想要与我讨论一下我研究领域的最新进展，看看能否让他们最终将这个十恶不赦的杀人凶手缉拿归案。他们在会议室里给我介绍了过去 10 年来一直困扰他们的这宗案件。这时距离 B.T.K. 上一次已知的凶案已经过去了近 7 年。

在听他们介绍的时候，我感到自己的专注和信心又回来了。在接下来的 8 个小时里，我的大脑自动运行，把两名警探告诉我的每一个事实和每一条数据全部吸收。我知道这种感觉不会持续太长时间，但仍然感觉很美好，让我想起来曾经的自己是什么样的。

我当时刚休完几个月的病假回到工作中，但已经有一大堆待处理的案件在等着了。分配给我的那 6 名心理画像师的工作也同样很多。他们都是我亲自挑选的，都是非常出色的特工，也非常渴望成为心理画像师。不过我能感受到威奇托市警察身上的压力有多大，因为当地居民迫切希望他们能将这个杀人凶手绳之以法，所以我决定从十分紧张的日程中挤出一些时间，看看我们能否帮上什么忙。

有关 B.T.K. 凶杀案的事实如下：

1974 年 1 月，他勒死了 38 岁的约瑟夫・奥特罗、约瑟夫 34 岁的妻子朱莉和他们 9 岁的儿子乔伊。11 岁的女儿约瑟芬半裸的尸体悬吊在地下室水管上，在她的一条腿上发现了大量精液。

1974 年 10 月，当地一家报纸帮助警方找到了一封有很多凶案细节的信，写信者声称是他杀死了奥特罗一家。1977 年 3 月，24 岁的雪莉・维安被勒死，当时她的双手和双脚被捆绑了起来。作案者将她的几个孩子关在了浴室。如果不是被响起的电话铃声吓跑，他很有可能也会把那几个孩子杀死。1977 年 12 月，B.T.K. 给一名接警调度员打电话，告知了自己最新的凶案：南希・福克斯，25 岁，被勒死在她的床上。1978 年 1 月，作案者又给那家报纸寄了一封描述自己凶案的信，但那封信在近两周后才被发现。1978 年 2 月，他给当地的一家电视台寄了一封信，在信里表示对杀害维安、福克斯和另一名不知名的受害者感到洋洋得意。

1979 年 4 月，他在一名 63 岁女性的房子里等着，但最终在她回到家前离开了。不久后，他向这个预定的目标寄了一封信，告诉她自己本来已经将她选为下一个受害者，但因为厌倦了等待而选择不杀她。

当地警察已经用尽了所有线索。我上次分析 B.T.K. 的案子是在 5 年前，警探认为在这 5 年期间的另一起凶杀案也是他所为。1974 年 4 月，奥特罗一家被害 3 个月后，21 岁的流水线工人凯瑟琳・布赖特在家里被刺身亡。她 19 岁的弟弟头上中了两枪，但幸运地活了下来。给我介绍情况的警探认为加上这一宗与 B.T.K. 有关的案子，尤其是还有一名幸存者，可能会给找出这个背负了这么多条人命的不明嫌疑犯带来一些新的曙光。

从对案子和威奇托市警察局的了解来看，我很确定警察在调查方面可谓尽心尽力。威奇托市警察局在全国执法圈里是最积极进取的。

不过杀人凶手仍然逍遥法外，这让每个人都忧心忡忡。

大家都想知道他为什么收手没再继续杀人了，发生了什么事。我感觉他还活着。但就算活着，他也像鬼一样生活着，这就是为什么几个月前（1984 年 7月）威奇托警察成立的专案组起名叫“捉鬼敢死队”。我有一种预感，我们捉住这个鬼的唯一方式是要通过某种方法把他引出来，使用某种策略把他逼出来，这样我们才能看到他。

我在书桌的几个抽屉里翻找 1979 年给警察写的那份犯罪心理画像，但是书桌太乱了，没有找到。

“很可能还在办公室。”我自言自语地说。

就在那时，我脑子里突然闪现出一段回忆。那是 3 年前（1981 年）的一个晚上，我在讯问一个臭名昭著的连环杀手时，用 B.T.K. 这个话题从那人嘴里撬出了信息。那是在阿蒂卡监狱深处一个淡绿色的审讯室里，和我一起去的是联邦调查局心理画像师鲍勃·雷斯勒。

当时是晚上，监狱里最孤独的时候。我们没有提前通知他，算是一次审前调查，希望能够说服大卫·伯科威茨——“山姆之子”——配合我们的犯罪心理画像研究，回答一份 57 页的访谈问卷。问卷的问题包括“他的动机是什么？”“有没有什么起因会让他大开杀戒？”“他的童年是怎么样的？”“他是怎样选择受害者的？”“他有没有去看过受害者的墓地？”“他对媒体关于其凶杀案件报道的关注度有多高？”他的答案能够帮助我们更好地理解警察正在追捕的杀人凶手。

伯科威茨被判服刑 365 年，当时是第 3 年。他曾想让陪审团相信是邻居家的拉布拉多寻回犬“命令”他枪杀了 6 名受害者的，不过说服没有成功。狱警把他带进小小的审讯室，他看到我们时很惊讶。

“你们是谁？”他一看到坐在铺着亚麻油毡的桌子后面的我们，

就提出了这个问题。那张桌子在审讯室的最里端，是那个房间里唯一的家具。伯科威茨还没来得及说让我们走开，狱警就已经离开了审讯室，这是我们之前计划好的。

“大卫，我们是联邦调查局的特工。”我告诉他，“我们想跟你聊一聊。我们希望能够得到你的帮助。”伯科威茨转身朝狱警原先站的地方看了看，但狱警已经离开，所以他不情愿地坐了下来。

我解释道：“就像我一直说的，如果你想学画画，不能从书本上学，要去找艺术家才行。大卫，你就是那个艺术家。”

我在恭维他，希望没有做得太明显。伯科威茨用他那碧绿色的眼睛盯着我看。他没有微笑，甚至都没有眨眼。他的头脑里肯定在想如果跟我聊，怎么才能得到点回报。

我尝试回答他头脑里的问题：“我会去找监狱长。我没办法向你承诺什么。但是如果你同意跟我们配合，我会告诉他你帮了大忙。”

他轻轻点了点头，眼睛看着我们身后的煤渣砖墙。我们得抓紧时间了，看起来过不了 30 秒他就会喊狱警来把他带回牢房里。

“为什么找我？”他问道，“我又不是艺术家。”

“你这么说不是认真的吧？”我大笑着说，“你很出名。你很威猛。你把整个纽约市都吓得半死。再过一百年，没有人会记得我的名字，但每个人都会知道谁是‘山姆之子’。”伯科威茨在听我说，但他看起来对我灌给他的迷魂药没多大兴趣。

就像我采访过的所有杀人犯一样，他也渴望别人能迎合他的自尊心。问题是我迎合的方式不是他喜欢的。我正在失去他的耐心。他转过身去看狱警是否已经回来了。他们当然没有回来，于是他扭头回来，目不转睛地盯着我。

我们彼此盯了一会儿，都没有说话。头顶的荧光灯照在伯科威茨苍白、矮胖的身上，泛出微微的绿光。一年前，一个囚犯用剃须刀割开了他的喉咙，伤口缝了 60 针，留下的伤疤蜿蜒在他的脖子上，呈现一种不健康的粉红色。

“大卫，堪萨斯州有一个连环杀手目前至少杀了 6 条人命，他很崇拜你。”我告诉他。“他在给警察写的信里提到了你。他相信自己就像你一样。他甚至也想拥有像你一样的名字。”

伯科威茨的眼睛里突然充满了好奇。他那原本感到无聊的脸上露出了一丝假笑。

“他是在逗我吗？”他看向我的同事问道。

“是真的。”雷斯勒平静地回答。

“他把自己称作 B.T.K.。”我解释道。

“B.T.K.？”伯科威茨问道，“什么意思？”

“捆绑、虐待、杀害。他就是这么对待他的受害者的。”

伯科威茨点了点头，问道：“这个 B.T.K.，他还在外面逍遥？你们还没有把他抓住？”

“没有，但我们会抓住他的。”我说。

伯科威茨大笑起来。我慢慢向他介绍了 B.T.K. 犯下的各种凶案，描述他如何杀人后一连几年销声匿迹不再行凶。他认真地听着，出神地琢磨着，怎么也想不明白，这样一个嗜杀成性的人是如何做到克制自己这么长时间不杀人的。通过他全神贯注听我讲述时的神情，我明白他听进去了我说的每一句话。“这个人是怎么做到控制他的杀人欲望的？”他似乎在思考这个问题。伯科威茨的杀戮带来的恐惧只持续了 13 个月，对他来说，威奇托的这个连环杀手有着他很羡慕的耐力，真是重罪圈里的马拉松选手。

我用几分钟介绍了 B.T.K. 的“业绩”，面前接受讯问的这个人听后开始任由我们提问了。在接下来的 5 个小时里，他带着我们走进了他那可悲人生中的每一个黑暗扭曲的角落，向我们分享从未告诉过任何人的细节。他向我们透露，他说的关于寻回犬恶魔的瞎话都是编造的，为的是被警察抓住后能被认定为精神错乱。我和雷斯勒从审讯室出来的时候，感到头晕目眩，我们把这一切都归咎于威奇托那个疯狂的杀手。

我书架上的钟表显示时间是2:30。我的妻子正在楼上熟睡，两个小女儿也睡得很香。房子里是如此安静，以至于我在楼下书房里都能听见妻子轻柔的呼吸声。这声音让我想起拍打在沙滩上的海浪。我在长岛长大，小时候经常在沙滩上玩耍。

我很嫉妒妻子的平静。坐在那里聆听家里的海浪声时，我心里突然感到另一阵嫉妒。我像伯科威茨一样想知道"像B.T.K.这样的人是怎么做到将自己的杀人欲望随心所欲地打开和关闭的？"

我已经总结过他能躲藏而不被发现的原因之一，是他可以完美地将自己的生活与犯罪行为隔离开。他从外在看起来是一个正常人，但是在锁起来的内心世界里，住着一个变态、凶残的自我。他找到了一种可以防止那暗黑内在世界渗漏出来侵染外在世界的方式。

我非常想知道他是怎么做到这一点的。我在心里想："等他们抓住这个王八蛋的时候，我一定要看看他，让他告诉我答案。"

在我的公文包里有几张笔记，是那天早些时候与两个威奇托市警探见面时用铅笔记下的。我和心理画像师们以及几个顶级犯罪学家一起听他们给我们介绍案子的情况。这次他们来找我们，不再只是为了让我们给这个不明嫌疑犯进行心理画像，主要是想获得一些先发制人的技巧，把这个杀人凶手引出来。

听完他们的陈述以后，我首先想到的一个主意是，警察可以在当地组织一次全市的公开集会，主题就是讨论B.T.K.凶犯。这次集会的地点应该位于所有犯罪现场的中心，目的是让不明嫌疑犯参加。根据过去研究连环杀手的经验，我知道这些杀人凶手狂妄的自我和无敌的优越感会让他们参加这样的集会。

我的计划是让警探们偷偷拍下所有参加集会人员的照片，查明外面车辆的信息。因为坚信这个杀人凶手是个警察迷，所以我建议发布一则公告，说有关部门正在寻找后备志愿者，“如果将来需要志愿者时，警察可能需要他们的帮助”。申请的条件是有自己的交通工具，并且受过执法教育或接受过执法培训。

威奇托的两名警探匆匆记下了我的建议，但我心里清楚能做的肯定比这要多，需要有一些全新的东西。

我坐在书房里唯一能想到的，就是 11 岁的约瑟芬·奥特罗那双眼睛。她是 B.T.K. 第一次作案时的受害者。B.T.K. 在勒死了她的父母和弟弟之后，把她吊在家里地下室的水管上。虽然我从事的是特工职业，但是依然无法想象这个无辜的小女孩在窒息之前遭受了怎样的痛苦与虐待。我办理过很多儿童凶杀案，多到数都不想数，但这次的凶杀案与其他的不一样。

在我看来，这个杀人凶手没有人性。我过去追捕和研究过的那些犯人都不是好人，但即使在他们当中最凶残的人身上，通常也能感觉到一些熟悉的、符合人性的东西。不管杀戮多么惨绝人寰，我总能在他们内心找到一丝脆弱。但在威奇托的这个杀人凶手身上却找不到这些。就在我以为已经研究了邪恶变异的每一个种类时，这个恶魔出现了。他与其他人都不是一类。

我又慢慢回到楼上，爬到床上。不久，我就感觉自己要开始陷入睡眠了，但我努力克制这种倾向，想要将意识停留在半睡半醒的奇特状态。我有时就是在这种状态重新找回一些信息来帮助形成心理画像。对于正在追捕的这个鬼，我期待着自己的意识能够发掘一些有关他的信息，但是什么也没有。

几分钟后，我的眼睑开始变得异常沉重。我慢慢入睡的时候轻声对自己说：“像他这样的人是怎么开始的？我怎么做才能让他停止？”

第二章

第二天早上醒来的时候，太阳还没有升起，这说明距离我最终重新入睡没过几个小时。我出于习惯很快翻过身去检查自己这边床头柜上的记录本。多年以前我就训练自己做有关手头案件的梦。我时常在半夜时分半醒半睡状态睁开眼睛，摸到笔在纸上匆匆记下一些奇特的笔记，那是从我潜意识深处采集到的线索。妻子帕姆很不喜欢我这个习惯，因为经常会把她吵醒。

但在今天这个凉爽的秋天早上，记录本最上面的那张纸是空白的。我打开台灯，想确认下眼睛没有欺骗我。帕姆呻吟了一声。我把台灯关上，在黑暗中穿好衣服，然后开着车到我在匡蒂科市的办公室去了。办公室距离我家 21 英里，在联邦调查局法医学大楼的主楼层。现在办公室的位置比以前在行为科学组好多了，以前是在联邦调查局学院图书馆的地下室。但现在的不足之处就是办公室内会经常充斥着令人作呕的化学烟雾，来自这座大楼里各种各样的实验室。研究人员每天都在尝试找出更可靠、更有效的方法来检验犯罪证据，所以会摆弄各种各样的酸、碘烟雾和火药。爆炸和刺眼的烟尘是家常便饭，楼里经常响起火灾警报，人员也经常被迫疏散。

我像往常一样第一个到达办公室，在 6:30 之前已经坐在了办公桌前。我做的第一件事就是把办公室的门关上，这样就没有人知道我已经在了。我为案件而活，厌恶不可避免的行政职责。作为手下带着 43 名成员的单位主管，我经常与上层机关意见不一致。这 43 人里有 12 人是联邦调查局特工，21 人是支援人员。手下的人都知道我会为他们做任何事。我每天不是在灭这个火，就是在灭那个火；不是在工作上给他们提供帮助，就是在心理上提供肩膀供他们依靠。

我开始在文件柜里翻找 1979 年写的那份 B.T.K. 心理画像报告时，已经接近 12 点了。我一边找资料一边回忆起 1974 年秋的那一天。那是我第一次听说 B.T.K.，谈论者是密尔沃基警察局的几名资深重案警探。尽管并不在工作范围内，我还是很想在凶案调查科学方面获得一些经验。那天晚上，我去一家公共图书馆找到了关于这个不明嫌疑犯的所有信息。当发现堪萨斯州以外的报纸都没怎么报道他的谋杀案时，我感到很意外。我也发现当地警察似乎在严控该案件信息的外传。

几个月后，在准备研究生课程要求的变态心理学研究论文时，我选择了 B.T.K. 作为研究对象。我在论文里写道，其他大规模的谋杀案都被刊登在全国报纸的头条新闻里，比如奥斯汀海上雷达站狙击手查尔斯・惠特曼和芝加哥的理查德・斯派克，但奥特罗一家被害的消息却没有在报纸上广泛报道。我发现这与职业运动有相似之处。职业运动员们都想在纽约、芝加哥、洛杉矶等会被媒体大肆报道的场所进行比赛。我在想 B.T.K. 是否因为自己的杀戮没有得到广泛关注而感到被轻视，是否因为自己生活在一个媒体市场比较落后的地方而感到沮丧。

我终于从一捆文件里找出了 B.T.K. 的心理画像报告。那捆文件里全都是我过去几年写过的心理画像分析。这份报告总共有 3 页纸，订在最上面的封皮上写着“所附报告是在有限信息基础上给出的最大限度分析。如以后有新信息，可能有必要修改或者完全变更此分析。新信息可能包括其他受害者、更多的法医证据或从研究中获得的其他信息”。

我把椅子向上摇到紧紧挨着办公桌，然后把那3页报告铺在桌面杂物的上方。读几年前自己敲打出来的这些文字时，我一下子什么都想起来了。

多起凶杀案。威奇托。B.T.K.的罪行是将幻想付诸行动的结果。在幻想中，他人生第一次处在重要和支配的位置。他不是个自信的人，名不见经传，通过实施犯罪将自己放在重要的位置上。现在B.T.K.已经小有名气，他感觉这是自己早就应该享受的认可。说他不自信，是因为他的作案手法和特征不是全部原创的。他一定是在模仿其他臭名昭著的杀手，比如“.44手枪杀手”，也就是纽约市的“山姆之子”。他在信里的很多措辞很可能来自近期的侦探杂志。

此人与他人关系疏离，孤独寂寞，沉默寡言。他可能不会与他人拥有比较长久的关系，可能独自生活，沉迷于前面提到的幻想和想象。他杀害他人是为了找到爱和接纳的感觉。他害怕所有人，包括他自己。他可能不会与女性保持正常的关系，很可能从来没有与女性有过正常的异性恋关系。他不杀人的时候会经历强烈的恐惧感，害怕自己不“正常”，所以通过杀人来逃离自己的幻想，应对自己的混乱。因此他很有可能会再次杀人，以一种已经建立的模式强迫性地重复。他的受害者可能是任何人，男人或者女人，都是有人爱的、性格开朗的人。受害者处于弱势地位，这样他就可以让他们孤立无援。受害者代表着他自己无助和无望的情感。他自己的生活曾被破坏。他很可能来自一个不完整的家庭。养育他的母亲专横霸道、自律性较差。父亲很可能在他青年时期已经离家，要么离婚、要么死亡。他也有可能是在寄养家庭里长大的。

此人上学时表现很普通，但可能很擅长说脏话或者搞恶作剧来扰乱课堂。他的用词和语气让我们以为他有一定的军事经验或是个警察迷，或者两者皆有。他过去很有可能做违法的事被警察抓住过，比如侵犯他人身体或非法侵入他人住所，或两者皆有。他非法侵入他人住所后拿走的东西可能没有什么价值。他拿走东西可能更多是因为恋物癖或者想要获得他喜爱的某件衣物的强烈冲动，而不是犯下几乎不会留下证据的罪行所带来的刺激。B.T.K. 可能有偷窥的历史，拥有因此而被捕的记录。他在选择受害者时会选择同时可以仔细察看几家房子而不被发现的街区。受害者居住的地方应该让他很容易逃跑，比如附近有个公园，这样他可以藏起来不被警察发现。

他是冲动型罪犯，不会有精心的策划。他会临时选择目标。这种人一般在机械方面比较在行。他患有失眠症，因此很难有一份稳定的工作。掌控自己和环境对这样的人来说至关重要。尽管他越来越自信，但仍然害羞、内向、不合群，独来独往。这样的人在成长过程中一般都不得不遵守过于严格的宗教规矩。

在应对这样的人时，你们警察千万不要提到杀人凶手的精神状态，也就是说不要让媒体给他贴上精神病杀手的标签。如果媒体已经这么做，你们最好的策略是站在凶手这一边，而不是精神病专家的那一边。你们只要召开新闻发布会，明确说明他是一个必须要拘押的杀人犯。如果媒体已经把他描述成患有精神病，在发布会上还要明确说明他不是一个有精神病的混蛋。这种方法可能可以减少杀手关于自己精神状态的焦虑，强化他的愧疚感，他就无法以精神疾病为借口将罪行合理化，从而撇清自己的责任了。

他每次作案之间有比较长的间隔，可能是因为某种原因离开了原来的那个地方。原因可能是去服兵役、去上学、被监禁或者接受精神治疗。他会经常光顾警察出没的地方，希望能偷听到警察谈论他的案件，这对他这样的人来说也是比较常见的。不仅如此，这样的犯罪者会去自己的犯罪现场观察警探调查案件、寻找线索。这样就可以满足他的自我优越感。他甚至可能会给警察局打电话提供关键信息。

非常强烈的自我中心会让他最终落网，这对你们来说是个优势。他会向他的朋友提供案件的有关信息，或者在当地酒馆告诉熟人关于案件他所知道的信息。他甚至可能会假装是办理此案的警察。如果B.T.K. 有读侦探杂志的习惯，他很可能会想办法弄到“警察徽章”戴在自己身上。事实上，他甚至有可能也是用这种方法进入受害者家里的。他只要有机会，很可能就会亮一下他的徽章，比如在酒馆付酒钱的时候。他的自我中心心理会让他一直呆在你们市，他很有可能会再次进行杀戮。

读自己 5 年前写的分析是一件伤脑筋的事。我在 1979 年把这份分析报告寄给威奇托后不久就给他们打了电话，在电话里给他们说得更加详细。尽管坚信自己对这个家伙的分析是正确的，但我还是不停地问自己是否漏掉了什么，或者有没有过于看重错误的证据。把事情做好的压力是巨大的。我的分析可能会把警探引向错误的方向，这样会间接地导致更多人被杀。想到这些我就“压力山大”。这也是我对自己工作如此执着的原因之一。

写出能够真正帮助警探破案的分析，看起来很简单，却要好几年才能教会别人。事实上，只有在花了 5 年时间进行深度培训和分析后，我才认为后继者中有人能被称作专家。心理画像最关键的不是简单地把警察已经知道的信息再告诉他们。

我的心理画像报告一般都不会超过 5 页。报告最后都会写下一个简单的请求，那就是请警探拿起电话打给我。我从来不把先发制人以抓住坏人的技巧写进报告里，因为我担心自己写的东西可能会透露给媒体。

针对 B.T.K. 的这种情况，我的预感是使用专业技能想出一些先发制人的方法引蛇出洞。他已经操纵警察和人们太长时间了。现在是反击和扰乱他思想的时候了。唯一的问题是“我们到底该怎么做呢？”

我决定不吃午饭了，而是把与 B.T.K. 案件相关的笔记都找出来，然后到附近一个建筑的 3 楼去。那是联邦调查局法律科的工作地点，我喜欢坐在那里的图书馆里，透过巨大的玻璃向远处望去，能看到弗吉尼亚起伏的绿色乡村。沐浴在阳光下看着那些橡树和枫树，可远比在法医学大楼恶臭的办公室里更容易让头脑清醒。在那里看着蓝天和绿树，一切都不一样了。

我把犯罪现场报告和自己做的笔记整齐地摆在桌子上，同一次作案的材料摆成一摞。我知道在这些材料中间肯定存在一个简单的事实，一份不管是物体的还是语言的证据，我能够利用它来对付这个不明嫌疑犯。只是提出我认为在办案中可能有用的想法是不够的。我非常渴望能够想出一种方法帮着警察把这个杀人凶手缉拿归案。在提出有效的先发制人策略之前，我想最后一次把与案件有关的所有可怕的枯燥细节都塞进自己的大脑里。那一摞摞 8 英寸 ×12 英寸大小的白色文件堆在桌子上，好像四座新挖的、被雪覆盖的坟墓。

我脑子里想到的第一件事就是，威奇托的警察一切都做对了。他们采访了成千上万个人，也找到了无数潜在的犯罪嫌疑人——其中有一个曾经做过警察——但是最终发现这些人都不是。在过去的 4 个月，威奇托市警察局新成立了有 6 名警探的专案组，把过去 10 年堆积如山的案件资料重新翻阅了一遍，让自己对案件错综复杂的每一个曲折都了然于心。

有一点是确定的：我们的不明嫌疑犯在控制全局。不仅如此，他每杀戮一次就变得更加狡猾，而且看起来很享受将警察玩弄于股掌之上的感觉。但是，B.T.K. 最让人不安的地方在于，他有很多地方与我们认为连环杀手理所应当具有的特征都不一样。与 1979 年的案件相比，现在的一个不同之处在于，奥特罗一家的凶杀案发生的 2 个多月后，凯瑟琳·布赖特被他杀害了。这次凶杀现场很凌乱，能够看出凶犯的手忙脚乱。

凯瑟琳·布赖特的弟弟凯文虽然头上中了两枪，却奇迹般地活了下来。凯文说杀害他姐姐的人试图让他们相信他是一个逃亡者。B.T.K. 告诉他们，需要把他们绑起来，说他真正想要的只是一些食物、现金和他们的车钥匙，然后他就会上路。雷德住的地方距离凯瑟琳和凯文的家只有很短的距离，所以他肯定不会让他们安然无恙的。

这个还活着的目击证人提供了第一手资料，我们从中得知他使用了什么伎俩让潜在的受害者保持平静，并允许他把他们捆绑起来。这具有非常重要的价值，我们知道了这个不明嫌疑犯是怎么实施犯罪的。他的凶杀案很难分类，因为这里面既有条理性因素，又有非条理性因素。他是一个控制狂，去受害者家里的时候都是有备而去的，带着绳子、封口布、多支枪和一把匕首。他不会使用武力强迫受害者按他说的做。他采用胡诌乱编的故事骗他们。他假装成相对来说不会伤害他人的流氓，使用语言操控受害者，让他们同意被捆绑起来而不挣扎反抗。

但有时他也会随机选择。如果他无法杀害策划好的受害者，就会攻击能找到的最佳目标。有几次看起来他很难控制自己的多名受害者。他也不是我遇到过的最利落的杀手，因为他在两名受害者的身体附近留下了精液。

他摆放受害者身体的方式很特殊。我从来没有碰到过像他那样摆放尸体的杀手。他把受害者的身体用性感的姿势捆绑起来，给他们穿上性感的衣服，方便他在手淫时进行幻想。除了被匕首刺死的凯瑟琳·布赖特，他几乎把所有受害者的身体都以某种形式摆好。他这么做是给凶案警探看的，一般在他逃跑较长时间后警探们才会到达犯罪现场。

他摆放尸体时就像卖花的人插花一样。他想通过这种方式震惊那些看到尸体的人。但是他的这种视觉语言其实很温和谦虚，至少相对我看到的其他反社会型连环杀手留下的场面而言是这样的。有些疯子割下受害者的头颅支在电视机上，或者把受害者尸体摆成“大”字形状放在地板上，将各种各样的东西塞进他们的阴道或直肠。与这些人比起来，这个不明嫌疑犯的做法太小儿科和隐晦了。尽管如此，他会把受害者当作没有生命的道具，让他们摆出侦探杂志上的某些场景造型。他把尸体留在外面，这样第一个发现尸体的人在进入受害者家里的前门时几乎会被绊倒。

毫无疑问，B.T.K. 是一个施虐狂，会给受害者带来不可估量的恐惧。不过，他与我之前研究过的所有其他性施虐狂都不一样，那些人都需要虐待受害者的身体而获得性满足。B.T.K. 的虐待不只是身体方面，而是以精神层面为主。尽管他看起来热衷于肉体虐待，但这不是他的作案特征（signature）。作案特征是指杀手为了满足自己的心理而必须做的事。B.T.K. 的作案特征是捆绑，而不是身体虐待。

B.T.K. 从来没有用阴茎插入过他的任何一个受害者。这样的行为很容易被理解成他好像在说“你都不配让我强奸”。但我清楚事实不是这样。

他决定不强奸受害者，也没有性侵过受害者的尸体，这样的事实是在告诉我，尽管 B.T.K. 有强迫性性行为，但在内心深处他是感到力不从心的。他对自己的评价是如此之低，他对女性的恐惧是如此强烈，以至于根本无法让自己如此亲密地插入受害者的身体里。他们纯粹是道具。在捆绑、虐待和杀害的过程中，自慰是他体验到的唯一性行为。

当把这个不明嫌疑犯想象成一个男孩的时候，我无法想象他曾经强奸过任何人，这与很多其他性犯罪者不同。我想象到了他作为偷窥狂在学习技巧。别的不说，这种年轻时的消遣行为至少让他在监视方面很快学到了非常重要的技巧。对他来说，监视和研究受害者是至关重要的。他似乎很喜爱狩猎之乐，很可能比对真正的杀戮更加喜爱。等到真正攻击的时候，他会花费如此多的时间幻想自己打算对受害者实施的行为，以便让自己确信已经控制住了周围的方方面面。

这些年他寄了几封嘲弄警察的信件，在信中告诉警察他选择受害者时既有提前策划好的，也有临时随机挑选的。当想要杀人的强烈欲望袭来时，他策划好的受害者必须是可行的。如果不成，他会寻找下一个目标。

还有一点，他在犯罪现场几乎不留指纹或者其他罪证，这说明他是一个非常有条理的人，非常注重细节。他在内心深处是一个缺乏安全感、憎恨自我的废物。然而，从表面上看，他流露出一种自负的态度，他看起来好像自视甚高。这是他另一个疯狂变态的悖论。

我觉得有意思的地方还包括他在这些年给警察邮寄的信件。他在信里吹嘘自己杀人的能力和躲避警察的能力。从信里的用语来看，很明显他对警察次文化[①]和侦查程序既感到着迷又非常熟悉。我坚信他要么从事执法方面的某种工作——很可能等级或地位方面比较低下，比如保安人员或者查违章停车的警察——要么幻想着这样一份工作能赋予他权力。

杀戮是他生活中最重要的事业，给他原本空虚的生活注入意义，这在连环杀手身上很常见。从信中可以看出，他以前是一个微不足道的人，现在因为深不可测的野蛮让他感觉像个名人。他沉迷于看到自己的罪行出现在报纸上或者电视上被人们谈论。当听到其他人谈论他

---

① Subculture，也被称为亚文化，是社会学中的名词，指在某个较大的母文化中拥有不同行为和信仰的较小文化或一群人。次文化和其他社会团体之间的差别在于他们有意使自己的服装、音乐或其他兴趣与众不同。——译者

的谋杀案件时，我肯定他可能会像实施谋杀本身一样令他感到刺激和满足。

尽管受害者中也有男人和孩子，但很明显女人才是他的主要目标，其他人只是在错误的时间出现在了错误的地点。我认为他在内心深处是厌恶女人的。不管与女性和社会有什么样的冲突，他都通过实施谋杀而得以释放。在不安的头脑中，他对自己的行为是不承担任何责任的。他很明显处于某种压抑状态，无法真正地去爱或者被爱，因此必须通过寻找刺激和戏剧性事件才能让他感觉到自己是活着的。尽管在人前可能看不出有什么不正常，但是他想要生活的世界与现实毫无关系，是完全建立在虐待狂的幻想之中的。他就在头脑中建立的这种世界里生活着。

B.T.K. 承认会从受害者的家中拿一些小东西，他将其视为幻想的助燃剂。我敢肯定这是能够让他平静下来的为数不多的物品之一。这就是为什么他需要收集并保存自己从犯罪现场缴获的“战利品”。拥有受害者的个人物品可以让他回忆起自己的“光辉岁月”。可以想象，只需要把受害者的东西放在手中，他就能重温自己的杀戮。每一次谋杀都会带来一次心理上的高潮，但是这种感觉很快就会蒸发，结果总是让他继续与那些沮丧的想法相依为命。而这些战利品和纪念品无疑更能让他远离自己的郁闷。但即使是这些幽灵般的勾起回忆的东西，也无法完全消除他内心的压抑和焦虑。

让我和其他人都百思不得其解的是，“为什么这次杀戮与上一次隔了这么多年”？我无法理解。每当想到这个问题，我就会提出一种新的理论。每一种理论似乎都说得通，但都无法得到证明。

或许他因为其他不相关的指控被关进了监狱或者精神病院？又或许是因为警察在侦查的某个阶段快要找到他了？甚至有可能他们把他当作潜在嫌疑人而进行了审问，这种经历或许让这个平常很镇定的反社会型人渣感到紧张不安了？

有一点是可以确定的，那就是连环性侵者绝对不会在某天早上醒来时，突然决定洗心革面、金盆洗手、重新做人了。我觉得他有可能是在一场车祸中被撞死了，尽管直觉告诉我，事情不会那么简单。像 B.T.K. 这样变态且危险的人，只有在被杀死或者关进监狱时，才有可能会收手不再杀人。我的研究证明，被杀或者被关才是控制住这些人的有效方法，指望他们恢复正常简直就是天方夜谭。

被卷入 B.T.K. 案子最让我受不了的地方，就是我心里明白如果 B.T.K. 还活着的话，他会继续杀戮。某个地方的某个家庭将来又会经历生不如死的命运。如果你见到过那些亲人刚被杀害的人，他们那种茫然而麻木的表情会让你终生难忘。在联邦调查局的整个职业生涯中，B.T.K. 都让我如鲠在喉。

我是 1970 年加入联邦调查局的，比 B.T.K. 开始杀戮早了 4 年。当时作为一名 25 岁的新手特工，我在底特律市中心的街道上工作。像大多数充满理想的年轻特工一样——我是被录用的特工里面最年轻的——我相信通过把那些坏蛋送进监狱，就可以让底特律这座汽车城变得更加安全。我想象着底特律人会给我的称赞，但很快就发现自己出现在街区时“辖区”的居民是什么感觉了。

1967 年的种族暴动几乎把底特律夷为平地，43 人在暴动中失去了性命。3 年后我加入联邦调查局的时候，这个地方仍然散发着第二代战区那种绝望的、被人遗忘的气息。每当我和搭档开着“局车”（bucar，联邦调查局的汽车）走过这片地区时，当地人都会对我们竖起中指喊“打倒这些猪”。

1971 年的一天下午，在去监视一家赌场的路上，我问自己：“接下来的 25 年你真的就想这样工作吗？”还没来得及想到答案，一个空瓶子就砸到我汽车的顶上，从开着的窗户那边掉到马路上摔得粉碎。我猛踩油门，喃喃自语自己在联邦调查局生存的唯一出路就是找到犯罪学的一个专业方向，然后全力以赴地进行深入研究。

1972 年，位于弗吉尼亚州匡蒂科市的联邦调查局学院刚成立不久，我听说了一位名叫霍华德·特登的特工，他在研究犯罪心理画像来抓捕暴力罪犯。我也走上了那条路，并一直走到了现在的图书馆，走到了那一堆堆讲述威奇托市的 7 名受害者是怎样被谋杀的资料面前。

第三章

我回过神来继续看桌子上的警方报告和尸检报告、已经泛黄了的新闻剪报和犯罪现场的黑白照片。我深吸了一口气，拿起一摞资料最上面的一张纸，调整好眼镜开始阅读。

由于长年累月阅读这样的资料，我已经养成了一种能力，那就是在自己头脑里将这些纸上描述的事实和形象简单转化成电影进行呈现。我需要做的就是吸收所有信息，然后我的大脑自动就会转化成不同的场景。这种感觉有点像看电视，只是我看的大部分内容都非常暴力。

那是 1974 年 1 月 15 日一个寒冷的周四早上 7:50 左右，这一刻发生的事情让威奇托市经历了一场转变。事件发生在一座有黑色百叶窗的白色房子里。这座房子位于威奇托市的东南，在这个街区居住的基本上都是白人，属于中产阶级下层。

从那一刻到那个男凶手逃离这里，一共经过了 3 个多小时。在这段时间里，这座位于北埃奇莫尔街 803 号的房子一直都很安静。地下室的炉子还在隆隆作响，家里的那条德国牧羊犬在后院雪地里焦虑地来回走动，时不时发出一声吠叫。

下午 3:30 刚过一点儿，15 岁的查理・奥特罗、14 岁的弟弟丹尼和 13 岁的妹妹卡门・琼从学校放学回家。他们在爸妈的卧室里发现了两人的尸体。查理想用厨房墙上的电话报警求助，但是电话拨出去没有声音。于是他跑到隔壁的房子大声喊着“爸爸死了”。

不一会儿，隔壁的邻居冲进这座房子，直接跑到主卧。他把头探进去后发现朱莉·奥特罗的四肢伸展着被摆在床上。她的丈夫约瑟夫躺在床旁边的地上，身旁有一把屠刀，两只被绑在一起的脚踝靠在一个公文包上。那个邻居不知道刀是奥特罗的3个孩子回家后拿进去用来割断绑在他们父亲身上绳子的，所以一瞬间以为发生了最糟糕的事：约瑟夫杀死妻子后自杀了。几分钟后他从自家厨房给警察打电话的时候就是这么说的。

不到5分钟，威奇托市警察局新入职的巡逻警官罗伯特·“鲍勃”·布拉就到达了奥特罗家的房子。那时草坪上积的三四英寸的雪已经变成烂泥。他从无线电台收到消息称北埃奇莫尔街803号可能发生了一宗谋杀-自杀案。布拉停放巡逻警车的时候，查理正站在房子前面的草坪上，绝望地拉扯着救护车急救人员的胳膊，满脸泪水地请求他们去房间里看看能否救活他的父母。但是急救人员能做的只有表达遗憾，向他解释他们只能等警察来给予许可才能进去。救护车比布拉早到了几分钟。

布拉走上人行道，与急救人员交谈了几句，这时查理让弟弟妹妹去找他们家两个最小的孩子。他以为他们在从小学放学回家的路上。他是一个具有保护意识的大哥，不想让这两个小孩子回到家看到父母血淋淋的、膨胀肿大的尸体。

布拉走进房子，在主卧里看到了约瑟夫和朱莉的尸体。他轻轻地用指尖碰了碰他们的皮肤，想估测一下肉体的温度。他们的皮肤冰凉，四肢已经僵硬了。他推断他们已经死亡好几个小时了。

约瑟夫仰面躺在地板上，脚上穿着白色的袜子，两只脚踝被绳子紧紧地绑在一起。旁边放着被打成复杂结扣的绳子。查理告诉警察，他发现父亲在卧室里被绑着，于是用刀割断了那些绳子。约瑟夫旁边有一个塑料袋子，那是从他头上取下来的。他的嘴巴和鼻子边都有血，厚实有力的双手已经肿成棒球手套那么大了。

朱莉的脸也肿胀得厉害，鼻子和嘴巴旁边沾满了干掉的血迹。卡门·琼用指甲剪把她母亲嘴里的封口物剪破后取了出来，同时剪断了绑在她身上的很多绳子——那些被剪下来的白色尼龙绳，在她脖子周围形成了像项链一样的瘀伤。她光着脚，穿着浅灰蓝色的家居服。她的脚踝仍然被白色绳子打成的一个环套着。旁边的梳妆台上放着一个相框，照片上是穿着婚纱的朱莉。梳妆台的大部分抽屉都被拉开了，看起来有人在里面翻找过东西。

又来了一些警察。他们很快就发现了乔伊的尸体。乔伊是奥特罗兄妹里面最小的。这个小男孩穿着栗色灯芯绒裤，T 恤上有一些龙的图案。他侧躺在自己卧室的地板上，他与丹尼哥哥的高低床旁边。他的头旁边放着一本威奇托电话簿，脚踝被绳子绑着。另一根绳子从他的背后穿过，在手腕那里打了结。将他的双手绑在背后的绳子系得太紧了，细弱的手腕变得青肿。像父亲的双手一样，乔伊的双手也充血了，肿胀到正常大小的好几倍。

乔伊被绑的方式说明，要么是不明嫌疑犯自己绑的乔伊，要么是他指使另一个家庭成员按他的方式进行的捆绑，可能是想留下这样一个印象：如果大家都跟他配合的话，他只从房子里拿走需要的东西后就会离开。

距离高低床几英尺的地方有一把木椅子，最下面的横档是断开的，木头碎片散落在地毯上。我看着这些犯罪现场的照片，头脑里想象着那个杀人凶手坐在椅子上看着小男孩死去，但不知怎么椅子的横档突然断开了。这个杀人凶手能够平静地看着乔伊窒息死亡的恶心画面，说明这个人对奥特罗家和他自己有着惊人的控制力。

几乎没有挣扎反抗的迹象，这个事实告诉我两件事。一是参与的作案者可能不止一个人。但这个推断又有几处明显不一致的地方。首先是我从来没有听说过两个人可以在犯罪现场合作如此完美同步的案件。我也没有见过两个作案者在同一案件中都将捆绑作为犯罪特征的。一般来说，每一个凶手在犯罪现场都会有与众不同的作案模式。经常的情况是一个作案者条理性强、控制欲强，另一个则无条理、会留下证据。其次是在现场发现的唯一生物证据就是精液，后来被鉴定属于同一个人。如果只有一个作案者行动的话，我认为他一定是用枪而不是刀让奥特罗一家人就范的。因为据警察了解，奥特罗一家精通空手道，只有用枪才能与这一家子人打成平手，枪可以用刀无法做到的方式让竞争变得“公平”。

关于现场最让人苦恼的是乔伊的头被好几个东西包裹着：一件白色的 T 恤、一个白色的塑料袋、一件蓝色的 T 恤。1979 年我第一次接触这个案件时，男孩头上的袋子和 T 恤，让我认为杀害乔伊是不明嫌疑犯那天早上实施起来最难的一次杀戮。我推理那个杀人凶手认同了这个孩子。看着这个小孩子时，他也看到了他自己。乔伊躺在地板上是那么无助和无望，与凶手在自己生活中感受到的无助和无望一模一样。

在这个杀人凶手的大脑里，杀害其他 3 个人都是无可厚非的，但是杀害乔伊却不一样。这就是为什么我认为，不管是谁，在杀死这个小男孩的时候费了这么大周折将他的头盖住，说明不忍心看。

因此我那时建议警察，如果他们找到了嫌疑人，在审问的时候，应该提供给他一个挽回颜面的场景，只关注这个小男孩，而不是他的 3 个家人。我当时是这么写的：可以告诉他类似这样的话“我们知道你对乔伊的死（不要说杀害）感觉不舒服。这对你来说很困难，你已经尽力让他被杀害时不那么痛苦了”。尽管这不一定是百分之百真实发生的，我想让他们做的就是让嫌疑人在头脑里回到犯罪现场。

但在 5 年后的现在我才知道杀人凶手也在乔伊的父母头上套了东

西。不幸的是，1979 年给我介绍情况的警察不知怎么漏掉了这个事实。这次无意的疏忽让我想起了很早就成为自己座右铭的一句格言：心理画像师的结论取决于他们收到的信息。也就是说，如果输入无用的信息，输出的信息也无用。

乔伊的尸体被发现后不久，布拉开始搜索这座房子的其他房间，看看作案者是不是留下了其他可怕的线索。因为这个地区经常会有龙卷风，所以他知道这所房子肯定有地下室。他需要找到去往地下室的通道。

他沿着通向客厅的走廊观看时，发现朱莉手提包里的东西散落在焦橙色的粗毛地毯上。布拉环顾房间，看到墙上挂着木雕，可能是他们在海外旅行时买回来的。他很快发现厨房里有一扇门可以通往地下室。他打开这扇门，发现里面漆黑一片。他只得打开手电筒，慢慢从铺着地毯的台阶上走下去。快走到最下面一个台阶时，他发现了一双闪亮的黑色靴子，看起来是一个小女孩的。他慢慢地穿过房间，发现一张桌子上摆放了很多飞机模型，每一件都处在不同的搭建阶段。桌子旁边有一把摇椅和一台电视机。

在与这个房间相邻的角落里有一扇门，后面是一个小房间，里面是他们家的洗衣机和烘干机，墙上有木制的储物柜。布拉穿过门口走向越来越黑的房间。他还没有找到电灯开关的时候肩膀就撞到了一个东西，当他伸手去摸时，那个东西又不在了。他赶紧往后退了几步站稳，用手电筒的白光照在这个东西上：看清后他震惊地向后跳了几步。

他撞到的是 11 岁的约瑟芬被悬吊在水管上的僵硬身体。套在她脖子上的绳子与捆绑另外三个人的绳子是同一种类型的。绳套在她的脖子里勒出一道深深的血沟。她的双手被紧紧地绑在身后，嘴里塞着枕套剪成的条状物，肿胀的舌头从布条上面凸出来，已经变成了茄紫色。

约瑟芬只穿着一件淡蓝色的T恤，其他什么衣服也没有了。她的内裤被拉到了脚踝处，正好在蓬松的宝蓝色袜子上面。她胸罩后面的带子看起来是用刀子割断的。

约瑟芬的身体被绳子包裹着，这进一步证实了我的想法，那就是这个不明嫌疑犯来到这个房子时，在他的“作案工具包”里有大量这种绳子。就像一个变坏了的童子军一样，他是有备而来的。她的两个手腕被一起绑在身后，与缠在腰上的绳子绑在了一起。另一条绳子绑着她的双膝，还有一条绳子绑着两个脚踝。她的双脚脚尖几乎碰到了水泥地。在一条腿上，有一些乳白色胶状物质，看起来像精液。这东西顺着她的腿流下来，越过了袜子，在地上形成了一个很小的水洼。

布拉深吸了一口气，摇了摇头，朝楼上走去。

“地下室还有一具尸体。”他对刚到现场的其他警察和警探说——他们正忙着在房子里查找证据。

在约瑟芬的尸体被发现之前，那三个人的被杀完全符合仇杀或者报复式凶杀的特征。现在这个案子有了可怕的、更加暗黑的转折，案件看起来是与性有关的凶杀。这意味着警察面对的是一个更加危险和复杂的杀手。

关于奥特罗家案件的无线电台呼叫响起的时候，威奇托市警察局的警探伯尼·德罗瓦茨基正在市区的东北部寻找几个海洛因贩子嫌疑人。他与布拉一样只知道在北埃奇莫尔街803号报告了一起可能的谋杀-自杀案。他到达现场之后很快了解到总共发现了四具尸体，其中两具是孩子的。

德罗瓦茨基被称为“警察中的警察”，他在听到这些消息时感到非常不安。多年来他一直致力于与重罪作案者作斗争。他侦破过很多恐怖的谋杀案，经历过血腥的枪战，曾经徒手制服了携带武器的嫌疑人。他觉得奥特罗房子里发生的事情非常奇怪、令人苦恼。

当所有的警探和犯罪现场技术人员在房子里活动的时候，德罗瓦茨基和几名警察在街区展开了调查。德罗瓦茨基在接下来的 3 年还去了另外 3 个 B.T.K. 谋杀案的犯罪现场。他们询问周边的住户那天早上在奥特罗家外面是否看到过任何人或事。最终找到了一名目击证人，他说大约上午 10:30 时看到了奥特罗家棕褐色的奥兹莫比尔 Vista 巡洋舰旅行车从车库里倒出来了。那个邻居说司机是一个有着“中东”肤色的矮个子男人。

另一个邻居也报告说看到一个黑发陌生人从奥特罗家的车道上快速倒车。开车的人非常着急，他不得不猛踩刹车才避免与那个人的车相撞。当时这个邻居正向默多克街倒车。

几个小时后，在迪龙斯杂货商场的停车场找到了这辆车。停车场的一位目击证人告诉警察，从这辆车上下来的司机看起来非常紧张，他的整个身体看起来都在颤抖。

日落几个小时后，负责这个案子的警探查尔斯·斯图尔特才告诉奥特罗家幸免于难的三个孩子说，他们的两个弟弟妹妹不会从学校回到家里了。

斯图尔特以十分可靠的侦查技巧著称。他从 15 岁的查理·奥特罗那里了解到，他们家是 1973 年秋天从巴拿马运河区搬到威奇托的，当年 38 岁的约瑟夫在那里的空军服役了 20 年。约瑟夫是一个航空迷，也非常喜爱弹奏邦戈鼓，经常做一些恶作剧。为了继续自己的飞行职业，他决定搬到威奇托这个“世界航空之都”。拥有商业飞行员执照的约瑟夫在过去的几个月里一直在当地的一家机场做机械师和飞行教练。

约瑟夫和妻子朱莉都出生在波多黎各。朱莉当年 34 岁，嫁给约瑟夫 16 年了。两人的 5 个孩子从 9 岁到 15 岁不等，都彬彬有礼、勤奋好学，看起来很崇拜他们的父母。家里还有一名成员是行为经常难以预测的杂交德国牧羊犬，名字叫“幸运”，是一条训练有素的军犬，是与他们一起从巴拿马运河区搬过来的。

警察到达这座房子的时候，这条狗正在后院踱来踱去。在不明嫌疑犯剪断家里电话线的附近，警探们发现了靴子印。让他们很困惑的是，为什么脾气暴躁的“幸运”没有吠叫发出警报呢？

与那几个悲痛欲绝、茫然失措的孩子聊过之后，这个家早上的日常生活成了关注的焦点，同时还有那天早上可能发生的一些细节。

厨房里发生的事看起来能为攻击的开端提供最多线索。从现场的物品来看，凶手闯进家里的时候，两个孩子正在准备他们的午餐。那三个年龄大一些的哥哥姐姐已经去上学了。约瑟芬刚把三明治做好，两片白色面包夹层里涂抹了一层罐头肉。她用蜡纸把三明治包起来，放进了午餐盒里。午餐盒放在炉子上，上面有花朵图案。乔伊挨着他的爸爸站在厨房的餐桌边，正在一片面包上抹碎肉。他的午餐盒上面是警察的图案，开着口放在餐桌上，离他很近。约瑟夫正在向前探着身子，从一个打开的罐头里拿梨块吃。

斯图尔特和其他警探判断，就是在这个时候，约瑟夫让其中一个孩子去把垃圾倒进房子后面的垃圾桶里。对于接下来发生的事有两个版本。在第一个场景里，约瑟芬准备好午餐以后，戴上了她的白色手套，拿起垃圾桶，从后面的门走出去。突然，入侵者抓住了她，逼着她回到厨房里。在那里，他与家里的其他人对峙。警察在后门外面的水泥门廊上找到了她的一只手套，可能是她在被攻击者偷袭时掉下来的。

在另一个可能的场景里，乔伊是被派去扔垃圾的那个。虽然乔伊还没有准备好自己的午餐，但这很可能不会影响父亲让他去干活，因为约瑟夫在他们家是有名的监工。因为弟弟可能没时间准备好午餐就要去上学，约瑟芬因此咯咯咯地笑话他。出于弟弟对姐姐的报复，乔伊抓起她的手套在垃圾桶上抹了抹，然后朝外面走去。他很快就被不明嫌疑犯压倒了。

虽然有几个事实很清楚，但是接下来到底又发生了什么，警探们也很难给出确定的答案。房子里看起来没有什么东西被拿走，所以这排除了攻击是拙劣的入室抢劫的可能性。这看起来也不像是两个入侵者干的。从房子的内部来看，似乎没有发生争斗，这说明杀人凶手进来的时候手里不太可能只挥舞着一把匕首。为了保持想要的控制，他十有八九使用了一把枪。大量使用的绳子、医用胶带和其他捆绑物，表明杀人凶手是有备而来的。

警方推测入侵者通过某种方式制服了这家人并把他们捆绑起来之后，他很快决定先除掉约瑟夫。把最厉害的这张牌消灭之后，杀手就可以更加悠闲地做他想做的事了。没有人知道约瑟夫最后的时刻在想什么。但是作为曾经的拳击冠军，而且获得过空手道黑腰带的他，肯定在咒骂自己在有机会的时候——被绑以前——没有奋起反抗。

时间是另一个需要考虑的因素。即使在凶手把约瑟夫杀死之后，他也在不停地看时间。他知道必须动作迅速。那附近住了很多人，随时有可能有人会出现在这个房子里，比如奥特罗的其他兄弟姐妹、某个同学、某个同学的爸爸或妈妈或者某个邻居。然而，他一边提醒自己不能花太多时间在朱莉、约瑟夫和乔伊身上，一边还是想尽情享受自己行为带来的变态刺激。他不是冲着他们来的。我认为他们对他来说只不过是开胃菜。很明显他一直在监视着这家人，他真正渴望得到的是将主菜和甜点融为一体的 11 岁的约瑟芬。

从朱莉耳朵下面到脖子上半部分皮肤的擦伤来看，她是趴在那里被人从后面勒死的。杀手很明显是跨坐在她身上，在让她窒息的同时把她的躯干从床上抬起来了一部分。她旁边的床单和枕头上也发现了精液，后来鉴定是她丈夫的。约瑟芬的眼镜出现在她父母的房间里，刑侦人员认为这是杀手故意留在那里迷惑警方的。

让他们想不明白的另一个证据，是男孩房间里那把断了横档的椅子。卡门·琼告诉警察，那把椅子原来放在她和约瑟芬的房间。警探们听到这个信息后，开始怀疑是杀手把椅子搬到了男孩房间里，让约瑟芬坐在他腿上，逼着她看弟弟窒息身亡。横档有可能是他在努力抓住那个不停扭动的孩子时断掉的，也就是约瑟芬很可能为了不看乔伊死去而奋力挣扎。尽管乔伊脖子周围也有瘀痕，但他是这四个人里面唯一一个死于窒息而不是被勒死的。他头上有一个塑料袋和两件 T 恤，很可能四五分钟就断气了。

杀手决定把约瑟芬带到地下室，这表明他非常渴望得到她。为了能将他头脑里的幻想演出来，他费了很大力气。他无疑知道这样的举动会有多大风险。如果有人进入了这座房子，他很有可能轻易就被困在底下了。尽管如此，他显然还是愿意冒这个险。

约瑟芬嘴里出现了封口布，这可以透露杀手内心的想法。因为根本没有必要把她的嘴堵住，那时家里的其他人都已经死了，而且因为他们当时在地下室最偏远的角落里，就算她大声尖叫邻居也不会听见的。如果嫌疑人想要做的只是强奸她，也根本没有必要将她吊在水管上或者把她绑起来。他做的这些都是按照事先的计划进行的，为了实现他支配和控制的幻想。她在他眼里已经不再是一个人了，而是一个道具。

他把她的手腕、大腿和脚踝绑起来之后，把她的头推进悬挂在水管上的绳子套里，然后把绳子拉紧，小心翼翼地确保绳子吊起的高度刚好让她的脚尖勉强能够触到冰凉的水泥地上。为了不让绳子勒进自己的脖子里，她需要用尽全身力气朝上方伸展。如果他要求约瑟芬讲下流话，我不会感到意外，但我猜测约瑟芬太害怕了，不会跟他玩这种变态的游戏。我在与性侵者的访谈中了解到一个常见的现象，那就是他们会提前准备好受害者要说的话，哪怕对方还是未成年也会如此。然后他们迫使受害者用一种特殊的方式说出来，就好像是她们自己想要被性侵一样。或许约瑟芬被眼前发生的恐怖的事吓傻了、吓呆了，她能做的只是哭着请求凶手不要杀她。这是凶手最不想听到的。

这毁了一切。他来到她的家，就是为了实现一个幻想。

无法得知她挣扎着保持清醒了多长时间。她的内裤被拉到绑着脚踝的白色绳子下面。在这场虐待的某个时刻，杀手把她蓝色的 T 恤衫拉到左肩上，然后用刀子割断了她的胸罩带子。接着这个不明嫌疑犯进行了手淫，将精液射在受害者的右腿上。他关掉灯，让约瑟芬在黑暗中悬吊着，自己回到了楼上。警察到达现场的时候，精液已经滴到了地面上，形成了一摊让人作呕的乳白色水洼。

杀戮发生后的几天内，威奇托市两家日报中的一家创立了“秘密证人计划”，希望能让当地人给报纸的专栏作家打电话，向他们提供有关案件的线索。对于任何提供能将作案者定罪的信息的人，报纸确定给予奖金，金额最后高达 7500 美元。关于这个案子的谣言像流感病毒一样在这个城市蔓延。即使是办理这个凶杀案的侦查人员都很难不相信那些夸张的说法。

一些警探对奥特罗家地下室地上的精液数量有点困惑，因为看起来有点多。无法查出在犯罪现场到底有多少精液，因为约瑟芬的尸体被发现的时候，精液已经开始变得干燥和扩散了。如果能够证明这些精液超出了一个人可能排出的最大量，那就可以证明不只有一个杀人凶手在场。但首先需要确定正常的射精过程中可以排出多少精液。据说警察为了获得这个数据，找到了威奇托州立大学的一名高年级学生——他手头很紧，还有一张过期的停车罚单——向他提议尝试这件事。我无法得知警方通过这个不同寻常的提议是否得到了什么结果。

警方的调查在接下来的几个星期里就像奥特罗家发现的那些绳结一样错综复杂。没有人记得曾经侦办过类似的案子。警方向 1000 多人进行了问话，包括奥特罗家的邻居、同事、朋友和一些前科犯。当地的报纸、无线电台、电视台连续不断地跟踪报道有关这宗命案侦查的最新进展。

这个杀人凶手强行进入了一户人家里——家是人们都认为最安全的地方——然后凶残地杀害了这家的男主人、女主人，还有他们的一个小儿子和一个小女儿。这起命案让整个城市都感到惶恐迷茫，让威奇托的一切都开始动荡起来。通过一次残暴的出其不意，这个不明嫌疑犯让一个原本遵规守纪的城市陷入一片混乱，几乎所有人都开始问自己："如果他可以这样对待奥特罗家，怎样才能让他不这么对待我们家？"

虽然约瑟芬的尸体吊在地下室的水管上，刑侦人员还是无法摆脱下面这个想法：这些凶案可能是一种报复行为；而考虑到这家人刚从巴拿马运河区搬到这里来，这也可能与毒品交易有某种联系；也有可能杀人凶手一直把朱莉和她的女儿作为作案目标。如果是这样的话，凶手那天早上看到约瑟夫也在家肯定会感到很意外，尤其是当时他们家里的车道上没有停着汽车。杀人凶手可能不知道，几个星期前，有两个人把约瑟夫的车撞到了路边，不仅在车前端撞了个坑，还严重伤到了约瑟夫。当时他的车正在维修。

到了 2 月初，警探找到的所有线索都无法破案。为了能深入了解约瑟夫的背景，威奇托市警察局长弗洛伊德·汉农和重案组负责人比尔·康威尔两人专门到波多黎各和巴拿马运河区去调查。他们想到那里查一下关于约瑟夫·奥特罗的谣言是否真实。

"这名飞行员老兵参与过毒品交易吗？有没有可能是黑帮所为？有没有可能是这个家所属的某个宗教团体实施的某种杀戮仪式？"

除了晒黑了一些和与当地警察发生了一些口角外，汉农和康威尔在那两个地方没有找到任何新的突破口，当地警察不喜欢他们这两个外国警察的无稽之谈。两人回到威奇托的时候，对于侦破这些命案还是一筹莫展，与一个月前他们发现约瑟夫、朱莉、约瑟芬和乔伊的尸体时相比没有多少进展。

第四章

“看完 1 摞了，还有 3 摞。”我对自己说，把奥特罗谋杀案的犯罪报告文件放回图书馆桌子上原来的位置。

下一摞是 1974 年 4 月 4 日凯瑟琳·布赖特被杀案的详细资料。21 岁的布赖特是科尔曼公司的一名流水线工人。因为 B.T.K. 在这个案件中留下了一个能够指认他的成人幸存者，所以在他给媒体写的那些挑衅信件中，从来没有直接声称为此案负责。1978 年 2 月，B.T.K. 寄去的爆炸性信件告诉这座城市，有一个连环杀手正逍遥法外。但直到将近两年后，警方才将布赖特凶杀案与 B.T.K. 联系起来。

他在那封嘲弄的信中写道：“你们来猜猜动机和受害者。”到了 1979 年冬天，刑侦人员把 1974 年到 1977 年之间发生的所有悬案都仔细梳理了一遍，最终推断出布赖特凶杀案中的一些因素与其他已知是 B.T.K. 所为的命案中一些因素有着病态的相似性。

现在是下午 3:45。因为在这个闷热的图书馆里坐得太久，我的双腿都抽筋了。图书馆的椅子是木制的，后背很直，过去的 3 个小时我都坐在这把椅子上，现在得站起来伸展一下双腿，希望在深入研究下一摞犯罪报告前能让头脑清醒一下。

我想要休息一下，呼吸一下新鲜空气。但是我刚站起来就犯了个错，因为瞥了一眼那摞资料最上面的东西，那是凯瑟琳·布赖特卧室的颗粒状黑白照片。一时没忍住，我拿起照片又坐了回去。先不管什么伸展不伸展了，我对自己说，待会儿再休息吧。

衣服的口袋里装了一瓶稀释血液的药片，自昏迷苏醒之后，我一直都在服用这种药。我从里面摸出两个胶囊塞进嘴里。我一方面正在努力抓捕全国最难捕获的连环杀手之一，一方面又不得不吃一种跟老鼠药差不多的稀释血液的药，真是讽刺呀。

我开始仔细检查这张照片，看到床垫是从金属床架子上搬下来的，看到地板上凌乱扔着的鞋子，看到一角沾上了血迹的加衬芯床罩皱巴巴地放在房间的一个角落里。

很早以前我就意识到，在检查犯罪照片时，最重要的是记住抵制一种冲动，即把目光拉到照片最中间的冲动。有时候最需要找的东西，可能只在照片的外围，在距离中心遥远的边缘位置。

有一次我被叫去侦办一宗命案。那个受害者先被人强奸，然后在喉咙处被刺了10刀。当地警方认为不明嫌疑犯把她绑架以后偷走了她的订婚戒指。她当时正在开着越野小汽车训练她的狗，就在阿肯色州莫里尔顿一个主干道旁的休息区被诱拐了。警方根据戒指被偷这个事实推断杀害她的凶手属于从受害者身上收集纪念品的一类，但这一度让侦查走入一个又一个死胡同。

我与阿肯色州警察局的刑侦人员见面的那个早上，受害者的父母也在同一个房间里，迫切想要找出杀害他们女儿的凶手。我做的第一件事就是仔细查看在犯罪现场拍的一沓照片。等看到第3张时，我在照片最右边的边缘发现了一个灰色的小东西。我指着这个卡在地毯和车门框之间的东西问道："这是什么？"

受害者的姑姑费力地看了看这张照片，深吸了一口气说道："我的天啊！这就是那枚戒指。"

当时电视节目《美国头号通缉犯》[①]已经播放过这宗命案，提到过这个杀人凶手拿走了受害者的戒指。而实际上没有拿戒指这个事实告诉我，杀手不是强迫自己收集受害者东西作为纪念品的那种人。这也就意味着刑侦人员要追踪的这个杀人凶手有着另一种心理构成，这最终改变了侦查的方向。最后通过 DNA 比对将这个凶手与加利福尼亚州和蒙大拿州的案件联系了起来。

预感告诉我，在 B.T.K. 的案件中不能指望也会有类似的运气。我站在图书馆里，翻阅着在凯瑟琳·布赖特房子里和法医办公室拍的各种照片。凯瑟琳和姐姐一起租住的房子是木制的。我看着照片时只有一个感受：这是一个充满活力、精力充沛的年轻女子，她的生命被早早地剥夺了。我坐回桌子边的椅子上，继续埋头研究有关她命案的那些令人悲伤的冷酷事实。

中午 12:25 左右，这座白色隔板房子的前门突然打开，19 岁的凯文·布赖特冲了出来，在冰封的雪地上踉踉跄跄地走着，然后沿着街道慢跑起来。他白色的 T 恤已经被血浸透，在街道上跌跌撞撞地走着，同时挥舞着双臂，大声呼喊着他的姐姐需要救助。一个路过的司机看到了他，踩住刹车跳下车，快速把这个疯了似的男子推进副驾驶的座位，然后加大油门冲到附近一个汽车维修店，让店主给警察打电话。

几分钟后，这位见义勇为的司机开车把已经神志不清、浑身是血的年轻人送到了急救室。与此同时，威奇托接警调度员通过无线电台发出了呼叫："北 13 街东侧 3217 号的一处住宅发生抢劫案，嫌犯还在现场，携带武器，十分危险。"巡警雷蒙德·弗莱彻正在附近。三

① America's Most Wanted，美国福克斯电视台（FOX）的一档王牌节目，收视率非常高，主要描绘未被抓获犯罪嫌疑人的特征，鼓励观众提供线索，协助破案。——译者

分钟后他到达那座房子，跳下巡洋舰车，手里拿着 .38 口径的专用左轮手枪，慢慢走到门前面的台阶上。房子的前门是敞开的。

“警察！”他大声喊道，“警察！”

当他把头探到里面时，一眼就看到了镶着木板的前屋里侧躺在血泊中的 21 岁的凯瑟琳・布赖特。墙上挂着东方风格的地毯，用电缆线盘做成的临时桌子上堆满了啤酒瓶。她的旁边有一个电话机。“救救我。”她用微弱但刺耳的声音小声说道，“我……我无法呼吸。”

弗莱彻在她旁边跪下来，睁大眼睛寻找他认为可能藏在房子里的嫌疑犯。

“我给你叫医生。”他告诉她，“你只要保持冷静……你能做到吗？”

他继续跪在布赖特旁边，用无线电台叫了一辆救护车。布赖特拼命不让自己的眼睛闭上。她每用力吸气一次，呼吸就变得浅了一层。

“你知道是谁干的吗？”弗莱彻一边摸着她的头一边问道。他认为这个可怜的女人情况很糟。她几乎不能从喉咙里发出任何声音，所以只是来回摇着头。她说的最后一句话是“救救我”。

弗莱彻当时不知道布赖特的身上被刺了 11 刀，几乎每一个重要器官都在流血。其中两处刀伤切开了她的一部分肺，导致她慢慢窒息。她的喉部被挤压坏了。

不一会儿，又有几名巡警和警探到达了现场。房子后面的两间卧室里乱七八糟。地板上能看到血迹。从表面上看，凯瑟琳先被一条尼龙绳绑在椅子上，但不知怎么挣脱了，爬到了电话那里。她的电话被接线员接通了，但袭击者挤压坏了她的喉咙，所以她除了发出一声可怕刺耳的嚎叫外，什么也说不出来。

在另一间卧室里发现了自动手枪的弹壳，后来被确认是柯尔特护林者 .22 型手枪。附近一间浴室的门被炸开了一个洞。警察很快从浴室的墙上挖出了属于同一把手枪的 .22 口径子弹。厨房后门的窗户被打碎了，玻璃整齐地堆成一堆。

救护车把凯瑟琳送到了卫斯理医疗中心。20 分钟前，她的弟弟也被火速送到了这家医院。5 个小时后，她在手术台上死去了。

“她失血过多，根本活不成。”一名办案的警探回忆道。

在凯瑟琳死去的不远处，她的弟弟躺在一张病床上。凯文骨瘦如柴，却硬朗坚韧。尽管头部两处中枪，但手术后不久他就急切地想告诉刑侦人员自己所记得的一切。他们把椅子拉到他的床边开始问他问题。

凯文前天晚上从父母家里开车来到威奇托。父母家在离威奇托不远的谷心。他晚上睡在两个姐姐凯瑟琳和凯伦租的房子里。那天早上早些时候，凯伦已经去科尔曼公司上早班了。凯文和凯瑟琳去了当地的一家银行，想申请一笔贷款帮助 19 岁的凯文完成一项发明，他想用这项成果做点生意。银行信贷员很快就拒绝了他的申请，然后他们返回凯瑟琳的租住屋。凯文回忆，刚走进前门就发现一个男人站在客厅里等着他们。这个人黑头发，肚子稍微鼓起来一点，大约 5 英尺 10 英寸高，戴着绒线帽和手套，穿着白色 T 恤和绿色派克大衣。他手里拿着一把手枪。

“站住。”这个人对他们说，“就站在那里。”

这个入侵者说他正在躲避加利福尼亚州警方的追捕，现在想去纽约。“我需要你的车钥匙，还有 100 美元。”他说。

凯瑟琳叫他走开。这个人用枪逼着他们两人进了后面的一个卧室。他在那个房间的中间放了一把椅子。在椅子旁边的床上，他已经摆放了各种用绳子和尼龙长袜做的捆绑物，这些东西显然是他在这座房子里找到的。

他命令凯文把姐姐绑在一把椅子上，然后指示凯文躺在地上，用一条牛仔裤和丝袜把凯文的胳膊和腿绑了起来。他在凯文的头下面放了一个枕头，然后让凯瑟琳走到隔壁房间。虽然凯瑟琳被绑在椅子上，但还能勉强走路。这个陌生人冲出去，到了隔壁房间。

凯文觉得这个人既有力又温柔，他不清楚这人想从他们两个身上得到什么。不久他就听到拉开抽屉和猛烈关门的声音。

几分钟后，那个人回到这间卧室，径直走到凯文身边，毫不犹豫地跪在他身边，把一双尼龙袜或者一根绳子缠在他的脖子上，然后拉紧。他用了很大的力，直接把凯文从地板上拉了起来。当凯文突然意识到这个入侵者打算对他做什么时，开始扭来扭去，并来回扭动自己的手和胳膊。只用了几秒钟，这个高瘦但结实的年轻人就把绑在手上的捆绑物松开了。他立刻站起身来。一瞬间，那个人抽出几分钟前用来威胁他们的手枪，对准了凯文的前额。他扣动了扳机。凯文的邻居没有一个人说听到了枪声，其实这并不稀奇，我经手过太多邻居没有听到过枪声的命案。

子弹击中了他的头骨，被击中的强烈冲击力使凯文向后倒了下去。他很快瘫倒在地板上，失去了知觉。过了一会儿，他醒了过来，这时那个人在他姐姐的卧室里，显然对已经处理了凯文感到很满意。

“你打死了我弟弟！”凯瑟琳正在大声喊，“你打死了我弟弟！”

凯文从地板上坐起来，听到那个陌生人试图让姐姐平静下来。“放心。”他说，“我只是打伤了他。他不会有事的。”

凯文挣扎着想要站起来，但他弄出的声音惊动了袭击者。那人走回这个房间的时候，凯文刚刚把腿上绑的东西解开。须臾之间，凯文记得看到男子裤腰带上别着一把手枪，就向他扑去，抓起枪，设法把枪对准男子的胸部。他扣了扳机，但是还没来得及扣到底，袭击者就把手指塞进了扳机锤的后面。枪没能开火。两人拼命抢夺手枪，凯文又一次扣动了扳机，但还是没有开火。

最后还是那个人把武器抢了过去，迅速瞄准凯文的头开了火，不过没打中。他又扣动扳机，子弹打到了凯文的嘴里，穿透他的上嘴唇，让凯文已经有血的脸看起来更加血肉模糊。那个枪手不知道的是，凯文前面的牙齿改变了子弹的方向。凯文又一次倒在地上，枪手马上跳到凯文身上用一根绳子套在他的脖子上拉紧了。

一听到枪声，凯瑟琳就开始大声尖叫。那个人跑回凯瑟琳所在的另一个卧室，她还被绑在椅子上。凯文失去了知觉。不知道过了多长时间，很可能只有几分钟。等他恢复意识挣扎着站起来的时候，姐姐还在尖叫。他瞬间作出决定，跑到前门外面去。他认为能够为凯瑟琳做的最好的事，就是跑出去求救。15 分钟后，一辆巡逻警车停在了布赖特家的前面。

凯文低声讲述这个故事的时候，警探们认真听着，对他的坚不可摧感到惊讶，也因他对姐姐的忠诚而感动。尽管自己受了严重的伤，但他还想着从医院跑出去到大街上寻找杀害凯瑟琳的人，所以几乎只能将他绑在病床上才能阻止他这么做。

一名警探在离开病房之前，打开了罪犯身份工具书。警方用它绘制无名嫌疑人的合成图像。凯文在接下来的 45 分钟翻阅了书中看似无数的组合，将他从袭击者脸上回忆起的东西进行了重建。

他告诉警方，那个人大约 25 岁，健壮结实，白种人，黑色头发和浓黑胡子，大约 5 英尺 10 英寸高，头戴黑色绒线帽，身穿由橙色衬衫和夹克组成的制服。他的帽子后来脱下了。合成的照片立即被放到无线电台上，分发给西部各州的执法机构，因为他们推断这个袭击者来自西部。

尽管警方突然获得了对布赖特袭击者详细的描述，但这张合成照片在侦办该案的几名警探中间引起了相当大的分歧。一些人认为这种照片与真人的相似度可能真的可以帮助他们找到杀害凯瑟琳的凶手，而其他人则提出怀疑，因为很多人猜测凯文遭受了脑震荡，他关于嫌疑人的回忆有多少价值还值得商榷。

根据这么些年办理类似案件的经验来看，我几乎没有听说过在暴力犯罪中根据目击证人描述后形成的合成人像与真正的行凶者相像的。这就是为什么警探和检察官都清楚，若要将嫌疑人与犯罪联系起来，他们最好有比目击者证词更多的证据才行。正是因为这个原因，许多案件的侦查都走进了死胡同。然而威奇托警方现在没有别的证据可以利用，所以迅速用凯文提供的细节以及根据他的描述合成的素描发布了一份关于所有要点的公告。

除了在现场找到的用来捆绑布赖特姐弟的衣服和尼龙绳，侦查人员没有找到其他更有价值的证据。在后门上发现的唯一一组无法识别的指纹，最终确定是布赖特房东的，他很快就被排除了嫌疑。

布赖特姐妹居住的街区属于中产阶级下层。警察挨门挨户地询问大家是否记得在攻击事件发生后见到过可疑人员，但是没有人说见过不寻常的人。凯文锈迹斑斑、老旧不堪的福特卡车停在霍利奥克街上，在卡车底座防水布的下面发现了一条沾了血的白色尼龙绳。警方推测这可能是杀人凶手逃离现场时扔在那里的。

警方唯一能继续进行调查的，可能就是他们在房子里发现了一点大麻，这让他们怀疑这次袭击与一起出了差错的毒品交易有关。不过凯伦·布赖特承认她和妹妹偶尔会吸点大麻放松一下。警察完全相信这一点，因为发现的大麻数量太少了。

尽管警方没有排除当地居民为这次凶残谋杀和枪击事件负责的可能性，但还是与加州当局进行了联系，想要确定凯文给出的描述是否与加州目前正在追捕的某个逃犯相貌相符。不久，他们能够调查的仅有线索也无法继续了。

尽管在警探中有一些传言，说杀害布赖特的凶手可能是杀害奥特罗一家的那个人，但没有人花费时间把这两起案件联系起来。他们为什么要联系起来呢？两起案件之间有太多的不同之处了：布赖特案的凶手没有切断电话线，在受害者身上既使用了刀也使用了枪。即使是用牛仔裤和尼龙袜打的结，都与奥特罗家犯罪现场发现的威尼斯缩绒呢窗帘绳打的结不一样。捆绑凯瑟琳的结是十字结，而捆绑奥特罗的结既有双套结也有半套结。

到了4月底的时候，一些其他事情已经搞清楚了：1974年是近年来最血腥的一年。在奥特罗家发现4具尸体之后的6个月，又发现了一宗四重凶杀案，这让威奇托震惊不已。不过后来很快发现后面的四人被杀案是由毒品诈骗引起的。

但是奥特罗案与布赖特案不一样。每个重案警探都知道高质量、彻底的受害者研究可以有助于破案。受害者研究，顾名思义，是对特定罪犯受害者的研究。奥特罗家与布赖特家凶案的问题是，所有受害者都是“低风险”群体，就是说没有任何线索表明为什么他们注定要暴毙。他们中没有人从事可以解释他们遭遇这般命运的任何个人或犯罪活动。他们都只是普通人，他们生活的街区、工作的社区犯罪率都非常低。所有这些受害者在遇害之前很可能根本就没有见过杀害他们的人，这也是警方很难找到实质性线索的一个原因。但重案组的几名刑侦人员认为五起命案是同一个杀手所为。

直到8月8日警方才收到了一些消息，他们谨慎地认为那才是这个案子最大的突破。盖瑞·西布林是有过很多偏差行为的一位当地居民，他曾因在滨河公园与一只鸭子发生性关系被抓。这次他因为在公共图书馆猥亵一名5岁小女孩被捕，在警察局被审讯此事时，西布林关于奥特罗凶杀案做出的未经思考的评论，好像往油箱里丢了一根点燃的火柴。

一个侦办此案的警探回忆道：“他说：‘如果我再次面对奥特罗家，我会这么做。我会与我的哥哥一起把他们都绑起来，我的好伙伴托马斯·迈耶斯也会与我们一道。’”

任何人只要看看盖瑞·西布林和他哥哥欧内斯特的犯罪档案就能

看出，他们有严重的精神问题。迈耶斯也一样。如果有人会对那四宗凶杀案提供虚假供认，他们是完美的候选人。但侦破奥特罗家命案的热度越来越高。由于这 3 个人都有性侵犯史，所以警方很快做好决定对他们 3 个进行审问。这事情发生在我第一次参与此案的 5 年前。如果当时就已经参与，我会告诉警方不用折腾了。从犯罪心理画像的角度来看，杀害奥特罗一家的杀手不是一般的狡猾老练、谨慎小心，不可能让人兽性交和企图猥亵未成年这类罪行出现在自己的犯罪记录上。这根本就不是这种杀手的做法。

没有找到迈耶斯。10 月 9 日那天，西布林家的哥哥被抓进来进行审问。西布林兄弟没有被关进监狱，而是被送到了当地一家精神病院进行评估。10 月 18 日，迈耶斯试图自杀，医护人员去现场后发现了他的藏身之处。他最后被送往精神病院接受观察。

尽管盖瑞对他参与多重谋杀案夸夸其谈，但警方很快意识到由于这 3 个人的精神不稳定性，他们打开了潘多拉的盒子。许多年前我在行为科学组侦办过弗吉尼亚类似的案子，涉及两个间隔将近 10 年的凶杀案。仔细对比后，我们推断这两起命案是同一人所为。不过，有个问题。有一个精神有障碍的人声称为第一宗凶案负责，但当第二宗凶案发生的时候，他正因此被关押在监狱里面。最终我们发现是审讯人员说服那个人认罪的，告诉他这是避免死刑的唯一办法。而真正的杀人凶手却是一个职业窃贼，这两宗命案都是他在重返社会训练所[①]的试用期期间实施的。他后来被判杀人罪。州长宣告此前那位犯人无罪，下令将其释放。

威奇托的那 3 个人都没有因此被判刑，但是媒体关于这几个与奥特罗有关的不明嫌疑犯的报道，明显惹恼了真正的杀人凶手。他本来

① Half-way house，又译为“中途之家”或“中途宿舍”，为出狱者、成功戒毒者及离开精神病院的病人而设。——译者

以为这是他一生中的最大成就，却被 3 个装腔作势的人抢了风头，他们反倒在报纸和电视上受到关注，这让他忍无可忍。

10 月 22 日上午晚些时候，他给奥特罗命案热线打电话。热线是由威奇托的两家日报《威奇托鹰报》和《灯塔》中的一家设立的。专栏作家堂・格兰杰拿起电话听筒，听到电话那端的声音直入主题。

“仔细听好了！因为我不会重复。”他低声咆哮着。他说杀了奥特罗一家的人在威奇托公共图书馆二楼的一本机械工程教材里夹了一封信。

他说了这些后就挂断了，好像真的很生气。

格兰杰立马给警察局长弗洛伊德・汉农打电话，报告了这个消息。几分钟后德罗瓦茨基警探就到了那个在警察总局对面的图书馆，开始寻找那本书。他最后找到了一个白色信封，在信封的左上角有一个名字，比尔・托马斯・基尔曼（Bill Thomas Killman），警方后来意识到这个名字的首字母缩写正好是 B.T.K.。

德罗瓦茨基读完这封信的第一印象是：“感觉乱七八糟，想让人认为他是个白痴，他也的确是个白痴。不过明显的是，他也有某种病态的聪明。”

这封信是打印出来的，语法混乱，有许多拼写错误、语法错误和动词变形错误。研读过这封信的警探们都无法确定这些错误是无心之举，还是为了骗警察认为他是一个傻瓜而故意加上的。

根据我的经验来看，与警方通过信件沟通的罪犯一般都会掩饰自己的行文，通过故意拼写错误或者使用不恰当的语法来迷惑警探。不过有一件事很明确：不管是谁写的这一页信，他似乎不在乎直接把原件而不是复印件寄给警察。他一定知道，法医专家会用显微镜仔细查看信中的每一寸地方。他也一定知道，信中包含的一项重要物证可能会让刑侦人员通过这封信追踪到他。他寄信本身就是有风险的，因为这让刑侦人员第一次真正看透了他冷酷、野蛮的心理。即使所写的一切都是谎言，但从收到信的那一刻起，他就不再是一个看不见的鬼了。他的形象虽然仍然非常模糊，但已经开始显现了。他觉得这都没关系。他的自负显然让他相信冒这个风险是值得的。

信的内容如下：

奥特罗案

我是看在纳税人和你们时间的面子上给你们写的这封信。被你们关起来的那三个家伙谈论奥特罗案就是为了出名。他们什么都不知道。都是我一个人干的，没有别人帮忙，也没有跟人谈起过。让我们直说吧……

乔：

位置：西南卧室，双脚绑在床上，头朝南。

捆绑物：窗帘绳。

刑具：窗帘绳，棕色腰带。

死因：袋子捂死的老把戏，晾衣绳勒。

着装：白色T恤衫，绿色裤子。

备注：他吐了一次。几星期前车祸导致的肋骨伤。躺在大衣上。

朱莉：

位置：十字仰面躺在床上，朝西南方向。脸上有个枕头。

捆绑物：窗帘绳。

刑具：晾衣绳打成的双套结。

死因：勒了两次。

着装：蓝色家居服上衣，黑色宽松裤子，白色袜子。

备注：脖子施压太大，脸上都是血，没有铺床。

约瑟芬：

位置：脖子上套了绳子挂在地下室的西北。烘干机或冷冻机在她身体的北侧。

捆绑物：手被窗帘绳绑着。两脚和膝盖下方、膝盖上方和腰部用晾衣绳绑着。都是一个长度。

刑具：粗麻绳的1/4，套索5圈。

着装：深色胸罩从中间剪开，短袜。【不知为什么B.T.K.漏掉了淡蓝色T恤和被拉到袜子那里的内裤。】

死因：勒了一次，吊死。

备注：她的大部分衣服都在楼梯的底层，绿色裤子，还有内裤。她的眼镜在西南卧室里。

乔伊：

位置：东边卧室，仰面躺着，朝东。

捆绑物：窗帘绳。

刑具：三个头罩；白色T恤，白色塑料袋，另一件T恤，打了双套结的晾衣绳。

死因：窒息一次，袋子捂死的老把戏和勒死合用。

着装：棕色裤子，黄棕色条纹T恤。

备注：他的收音机在响。

所有受害者的双手都被绑在身后。嘴里塞的是枕套剪成的条状物。绑着乔和乔伊脖子和腿的结是滑结，或者曾经是滑结。女士手提包里的东西在桌子的南边。那块地方还有洒了的饮料，孩子们在那里准备午餐。客厅红色椅子上放着门帘。奥特罗的手表不见了。我需要一个手表，所以把它拿走了，跑得还挺准。温度调低了。汽车里面很脏，没油了。

发生这样的事我很抱歉。他们的遭遇最痛苦。很难控制我自己。你们很可能叫我“有性变态障碍的精神病患者”。我永远也不知道这个恶魔是什么时候进入我大脑的。但它就在这里。一个人怎么能治好自己呢？如果求助的话，告诉别人你杀了四个人，他们要么会哈哈大笑，要么会惊慌失措而报警。

我控制不了它，所以这个恶魔还在继续伤害我和社会。有时候我会通过做白日梦的方式来释放自己，幻想一些受害者被我折磨、受我支配。社会可以为有这样的方式感到感激。我的这个恶魔朋友会定下受害者的数量，跟踪他们，检查他们，在黑暗中等待、等待、等待……这是一个很复杂的游戏，压力很大，有时候也会按照自己的喜好运行游戏。或许你们可以阻止它。我不行。它已经选好了下一个或下几个受害者。我还不知道他们是谁。第二天我读完报纸就知道了，但那为时已晚。祝你们抓捕好运。

你的，真诚的有罪者

另：既然性犯罪者都不会改变他们的作案手法，或者天生改变不了，我也不会改变我的。我的代码是……捆绑、虐待、杀害他们（Bind them，Torture them，Kill them），B.T.K.，你们会在下一个受害者身上再次见到它的。

信件的最后没有署名。写这封信的人用B、T、K三个字母画了一个神秘的符号。

从描述自己犯罪现场的方式来看，写这封信的人显然想成为警察，因为他像警探一样非常关注细节。不过他还需要再学学犯罪学，因为很多罪犯会改变他们的作案手法。几十年后调查人员会发现，B.T.K. 也改变了自己的作案手法，因为他把最后两个受害者的尸体从他们家中搬出来了。他没有改变的是作案特征，这是作案者为了满足自己情感的一些做法，而这并不是完成犯罪所必需的。

在奥特罗凶杀案以及后面发现的布赖特案件里，B.T.K. 的作案特征就是使用捆绑物和封口物，以及让受害者慢慢死去，对其进行心理虐待。

这封信一放到汉农局长的桌子上，刑侦人员们就扑了过来，开始检查信纸上的毛发、纤维和指纹，然后认真研读信里每一个拼写错的单词或者使用错误的地方，寻找他们能发现的任何线索。这根本不足为奇。

他们从信上发现的第一点，就是写信人在讨论正在被警方监视的嫌疑人时，将“两”字划掉，重新写了个“三”。这就表明他是在 10 月 18 日前写的这封信，因为托马斯・迈耶斯是那天才被找到的。不过不知为什么他选择隔了几天才把信寄出去。显然这个不明嫌疑犯不想让其他人与自己争功，他认为那是自己的“蒙娜丽莎”。

还有一个原因。他让威奇托警察看起来像启斯东警察[①]，这似乎让他很高兴。他最不想看见的事就是当地的警方为可能要侦破奥特罗案而获得媒体或公众的任何赞扬。

这个不明嫌疑犯没有声称为布赖特凶案负责，那是因为他留了一个活着的目击证人，也就是布赖特家的弟弟。警方直到 1979 年岁末才将他与布赖特案关联起来。现在我知道了他应该为 4 个月前对凯瑟琳拙劣但致命的攻击负责，很有可能他给警察打印这封信也是为了让自己和警察更清楚他在巅峰时期的能力。毕竟杀害奥特罗家的杀手能够做到制服并诱骗一家四口人。

不过可以肯定的是，他信中所包含的细节是只有杀害奥特罗一家的凶手才知道的。这远远超出了谋杀案发生后媒体报道的任何内容，读起来像警方的犯罪报告。他的描述如此准确，以至于我怀疑他在逃跑前是否对犯罪现场拍了照。如果他没有带相机或者没有在奥特罗家

① Keystone Kops，由美国喜剧片先驱麦克塞纳特创造的无能警察群体形象。——译者

发现并使用相机的话，他怎么能记住所有这些细节呢？

尽管他在信中提供了非常精准确切的信息，但也有一些特别之处。有些描述是非常不准确的，警探们都被难住了。例如在犯罪现场，约瑟夫头上没有袋子，朱莉的脸也没有被枕头盖住。警方后来了解到，奥特罗的另外 3 个孩子刚回到家试图叫醒他们的父母时，把那些东西挪开了。而且 B.T.K. 也一直没有提到约瑟芬死后还一直穿着的淡蓝色 T 恤。

然而最终这些不准确的地方实际上更能证明写这封信的人就是杀害奥特罗一家的凶手。毕竟他不知道犯罪现场已经被扰乱了，他以为现场会和他逃离时一模一样。另一个事实方面的错误是，信的作者声称他做约瑟芬的套索时用了 5 圈绳子，实际上他只用了 3 圈。警探把这个错误归结为粗心大意，因为在杀死 11 岁的受害者之前他一定非常兴奋。信中另一个令人费解的地方是，他提到约瑟芬的眼镜被留在了卧室里。凶手为什么要大费周章地把它放在那里？这只是嘲弄警察的某种奇怪方式吗？几十年后调查人员才知道真正的原因：答案要普通得多。

在接下来的几个星期里，警方向 20 多名心理学家和精神科医生展示了这封信的内容，希望他们编写一份写信人的性格档案。就是否应该向公众公布调查结果的问题，医生们存在很大分歧，而警方则犹豫不决，因为他们担心一旦公布结果，他们就会被大量的虚假线索淹没，他们知道自己没有足够的人力去调查所有的线索。

我们现在知道当时有一个问题远比警察局是否需要更多人手追查线索重要得多。在我看来，如果警方能够更加及时地向公众发布信息，他们的努力可能会更有效果。因为一旦获得了不明嫌疑犯有用的行为特征，公众就可以成为刑侦人员的有力工具，充当他们的眼睛、耳朵和某种集体数据库。在凶案发生的前后，在某个地方，肯定会有某个人在朋友、同事或者亲戚身上见到过某些有点奇怪的行为。但在得到某些线索指导他们应该看到什么之前，他们无法把自己看到的这些内容串起来提供给警察。

专家们在鉴定意见方面很一致，都认为写信者是“一个病得很重的人……对捆绑有迷恋的人。能够激起他性反应的就是被捆绑和捆绑他人”。汉农局长最后告诉媒体时如是说。

在警方的要求下，格兰杰在 10 月 24 日至 27 日的报纸上刊登了一则告示，敦促凶手与他联系。内容如下：

B.T.K.
晚上 10 点前拨打 684-6321，
可以提供帮助。

格兰杰的告示没有收到任何回应。几天后，他在报纸上写了一篇专栏文章，说警方正在寻找“一个急需帮助的人”，他掌握了奥特罗谋杀案的信息。这位勇敢的专栏作家甚至让此人打电话到自己家里。但他等的电话一直没来。凶手不再有说话的心情了，他显然在想其他事。

第五章

天色已晚。当我从详细描述凯瑟琳·布赖特谋杀案的书页中抬起头时，太阳已经落山了，外面的世界罩上了一层黑衣。

我决定今天就先看到这里，准备回家睡觉了。我疲惫不堪，把犯罪报告收拢起来，每一摞资料外面都用橡皮圈缠绕好，扔进了一个袋子里。我吃力地走进黑暗中，走向自己的车。从这里开车回家需要半个小时，我刚开了几分钟就意识到什么是真正需要做的事了。我有近一个月没有做这样的事了。于是我把车掉了头往北驶去，目的地是匡蒂科市国家公墓，去看看原本为我准备的那块墓地。

几个月前，大家以为我很可能不会从昏迷中醒过来，于是退伍军人管理局的一位官员就在这个新开的墓园为我留了一块地。公墓所在地在内战期间是南部邦联军队的封锁点。后来我又醒了，给我留的那块地就给了其他人。不过我知道这块地的位置，对这个地方有种奇怪的依恋。我常常想，要是没有上帝的恩典，那里就是我的归宿了。

当我穿过墓园寻找那块坟墓时，感觉到地上的草被晚间的露水打湿了。我手里紧紧抓着手电筒，好像抓着一根木棍一样。一轮满月刚刚爬上远处的山胡桃树和橡树，就像法医的检查灯一样亮，正好为我照亮了脚下的路。刚才下车之前我拿了一捆文件，那是详细描述B.T.K. 下一个受害者雪莉·维安的资料。她在卧室里被杀，她的孩子们被锁在卫生间里。孩子们哭喊着恳求凶手放过他们的母亲。我不知道究竟要拿这些文件干什么，但晚上在墓地散步带着它们似乎是很自然的。

我是几个月前开始来这里的，想着这里会有我与死神擦肩而过后留下的所有问题的答案。我的职业生涯中大部分时间都与死亡有关，所以墓地感觉像是办公室的自然延伸。尽管如此，今天晚上的黑暗还是让我感到紧张不安。我从来没有晚上来过这里，也从来没有告诉过任何人我来过这里。为什么要说呢？没有人会理解的。

上次来这里时碰巧看到了一个小女孩的坟墓，我曾经调查过关于她残忍被杀的案子。她的坟墓与为我预留的那块地很近，尽管这纯粹是巧合，但当我站在埋着她弱小尸体的地方时，仍然突然感到一阵恐慌。多年来我一直建议警察们盯着墓地，因为我的研究发现凶手有时候会到他们受害者的坟墓去，为了接近他们的“成就”。在这个小女孩的案件中，警方有一个潜在的嫌疑人，但他们始终无法将其与谋杀案直接关联起来。这个人是个被定罪两次的重罪犯。想到这，我的后背不禁打了个小寒战。

“万一警察此时此刻正在盯着她的坟墓怎么办？”我那时候想，扭过头去看看是否有人在看我。“他们很可能正在看着我，以为他们终于抓到了凶手。”

今晚我径直走向自己的那块地，扑通一声摔倒在潮湿的草地上。我仔细看了看那些在黑暗中似乎发着光的白色墓碑。一个是参加过越南战争的美国陆军成员，两边的人也都跟他一样。我用鼻孔深深吸了一口这夜晚凉爽的空气，闭上了眼睛，突然发现自己在向上帝祈祷，请求祂帮助我。“约翰，平衡一下你的生活。”我想。“你又要回到老路了。你又要失去控制了。如果不小心，你会在这里找到归宿的。”

突然，我听见身后某个地方有细枝折断的声音。我的手指瞬间抓住了西装外套肩枪套里左轮手枪的枪托，然后转过身与想象中的袭击者对峙。结果我只看到了一只正在咀嚼干树叶的小鹿。

我站起身来，摸到了身边的手电筒，用一束白光照到了那只鹿身上。它飞速向树林跑去。我坐回到草地上，心脏跳得非常厉害，轻声笑了笑自己的大惊小怪。

我看了看带过来的那捆文件，感觉这里就是开始钻研 B.T.K. 下一个受害者的最佳地点。借着明亮的月光和手电筒，我又开始阅读了。

时间是 1977 年 3 月 17 日下午早些时候，威奇托警督伯尼・德罗瓦茨基将车停在了水力南街 1311 号房子前面，这里位于奥特罗家西北两英里处。德罗瓦茨基不断出现在 B.T.K. 的犯罪现场，这并不令人意外。伯尼是威奇托市警察局的得力干将，对汽车无线电台传来的几乎任何调度电话都喜欢一探究竟。他从无线电里只知道住在这里的 24 岁女性雪莉・维安被勒死了。当走到前门站在破旧的木门廊上时，那破旧的白色木墙板不禁让他想起了凯瑟琳・布赖特的房子，那是他帮助调查的另一起谋杀案。德罗瓦茨基走了进去，一个早些赶到的巡警快速向他陈述了维安 5 岁儿子史蒂夫告诉他们的事情。

这个男孩说一个陌生人进了他们的房子，把他和他 8 岁的哥哥巴德、4 岁的妹妹斯蒂芬妮锁在了卫生间，然后在隔壁的卧室里杀死了他们的妈妈。从凶手走进房子到离开，也就用了 30 到 45 分钟。

德罗瓦茨基在这个极其杂乱的小房子里转了转。两扇门可以通向卫生间，分别连着两个卧室。为了让孩子们无法打开其中一扇门，凶手在水槽下面的管子上绕了一段崭新的尼龙绳绑在门把手上。德罗瓦茨基首先注意到的是绳结。

“我以前见过这样的绳结。”它的某些地方让他想起了在奥特罗家凶杀案里的绳子结扣。这不是参加海军或者童子军的人打的那种结。似乎有人先打了个基本的双套结，然后不停地绕来绕去，直到无意中发现了这个新的结。

雪莉全裸的尸体躺在前厅，旁边有一张展开的沙发床。她的胸膛上粘着两个白色心电图导联，那是救护人员留下的，他们刚开始以为或许能够让维安苏醒。地板上到处都是报纸和鞋子。角落里有一把破旧的软垫椅子，旁边是一个堆满烟头的烟灰缸。

救护人员在下午近 1 点时到达现场，不久警察也赶到了。维安吓坏了的儿子跑到邻居家，尖声哭叫着说他妈妈死了，之后这位邻居拨打了求救电话。他们进来的时候发现她被绑在卧室的金属床架子上。在她旁边脏兮兮的地毯上，有呕吐物形成的肾脏形状的水坑。因为那时候她的身体仍然是温的，房间光线太暗，急救人员就剪断了套在她四肢上的白色尼龙绳，把她挪到了亮光下，希望能够让她复活，但没有成功。警方从她温热的尸体估计，凶手当时离开了约 15 分钟。

她的脸上一片狼藉，由于发绀和大出血而布满了红色的斑点，还覆上了一层朦胧的蓝色。干掉的血液和呕吐物在她的鼻子和嘴巴周围结块。脖子上的绳子在她喉咙的大部分地方留下了一道可怕的锈色擦伤。

她遇害 2 年后，威奇托的警探第一次出现在联邦调查局总部，想知道我所在的行为科学组能否提供帮助。看到雪莉尸体的照片时，我倒吸了一口气。这么些年来我都在研读犯罪现场照片，但即使如此，她的尸体还是让我难以忘怀，这是偶尔会出现在我梦中的那种尸体。这是因为作为心理画像师，我要做的一件事就是把受害者的表情固定在其脸上，然后逆向分析。我必须把自己置身于犯罪发生时杀人凶手和受害者双方的大脑中。

她的嘴唇和脸上的大部分地方都露出一种暗淡的、冰冷的蓝色。我敢肯定她临终前想的一定是她的孩子们。她与入侵者合作是因为他肯定向她保证不会伤害她的三个孩子。但当感觉到绳子在脖子上收紧时，她知道自己犯了个大错。她像约瑟夫·奥特罗一样躺在那里，内心充满愧疚，完全孤立无助，祈祷那个似乎一心想要杀害她的陌生人能放过她的女儿和两个儿子，希望这一切结束后她的尸体不是被他们发现的。

我从犯罪报告的字里行间能够感觉到雪莉一直在努力纠正自己悲惨的人生，但从来没能成功过。她那年 24 岁，结过 2 次婚，有 3 个孩子，都和她住在一起。她尽其所能抚养他们，就像奥特罗家的父母一样，她也受到自己孩子们的崇拜。

她的大儿子巴德有认知障碍，女儿斯蒂芬妮有各种学习障碍，5 岁的史蒂夫是这个家里唯一一个没有学习或智力障碍的人。雪莉当时与她的丈夫里克·维安生活在一起，凶案发生的时候他正在建筑工地上班。她的孩子经常不去上学，那天上午他们也没有去学校，因为妈妈得了胃肠感冒，没法为他们上学做准备。

那天上午早些时候，她因为自己的胃不舒服，曾让史蒂夫到附近的杂货店取鸡肉汤面和七喜。在那个年代的威奇托，让一个 5 岁的孩子跑腿办这样的事并不奇怪。维安提前打了电话，让店员留意她儿子。她还让史蒂夫取了两张总计 40 美元的汇款单。史蒂夫回家时，一个陌生人在离家不远的人行道上拦住了他，拿出自己的皮夹给他看了里面的一张照片。他问史蒂夫是否见过照片上的两个人，史蒂夫说没有。

那个人手里拿着某种袋子，他继续问史蒂夫照片上两个人的身份，但史蒂夫坚持说他不知道他们是谁。陌生人终于让史蒂夫离开了。史蒂夫边走边回头看到那个人继续在街上走，然后在一家邻居门前停住并敲了他们家的门。

史蒂夫听到有人敲自己家门的时候，正在投入地看一个电视卡通节目，那时距离他跑腿回到家差不多 10 分钟。他打开门后看到刚才在人行道上跟他说话的那个人正站在他家门前。

“打扰了，小孩。”那个人说，“我的狗丢了。你有没有在附近见过走丢的狗？”

“没有，先生。”史蒂夫回答。这时候这个人在往房子里面探头看。

“你妈妈在家吗？”他问，“我们问问她。或许她能帮我找到我的狗。”

史蒂夫和巴德站在那个人的旁边，他推开他们，直接走过去关掉了电视，当时斯蒂芬妮还正在看着。接着他把两个前窗的窗帘都拉了下来，前厅里立马变黑了。

孩子们很困惑，看着这个陌生人闯进他们家里，好像他住在那里一样。他们不知道是怎么回事。当看到孩子们在看着他时，陌生人从夹克肩枪套里拿出一把手枪，指着他们。

“你们的妈妈在哪里？”他质问道。

“她在那里。”几个孩子同时喊道。

那个时候雪莉已经听到了前厅里有动静。她之前一直躺在卧室里，听到陌生人的声音后，努力挣扎着走到前面的客厅。

“你到底在干什么？”她质问道，“你到底是谁？”

那个人朝她走过去，边走边挥舞着他的手枪。“闭嘴！”那人厉声说道，指着卧室说，“到那儿去。”

她还没有动，电话铃响了。史蒂夫盯着电话看，但是那个入侵者说：“不要管它。”

他接下来环顾了一下房子，命令雪莉拿一张毯子和一些玩具，指挥她把这些都摆在卫生间的地上。他把孩子们都赶进卫生间后，从衣服口袋里掏出一根绳子，把它套在门把手上，然后系在水槽下面的排水管上。他从卫生间的另一个门走出去，很快听到他挪动一张床抵住了那扇门，这样就把孩子们关在卫生间了。反抗的史蒂夫威胁说要解开绳子，但那人说的话让他没有继续。

“你最好别，不然我就把你他妈的头炸下来。”他喊道。雪莉请求她任性的儿子按那人说的话做。

孩子们在卫生间里听到了撕胶带的声音。史蒂夫使劲推了推被床抵住的那扇门，从门缝里向外看。他看到母亲脸朝下躺在床上，什么衣服也没有穿。她的双手被胶带绑在了背上，脖子里有一根绳子，头上套了一个塑料袋。

孩子们不知道自己在卫生间待了多长时间，说感觉过了很长一段时间。然后电话铃又响了起来，巴德不知道怎么爬到了水槽上面，用拳头打碎了卫生间的小窗户，血很快从他手上被割破的地方流出来。他透过窗户向外呼喊救命。斯蒂芬妮也跟他一起喊。这个时候史蒂夫已经用力把凶手用绳子连着水槽的那扇门最下面的底板踢掉了。他看到这个人伤害了他的妈妈，所以非常愤怒，握着拳头冲进了卧室里准备打那个人。但是，那人已经消失了。

史蒂夫看了看仍然趴在床上的妈妈。她没有动。他冲到外面，几秒钟后站在他们邻居家的门廊上，用力捶打他们的门。

“我妈妈死了。”他尖叫道，“给警察打电话。”

那位邻居跑到史蒂夫家，看到巴德和斯蒂芬妮坐在他们妈妈的身体旁边哭。

警察到达现场的时候，救护人员正在把维安挪到前面的客厅里，这让警探只能依靠孩子们的回忆才把犯罪现场的样子拼凑得更加清晰具体。尽管急救人员去掉了维安身上的很多绳子，但是能看出来，维安的手腕和脚踝都被白色尼龙绳绑起来了，还有绝缘胶带沿着她的腿往上延伸，在脚上形成的图案让人想起罗马军队的凉鞋。刑侦人员一直无法追踪到绳子是从哪里来的。

尸检表明她没有受到性侵犯，她的手上也没有因保护自己而受伤的痕迹。

凶手是怎么制服雪莉的呢？

警方推断是他答应如果她让他把自己绑起来的话，他就不会伤害她的孩子们。让她把所有衣服脱掉之后，凶手把她的睡袍罩在了她头上，然后又套了一个袋子。如果这个不明嫌疑犯在这座房子里射精了的话，警方推测他可能射在了雪莉的裤子上，逃跑的时候把裤子带走了。

孩子们尽力向警察描述了凶手的模样，中间穿插着告诉警察他们睡不着觉的时候，妈妈会给他们唱的那些歌。他们坚持说他黑头发，30 多岁接近 40，或 40 多岁，身材粗壮，有“大肚子”。但是警方却没有特别相信孩子们提供的信息，尤其是关于嫌疑人长相的描述。

因为史蒂夫从杂货店领回的 40 美元汇款单没有在房子里找到，警探认为抢劫可能是这次犯罪的最初动机。尽管如此，这次凶案仍被定为性犯罪。一开始警方认为没有足够的证据将维安命案与奥特罗家命案关联。为什么呢？维安家的电话线没有被切断，凶手似乎也没有在现场手淫；受害者方面也不一样，雪莉的孩子们都没有被伤害。再加上救护人员破坏了犯罪现场，去掉了维安身上的各种捆绑物，这让警方缺少了将两案关联起来的直观感受。他们只能依靠维安的孩子们和急救人员的记忆才能恢复现场。

尽管如此，德罗瓦茨基说当时有几名警探私下说过这两宗案子中可能存在的相似之处。他们不是在正式办案的时候想起这两起谋杀案之间的联系的，这件事本身充分说明奥特罗家的凶手已经深入威奇托警方的意识。但他们的怀疑只不过是一种集体的直觉，当然没有任何人能证明，至少在凶手写下一封信之前无法证明——B.T.K. 在这封信里声称为这起命案负责。在接下来的几个星期里，警方向大约 50 人进行了问话。然而，由于这起谋杀案具有令人费解的随机性，寻找潜在嫌疑人的工作很快就冷却下来，这个案子也被搁置起来了。

尽管没有明确的线索，但刑侦人员有种强烈的预感，那就是凶手给史蒂夫看的照片上的两个人是谢丽尔·吉尔摩和她的儿子。那天上午早些时候，史蒂夫从杂货店回家的路上看到凶手敲门的那一家，就是吉尔摩家。

警探认为吉尔摩可能是凶手的预定目标。她与儿子住在一起，在附近一个验光师的办公室工作，一般回家吃午饭。不明嫌疑犯敲她家门时她不在家的唯一原因，是她必须带儿子去看病。

那天下午下班后，吉尔摩听说了维安凶杀案。那条街上有很多警察和电视台的人。一想到自己险些遭受雪莉所遭遇的可怕命运，她就胆战心惊。因为负担不起从这个地方搬走的成本，她只能继续住在那里。在接下来的一年里，她每天晚上都会在床上放一把未上膛的猎枪，告诉自己如果凶手回来，她就把它当棍棒用。

我不禁在想，如果 5 岁的史蒂夫那天早上没有遇到那个在街区游荡的陌生人，后来会发生什么。凶手沉溺于控制和毁灭一个人的欲望之中，显然是非要杀死一个人才能罢休。我推测，当发现吉尔摩没在家的时候，他想起了刚才跟他说话的那个小男孩，决定去他家看看有没有人能成为一个有价值的受害者。这是一个大胆而愚蠢的策略，可能会让他被抓，但他不知怎么还是逃脱了。

当我终于决定收拾好文件从墓地回家的时候，已经接近午夜时分了。月光依然很明亮，不过我手电筒的光已经变成了微弱的黄色。我感觉平静了一点，也更有控制感了。

我越想维安的案子，就越能感觉到不明嫌疑犯很可能在为这次谋杀的实施方式而自责。从他杂乱无章地袭击了凯瑟琳·布赖特和她弟弟之后，已经过去了 3 年。那次事件无疑吓到他了，让他想要杀人的欲望有所消退，他本人也躲藏起来了。3 年来，他很可能在策划和幻想杀害另一个受害者。经过布赖特家发生的一切，我能想到下一次他露面的时候会变得更加聪明和精明。

但实际上并非如此。首先，他与一个 5 岁的男孩说了几句话后就强行进入了雪莉·维安的房子里，逃跑的时候还险些走不了。凶手是算计周全、意志坚定，但最重要的是，他很幸运。

当试着想象雪莉·维安的生命被不明嫌疑犯夺走的那天下午她的卧室里发生了什么时，我看到他站在里面，看着她的尸体，陶醉在她被那些绳子和绝缘胶带裹着的画面中。他可能一直在试图自慰。

但孩子们似乎想把一切都毁了，他们不停地尖叫，使劲踢卫生间的门，打碎了玻璃。他真想杀了他们，但在局势完全恶化之前，他首先需要把眼前的事处理完。所以他继续打飞机。当前厅的电话响起时，他终于觉得自己受够了，于是逃走了。警方一直无法确定是谁打的电话，但无论是谁，无疑都救了维安3个孩子的命。

当他离开维安的房子时，我想知道他脑子里在想什么？很明显他去那里是因为自己的预定目标没在家，那个人消耗了他大量的清醒时间。但是他当时杀人的欲望太强烈了，所以在中途改变了方向，开始瞎碰乱撞。不过由于无法完全控制这个环境，他犯下了一次不那么完美的罪行。造成的结果根本不是他所渴望的那个梦幻世界，一个完全由他发号施令、自己能掌控一切的世界。

尽管如此，他还是成功了，而且为接下来的几个月甚至几年里收集了大量的原材料，用以满足他那贪婪的想象力。毕竟这是这些人杀人背后的真正动机之一。我通过采访这些恶魔了解到，杀戮行为对他们许多人来说就相当于把钱存入银行。他们犯下残忍的罪行不仅是为了将自己的幻想付诸行动，也是为了给未来的幻想提供燃料。他们能“存入”的视觉记忆越多，在那些不能杀人的漫长白天和黑夜里，可以提取的“积蓄”就越多。

尽管从采访过的连环杀手那里知道了这个黑暗的地下世界，但我意识到自己对这个平行宇宙拥有的奇怪力量的理解只涉及了皮毛。但无论我是否理解，有一件事是不可否认的，那就是对这些人中的大多数来说，他们的幻想世界充斥着真实的、想象的和即将到来的各种受害者，这往往比他们清醒时所在的世界更加逼真。

因此对这些人来说，真正重要的是找到了一种有效的、持续的方式来进入自己的内心世界。从不明嫌疑犯描述犯罪现场的精确程度来看，他似乎明显是一个视觉导向的人。这告诉我，他可能会通过在犯罪现场绘画或拍照来帮助打开通往自己黑暗幻想王国的暗门。

不是所有连环杀手都是视觉导向的。很多人会录下自己虐待和谋杀的过程。之后他们会听这些录音，有受害者的尖叫声、求饶声，有时候有请求被杀的声音，就像正常人在音响上听莫扎特的钢琴协奏曲一样。这些声音把他们带到了另一个世界。

我书桌的抽屉里放了几盘这样的磁带。听这些磁带里的声音总能让我脖子后面的汗毛都竖起来。我曾经和经验丰富的凶案刑侦人员坐在一个房间里一起听这些录音，他们只听几分钟就受不了了，摇着头快速逃离了那个房间。

我曾侦办过一个涉及两名极端野蛮杀人犯的案子，他们就是用声音来重温自己的杀戮。劳伦斯·比特克被判使用致命武器伤人罪入狱，他和强奸犯罗伊·诺里斯在监狱成了朋友，都被监禁在圣路易斯-奥比斯波县的加州男子监狱。从监狱释放前不久，他们策划了一个杀死少女的计划，从 13 岁到 19 岁，每一岁一个女孩。他们渴望用录音带记录自己的罪行。1979 年 6 月，他们买了一辆旧福特货车，给它起了个绰号叫“谋杀马克”，然后开始实施他们的黑暗幻想。

那个夏天，他们接连残忍地强奸、虐待和杀害了 4 名年轻女孩。警察最终拘捕他们时，很快发现了二人收集的录音带。我永远不会忘记听他们磁带的那个下午。比特克被送往圣昆汀州立监狱并被判处死刑。我和一名女特工要对比特克进行访谈，于是听了他们的一盒磁带来做准备。

在录音过程中，他的同伴开着货车，比特克为那个不断呜咽、吓坏了的 14 岁女孩“写剧本”，写下他慢慢虐待她时想让她说的每一句话。这就像 B.T.K. 把受害者的尸体摆出各种姿势是为了在想象中再次看到这些人。比特克需要听到特定的词语组合才能让受害者在他的脑海中活着。比特克的绰号是“钳子”，因为他最喜欢的刑具是钳子。

那天下午，我们终于在圣昆汀监狱的审讯室里坐下来，以对一个人来说非常可悲的理由与他谈话。他非常高兴能向我们吐露心声。唯一的小问题是当我的女同事向他提问时，他拒绝看她。他就是这么讨厌女人。我们的问话结束时，他哭了起来。当然，他的眼泪是为自己而流，而不是为他的受害者。

我借着月光穿过墓地回到车上，脑子里在想 B.T.K. 于 1974 年 10 月寄给警方的那封信。他在信中写道：“既然性犯罪者都不会改变他们的作案手法，或者天生改变不了，我也不会改变我的。”

我只能假设他这么写是出于无知，因为每一个刑事司法专业的学生只要稍微动动脑子就知道杀手会改变他们的作案手法。这是他们最具延展性和流动性的品质，一种不断进化和变化、直至完美的技能。

B.T.K. 的杀人方法似乎在进化。他并没有像预期的那样变得更加谨慎，而是变得更加随机。他的犯罪现场显示了高度的条理，似乎仍然在策划谋杀，但已经开始培养一种新的技能。他现在似乎能接受在受害者没有出现的情况下即兴选择，正是这种随机性导致了雪莉・维安的死亡。我无法解释这种冲动的来源。它的诞生是由于无法控制自己的杀人欲望，还是不切实际的想法，或者仅仅是单纯的粗心大意？

话说回来，是不是有其他我们这一行的人以前都没有遇到过的原因？我那刚刚持续了 20 分钟的平静和沉着开始消失。我不知道的东西太多了，有太多悬而未决的问题。到底是什么让这个不明嫌疑犯敢在大白天接近如此高风险的目标？这根本说不通。

到目前为止说不通。

第六章

第二天早上 5:15 我就醒了，穿好衣服去上班。帕姆的头埋在枕头里轻轻地呼吸着。我系领带的时候从镜子里看着她，心里想她一动不动的样子就像一具尸体一样。工作正在把我吞没，暴力在我的内心噬出了一个黑洞，而我似乎对此无能为力。

几天前我带着两个女儿——8 岁的艾瑞卡和 4 岁的萝伦——到家附近一个树木繁茂的公园玩耍，却发现自己不停地费力朝灌木丛看。我是在找命案受害者的尸体，一直试着让自己相信这具尸体被扔在那里，然后用树叶盖起来了。在那之前两周，在与帕姆过夫妻生活的时候，一道回忆突然闪过我的大脑，然后我就发现自己正盯着一张死者的面孔，那是一个遭受残忍虐待而死的女人，我那几天正在帮忙侦查此案。

我走出卧室之前弯下腰亲了亲帕姆的额头，然后走下楼，悄悄进入两个女儿的房间。我站在那里听着她们微弱的呼吸声，被她们随着呼吸起伏的小脸深深吸引。

我 6:15 到达办公室。这是我能干点活的唯一办法，尤其自昏迷醒来后，大脑还没有完全恢复，让它重新开足马力工作还有困难。我告诉自己下午晚些时候再去看 B.T.K. 的下一宗案件。那应该是凶手最为满意的一次谋杀。与此同时，桌子上摆着的一摞摞文件夹是那么迫切地呼唤我的关注。

有条理与无条理、混乱与有序之间的动态变化让我的生活持续处于紧张状态。我不好意思承认，但有一种不可动摇的感觉，那就是这个在威奇托制造了那么多悬案的凶手，可能可以教给我一点条理方面的知识。

B.T.K. 的谋杀使用了既有条理又无条理的元素，都是那么独一无二。他有时会粗心大意，比如在犯罪现场留下生物证据。但让我感到困惑和震惊的是，他在杀人后显然还保持着极其敏锐的控制。我不确定他是做什么工作的，甚至不确定他是否结婚了，但我确信他从不让自己的内心世界渗透到外部世界，而他的内心世界像一个冒泡的大锅一样在沸腾。

1979 年我写那篇分析报告时已经知道他犯下了两起凶杀案，当时我以为我们要找的是一个长得像怪物的人。现在 5 年过去了，我开始看到了他性格中的另一个元素。

他能在两次杀戮之间间隔这么长时间，原因之一是他不知怎么培养了融入周边环境的能力。他在社区活动中几乎不可能引人注意。我们看不见他的原因是我们把他略过去了，没有盯着他看。

午饭前不久我埋头完成了文书工作，回答了我们科几个人的问题，然后高高兴兴地回到法律图书馆安静的角落里，开始研读 B.T.K. 最后一起已知谋杀案的材料。这起谋杀案发生在 1977 年 12 月 8 日晚上。

很明显这起案件是这个不明嫌疑犯最完美的一次杀戮，这段记忆无疑帮助他在过去的几年里度过了难熬的岁月。杀戮发生后的第二天早上 8:20，接警调度员接到一个人打来的电话后，外界才开始了解这次谋杀。

对威奇托的消防员韦恩 · 戴维斯来说，那天本应该是一个与往常一样的早晨。他与很多同事一样靠做兼职增加收入。在那个特别寒冷的早晨，他被派去取一辆本该停在圣弗朗西斯街的卡车，他需要跨过市区把它开回来。但问题是韦恩没找到那该死的东西。所以当在圣弗朗西斯街和中央街拐角处的一个市场外面看到一部投币电话时，他决定靠边停车给雇他的人打个电话。他跳下车，把手伸进口袋后发现自己没有零钱。

“真是倒霉！”他耸了耸肩，匆匆走到市场里面找了一家店，换了一美元的硬币。那时一个男人正在使用那个投币电话，对着话筒轻声说话，但戴维斯几乎没有注意到他。

戴维斯在店里的那几分钟，打电话的那个人和两名接警调度员之间发生了一段简短但令人毛骨悚然的对话。“你们会在南潘兴街 843 号发现一起命案。”那名男子告诉调度员，“南希·福克斯。”

“不好意思，先生。”她回答，“我没有听清楚。地点在哪里？”

这时，一直监听电话的另一个调度员插进来：“我听到的是南潘兴街 843 号。”

“没错。”那个人说，然后他那头的电话就安静了。

等到戴维斯回到停车场的时候，那个打电话的人已经不在那里了，话筒悬在空中。戴维斯拿起话筒，把听筒靠近自己的耳朵，他发现电话里没有传来拨号音，于是说：“你好？”

电话线另一端的人问他是不是刚才跟她说话的那个人。“不是。”他回答，“刚才是另一个人在用这个电话。”

“韦恩，是你吗？”调度员问道。因为接警调度员接到的紧急报警呼叫经常会发送给消防部门，所以他们两人经常对话。现在一个调度员听出了韦恩的声音。

“对，是我。”他说，“怎么了？”

片刻之后，威奇托警监艾尔·蒂姆施加入了对话。这两个男人和他们的妻子是长期的方块舞舞伴。蒂姆施问道：“韦恩，你看清楚刚才打电话的那个人了吗？”

“算不上。”他说，“发生什么事了？”蒂姆施把相关细节很快告诉了他。很明显戴维斯已经很难回忆起那个打电话人的外貌了，蒂姆施问他是否同意来警察总局进行催眠回忆。

“没问题。”戴维斯回答道。

不过，其实是有问题的。那就是那个不明嫌疑犯又露面了。他用短短的 7 秒钟说了 15 个词打破了他的沉寂，冒着一切风险让当局知道他又回来了。

快到 8:30 的时候，两辆巡逻车停在了打电话人提到的粉色复式公寓旁边。到达现场的两名警察迅速检查了房子的外观。他们注意到一扇后窗玻璃被打碎了，通往公寓的电话线也被切断了。前门没锁。警察进了房子，迎面感觉到一阵热气。

他们很快就发现了 25 岁的南希·福克斯，她脸朝下趴在霓虹蓝色涡纹花呢的床罩上，身上只穿了一件淡粉色长袖运动衫，耷拉在床垫边上的脚趾尖变黑了。她修长手指的指甲是粉红色的，手指有些伸展着、有些卷曲着，摆放的姿势看上去很平静、安详。手腕被尼龙丝袜紧紧地绑在背后。紫罗兰色内裤被拉到膝盖上方，脚踝上系着一件奶油黄色的睡衣。

警察把福克斯的身体翻过来时，发现她的左脸也变黑了。嘴里塞着用各种颜色连裤袜做成的封口物，变黑的舌头肿胀到正常大小的好几倍。她大部分的脸被一缕缕金黄色的头发遮住了，鼻子和嘴巴都被头发盖着，嘴鼻的四周可以看到斑斑血迹。还有连裤袜紧紧地系在她的脖子上。

“干这事的人真是个变态。”几分钟后赶到犯罪现场的一名凶案警探回忆说，“在那个可怜女孩的身上到处都可以看到性变态的行为痕迹……整件事真的让我很恼火。”

南希·福克斯手提包里的东西被倒在了咖啡桌上。大家认为凶手拿走了她的驾照作为纪念品。床边的梳妆台上放着一张福克斯在保龄球队的照片，她和 4 个朋友站在保龄球旁边，脸上挂着憨憨的笑容。

照片两侧的两个首饰盒似乎都被翻动过。

内衣抽屉里的东西都被倒出来扔在福克斯尸体旁边的床上。警方推测凶手一直在寻找合适的捆绑物和封口物。他们还推测他打开了室内空调，抵挡从他打碎的窗户进入房子的冷气。

在床头的一件蓝色睡衣里发现了精液。犯罪现场技术人员提取了足够的样本，迅速将其送到托皮卡的州犯罪实验室进行分析。DNA 测试是在那之后的 10 年才出现的，当时警察能从精液样本中获取的东西只有人的血型。

从精液中得到的信息对侦查人员开展调查几乎毫无帮助，因为这些精子的来源者被归为非 PGM-1 分泌者，也就是说不明嫌疑犯中了基因大奖——只有当此人属于非 PGM-1 分泌者时，才无法通过精液确定其血型。

其他类型证据的查找也收效甚微。为了确定凶手是否在福克斯的尸体上留下了指纹，调查人员采用了当时最新的法医技术。

在谋杀案发生前一周，该部门的指纹技术专家刚刚参加了一个关于“熏”的研讨会，其中包括在床上竖起临时塑料帐篷，将一种名为氰基丙烯酸酯（通常称为强力胶）的化学物质倒入陶瓷碗中，然后低温加热。在接下来的两个小时里，这些化学物质在帐篷内蒸发，黏附在指纹留下的任何油脂上，在黑光下可以显现出来。这一过程结束后，在福克斯的身上发现了几个指纹的一部分和一个手掌印的一部分，但这不足以让警方确定任何嫌疑人。

当天下午晚些时候，福克斯的尸体被推到轮床上送往 4 英里外的圣弗朗西斯医院。尸检证实她是被勒死的。然而验尸官发现尽管凶手脱去了受害者的部分衣物并将其捆绑，但他并没有强奸她或用阴茎插入。

验尸官对福克斯的尸体进行一系列测试时，警探们正到处问讯她的朋友、家人和同事，努力重现她生命最后几小时的轨迹。

他们得知那天晚上 9 点刚过，南希·福克斯从威奇托购物中心的赫尔茨伯格珠宝店下班了，她是那家店的助理经理。回家的路上，她在一家免下车快餐店买了一个汉堡，然后回到她独自居住的复式公寓。那里属于中产阶级下层，周围比较安静，犯罪发生率较低。警探推测福克斯回到家后先抽了根烟，喝了一杯水，然后脱掉衣服，把棕褐色裙子整齐地叠放在一张木椅上，准备上床睡觉。警方认为就在这时，一直躲在福克斯卧室衣柜里的凶手出来了，逼着她上了床。

虽然没有办法证明这一点，但我推测凶手是在福克斯死后才在她的睡衣里手淫的。他无法强奸或插入任何受害者，这表明他非常害怕女人，但只要有女人部分裸露的身体——哪怕已经没有生命——就可以给他最终的性刺激。

死亡之后，她就成了他没有威胁的完美对象，不再是人类，只不过是一个覆盖着肉的人体模型，所有这些都是他幻想的东西。这就是为什么杀死福克斯的人会如此大费周章地把尸体摆出各种姿势，就像画家或雕塑家摆弄模型一样。她在床上的姿势、头的倾斜度、内裤被拉到膝盖的方式、她身上各种各样的捆绑物以及用裤袜做成的封口物，所有这些向我表明，凶手把受害者尸体摆出各种姿势，并不仅仅是为了让赶到现场的警察感到震惊。

就像摆放雪莉·维安的尸体一样，这个不明嫌疑犯摆弄福克斯的尸体也是因为他不得不这么做。他在犯罪现场创造的影像就好像贮存的食物一样。他需要将福克斯摆出各种姿势，以便在脑海中对她的身体进行“快照”，然后利用这些记忆来帮助他度过那些漫长的不能杀人的日子。

哈维·格拉特曼被称为美国现代第一个连环杀手，他在展示受害者尸体时也做了类似的事情。作为骨灰级的捆绑狂，他在日记中多次记录了自己的杀戮行为，还有他在现场拍摄的、在自己暗房里冲洗的无数张照片。但格拉特曼并不满足于在杀死受害者后仅仅给他们的尸体拍照。

他还用自己的相机记录了整个杀戮过程，拍下了受害者被绳子勒死之前脸上的恐惧。最重要的是，格拉特曼保存的照片展示了被他杀害的那些人脸上空洞和呆滞的表情。他们的眼中透着原始的恐惧与绝望，而他却从中得到乐趣、感到兴奋。

我经常在想这个变态的杀手对 B.T.K. 来说是一个什么样的榜样。他们都对捆绑痴迷发狂，而且从 B.T.K. 对犯罪现场的详细描述来看，我相信他也在给受害者拍照。

格拉特曼还是孩子的时候就对捆绑和绳子有一种永不满足的痴迷。他十几岁时曾花几个小时在阁楼上自慰，把自己吊在椽木上促进高潮。家庭医生让他忧心忡忡的父母不用理会儿子这个奇怪的爱好，因为长大就会好了。

格拉特曼 16 岁时，用玩具手枪逼一个女孩脱光了衣服。他很快被逮捕，被保释后就去了纽约。不久他因抢劫被判入狱服刑 5 年。1951 年获释后，格拉特曼搬到了洛杉矶，开了一家电视维修店。在外界看来，他在那里尽量远离女人，过着相当平静的生活。

后来，1957 年 7 月一个闷热的下午，大坝决堤了，格拉特曼自我设定的远离异性的流放时代结束了。开着电视维修店的时候，作为一个狂热的摄影爱好者，他曾说服一名 19 岁的模特允许他给她拍照，对她说自己是在为侦探杂志拍摄照片赚外快。几天后，她出现在他的家里，渴望得到他答应给她的 50 美元拍照费。她到达几分钟后就在枪口的威胁下被他强奸了。然后他把她送到洛杉矶郊外的一片偏远沙漠，将这位已经异常激动的少女脱到只剩下内衣，在勒死她之前拍下了她恳求饶命的照片。在接下来的一年里，他用这种拍照的幌子又骗了另外两名女性并杀害了她们。

在一次开车送一名潜在受害者去沙漠的路上，他开枪击中了她的大腿，但她抢了他的手枪。格拉特曼这才被抓住。在拘押期间，格拉特曼很高兴地向警察提供了每一次杀人的详细情况。1959 年，他在圣昆汀监狱的死刑室被氰化物毒气处死。

B.T.K. 很可能对格拉特曼这样的变态杀手有一种亲切感。毕竟他看起来也拥有和格拉特曼一样紧张而狂热的幻想生活。不过格拉特曼的主要问题是无法驾驭自己头脑中那个看不见的世界。如果他能做到的话，在应该低调行事的那段时间里，这个世界可能会让他活下去。这看起来就是杀害南希·福克斯的凶手在杀害雪莉·维安之后的 9 个月里一直在做的事情：他设法克制住了自己。在福克斯死后的 2 个月里，他也是这么做的。他退回到阴影中，无疑在尽力恢复自己的日常生活。

杀害南希·福克斯的凶手真是厚颜无耻，既让社区感到恶心，又引发了社区的好奇心，至少在一两个星期内是这样的。谋杀一个无辜的年轻女子已经够可怕的了。但真的拿起电话告知警方这起谋杀案，确实让人觉得难以理解。大多数人认为他这么做无非就是为了炫耀自己的能耐。

此时这起案件仍然没有与不明嫌疑犯之前的任何谋杀案关联起来。警方把大部分精力集中在南希的 3 个前男友身上，但很快就发现此路不通。除了她悲痛的家人和朋友之外，几乎所有人都开始觉得她的死不过是一次非常随机的、孤立的暴力行为。

我相信这一定惹恼了不明嫌疑犯。杀害南希所带来的兴奋在几周内就会消退。没错，这次谋杀会给他带来很多病态的记忆，但我觉得福克斯的谋杀并没有让 B.T.K. 得到他所渴望的那种关注。

媒体对这起谋杀案的兴趣迅速减弱，尤其因为警方除了那个打电话报案的神秘男人之外没有任何真正的嫌疑人。当地电台和电视台反复播放他的录音，但没人能听出声音背后的人是谁。联邦调查局语音分析人员也无法从这段 7 秒的音频中发现任何有价值的东西，比如无法确定打电话的人是否在努力掩盖自己的声音。

警方对打电话者了解的所有信息都来自消防员韦恩·戴维斯。那个人身高 6 英尺，金发，穿着灰色的工装制服，戴着一顶带耳盖的帽子。戴维斯还说那个人驾驶的可能是一辆新式厢式货车，车的一侧可能有某种文字。在接受催眠治疗师的 4 次治疗后，戴维斯只能从他的潜意识中找回这些信息。警探们都认为戴维斯之所以“被阻止”说出信息，是源于他的一种非常原始的情感——恐惧。

一名负责此案的警察说：“他并不是不想帮忙，我觉得他只是害怕了。”

在 1 月的最后一天，B.T.K. 想要挑起事端的欲望似乎占据了上风。他给最近的受害者写了一首简洁的情人节诗，然后寄给了当地的报纸。这首诗直到两周后才被发现。到那时为止，警方都还没有把雪莉·维安的死和福克斯的死关联起来。他们也没有将维安的死或福克斯的死与凯瑟琳·布赖特和奥特罗一家的死形成任何关联。但当 B.T.K. 决定是时候把刀插进去并稍微扭动一下时，情况即将发生改变。尽管又过了几年之后警方才知道凯瑟琳案的凶手是谁，但在某一个可怕的时刻，奥特罗一家、维安和福克斯的死被不可逆转地关联起来了。

1978 年 2 月 10 日上午，B.T.K. 又浮出了水面，发起了一系列的动作，让他终于获得了渴望已久的那种关注。不过威奇托却顿时陷入了一片混乱。

那天上午，美国广播公司当地分支机构 KAKE-TV 办公室的接待员打开了一个信封，发现了 4 页复印材料，包括一封信、一首诗和一幅画。信和诗里都有很多标点和拼写错误。画上是一个女人，她被捆绑着、堵住了嘴、脸朝下趴在床上。这封信是凶手迄今为止公开招供内容最多的一次，其张狂的挑衅令人毛骨悚然。这也让我得以一窥他的大脑。

报纸上没有提我写给Vain[①]的那首诗，我觉得很无趣。写一小段就够了。我知道这不是媒体的错。是警察局长不让走漏风声，不让公众知道有一个逍遥法外的神经病勒死了7个人，大部分是女人。谁是下一个呢？

我要杀死多少人才能登上报纸或者引起全国关注。难道警察认为那些人的死没有关联吗？天啊，是的，杀死每个人的作案手法都不一样，但是看，一个模式正在形成。受害者都被绑了起来——大多数都是女人——电话线被切断——自带一些捆绑物，虐待狂倾向——没有挣扎，只有尸斑——除了维安的几个孩子，没有目击证人。他们非常幸运，一个电话救了他们。我本来打算用胶带把他们缠起来，然后把塑料袋套在他们头上，就像我对约瑟夫和雪莉做的那样。然后吊死那个女孩。上帝啊，上帝啊，那会是多么美妙的性爱解脱啊！约瑟芬，我把她吊起来的时候，真让我欲火焚身；她求我饶命，然后绳子把她整个人吊起来了，她就没办法了；满是恐惧的大眼睛盯着我，绳子越来越紧。你们不理解这些，因为你不受X因子的影响。“山姆之子”、“开膛手杰克”、哈维·格拉特曼、“波士顿勒人魔”、“佛罗里达州裤袜勒人魔H. H.霍姆斯博士”、“山坡扼杀者”、“西海岸的泰德”和许多臭名昭著的杀手都是因为这个因子杀人的。这似乎毫无意义，但我们控制不住。没有什么能帮我们，无法治愈，除非死了或者被抓住关起来。这是场可怕的噩梦，不过我并没有因此失眠。福克斯那里做完之后，我回到家像其他人一样正常生活。欲望再次袭来之前，我都过着正常人的生活。欲望不是连续的，我也没有很多时间。安排一次杀人需要花很长时间，一个失误就全完了。由于我差点在电话上搞砸了，手写信过时了，指南太长，打字机也

① 此处为写信者的拼写错误，正确写法应该为Vian（维安）。——译者

能追踪。我写的关于死亡的短诗，也许还有一幅画，之后会有真实的照片，也许还有一盘有声音的磁带。你怎么知道是我干的呢。在一场或多场谋杀之前，你会收到一份首字母缩写为 B.T.K. 的复印件，你留着那份复印件，原件总有一天会出现，你猜是谁？

愿你不是那个不幸的人！

另：给我起个名字怎么样，是时候了：已经倒下 7 个了，还会倒下更多。我喜欢下面的这些名字。你们呢？

“B.T.K. 勒人魔”“威奇托勒人魔”“会写诗的勒人魔”“捆绑勒人魔”或者“神经病”“威奇托绞刑者”“威奇托刽子手”“绞刑幽灵”“窒息者”。

5 号，你们猜动机和受害者。

6 号，卧室东北朝向，雪莉·维安趴在没有整理的床上，手被黑色胶带和绳子绑在背后。脚和脚踝用黑色胶带与腿绑在一起。脚踝用白色的细绳绑在床头西边，绳子在腿、手、胳膊、脖子绕了多次。她头上套了一个白色塑料袋，身上套了一条粉红色内裤，光着脚。她生病了，喝了一杯水，抽了一两根烟，屋里一团糟，孩子们带着玩具去卫生间了，床靠在卫生间东边的门上。有事先计划好的人选，她是随机选择的。X 因子。

7 号，卧室西南朝向，南希·福克斯——肚皮朝下趴在铺好的床上——两手被红色的裤袜绑在背后——两脚用黄色睡衣绑在一起——半裸体，粉红色运动衫和胸罩，细小项链——眼镜在西边的梳妆台上——内裤脱到屁股下面——与女袜很不一样。她抽了根烟，最后行动之前去了卫生间——家里和她自己都收拾得非常整洁——被翻过的手提包在厨房——空纸袋——白色外套在客厅——温度调高到约 90 华氏度，圣诞树灯亮着——房间里到处都是内裤和裤袜——床上有橘色裤袜袋子和裤袜——驾照不见了——蓝色女人衣服上面或者里面有精液痕迹。几乎没有事先计划的随机选择。X 因子。

8 号，下一个受害者可能：用钢丝绳吊着的一个女人，两手用黑色胶带或绳子绑在背后——脚上用胶带或绳子绑着——口里塞着东西——绑着身体的绳子缠到脖子上——头可能被罩住——肛门处或身体上可能有精液痕迹。将被随机选择。有一些事先计划——X 因子。

随信附了一首诗和一幅铅笔画，画上内容非常类似 1977 年 12 月 9 日上午警察进到南希·福克斯闷热的房间时看到的现场。诗的题目叫“哦，南希之死”（“Oh Death to Nancy”），改编自阿巴拉契亚山脉地区民歌“哦，死亡”（“Oh Death”）。

我眼前无影无踪的是何物
它双手冰冷牢牢把我抓住
死亡已来，你们看得清楚
地狱之门已开，想要将我欺骗
哦死亡！哦死亡！能否再赐予我一年光景
我要塞满你的嘴，直到你说不了话
我要绑住你的腿，直到你走不了路
我要捆住你的手，直到你直不了腰
我要蒙住你的眼，你就什么也看不见
我要你为我而牲亡

KAKE 新闻制作人罗恩·洛温将信件包裹交给警察局长理查德·拉穆尼恩，这就像是最后一根稻草一样，迫使威奇托市警察部门的最高官员不得不做他们最害怕的事，那就是公开下面的消息：一个连环杀手正游走在威奇托的街道上，尽管警方尽了最大的努力，但迄今为止仍无力阻止他。

拉穆尼恩是当地警方的最高代表，他不得不站在委托他提供保护的公众面前，承认一个掠夺型性犯罪杀手正逍遥法外。这就等于在座无虚席的剧院里大喊“着火了！”人们的反应是可以预见的，而且是迅速的——恐慌，广泛的恐惧，也许还会引发一点民间混乱，然后是愤怒、相互指责，以及淹没警方的大量无用线索。尽管会出现这些不可避免的反应，但显然这个恶魔妖怪不能再被关在瓶子里了。他变得过于大胆，危害性过强。

2 月 10 日星期五下午 3 点左右，关于福克斯的信被放在拉穆尼恩桌上几个小时后，他放出消息说当晚将在市政厅举行新闻发布会。他将要告诉威奇托市媒体的内容成了全国的头条新闻。

记者们开始陆续进入市政厅大楼，空气中弥漫着紧张的嗡嗡声。一件大事，一件丑陋的事，正在进行中。太阳已经落山，雪堆积在市中心的排水沟里，刺骨的寒风让人不禁想起 4 年前在奥特罗的家中发现了 4 具尸体的那个冬天。

“这次新闻发布会的目的，是提醒公众，我市发生了，一系列极其严重的，谋杀案。”他说得很慢，每说几个词就停顿一下，让人们慢慢领悟信息的严重性。

“你们也知道，1974 年 1 月，奥特罗一家的 4 个人被谋杀。1977 年 3 月，雪莉·维安被杀。1977 年 12 月，南希·福克斯被杀害。今天早些时候，KAKE 电视台收到了一封信，他们立即把信拿给了我，信的作者承认为奥特罗家、福克斯和维安的死负责。此外，不管是谁写了这封信，他说已经有 7 名受害者……我们确信，那个声称杀死了奥特罗一家四口、福克斯小姐和维安小姐的人实际上是同一个人。我想重申，我们非常肯定是写这封信的人杀死了这些人。这个人一直以 B.T.K. 这 3 个首字母自称，并希望被称为‘B.T.K. 勒人魔’。我们确定这个人要为 7 起谋杀案负责，希望得到我市每一位公民的协助。”

“警察部门已经开始了特别行动，具体如下：(1) 会有更多穿制服的警察走上大街。(2) 已成立一个包含重案组成员的特别侦缉专案组。(3) 设立了市民专用电话号码：269-4177。这部电话 24 小时有人接听。(4) 我们已经向地区检察官、县警察局长和人类行为领域的专业人士寻求帮助，并欢迎所有其他专业人士提供帮助……我知道让人们保持冷静很难，但我们还是希望大家保持冷静。当这种人在我们社区游荡时，每个人都需要特别的预防措施和防范意识。”

拉穆尼恩的新闻发布会给我印象最深的地方，是他对威奇托居民非常诚实。听到他承认调查人员在此案中没有可靠线索时，我感到头晕目眩，原因很简单：凶手逃脱得太轻而易举了。这是当局最不应该做的事。在我看来，他们最好的办法就是保持对不明嫌疑犯的热度，迫使他继续回头看，心里想着警察什么时候会从他家后门冲进去。

不出所料，拉穆尼恩的宣告在人群中引起了广泛震动，尤其是几天后一个毫无根据的谣言开始席卷整个城市。谣言称 B.T.K. 好像只针对一些特定的居民，这些人住在“南北走向街道的西侧，门牌号中包含数字 3”。即使这是真的，我也认为只是巧合。我了解到，连环杀手在寻找受害者时，更多是因为他或她的各种特征和属性在心理上能够满足他们，而不是选择在家庭住址门牌号上有特定数字的人。

新闻发布会上提到了 B.T.K. 切断受害者室外电话线的习惯。那天晚上，全市成千上万的居民开始了一项“仪式”：回家后第一件事就是检查电话是否能用。这个“仪式”持续了好多年。另一些人则养成了一种习惯，在进入房子之前先用公用电话给家里打电话，看看能否打通。

几天之内，枪支的销量飙升。对门锁、窥视孔和梅斯催泪气体的需求也在剧增。因为任何人都可能是凶手，没有人觉得安全，每个陌生人都像是嫌疑人。对别人无端的恐惧像大火蔓延在大草原上一样席卷了整个社区，这肯定让不明嫌疑犯欣喜若狂。

因为 B.T.K. 的信从本质上与“山姆之子”写的信一样——后者从 1976 年 7 月开始进行了为期一年的疯狂杀戮，他最初并不是为了享有恶名而杀人，但当媒体开始报道相关事件后，很快就转到了这个方向上。这两名罪犯都很享受公众的关注，都对自己在各自社区制造和引发的恐怖感觉良好。两人都成了魔鬼，并很快沉迷其中无法自拔。

警方最初对 B.T.K. 信件的开头感到困惑，不知他为何抱怨“报纸上没有提我写给 Vain 的那首诗”。当然，不是夏洛克・福尔摩斯也知道凶手的 Vain 指的是雪莉・维安（Vian）。拉穆尼恩召开新闻发布会几个小时后答案才揭晓。因为《威奇托鹰报》一名员工那时才发现，1 月 31 日送到新闻编辑室的一张 3 英寸 ×5 英寸大小的索引卡被误送到了报纸的广告部门。

卡片上的字是用橡皮图章上的儿童印刷体印刷的，看起来有点神秘，所以第一个发现这些卡片的人估计认为是一则个人广告，而不是一首关于雪莉・维安谋杀案的诗。诗是根据 18 世纪《鹅妈妈童谣》[①]中一首名为《科里・洛克斯》的童谣改编的。

雪莉・洛克斯，雪莉・洛克斯
你会属于我吗
你不会大声尖叫
也感觉不到线绳
躺在垫子上吧

① *Mother Goose*，是英国民间已知最早的童谣集，总数约有 2000 多首。——译者

想想我和死亡
将会是什么结果。

在卡片的最下方，他打印了一行字“写给福克斯的诗随后寄到”。

不明嫌疑犯又等了 14 个月才再次浮出水面，尽管警方起初对他的身份表示怀疑。那是一个凉爽的春夜，1979 年 4 月 28 日晚上 10 点刚过，一位名叫安娜·威廉姆斯的 61 岁寡妇跳完方块舞后回到了家。她住在南派恩克雷斯特 615 号，距离南希·福克斯家约一英里。朋友们开车把她送到家门口，看着她在前廊摸钥匙。但就在打开门之前，她决定重新考虑朋友们去当地一家咖啡店一起喝杯咖啡的提议。她又把钥匙放进钱包里，爬回他们的车，在夜色中被带走了。

一个小时后她再次回到家，很快发现地下室的一扇窗户被打碎了。在孙女经常睡觉的地下室客房床的旁边发现了绳子、扫帚柄和几件内衣。威廉姆斯回到楼上，发现几条围巾、几件珠宝、各种衣服和 35 美元现金不见了。她还发现半卷厕纸被用了。最可怕的是她给警察打电话报警时没有听到拨号音。她急忙跑到隔壁邻居家给警察打了电话。

几分钟后一辆警车停在房子前，两名巡警开始向浑身发抖的威廉姆斯提问。自从丈夫最近去世后，她的健康状况一直不佳，这场险些发生的灾难似乎快要把她推下悬崖。一名警察拿着手电筒在后院四处搜寻，发现她的电话没音的原因是电话线被切断了。入室盗窃调查人员仔细搜查了整栋房子，寻找指纹和精液的痕迹，但一无所获。警察写了一份犯罪报告，但很快就被束之高阁。入室行窃小组从未与警察局重案警探分享过此事，因为他们没有理由这样做。

当地报纸更没有提这件事。但威廉姆斯绝不相信这是一个偶然闯入的窃贼所为。她心里认定这是 B.T.K. 干的。

这次破窗而入的人看到他最近露面的消息没有作为重要新闻见报，在内心深处是无法忍受的。6 月 15 日，威廉姆斯家收到了一个印有整齐大写字母的牛皮纸袋信封。她的女儿打开了信封，里面装着母亲被偷走的围巾和珠宝。信封里还有一首诗和一幅手绘画。诗是打印出来后的复印件，手绘画上是一个被绑起来的裸体女人，脸朝下趴在床上，一个扫帚柄插在看起来不是阴道就是肛门的地方。威廉姆斯的女儿没有把信给母亲看就直接给警察打了电话。

两天后，《威奇托鹰报》在头版刊登了题为“B.T.K. 回来了，预定目标收到信”的新闻。如他所说，B.T.K. 的确选择了第 8 名受害者。唯一的问题是她一直没露面。在他写的十九行诗《噢，安娜，你为什么没有出现？》里，表达了因为没有得到扼杀另一个生命的乐趣而感到的沮丧。

反常乐趣的完美计划，在那个春夜是如此大胆
新觉醒的季节让我内心热血沸腾、澎湃不已
内心因恐惧和狂喜而温暖潮湿，我对缠绕的乐趣犹如夜晚的新藤
噢，安娜，你为什么没有出现
清新春雨的恐惧雨滴将从你的裸体滚落下来，
给你内心的高烧带去香味
在那个渴望、恐惧、狂喜和绝望的小世界，
没有人能听见我们玩的游戏
幻想冒出来、升上去，变成狂风暴雨，最后如冬天一般平静
噢，安娜，你为什么没有出现
在另一个时间，独自一人躺着，用让人狂喜的
衣服包裹着最私密的想法
春床润草地，日出前已净，被控制奴役，暖风吹香气，
日光闪泪眼，深邃而清澈

再次独处，踏着过去的镜子记忆，思考为什么没有第 8 号

噢，安娜，你为什么没有出现

尽管不明嫌疑犯对诗的敏感度如同一个沉醉在爱情里的大一学生，他的信件却强化了我的一个观念，那就是他特别注重细节。我一直都认为他给受害者、犯罪现场、预定的犯罪现场拍下了照片。“预定的犯罪现场”就是安娜·威廉姆斯的案子。他要么拍照了，要么就是有过目不忘的记忆力，但后者似乎不太可能。

不仅如此，他画的图详尽细致，画得相当好。它们虽然没法与米开朗琪罗的画相比，但比我画的好太多了。虽然他的题材比较有限，但我感觉他通过反复阅读侦探杂志磨炼了自己画被塞住嘴、穿着暴露、被绳子绑着的女人的能力，那些低俗的杂志在 20 世纪 70 年代中期几乎全国每个夫妻便利店都有销售。

我们从事犯罪心理画像工作的人把阅读这些杂志的暴力罪犯称为“收集者”。这些光鲜亮丽出版物的封面通常是一个四肢反绑、惊恐万分的女人，一支枪或一把刀抵在她的乳房或太阳穴上，是初露头角杀手们的虚拟教科书。像我这样的犯罪学家，长期以来一直猜测杀手们会研究从前那些残暴凶手的事迹，不管在杂志、书籍、电影还是电视上，只要能找到相关的资料，不管罪行是真实的还是虚构的，他们都会认真阅读并记住其中的每一个细节。早在这些畜生们找到第一个受害者之前，就已经穷其一生通过如饥似渴地阅读出版物，来培育他们大脑中腐烂的暗黑想法了。这些出版物会有像《大师侦探》《官方警察侦探》《头版侦探》和《惊人侦探》之类的名字。

这些杂志里的文字和图片是否造就了暴力罪犯？当然不是。但显然可以助长他们病态的幻想。在我看来，阅读真实或虚构犯罪书籍的人很少会有出门杀人的潜在欲望。人们阅读它们的原因与他们开车经过一场血腥的车祸时伸长脖子看是一个道理。他们想看一眼恐怖，但

又不想太接近血腥。还有一些人阅读这些书籍和杂志是为了了解暴力罪犯的背景，理解是什么让他们与我们如此不同，尤其是当他们看起来与我们如此相似的时候。

B.T.K. 读过这些杂志吗？我敢用我在联邦调查局的退休金打赌，他肯定读过。然而这种暴力媒体没有导致这些人成为杀手，而只是助长了他们已经根深蒂固的幻想，用生动的细节提供了恐怖行为的文字模型。

让我意识到暴力罪犯会从他们前人那里学习作案的人，是一个名叫约瑟夫·费舍尔的连环杀手。他秃顶、骨瘦如柴。1981 年的一天晚上，我来到阿提卡州立监狱与他交谈，很难想象这个曾经的流动人口会在全国各地游荡时杀死 6 名女性。然而费舍尔坚称他实际上杀害了 32 个人，他向我解释了杀手-培养-杀手的概念，这是我之前采访过的其他杀人犯都没有做过的。

他在那间昏暗的监狱审讯室里告诉我："有点像棒球迷或足球迷。他们知道所有击球率、场均码、传球被截和传球达阵。他们清楚运动员们在哪里读的高中。他们了解自己喜欢的所有球员的每一个数据。"

费舍尔深吸一口气，开始在隔开我们两人的桌子上方画一个假想的圆。

"那些人有他们的游戏，像我这样的人，我们也有我们的游戏。我从小到大都不想打出本垒打。我从小就想杀人。对于玩我这种游戏玩得比较好的人，我过去常常搜集关于他们的所有信息，然后反复研读。"

当像费舍尔这样的人把自己滥杀无辜的习惯称为"游戏"时，我总是感到非常反胃。但显然 B.T.K. 也把杀人当成了游戏，一场目前还无人可阻的致命游戏。到了 1979 年夏天，当威奇托的公众意识到生活在他们之中的那个连环杀人不会消失的时候，B.T.K. 终于从菜鸟球员升级到了教练水平，从学生变成了老师。他终于得到了自己一直特别渴求的东西：成为一个大人物的机会。

从上一次邮寄的信物可以看出，他认为自己作为杀手的能力和熟练程度已经跃升到了下一个层次。他现在渴望自己的“成就”能得到某种程度的认可。

他制造的混乱一定很激烈，但不会永远持续下去。那种令人眼花缭乱的自我价值感终究会消退，就像支撑他的所有其他东西一样。当空虚和自我厌恶再次袭来，而且变得非常强烈的时候，我们会再次收到他的来信。

唯一的问题是：什么时候。

第七章

如何捕捉影子？甚至都不知道从哪里下手。不能用光照。影子住在黑暗里，一旦见到光它们就会消失。威奇托警方朝不明嫌疑犯投射了很多光，追踪了很多线索，但都一无所获。他一直隐藏着，只在受害者面前暴露自己，然后就消失不见了。

即使当局设法接近了他，他也绝不会露馅。现在是 1984 年，距离他所说的恐怖系列谋杀案的第一宗已经过去 10 年了。

我仔细梳理了他的卷宗，包括几百页的犯罪报告、照片和其他资料，慢慢得出一个结论：抓获这个杀手的唯一办法或许是让他抓住自己。我能提供的只有这些。这个不明嫌疑犯似乎掌握了一切，这是他自己和警方都很清楚的事实。这意味着我们可能要等上几年他才会放松警惕、露出破绽。

但他以前露出过马脚。除了在奥特罗家的地下室和南希・福克斯的卧室里留下精液痕迹外，他还觉得有必要给警方寄信。这些信可能会揭露真相，至少里面充满证据。但在他觉得有必要之后，过了 5 年之后才冒险又打印了一封信。

我第二次从威奇托市警察局回来几天后的一个下午，坐在堆满文件的办公室里回想起去年被叫去侦办的、发生在圣地亚哥附近的一个案子。

死者的车显然是傍晚时分在一条相当繁忙的高速公路上没油了。

她的裸体后来在附近的山麓被发现。她的脖子上紧紧地系着一个狗项圈，在被杀死前不久被强奸了。

为了帮助当地警方找出凶手，我试着想象发生了什么事，脑补她与凶手之间的互动，看看是什么导致她死亡的。很快事情就变得非常明显，这场悲剧是一个人在错误时间出现在错误地点的又一例。她的车没油了，但因为路上车辆很多，她觉得很安全。她心里想肯定没有人会疯狂到在这么多潜在目击证人面前伤害别人。

我越想事情就越清楚，凶手可以用受害者认为能保护她的东西来诱骗杀害她。凶手走出藏身之处接受调查，不是因为他想这么做，而是因为他觉得必须这么做。站在嫌犯的角度，我可以“看到”他在繁忙的高速公路上开车经过无法上路的司机时，突然意识到自己刚刚偶然遇到了一个完美的受害者。唯一的问题是他怎么把事办成，尤其当时有那么多可能的目击者。

他的策略？他会竭尽全力表现出友好态度来接近受害者，提议载她去附近的加油站。但一旦她坐进了他的车里，毫无疑问，他立刻掏出了枪，命令她躺在汽车地板上。接下来他开车带她去了一个自己熟悉的僻静之地，要么在他工作的附近，要么在他住所的附近。

考虑到这些，我给警方的建议是写 3 份新闻稿。第一份向读者和听众提供案件的基本事实，最后说警方正在寻找潜在的目击证人。一两天后发布第二份新闻，告知公众警方收到的积极反馈带来了一些可靠的调查线索。最后一份告知公众警方已经掌握了关于车辆的信息，这是由几名目击证人和曾站在受害者旁边的一个人提供的。

我建议警方说他们不确定这个人是嫌疑人，还是只是停下来伸出援手的人。

几天后我们的“见义勇为者”就上钩了，来到警察局说他可能是一些目击证人看到的那个人。事实上，他的确停下来想要帮助受害者。但不知什么原因，她拒绝了他的帮助。这就对啦！突然之间，警方就有了在现场的人，调查人员可以好好查一查这个嫌疑人的背景，还可以试着把他与罪行关联起来。

通过比对狗项圈上的毛发和纤维以及精液提供的生物证据，那个所谓的“见义勇为者”后来被证明就是作案人。

在威奇托的谋杀案里，我们没有繁忙的高速公路，也没有很多潜在的目击证人，但我们还是有其他收获。我们知道这个不明嫌疑犯有一个弱点。

过去 B.T.K. 曾冒着非常巨大的风险写信来蔑视警察，他肯定知道信中可能会在不经意间包含少量证明他有罪的法医证据或关于他心理的秘密线索。我的预感是，如果他会再次出差错，那就可能是因为他有一种无法抑制的沟通需求，想要与外界分享他不得不锁在自己脑子里的秘密。

我只有一个问题：我们如何逼他就范？

过了几个下午，我仍然没有答案，于是决定利用午餐时间在联邦调查局学院周围的树林里慢跑。我以前办案时经常这么做：以 10 分钟 1 英里的速度慢慢走上一条小路，任思绪随意纷飞。这个过程有点类似我晚上强迫自己做有关案子的梦。这种方法让我做了很多惊心动魄的噩梦，但从中获得的深刻见解让我觉得这么做是值得的。匡蒂科密林里的那些纵横交错的跑道在特工中几乎成了传说。许多大有前途的新进特工在逼着自己超越身体的极限时，会在这些跑道上清空胃里的东西。因为在弯弯曲曲的小路上很容易迷失方向——我刚到匡蒂科时就曾在这里迷路了几个小时——体能教练很久以前就开始用黄砖标出道路。从那时起这条跑道就被称为“黄砖路”。在那个温暖的、雾蒙蒙的秋天下午，我很快发现自己在一条写着“我们已经不在堪萨斯了”的土路上小跑。

跑了几分钟后，这几个字突然击中了我——这可能是 B.T.K. 的咒语。我记得在大学文学课上学过，《绿野仙踪》[①] 里多萝西对托托说这句名言是有原因的。堪萨斯是多萝西外面世界的象征。但由于一场龙卷风和头部的撞击，她突然开始了一段内心世界的旅程，去了一个被她称为“奥兹”的地方，一个在她潜意识深处的世界。

对多萝西来说，奥兹世界无所不有，从可爱的胆小鬼狮子和小巧玲珑的芒奇金人，到丑陋的邪恶女巫和嘎吱作响的铁皮人。我的预感是，在不明嫌疑犯 1974 年 1 月犯下奥特罗谋杀案的数年前，这个渴望杀生害命的人就已经开始了类似的旅程。但对他来说，奥兹是一个更加邪恶、暴力的领域，一个黑暗的幻想世界，他每天都躲在那里重温自己的杀戮。

当多萝西让我想起了约瑟芬·奥特罗时，一个穿着麂皮风衣、超级酷的黑人男子画面从脑海中闪过。这些迥然不同、看似随机的图像放在一起很不和谐。“这都是哪儿跟哪儿啊？”我笑了。

然后，我突然想起了前天晚上和帕姆换电视台找节目看时，她无意中看到了一部 70 年代早期电影的重播，主演是理查德·朗德特依，讲述的是黑人侦探约翰·夏福特的故事。主人公很严肃、强悍，生活在市中心。这部电影的主题曲从电视机的小扬声器里轰隆隆地传出来。

“哦，我记得这部电影。”她一边说一边换到另一个频道。

“调回去。”我请求道，“我要看看这个。”

帕姆哼了一声，把频道调回到那部电影，然后依偎在我身边。“好吧，你赢了。”她说，“但如果你像两周前看《灵犬莱西》电影时那样哼哼唧唧的，我就把电视机关掉。”

---

① *The Wizard of Oz*，又名《奥兹国历险记》，是美国作家弗兰克·鲍姆的代表作，被称为“美国版《西游记》”。——译者

她说得有道理。我自从 10 个月前从昏迷中醒来之后，就变得非常情绪化，会在非常奇怪的时刻突然哭起来，比如看二手车广告、看日落，甚至重看《灵犬莱西》时。

“我觉得这个没事儿。”我回答。

在接下来的 90 分钟里，我一直目不转睛地盯着闪烁的电视屏幕看，不知道为什么对这部电影如此着迷。但在脑后的某个地方，一个声音告诉我坐好、集中注意力、好好看电影。我喜欢夏福特。他很厉害，和一群女人上过床，但自始至终都看起来满面春风。电影情节中至关重要的那起绑架案，被他用不受任何限制的方法破获了，这让人感到莫名的鼓舞。

“我敢打赌，他一定能抓到 B.T.K.。”我喃喃地说，“也许我应该打电话告诉威奇托的专案组，他们真正需要的是夏福特这样的超级侦探。”

想到理查德·朗德特依在威奇托市的街道上跑来跑去，想办法破获一起连环谋杀案，这种荒谬至极的感觉让我笑了。

也许这个想法也并不完全是无稽之谈。当地警方不需要超级侦探。他们真正需要的是一个超级警察，一个能潜入这个不明嫌疑犯心里的人，可以悄悄地把他引向我们想让他去的方向。

我开始设想这个超级警察是由警察新闻发言人转变的。警察新闻发言人通常就正在进行的、备受瞩目的案件向媒体介绍情况。这个人的工作就是站在摄像机和麦克风前向记者通报调查的最新进展。有时他们甚至会对嫌疑人进行描述。这算不上前沿犯罪学技术。全国各地的警察机构几十年来都用到过发言人。有时被选中担任这一职务的人是市警察局长或县警察局长，有时也会让案件的主要侦探承担，但更多的时候由警察局公共信息部门的警官担任。

此刻在这条跑道上，我的脑海里已经形成了一个想法，开始像线轴上的线一样展开。我们会稍微调整一下标准警察新闻发言人的概念。我们给这个法律与秩序的象征增压，将其改造成一个打击犯罪心理的工具，成为 B.T.K. 对自身宏伟设想形象的完美对手。我们会怎么做呢？首先，显然这个不明嫌疑犯的部分动机是蔑视和贬低警察。他想让全世界都知道他比想要抓住他的警察聪明。与此同时，他对犯罪现场的详细描述告诉我，他也是一个想成为警察的人，一个可能会不惜一切代价得到一份执法工作的人。我在想他是否曾经申请过警察的工作却被拒之门外。或者他渴望申请，但他知道，如果他们对他进行指纹检查，可能会发现这与他在一个犯罪现场留下的指纹一致。警方已经采集了那个指纹，但从未公开。

大卫·伯科威茨在内心对警察也有同样的爱恨纠结。1977 年 4 月 17 日，他在枪击 10 人、杀死 5 人之后向两名布朗克斯的青少年射出了 4 颗 .44 口径的子弹，两人当时正在一辆福特水星蒙迪欧汽车里搂着脖子亲吻。这一事件是他可悲而毫无意义的疯狂杀戮的最新篇章。这次射杀的不同之处在于，他在逃离现场前留下了一张纸条，这是他第一次感到自己不得不与外界沟通，向世界解释自己是谁。这张纸条的收信人是布朗克斯的警监约瑟夫·博雷利，他一直在调查伯科威茨之前的谋杀案。

这张留言条已成为展示神经错乱杀人狂心理最臭名昭著的例子。他写道："你们说我憎恨女人，这深深地伤害了我。我不是。但我是个怪物。我是'山姆之子'。……山姆之父喝醉后就变得很刻薄。他打他的家人。有时他把我绑在房子后面。有时他把我锁在车库里。山姆喜欢喝血。'出去杀人！'山姆之父命令道。"

B.T.K. 也向警方发出了大致相似的抱怨，暗示他内心深处存在着黑暗邪恶、不可阻挡的力量。但我越想就越发意识到，影响他行为非常关键的部分在于更好地理解他在写信时真正想藐视的人是谁。他是在嘲笑一个特定的、只有他知道是谁的警察吗？还是说在他那混乱不堪的头脑里，警察只是一个模糊的概念，一群没有面孔、没有名字、穿蓝衣服的人？如果是后者，我在想为什么我们不给他提供一个可以抓住的形象。因为如果我们能控制他脑海中关于警察的画面，也许就有机会控制他。

这正是我们超级警察可以出现的地方。他会成为这个不明嫌疑犯一想到警察就会想到的面孔。从某种意义上说，他将成为B.T.K.的犯罪伙伴，一个跟踪凶手每一次行动的忠实随从。当然，最关键的是找到一个B.T.K.既能认同又能敞开心扉的专业执法人员，利用B.T.K.对自己的重要性、权力和智慧的自我膨胀，掩盖他内心根深蒂固的自卑感和自我仇恨。这意味着不是谁都可以做我们的超级警察。正在侦办此案的警探或者警局的高级官员都不够好。最重要的是我们可以把需要的元素加进这个形象中，使其成为合适的形象代言人。形象就是一切。

我们的超级警察需要说出类似这样的话："即使耗费整个职业生涯甚至一生的时间，我也要侦破这个案子。我会搜查每一个角落、每一条黑暗的小巷、人行道上的每一条裂缝，直到找出这些凶杀案的凶手——这是我对你们的承诺。"

这会有用吗？我的想法能帮着抓住像B.T.K.这样神出鬼没的凶手吗？似乎值得一试。

几天后的一个下午，我坐在离办公室不远的联邦调查局法医学大楼一楼的会议室里。一起坐在那张巨大的长方形橡木桌子旁的，还有另外两名特工和两名来自威奇托的警探，他们是来匡蒂科寻找答案的。我们身后有几个人挤在房间的后面，想看一看这里在接下来的几个小时里进行的讨论。

我们就下面的几个话题自由发表意见：制造堪萨斯州7起未侦破谋杀案的人是哪种人？警察如何追捕他？一旦有了可能的嫌疑人后如何让他开口？

坐在我左边的是罗伊·黑泽尔伍德，47岁，非常瘦削，一根接一根地抽着烟。他是联邦调查局的教官，大家普遍认为他是人际暴力研究领域最优秀的专家之一。黑泽尔伍德曾是一名陆军少校，在宪兵队服役时第一次接触侦探工作，后来成了一名非常出色的研究员和命案调查员。他旁边坐的是罗恩·沃克，35岁，相貌清秀，是来自科罗拉多州的联邦调查局前外勤特工。我因病毒性脑炎病倒后不久，他调入了我们部门。沃克曾是一名经验丰富的空军飞行员，头脑灵活、条理性强，当时正在跟我学习犯罪心理画像——事实证明他学得特别快。

从很多方面来看，我们的目标就像音乐家们聚在一起进行即兴演奏一样。只是我们贡献的不是声音，而是相互碰撞的思想，根据B.T.K.在谋杀案现场和信中留下的线索展开讨论。有时候我们会对其他人提出的线索穷追不舍，有时候其中一人会朝着一个新的方向飞奔，看是否有人能跟上这个思路。我们提供的很多内容都很有见地，但有些则不然。我们并不总是同意其他人说的话，但我们都很清楚这只是讨论过程的一部分，艰难行程的一部分。

我们会议的目标是不停向前推进，直到江郎才尽、筋疲力尽。来自威奇托的两位警探负责做笔记，把他们认为有用的东西都记下来。我们在这张桌子上提出的任何建议是否会得到采纳都由专案组来决定。我们部门的案子太多了，根本没时间跟进自己提出的想法在某项调查中是如何实践的。

我决定先花几分钟为在场的人重述一下案子，希望能唤醒大家的记忆。

我一边脱下西装外套搭在椅子上一边说道："我认为这个家伙1974年开始作案的时候大约二十六七岁。现在已经过去10年了，所以应该已经30多岁。"

"你是怎么得出这个数字的？"沃克问道。

“我是从 25 岁开始算的，因为我们的研究发现这是这些人开始杀人的中位年龄[①]。”我说，“然后我又加了两三年，依据是奥特罗谋杀案中犯罪的复杂程度以及他对警察和犯罪学的了解都非常明显。”

沃克点点头。

我转向坐在桌子另一头的两位警探说道：“如果你们还没有这么做的话，应该核实一下南希·福克斯的驾照上是否有照片。如果有照片，假设他把它作为战利品用于今后重温对她的杀害过程，这就是合乎逻辑的。如果没有照片，也许他把它拿掉了，是为了手头有足够多的事实，这样他就有东西读给接警调度员听了。”

我停了停，重新整理了下思绪。既然没有其他人开口，我就继续说下去。“如果这对他来说只是一场游戏，那就是在满足他的自我价值感。这是对警方的挑战。他的受害者各不相同。他可能有一个预定的优先受害者，但当开始狩猎的时候，他攻击的是第一个进入视线的人。对他来说重要的是能够在犯罪后成功逃脱，以此炫耀自己的技能。我看到他杀人时唯一的虐待就是心理虐待。”

黑泽尔伍德非常爱喝咖啡。他把杯子里剩下的咖啡喝得干干净净后说：“他想要的就是虐待他的受害者。这就是他为什么用袋子的原因。他想看到把袋子放在他们头上时他们眼中的恐惧。”

黑泽尔伍德不再说话了，我和沃克知道这时最好不要说话，因为他才刚刚开始。“他绝对有以捆绑寻求性快感的性虐待癖，也是性虐待癖杂志和侦探杂志的收藏者。他还对犯罪学和心理学感兴趣。这一地区的成人书店经营者可能都很熟悉他。”

“是的。”沃克说，“这家伙绝对喜欢心理虐待。这表明他比一般人更老练、更聪明。肉体上的虐待越多，施虐者就越原始，反应性越强。肉体虐待不需要多少聪明才智。”

---

① 将全体人口按年龄大小排列，位于中间的那个人的年龄。也称为年龄中位数。——译者

我们所有人都点了点头。

我说："我们从研究中发现这些人的智商大多在 105 到 145 之间，平均水平在 115 到 120 之间。正常人群的平均值是 100。这告诉我们，他们大多数人都能在社会上游刃有余。我们很快就能抓到笨的人。抓住聪明的人则需要更长的时间……有些人很'幸运'，抓住他们也需要更长的时间。"

"我认为这个家伙显然能够在犯罪现场停留一定时间。这似乎对他来说很重要。他似乎想和受害者进行某种对话。这不是一场闪电战。我们从布赖特谋杀案中可以看到他试图缓和局势，让每个人都觉得如果他们配合，他就会离开。他们不可能知道这是他作案手法的一部分，所以他有能力维持这种控制关系。一次杀害多人时，他很聪明地先把最强壮的除掉。他利用强壮一些的受害者把其他人绑起来，然后除掉那个强壮的人，就像他在一封信里说的，他把最好的留在最后。"

我一边说一边把食指尖放在一只金袖扣上凸起的字母上摩擦。"我经常在想他把 11 岁的约瑟芬·奥特罗带到地下室的原因，是不是因为她看到家人被杀后开始变得歇斯底里，不停大声喊叫。他强迫她下去是在冒险，但他可能在那一刻正在失去对她的控制，担心邻居们听到她的声音。这是他愿意承担的风险。他把她绑起来的方式让人觉得他是在试图让犯罪现场看起来比实际情况更复杂。这是他把此案变成埃勒里·奎因①悬案的方式，迫使警探们浪费时间挠着头问：'他为什么要这么做？'"

沃克似乎认为他知道其中一个原因。"事实上，我们没有看到任何插入的迹象，也没有任何明显爱抚的迹象，这说明我们正在寻找的

---

① Ellery Queen，美国两名小说家合著推理小说时使用的笔名，也是二人小说中虚构主人公的名字，该人物是一位侦探小说作家兼侦探。——译者

男人在性的方面不擅长、不成熟。”他说，“他剪开她的胸罩可能不是为了触摸，而是为了窥淫。这家伙非常强调替代性行为。我觉得我们找的是那种独来独往的人。他独来独往不是因为其他人都躲着他，而是因为他自己选择不与人为伍。他在社交场合能够表现正常，但只是表面上。他可能有可以交谈的女性朋友，但与同龄的女性朋友在一起时他会觉得很不适应。”

黑泽尔伍德想到了什么。“这家伙是个性虐待狂。”他说，“他性能力不足，但会和女人发生关系。对于一个性虐待狂来说，性行为并不重要。重要的是导致性行为的活动。这就是为什么我们还没有看到他对受害者有任何插入行为。他是那种非常喜欢手淫的人，喜欢别人对他进行口交，朝伴侣身上射精，把她们捆绑起来，蒙住她们的眼睛，或者掐着她们的脖子。和这个男人发生过性关系的女人会形容他冷漠，更喜欢她为他服务，而不是反过来。”

我听了黑泽尔伍德的话，决定沿着他的线索继续说下去。与沃克的观点不同的是，我认为我们的凶手在他混乱的人生中积累了一些性方面的经验。但我感觉到他的伴侣可能是他很容易操纵和控制的那种人。

“和他在一起的女人要么比他年轻很多岁，非常天真；要么年长得多，把他当成餐票。”我说，“因此即使她对他有所怀疑，也会忍受他的不完美，因为她的生存离不开他。”通过捆绑寻求快感对他来说非常重要，我想他很有可能找过妓女，让妓女同意被他绑起来。但大多数人都会感到害怕。警方通过询问妓女，看看是否有人接触过一个非常喜欢捆绑性虐待的男人，或许可以查到线索。黑泽尔伍德用手指敲打着空咖啡杯的边缘说：“他肯定会喜欢年长的女人，因为他可以操纵她们，获得她们的爱。我还认为他有能力在表面上与他人互动。他有我所说的‘服务人格’。人们认识他，但并不真正了解他。说他是一个独来独往的人是很好的描述。我想我们会发现他在工作方面做得很好，但不喜欢在一个职位上待太久。他不喜欢任何人凌驾于他。我还认为他喜欢开车，而且可能有一辆相当不错的汽车。事实上人们会把他和开车联系起来。”

“他的车很可能没有明显的特征。”我说，“也许是一辆带有执法风格的轿车。他甚至可能是在一次拍卖会上从执法部门那里买下来的。他很在意车的外表形象，所以车上会有天线，还有扫描仪和民用波段电台。”

我说话的时候，沃克一直盯着房间另一端巨大的玻璃窗看，似乎被远处的树木和修剪整齐的草坪迷住了。“我认为他容易成为一个工作业绩不佳的人，至少他的管理者会这么说。”沃克脱口而出，“他们会说他很聪明，有能力比他现在做得更好，但他拒绝挖掘自己在工作中的潜力，原因是他可能觉得自己比上司更优秀、更聪明。既然他比老板聪明，为什么还要拼命工作呢？他狂妄自大，自视甚高。”

我坐在那里一边听沃克说话，一边想着 B.T.K. 对执法世界有多着迷。我心里想，如果他成为一名警察，会是一个严厉的警察，不仅会携带配发的左轮手枪，还会在脚踝处的手枪套里放一把手枪。为了安全起见，他还会在不同的口袋里藏上几把刀。对于他这样的警察，执行任务时接触到的人会投诉他，投诉文件都可以塞满一柜子。

“我认为不明嫌疑犯会公开批评我们的调查。”黑泽尔伍德说，“他不会那么明确地表示，而是会说：‘那些该死的警察，他们不知道自己在做什么。’他鄙视警察，因为他认为给他们留下了大量应该能够找到的线索，但他们还是无法侦破他的案子。他会对自己说，如果他是侦办这个案子的警察，就会发现这些线索。我觉得他很有可能已经被警方问讯过，而且警方认为他很配合工作。他甚至可能给警方打过电话，告诉警探一些他‘刚想起来’的事。”

“我一直在想，他早年可能已经结婚，妻子允许他享受他喜欢的东西：捆绑性虐待和性探索。”我说，“但现在到了他这个年纪，我想或许已经离婚了。”

黑泽尔伍德摇了摇头说：“性虐待狂结婚后会在他们配偶身上将幻想演出来。他们控制不住。他们必须掌控一切。他们在约会期间通常会显得非常迷人、控制欲强、十分贴心。他们做爱时可能只是在表面上表现出来，问一些这样的话：‘我能握着你的胳膊吗？你介意我把你绑起来吗？’但结婚后他们就开始变本加厉了。一种方案是可以看一下犯罪嫌疑人名单，找出谁已经离婚了。然后问讯他们的前妻，了解她们的前夫在婚姻期间是否有性虐待行为。”

我很久以前就知道前妻可以为调查人员提供丰富的信息。“你们也可以问这些前妻是否曾经收到过从受害者身上拿走的纪念品或其他物品。”我说，“问问她们与前夫在一起的时候，他给的礼物里面是否有用过的珠宝或犯罪现场丢失的其他物品。问问他是否谈论过B.T.K.或其他的杀人事件？他有没有带她去过凶案发生的地方，或者去过埋葬受害者的墓地？如果去过的话，他到那里的时候表现得奇怪吗？你甚至可以向媒体发布一些这样的信息，即连环杀手经常痴迷于他们罪行的报道，并且密切关注进展。这些信息可能会让配偶或前配偶站出来提供线索。”

“前妻的作用对警方来说可能非常重要。”黑泽尔伍德继续说，“她们可以告诉我们其前夫是否对媒体关于杀戮报道的兴趣非同一般。她们还可以详细描述他们的其他兴趣，比如对色情、侦探杂志和诸如眼罩、封口物与头罩等捆绑物的兴趣。我认为这样的人是户外活动爱好者，喜欢收集枪支和刀具。他可能拥有一只像杜宾犬一样的大狗，并且有一种伪雇佣兵的心态。”

我决定稍微改变一下讨论的方向，将关注转移到这家伙是如何杀人的方面。“他之前是否在另一个地方杀过人对我们来说并不重要。”我说，“我们看重的是他在威奇托第一次或前两次杀人的情况。这就是为什么奥特罗案和布赖特案很重要。他第一次杀人时会选择一个感到非常舒服的地方。他在内心深处知道在那里可以逃脱。为了完成他必须做的事，需要有大量的时间，而且他做的时候必须感到安全。我认为他很有可能认识第一次杀的那些受害者，至少是偶然认识，或者已经观察过他们，尽管到现在已经过去了10年，我相信他在改变作案手法。”

黑泽尔伍德说：“要想在某个地方感到舒服，只要开车经过足够多的次数就可以。”

“因为有擅闯民宅的心态，他们会选择自己能够一直掌控局面的地方。”我补充道，“我仍然认为他第一次杀人就冒险进入奥特罗家的地下室是有重要意义的。”

沃克说：“他在奥特罗家如此成功的原因，是他以前曾将这些捆绑幻想变成现实，很可能在妓女身上。他的性格非常刻板，做事很有条理。奥特罗一家人有可能是他的第一组无意欲的受害者。但因为他已经在脑海里一遍又一遍地播放过这些行为，所以他走进那所房子后很清楚自己要做什么。他的受害者在他的计划里是被动的。他认为一把武器的威胁可能就足以应对受害者的抵抗。如果奥特罗家是他第一次杀的人，看看布赖特，确定这是否与他的其他案件不一样。可能在第一次杀人时他感到非常成功，以至于在第二次谋杀遇到阻力时他感到很意外。”

黑泽尔伍德点了点头表示同意。他说：“这个家伙从小就开始幻想虐待行为。他在奥特罗家玩得很开心，没有射击任何人的原因是他喜欢动手杀人，掐死、闷死、勒死。他拿着武器只是为了控制奥特罗一家，而不是为了枪杀他们。”

沃克说：“如果我们想知道在奥特罗家发生了什么，只要看看布赖特家的受害者就知道了。这就是在奥特罗家发生的事。他会拿着枪，说同样的话，向他的受害者做同样的保证。这就是他控制的方法——作出承诺和手拿一把枪。奥特罗先生不会抗拒，因为他可能担心影响到他的孩子们。”

我说：“或者他用了一个不同的诡计。他走进去抓住一个小孩，用枪指着其余人。这会让奥特罗服从而不反抗。那个女孩是最吸引他的人，男孩则是主要的干扰。除了那个女孩，现场的其他人都是次要的受害者。”

就在说话的时候，我想起了另一件事：“他的幻想离不开一根长绳子。这是他的意象，他在信中提到了这一点。他能写东西，也能画出自己的幻想。看看他画的画。他的部分战利品是从现场获得画面形成的图像。这能帮他重温杀人的经历。我仍然认为他在现场拍了照片。”

黑泽尔伍德又同意地点了点头，于是我继续说道：“我们知道他翻找了受害者的抽屉和手提包，但好像也没有拿走金钱或者其他财产。我觉得这说明他不缺钱，所以他一定有收入可以维持生活。”

沃克说：“翻抽屉是偷窥行为成熟老练的延伸，由此可以肯定他年少时有过偷窥史。”

“他在十七八岁的时候可能吊死或者勒死过母猫或奶牛等动物。”黑泽尔伍德说，“他是在自己家附近做的这件事，这样他就可以观察周围人的反应。警方可以去查一查有没有过类似的报告。”

我说：“我认为这个人属于中产阶级下层。他不会有太多现金。正因为如此，我认为他不会拿收入来还房贷，所以我估计他住在租的房子里。”

“是的。”沃克说，“他会有一份工资较低的白领工作，而不是蓝领。但他是准职业人士。不是穷人，但也不是中产阶级。”

黑泽尔伍德并不认同：“我觉得他不是这样的。他是中产阶级，聪明、能言善辩，但也是个低成就者。他觉得自己比选择的受害者高一等，所以我认为他会杀害比他低一个阶级的人。”

一股火药味飘进了会议室，毫无疑问是走廊那头实验室里某个法医实验出错造成的。不知什么原因，在那一刻火药的气味勾起了我在空军基础训练时的记忆。这又勾起了几天前的一个想法，一个无法摆脱的想法。

我说："他与军方有某种联系。可能是空军。我知道威奇托附近有个空军基地。也许他在那里作保安。如果他还在威奇托，可能就是这个原因。也许他最近刚离开那里，在附近待了一段时间。也许他1974年正在威奇托州立大学学习犯罪学的大学课程，享受《退伍军人权利法案》[①]的权利。说不定有教授认识他。学生时代，他可能与教授聊过天，甚至为了写学期论文向教授借过书。我能想象他写一篇有关被杀名人的论文。这个人非常想在执法部门工作，但他可能因为身体上的缺陷、语言障碍或视力不好等原因而不能如愿。他可能向当地警察、后备警察甚至急救室救护车司机岗位提出过申请，这些应该有备案。"

黑泽尔伍德打断了我的遐想，让我们回到了他认为不明嫌疑犯与受害者之间的关系上，他认为这个更重要。他说："他生女人的气，但不生受害者的气。他对他们不动感情、无动于衷。他们不过是道具。他觉得自己在情感和理智上都高于他们。"

黑泽尔伍德说话的时候，沃克点了点头，但他似乎对我编织的关于B.T.K.可能有军事背景的线索更感兴趣："在我看来，因为威奇托的那个基地，有关空军的提法是合理的。他高中毕业后可能为了逃避越南战争征兵而参了军。这家伙基本上就是个懦夫。他不会表现出男子气概，绝对不像海军陆战队成员。我能想象到他拿奥特罗家的两个孩子当盾牌。他威胁说如果父母不配合，就伤害孩子们。他在服役期间是个不起眼的差生。他的表现评级一般。他的军官会评价说，交给他的任务能完成，但本可以做得更好。他可能有点懒，而且有点叛

① The GI Bill，二战后，美国出台了帮助退伍老兵免费接受大学教育的法案。——译者

逆。在军队或大学里与他有过接触的人可能会说他们记得他，但并不真正了解他。”

我喜欢沃克分析的方向，并决定看看如果也朝那个方向走会有什么发现。“他总是感到沮丧，因为认为自己没有处在应该待的位置上。”我说，“这可能会引起他与上级的矛盾，并影响他的晋升。这家伙从空军退役时最多只能得到 E-4 的评级。他懒散的态度可能是被开除的原因。他不善于团队合作。他绝对是那种独来独往的人。”

“他是一个只看眼前的人。”黑泽尔伍德补充道，“他想要的是即时满足。他的兴趣很短暂。他会追求一种爱好，然后失去兴趣。他就像小孩子一样需要不断得到满足。”

“他的自负会毁了他。”我说，“如果被监禁，他会把这个案子告诉他的狱友。他不会说是他干的，但会以第三人称谈论这件事，吹嘘干出这事的人多厉害，如何打败了那些无能的警察。”

我突然想到了另一件事，一件我以前想到过但直到现在才注意到的事。“这家伙喜欢窒息式性行为。”我说，“他吊死约瑟芬时，我们在奥特罗的地下室找到了证据。警方需要注意因为窒息意外死亡的案件。如果搜查这样案件的现场，他们可能会找到能证明他就是 B.T.K. 的材料，包括写的东西、照片和绘画。这些东西会放在一个他很容易拿到的地方，比如床脚箱或抽屉里。他永远不会销毁这些东西，即使他觉得警察会来，也只会把它们藏起来。”

黑泽尔伍德说：“他的配偶可能偶然发现过这些材料。她可能见过他的某个战利品。但他会编一个理由搪塞过去。这让我想起了佛罗里达州那个杀死了很多女人的县警察局副局长。事情发生在几年前。他的妻子在他们家里发现了其中一名受害者的驾照。当她问他这件事时，他对她说：‘哦，我放错地方了。谢谢你的发现。我得把它还回到办公室档案处。’3 天后，她又发现了那个驾照，于是告诉他，她会替他把它拿回办公室。‘不用。’他一边说一边从她手里抢走了它。

‘我拿回去。’此后不久，他给她看了一个盒子，里面装满了用过的珠宝。他让她把盒子扔到离他们家不远的沼泽地里。她按他说的做了，从那以后没有再提这件事。”

我说：“是的，婚姻阻止不了这个家伙，即使他的妻子是世界上最善解人意、乐于提供帮助又柔顺可塑、任由他摆布的伴侣也不行。他需要的远不止这些。他需要一直不停地占取。他必须处于完全、绝对的掌控地位。但他为什么停止杀人了呢？如果他已经离开了威奇托并且还在杀人的话，很有可能是改变了作案手法。他不会再用 B.T.K. 这个名字通信了，但他的杀戮仍然会包含某种捆绑的元素。”

沃克的手在桌子上拍了一下说：“大约 6 个月前纽约警察局找到了一个人，他勒死了一群妓女，然后用绳子把她们绑了起来。”

黑泽尔伍德和我都点了点头。我们都认为这值得继续跟进。我瞥了一眼桌子的那头，看到一个警探在面前的笔记本上快速做了笔记。

“除非这个家伙出了车祸或者是在入室盗窃时被杀，不然十有八九他还没死。”我说，“他可能因为入室盗窃而被关进监狱，被逮捕时身上带着武器。入室盗窃通常是罪犯策划室内强奸或杀人的第一步。”

黑泽尔伍德说：“这个家伙不会停止杀人。他要么还在杀人，要么被困在一个地方无法杀人。”

我说：“他在仿效从侦探杂志上读到的一些罪行。他切断了电话线，因为在什么地方读到过这个行为。他在罪行中加入了其他罪行的点点滴滴。我听他打电话报告南希 · 福克斯谋杀案的录音时，发现他的话语高度自控、含义隐秘，这让我感到意外。他提供的信息刚好能够表达他的观点。他的用语让我感觉很像接警调度员说的话。他听起来好像有无线电通讯的经验。”

继续推进，我告诉自己，但保持警惕。我从以前参加这样的讨论会上总结的一个经验就是，不能让自己走神，一秒钟都不行。如果走神了，我就会错过一些重要信息。那时我们会议进入了一个关键环节，直接讨论议程上的最后一项内容，即警方在确定了可信的嫌疑人后，怎么让他崩溃招供。

我说："你们需要在第一次审问时就把他击垮。第一次带他进去就要瓦解他。你们需要扰乱他的生活，让他睡眠不足。确保他在附近能够注意到你们，即使你们不在那里，他也感觉能看见你们。当他开始看起来蓬头不整时，当你们意识到他开始以喝酒和吃药来应对压力时，当他开始失眠时，就突然把他拉进去。不要给他准备的时间。在他没准备好的时候把他带进来。"

"夜间审问最好，八九点钟的时候，在一个密闭空间里进行。确保进行审问的地方堆满了大量的资料，这样可以表现出你们进行过彻查。最好的地方是专案组的办公室。让他能看到一堆流程图，还有一个有他名字的文件柜。在那里放一些证据，一些能把他和罪行关联起来的证据，一些能让他做出反应的重要证据。但别给他看任何犯罪现场的照片。因为他在信上写过被邪恶势力控制的内容，无疑是为精神错乱辩护留了一手。如果给他看现场的照片，他的辩护律师会说他精神不稳定，只会提供他在照片上看到的东西。"

"不要在他身上用计，因为他是个警察迷，知道那是怎么回事。你们必须提前休息好，为长时间的审问做好准备。你们希望他能成为那个慢慢退缩的人。他最终可能会寻求某种挽回颜面的方案。不要提起他杀害幼童的事，因为他不想被人们称为'儿童杀手'。在监狱里有这样的名声可不好。让他觉得也许他杀人时正处于恍惚状态。如果他很傲慢，那你们就非常冷漠。如果他愿意用第三人称进行讲述，你们由他那么说。"

"在对他进行审问的同时，要搜查他的住所。如果事先得到消息知道你们要这么做，他不会销毁藏匿物，但会转移。向他灌输这样的观点：不破案你们是不会罢休的，因为你们知道这案子一定可以侦破。你们想要的是让他变得极其僵化。这意味着他正在失去控制，而你们正在获得控制。”

我说话的时候皮尔斯·布鲁克斯走进了会议室，在桌子旁边坐了下来。布鲁克斯是洛杉矶警察局的一名资深凶杀案警探，是个传奇人物，因在约瑟夫·瓦姆博的经典犯罪电影《田园劫》（*The Onion Field*）中的角色而闻名。布鲁克斯多年来经常在洛杉矶外的报纸上寻找与他在洛杉矶调查的案件类似的暴力犯罪。他进入联邦调查局后开始开发一款名为 VICAP 的计算机程序，其设计的初衷是让全国各地的警察将公开案件的数据输入到一个中央计算机上，方便警方更好地追踪可能是同一嫌疑犯所为的暴力犯罪。

当听到我谈论审问技巧时，布鲁克斯用紧张的、耳语般的声音说：“准备好在适当的时候使用测谎仪。但是要小心。如果方法不对，你可能会得到一个不确定的结论，除非设计的问题让他更痛苦。例如，杀人可能不会让他不安，但被受害者的血弄脏了可能会引起他的反应。他可能会对布赖特的案子做出反应，因为他搞砸了那个案子。对于奥特罗案，他可能对那个男孩的反应更多，因为他为此感到难过。别指望他会崩溃。”

我强忍着才没有打断布鲁克斯。沃克看着我咧嘴一笑。他知道我不喜欢用测谎仪。尤其涉及暴力罪犯案件的时候，我讨厌测谎仪。在我看来，使用测谎仪基本上就是在向嫌疑人伸出手，告诉他你没有他的任何把柄，所以你唯一的希望就是依靠这种原始的设备来确定他是不是在说实话。

沃克也有同感：“如果这家伙能够通过测谎，他就会坐在那里得意地笑。他会觉得自己打败了你们。我觉得可以这样，跟他说他在这里跟你们说话的时候，其他警察正在他的家里进行搜查。这会给他很大压力。你们审问的时候就需要让他有压力。制造压力，然后假定他是无辜的。观察他对压力源的反应，弄清楚他为什么会那样，然后查他。”

“要有两个审问官，两个人的审问方式和方向要不一样。你们必须表现得专业、坚决，但要低调。让他知道你们是认真的，他不屈服的话，你们就不会善罢甘休。他会更容易受到这种伤害。大肆宣扬专案组是专门为他设立的，只是为了抓住他。看到自己这么被当回事儿，有那么多精干警力专门来追捕，他会很高兴。他也很喜欢自己的案子受到了重视。”

听着沃克的话，我突然想到了另一件事。它不是以图像的形式出现在我脑海里，而是一种感觉，几乎就像知道了一样。

我说：“如果他现在的工作需要穿某种制服，我不会感到意外。你们带他来审问时，确保他没有穿制服。如果他穿着制服，会觉得自己被制服保护着。如果他穿着制服来，也不要取消审问，他会觉得这是对他的侮辱。最好计划好，让他不太可能穿着制服来。但如果他还穿着制服走进警察局，这也能告诉你们一些什么信息。”

“不要说类似‘那样做太愚蠢了’的话直接侮辱他的智商。这样做只会让他产生防御反应或充满敌意。永远不要忘了他认为自己很聪明。不过你们可以指出他在犯罪时犯的错误，正是这些错误让你们抓到了他，这样可以间接攻击到他。用第三人称说会更简单些，这样他就更容易用合理的理由来解释错误。”

沃克突然领悟到了我刚才提及的虚荣心的概念。“你们得满足他的自我价值感。这对他来说很重要。你们得让他觉得自己很重要。如果你们吓唬他，他会知道的，那你们就输了，因为他不再尊重你们。”

“这家伙不是疯子。”我说，“但他会装疯卖傻。如果遇到麻烦，他会试图骗别人认为他疯了。”

我环视了一下桌子。黑泽尔伍德和沃克看起来和我一样疲惫不堪。我们已经讨论了将近 6 个小时。桌子那头疯狂记笔记的警探正在揉手。我得出去清醒一下头脑。我几乎能听到办公桌上堆积如山的文件正在大声喊我去处理。我得回办公室了。

我站起来，穿上夹克，对威奇托来的警探们说："这个案子能破。如果我们能提供任何进一步的帮助，请随时给我们打电话。你们会抓住这个家伙的。"

走在通往办公室的走廊上，我向上帝祈祷我是对的。我向上帝祈祷刚才我说的话不只是在给大家加油鼓气，而是真的能够实现。因为在某个地方，B.T.K. 正在等待、监视和密谋。

第二幕

B.T.K. 的抓获与逮捕

第八章

1984 年的那个下午，我坐在联邦调查局学院的橡木桌子前，就如何帮助威奇托警方找到 B.T.K. 展开头脑风暴、出谋划策。21 年后，我来到了堪萨斯州的威奇托市，会见非常严肃的肯·兰德韦尔警督。他 51 岁，是威奇托市警察局的资深凶杀警探。自 1987 年“捉鬼敢死队”专案组解散以来，他一直在坚持调查 B.T.K.。兰德韦尔同意到我酒店的房间与我见面，并承诺在调查其他谋杀案的间歇向我讲述这个已经深入他心中的案件。

我终于来到了威奇托市，感到非常激动。商会网站上一直播放着一个名为“我在威奇托找到了它”的公关视频。这个视频很有说服力，讴歌着这座城市就业机会多、通勤时间短、生活方式好。

1995 年的一个下午，我从联邦调查局退休了。退休以后，我的生活里发生了很多事。我当起了畅销犯罪小说作家、大学讲师和无偿犯罪心理画像师，志愿为小城警察局和受害者家属提供公益服务。在这期间，我的 3 个孩子都已长大成人，婚姻破裂后得以重圆，还有两次差点死于肺血栓。

最重要的是，那个逍遥法外 30 多年的幽灵杀手终于在 2005 年 2 月 25 日被抓捕了。

他那年 59 岁，有两个成年子女。在过去的 33 年里，他只与一个女人结过婚，一直与她住在帕克城一座安静的小房子里。帕克城位于威奇托市中心以北 6 英里处。

他曾长期担任童子军的领导和教会的主席，在大约 15 年的时间里，人们都看到他在帕克城街道上开着车，穿着灰褐色制服，看起来像是公园护林员和警察的混合体。当地居民谁家杂草丛生或者狗牌子过期了，他就会开出罚单吓唬他们。

他的名字叫丹尼斯·雷德。

丹尼斯·雷德在很多方面完全符合我的预测，但在其他方面又有所不同。

雷德是在帕克城一条安静的住宅街上被捕的，那里距离他的小房子不远。他被捕大约 4 个小时后，就被警方告知唾液与南希·福克斯睡衣上精液的基因组成一样。然后他就承认了 1974 年到 1977 年的 7 宗命案是他所为——警方知道他是这些命案的凶手。接着他又承认在 1981 年、1986 年和 1991 年分别杀死了共 3 名女性。

4 个月后，雷德 10 项一级谋杀罪名成立，被判在埃尔多拉多监狱服 10 个无期徒刑。因为所有的谋杀案都发生在堪萨斯州 1994 年恢复死刑之前，所以没有对他判死刑。

包括我在内的很多人都认为这是一场悲剧。如果有哪个杀手应该为其自私野蛮的罪行而死，那就是他。

塞奇威克县地方法官格雷格·沃勒宣判雷德有罪两个月后，我觉得是时候到威奇托去看看了。雷德在威奇托生活了近 60 年，我想呼吸一下那里的空气，慢慢行驶在他曾开车路过的那些绿树成荫的街道上。最重要的是，我想听听威奇托警督肯·兰德韦尔的看法——人们认为他在对雷德的逮捕中立了大功。

1984 年成立“捉鬼敢死队”专案组时，兰德韦尔就是其中一员。说这个案子让他心烦意乱都远远不够。B.T.K. 吞噬了他的存在。B.T.K. 逍遥法外 30 余年，兰德韦尔生活、呼吸、做梦都想抓获这个神秘杀手。在 B.T.K. 恐怖统治的最后 11 个月里，兰德韦尔不仅监管对 B.T.K. 的调查，而且扮演了威奇托超级警察的角色。他曾在 20 多场新闻发布会上对着电视摄像机努力说服凶手相信他。

如我所愿，这成了 B.T.K. 最大的错误。

兰德韦尔以前只是负责调查 B.T.K. 案件的一名警探，我以前的单位联邦调查局的几个特工建议将他确定为警察代言人，正如我 1984 年对 B.T.K. 进行心理画像时的提议一样。2004 年 B.T.K. 再次浮出水面，联邦调查局的特工与威奇托警方进行协商，提出一个先发制人的策略，这是我 20 多年前开始琢磨的，写在了 B.T.K. 心理分析报告里。从那时开始直到退休，我就在培训研讨会和与各种执法机构的协商会上不断推广超级警察这个概念。行为科学组的那两位特工知道超级警察这回事，这让我明白自己在联邦调查局的那些年播下的种子已经生根发芽了。

兰德韦尔和我一样也经常做重复的梦。在兰德韦尔的记忆中，过去的 10 年里每年都会做一到两次一样的梦。他慢慢入睡，过一会儿他和他想逮捕的人在一个修剪整齐的高尔夫球场球道上走来走去，肩上背着球杆。周围没有其他人，一直都只有他们两个人。他们打球的过程总是很友好、很愉快，经常要玩好几个小时。他们在打球时会互相称赞对方的球技，闲聊高尔夫球手们谈论的话题：风向、如何打出果岭[①]。

然而尽管兰德韦尔在梦的深处知道他的对手是一个连环杀手，也从未想着要逮捕他。他似乎意识到梦并不是真实想法的表现。他的梦要表达的是其他事，更深刻的事。兰德韦尔认为他的梦是想说谁比谁更深谋远虑。

---

① Green，指在洞口附近专门把草修得很平整的区域，方便球手推杆进球。——译者

他第二天早上醒来经常做的第一件事，就是对妻子辛迪说：“我又做了那个梦。”

妻子一听到这句话就会问：“这次你看清楚他的脸了吗？”

自然兰德韦尔从来没有看清楚过。他的对手总是在他前面几步，脸永远笼罩在阴影中。每当丈夫告诉她这些话时，辛迪就会抱怨说：

“真不明白，你和 B.T.K. 一起打高尔夫球，却从来没有看清过他的脸。”

兰德韦尔笑着说：“是没有。但我又赢他了。我最后总能赢他。”

我坐在威奇托市中心酒店的床边，端详着肯·兰德韦尔脸上的皱纹，尤其是眼睛周围的皱纹。他看上去疲惫不堪。

我和那些曾跟着兰德韦尔一起侦办此案的人交谈过。我从他们那里获悉，过去的 18 个月对兰德韦尔来说就像疯狂的、高风险的过山车一样。如果这次 B.T.K. 再次逃脱，兰德韦尔将会一无所有。在那几个月的大部分时间里，兰德韦尔是靠着苏格兰威士忌酒和优势牌香烟才熬过来的。

B.T.K. 沉寂了 25 年后，在 2004 年 3 月 27 日重新露面，向当地一家电视台寄了一封神秘的嘲讽信。

这让人们，尤其是威奇托警方，感到极为震惊，因为大多数人都以为 B.T.K. 已经离开了这里，可能因为其他罪行正被羁押在监狱，已经从杀手角色退休了或者死了。人们以为再也不会收到他的消息了。

就在 B.T.K. 从黑影中走出来引发骚动的 5 天前，高层想把兰德韦尔从他担任主管的重案组平调到新兵训练的教官岗位。他在命案调查方面就是一部行走的百科全书。他喜欢在重案组工作，已经做了 12 年的主管，这在某种程度上创下了警察局的纪录。因此每次听到这个提议他都会拒绝，这次也是如此。3 月 22 日，兰德韦尔说服威奇托市警察局最高领导同意让他继续担任重案组的主管。

他坐在我酒店房间的床边咯咯地笑着说，如果他真的像有人期望的那样离开了重案组，而5天后长期沉默的杀手却写了那封嘲讽信重新出现，结果会是怎样。

“至少警察局70％的人会说，那封信是我为了保住工作自己写的。”兰德韦尔笑着说。

“他们这么想也不能怪他们。”我说，“我很可能也会有同样的想法。这让我想起了‘黄道十二宫杀手案’。记得那个案子吧？”

他说：“我知道那个案子，到现在还没有侦破。”

我回答：“是的。还记得那个调查的负责人吗？他们给了他私人办公室、私人电话和几个员工。但到了20世纪80年代初，黄道十二宫杀手已经不再与警察联系了。后来有一天，我接到了旧金山联邦调查局外勤办事处的电话。原来那个负责人刚刚收到了一份似乎来自黄道十二宫的信件，他们想寄给我做分析。我拿到了信，但还没来得及分析完，电话就响了。还是那个来自旧金山的特工。”

“‘别麻烦了。’他说。”

“什么意思，别麻烦了？”我喊道。

“现在我想起来这是怎么回事了。”兰德韦尔笑了。

“据说那封信的执笔者其实是那个调查负责人。他在调查中承受了太大的压力，当所有的线索都无法继续的时候，他决定自己写一封黄道十二宫的信来创建一条新线索。他们把他从那个案子调走，让他休了个假，还给他做了一些心理咨询。”

兰德韦尔咯咯地笑着，慢慢点着头，好像他的头是一块100磅重的花岗岩。他的样子非常疲惫，好像刚被扔进脱谷机却完整地从出口跑出来了一样。在B.T.K.的第一封信发表后的那几个月里，兰德韦尔把调查的重担扛在了自己肩上。自从被选进“捉鬼敢死队”专案组后，他就成了警察局掌握该案件信息最多的人。在这长达30余年的追捕中，每次这些案件出现难解之处，他就成了提供相关信息的首选人员。

兰德韦尔告诉我，这个凶手一次都没有被抓住过的事实让他倍感困扰。在那些年里，他每次想起B.T.K.，都会在内心深处提醒自己，如果足够耐心，不明嫌疑犯有一天可能就会重新出现。在2004年3月的那封信浮出水面时，兰德韦尔成了案件调查中最引人注目的人物，他意识到如果这次凶手再次逃脱，或者更糟糕地再杀害一条生命，他就会成为B.T.K.的替罪羊而遭人埋怨，在余生里都会被称为“那个被B.T.K.打败的警探”。

好在事实并非如此。

兰德韦尔告诉我：“我最开始并不想做警察。”他当时一心想成为联邦调查局的特工，就像他的叔叔厄尼·哈尔西希一样。这位叔叔一直是他的榜样。但在1977年的一个下午，兰德韦尔的生活发生了奇怪的转折。那年他23岁，B.T.K.在那年的几个月前将塑料袋套在了雪莉·维安的头上，站在她被捆绑着的身体旁一边看着她窒息一边自慰。

兰德韦尔那个时候正在威奇托州立大学学习，在威奇托市区一家巴特尔男装店做兼职售货员。一天下午，他从店前门走出去买午餐的时候，撞上了两个20多岁的非裔美国人，他们俩径直奔向了店里。兰德韦尔心想这两个人看起来都非常紧张。片刻之后，他走在人行道时，发现附近小巷里停着一辆凯迪拉克，他能听到汽车发动机空转的声音。坐在驾驶座上的人半个小时前曾走进巴特尔男装店，假装对一套休闲装感兴趣，浪费了兰德韦尔10分钟的时间，最后什么也没买。

兰德韦尔说：“突然之间我知道那些人要干什么了。他们打算抢劫巴特尔男装店。我当时还没想到他们会持枪抢劫。我以为他们会跑进去偷一些皮夹克，然后跳进同伙的凯迪拉克逃跑。”

兰德韦尔决定当一回约翰·韦恩[①]，转身直奔巴特尔男装店。在回去的路上路过附近的一家珠宝店时，他从前门探进头去对里面的人喊

---

① John Wayne，美国影视男演员，以演出西部片和战争片中的硬汉闻名。——译者

道：“嘿，如果我 5 分钟后没有回来，就打电话报警。”几秒钟后他推开巴特尔男装店的前门，准备看见哪个歹徒就先抓哪个。但他刚走进去，就感觉到冰冷的枪管顶在脖子上。一个戴着滑雪面罩的男子拿着枪，命令他滚到收银台那里，然后他就被电线四肢反绑了。

那个人在收银机里翻腾后发现了一把破旧的柯尔特 .45 手枪，最后一次使用是在二战期间。那人把枪的单发子弹装进弹膛，上膛，慢慢低下头，看着躺在附近地板上的兰德韦尔。

“别看我，伙计。”强盗大声叫道，“别盯着我看。”

兰德韦尔当时以为这个人已经下定了决心，猜想他会走过去，弯下腰，把生锈的枪管举到离兰德韦尔额头几英寸远的地方，向他的大脑开一枪。兰德韦尔额头已经出汗，但他对犯罪心理学有一定的了解，于是一直盯着那个人看。

“我认为如果直盯着他的眼睛，他就更难向我开枪了。”他告诉我，“我想个性化自己。”

他的策略似乎并不奏效。抢劫犯走过去，骑在兰德韦尔身上，命令他转移视线。“我以为自己死定了。”兰德韦尔耸耸肩说。但不知何故，那个人没有扣动扳机。相反，他和那个把员工绑在店后面的同伙抱着一大堆西装从前门跑出去了。

几个小时后，兰德韦尔和两名警探坐在一个房间里看了一堆嫌疑犯的照片。几分钟后，他用食指敲了敲其中一张照片，告诉他们那个人就是抢劫他们商店的人，他听到另一人叫他布奇。两个警探都笑了起来。

“那是布奇·乔丹。”他们告诉兰德韦尔，拍拍他的背，感谢他的帮助。

但让兰德韦尔感到非常沮丧的是，警方似乎一直没有去追捕那个职业罪犯。几个月后，乔丹在抢劫一家酒品专卖店时枪杀了一名休班警察，直到那时警方才终于突击搜查了他的一个住处并逮捕了他。警察早就知道那是他经常出没的地方之一。兰德韦尔从站成一队的人里面一下子就指认了他。在案件开庭前不久的一个下午，这位年轻的法律专业学生坐在塞奇威克县地方检察官的办公室里讨论此事。

兰德韦尔瞥了一眼放满布奇被捕时缴获证据的桌子。他注意到了看起来很熟悉的一条裤子和一件背心。

“你们从哪儿弄来的这衣服？”他问道。

“这是布奇被抓时穿的衣服。”检察官回答说。

兰德韦尔又盯着桌子看了一会儿说：“巴特尔男装店有一件西装外套和这两件衣服是一套。”

检察官看着他，不太确定他听到的内容。“什么意思？”他问道。

“布奇跑出商店时把西装外套掉在一堆裤子上面了。”兰德韦尔告诉他，“如果需要那件外套，我可以取过来。”

检察官笑了笑，让他回男装店把外套拿来。布奇两周后被控持械抢劫和谋杀警察，两项罪名成立，目前仍在堪萨斯城附近的兰辛监狱服刑。

这段经历给兰德韦尔造成了深刻的影响。倒不是因为这是他第一次在抓捕危险分子过程中发挥作用，而是因为另一个原因。巴特尔男装店被抢劫几个小时后，兰德韦尔就指认出了布奇，但警察并没有逮捕他，这让兰德韦尔感到愤怒和难以置信。

“那时我不知道他们正在找他。”他告诉我，“但找他似乎花了太长时间。这让我很生气。我从那时起决定不再坚持等到联邦调查局谋个职位后再做好事。我觉得在威奇托当警察能有机会做更多好事。”

我在威奇托的第二天中午 12 点多，兰德韦尔又来到我下榻的酒店房间。他说：“走，我们开车去转转。”

我们走下楼，钻进他的车里。接下来的 90 分钟里，他带着我去了雷德在县里经常出没的地方。我们开车经过他实施谋杀的每个地方：都在安全的社区，都是中产阶级。受害者的房子看起来与周围的楼房没有什么两样，没有任何与众不同之处。

雷德的一些受害者住在街角地段，还有几个住在街区中间。其中一家的后院紧挨着一个公园。在过去的这么些年里，一些受害者的建筑物已被夷为平地。那些地方现在仍然空着，杂草丛生。

开车走了 20 分钟后，我们经过一个两层楼的复式住宅，雷德声称他的下一个受害者住在这里。他在审讯时告诉警方几个月来一直把这名中年妇女作为攻击目标，计划在 2005 年秋天的某个时候杀死她。

兰德韦尔说："不能把她的名字扯进来，不然对她来说太过分了。"

我在路上时不时向车窗外看，发现旁边一辆车的司机认出了他是著名的肯·兰德韦尔警督，并向他多看了两眼。

"你应该竞选市长。"我笑着说。

"是啊。"兰德韦尔皱起了眉头，"这正是我需要做的。"

他的脸上开始出现厌倦的表情。他似乎越来越厌倦没完没了地谈论丹尼斯·雷德。不仅如此，B.T.K. 被捕后，他对自己所受到的关注几乎感到尴尬。

我坐在他的旁边，能感觉到他想赶紧把这事了结了，这样就可以回去专心侦办他和同事们正在调查的其他命案了。毕竟从调查的角度来看，使这个案件引人关注的大部分因素已经被解释清楚了，除了一个问题：为什么雷德能躲避警察这么长时间。这正是一直困扰我的那个问题。

尽管整个职业生涯都在研究像 B.T.K. 这样无情的怪物，但我还是觉得自己无法解开丹尼斯·雷德这个谜。他作为杀手，技能看起来不是很符合人性。我仍然理解不了他。

兰德韦尔猛踩油门，我们开始沿着连接威奇托和帕克城的 I-135 高速公路向北行驶。从那里到"市区"有 7 英里，尽管雷德有时会走地面街道，但这条高速公路才是到他常去地方最快的路。开了 6 英里后，兰德韦尔在 61 街出口处把车停在了路边。8 个月前在那个决定命运的下午，雷德回家吃午饭时，就是在这条街上被拦下，十几名全副武装的警察将其拘捕了。

在离雷德被捕地点最近的拐角处，有一座 900 平方英尺大小、具有牧场风格的房子，凶手 1971 年结婚后不久就搬到了这里。这栋有 3 间卧室的房子建于 1954 年，他和妻子宝拉在这里共同生活了 33 年，把两个孩子都抚养成人了。在这个阳光明媚的 10 月下午，这座房子是空着的。宝拉因为担心自己的安全，在丈夫被捕后不久就搬走了。

我们把车停在车道前。空荡荡的房子给人一种陵墓的感觉。车道和院子里到处都是干枯的树叶和又长又脆的树枝。草已经变成褐色了。雷德的几个邻居站在前院瞪着我们看。这些人似乎都没认出兰德韦尔。他们只知道我们不过是两个来看那个恶魔房子的看客。

我们在街道中间坐了一会儿，汽车发动机在低速运转着，我们俩都默默地看着这座不起眼的建筑。

“没什么大不了的。”我说。

兰德韦尔没有做声。他踩下油门，我们飞驰离去。

他一上午都在提一个破旧的粮仓，想让我去看看。他在审问雷德的时候知道了这个筒式粮仓的存在。我们在去粮仓的路上经过雷德曾经的办公室，在水力街上的帕克市政大楼里。那是一座只有一层楼的砖砌建筑，看起来干净利落，有种常见医学大楼无菌的感觉。这座楼离他家只有几分钟的路程。雷德的白色工作卡车在停车场停着，车后面装着露营设备。

沿着那条路走大约 3 英里就到了那个空着的粮仓。在过去 10 年的大部分时间里，雷德开车从这里经过，脑子里都在幻想着有一天要在里面做那些可怕的事。有些人梦想着退休后搬到亚利桑那州或佛罗里达州，而雷德告诉兰德韦尔，他就想待在帕克城，在这个老旧的筒式粮仓里开一家商店。这个粮仓在一个小型家庭农场的角落。

对兰德韦尔来说，这个粮仓代表了丹尼斯·雷德让人沮丧的、虐待狂式的一切。毕竟刑侦人员数十年来都不确定他们在调查的是一个什么样的人：一个邪恶的天才，或者只是一个邪恶的运气超级好的普通人。

现在他们知道了。

丹尼斯·雷德的智商稍微低于平均水平，只是他被压抑的耐心水平比一般连环杀手的要高。

他是一个幸存者。

兰德韦尔减慢车速，把车停在路边。

“就是那。”他指着一个高耸入天的水泥圆柱说道。圆柱周围有带刺的铁丝网。从我们停车的地方看，这个建筑物微微向右倾斜，好像比萨斜塔的农村版本。筒式粮仓旁边有一个破旧的木制谷仓，侧面的一些板子已经缺失，顶部已经生锈的金属板也少了几块。

“我也不知道他是怎么做到在那里建酷刑室而不让主人察觉的。”他笑着说，“就像我跟你说的，这个家伙并没有把很多事情想清楚。”

我们回到酒店时已经是下午 3 点左右了。兰德韦尔刚熄灭汽车发动机，手机就响了。他从西装外套的口袋里把手机掏出来，接通电话说：“兰德韦尔。”我听着他说了几句话，意识到他手上的一个命案刚刚有了突破。

兰德韦尔急忙说了声“对不起”就疾驰而去。我一个人走回房间，在从家里带来的笔记本电脑上查看邮箱，然后拉开窗帘，凝视着窗外的威奇托。

这座城市看起来就像从平坦大草原上冒出来的一朵朵钢铁、木材和混凝土构成的蘑菇。我不禁相信丹尼斯·雷德在内心深处非常认同这片平坦的土地了——他在这里生活了一辈子。然而他又渴望像这些建筑物一样从光滑、可预测的地面上拔地而起，成为某种了不起的东西，某种与众不同的东西，某种人们会停下来盯着看的东西。

我在想到底是什么造就了 B.T.K. 这样一个心理扭曲、残酷无情的杀手？我脑海里有一幅画面，那就是他坐在椅子上看着乔伊·奥特罗抽搐扭动的身体。遗传学目前只能解释为什么一个人会如此缺乏共情力。肯定还有其他因素，所有这些因素完美地凑在一起造就了丹尼斯·雷德。

这些年来我听过各种各样的理论，用于解释为什么人会杀人。尽管一些理论家认为，即使像地点这样看似无关紧要的因素也可能发挥作用，但我同意兰德韦尔的观点，他坚持认为“无论丹尼斯·雷德住在哪里，这种事都会发生。如果他家搬到堪萨斯城，悲剧就会在那里发生。不是环境的问题。不是城镇的问题。关键在于他这个人”。

这可能是事实。不过威奇托就像许多早期西部边疆的定居地一样，周围领地拥有一段充满血腥的历史，这些历史故事会让像丹尼斯·雷德这样的人觉得既鼓舞人心又充满力量。最悲惨的故事主角是有史以来第一个踏上这个地区的欧洲人。这个故事可能确实是真的，也可能没有事实根据。几年前我第一次去堪萨斯调查一宗凶杀案时，从一名警察那里听到了这个故事。

这个叫作堪萨斯州威奇托的地方最早是在 1540 年被一个欧洲白人发现的，他的名字叫弗朗西斯科·巴斯克斯·德·科罗纳多[①]。他偶然来到这个地区的那天，心情变得很糟糕。科罗纳多这场漫长而惊险的旅途始于 1538 年。他和一群追求财富的人在那一年开始了在所谓新世界西南部的血腥跋涉，几乎杀死了他们遇到的每一个原住民男

① Francisco Vasquez de Coronado（1510–1554），文艺复兴时期欧洲探险家之一，后来成为新加利西亚的总督。——译者

人、女人和孩子。

科罗纳多当时正在追寻一个奇怪的幻象，这源自他那个时代知识分子和上层阶级对世界的想象。他寻找的是一座完全由黄金建造的城市，名叫锡沃拉（Cibola），在西班牙神话和受大众喜欢的传闻中已经出名了几十年。

他在漫长的两年里一直没有找到那座黄金城。一天，一个名叫埃尔·图尔科的印第安奴隶向科罗纳多的一些士兵讲述了这样的黄金城，他声称曾经在东边的那片土地上见过这座城。耐心不足而又嗜金如命的科罗纳多不顾当地侦察兵的恳求，决定相信埃尔·图尔科说的话。

这群人在新墨西哥州、得克萨斯州、俄克拉何马州和堪萨斯州的南部跋涉了几个月后，终于到达了两条浅水河流的交汇处。河里充满了沙子，现在被称为阿肯色河和小阿肯色河。没过多久，他就发现了一片用金色稻草建造的圆顶小屋。这根本不是埃尔·图尔科向他承诺的华丽辉煌。科罗纳多被带到这个地方后怒不可遏，于是命令手下对埃尔·图尔科严刑逼供。

他们到底做了哪些暴行，现在已经找不到相关的记录了。但历史书中记载了很多酷刑，征服者使用旧时决斗用的轻巧细长锋利的剑，“有条不紊”地切掉受害者的耳朵、鼻子、手指和脚，迫使他们招供。他们还喜欢把人活埋很长时间。不管埃尔·图尔科具体遭受了怎样的酷刑，他最终承认关于黄金城的故事是编造的。

直到他招供以后，科罗纳多才让人勒死了他。

我从酒店房间的窗户望出去，看到太阳像一个奇形怪状的南瓜慢慢滚到了地平线以下。阿肯色河曾流经附近，但现在已经彻底干涸，河床上只有沙子、黏土和柳树。夜幕即将降临，我发现自己又一次在离家很远的酒店房间里苦思冥想：是什么让一个人在杀了 10 个人的同时还过着表面上看起来完全正常的生活。

我即将结束对一个怪物阴险邪恶、复杂费解灵魂的探索旅程，我从 30 多年前就已经开始了。当时我正在底特律做联邦调查局特工的第一份工作，从那时开始就热衷于抓捕和了解威奇托的这个连环杀手了。

兰德韦尔敲了敲我房间的空心金属门后推门而入。他从口袋里掏出一张 CD 举在空中说：“这里面有些东西可能你会感兴趣。”他把 CD 放在桌子上我电脑的旁边说：“这是雷德被捕后我们从他那里查获的东西，有他藏匿的日记、私人照片和杀人笔记。每次在扶轮社（Rotary Clubs）、麋鹿旅馆（Elks’ Lodges）等地方用幻灯片演讲时，我都会展示这些。自从把他关起来以后，就经常要求我演讲。”

就在这时，他的手机又响了起来。兰德韦尔皱起眉头，打开手机，仔细看了看显示屏上的号码说：“我得接下这个电话。”他拉开我房间的门，消失在走廊里。

我打开电视，躺在床上，等着他回来。但电视没有信号，我就坐在那里盯着屏幕上的灰色静电干扰看，听着里面传来的嘶嘶声。

兰德韦尔放在桌上的 CD 还在我电脑的旁边。我试着置之不理。阳光只剩下最后的余辉，变成微弱的橙色从窗户照进来，显得有些疲惫。我端详着它在血红色地毯上照亮的部分，回忆是什么把我带到威奇托市这个酒店房间的。

我想起了那通电话。

那是 2004 年 3 月的一个深夜。那时我已经从联邦调查局退休 9 年了。电话的另一端是我曾经培训过的一位犯罪心理画像师，他还在我以前的单位工作。

我从联邦调查局退休后成了一名独立调查员，既为检察官也为被告的辩护律师审查凶杀案。我的发现有时与前雇主的不一致，这一事实惹恼了联邦调查局的许多特工。这就是为什么我的朋友觉得有必要给我打电话，因为他知道联邦调查局没有其他人会打给我。

“他回来了。”电话那头的声音说。

“谁回来了？”

“你在威奇托的那个不明嫌疑犯。”他说道。

我一辈子都在追捕为各种谋杀、强奸和其他暴力犯罪负责的不明嫌疑犯。但我一听到威奇托这个词，就知道他说的是谁了。

“B.T.K.？”我问道。

“是的。”

“更多尸体？”

“没有。”我的朋友说，“只是给当地电视台寄了一封信，里面有一张照片的复印件。那照片看起来就是在犯罪现场拍的，还有那个受害者的驾照。好像有什么东西逼着他现形了。这家伙已经好多年没有露面了。很多人以为他死了，或者永远地消失了。他的再现让威奇托人感到非常震惊。”

我突然意识到距离上次埋头分析此案已经过去了 20 年，这似乎令人难以置信。假如一个人可以活 80 岁，20 年代表了一个人一生的 1/4，从变得成熟到变成累赘也就 20 年。

“我在内心深处从来没有想过他已经死了。”我告诉前同事。

“是的。”他笑着说，“你总是那么乐观。”

对他表达完感谢后，我挂断了电话，透过书房的窗户凝视着外面的黑暗。我发现自己希望当时还在联邦调查局继续做着心理画像师的工作。既然已经退休，我知道自己不会再参与这个案子了。我的大脑在燃烧。多年没想过的这个杀手居然在这个夜深人静的时候重新进入我的生活，这似乎是非常合适的。当我还是一名外勤特工时，我们经常选择在深夜做一些苦差事，比如发动突袭或者逮捕危险的重罪犯。即使是最无情的罪犯也会在深夜时分放松警惕。多年以后，当开始采访已经定罪的暴力罪犯时，我也会选择在晚上去监狱，那是监狱里最孤独、最寂寥的时候。一般这些怪物只有在这个时候才愿意说话。

尽管威奇托和 B.T.K. 会时不时出现在脑海里，但我最后一次花时间认真思考这个杀手是在 1997 年，当时我正在整理我的书《变态杀手》，其中详细描述了各种连环杀手、连环强奸犯、猥亵儿童者和跟踪狂的罪行和案件历史。

如果有人怀疑 B.T.K. 的调查没有对我造成什么影响的话，那么当我和合著者决定将 B.T.K. 案件作为《变态杀手》的第一章时，这些质疑应该不攻自破了。书里的内容基本是我在 1979 年写的 B.T.K. 心理分析报告的精简版，加上我在 1984 年与威奇托警方讨论时发现的一些其他想法。由于此案未结，我担心描述太过详细的话会引发许多错误的线索，让威奇托警方因追查这些线索而疲惫不堪，所以我改变了名字、地点和日期，将凶手放在东北部虚构的一个小镇上。我也没有明确表示这个不明嫌疑犯是 B.T.K.。

尽管虚构了那么多，我写的东西还是触动了读者的神经。因为《变态杀手》上市后不久，我就开始收到人们的来信和电子邮件，他们告诉我，尽管知道故事发生在一个虚构的小镇上，但我描述的嫌疑人让他们想起了自己认识或曾经认识的某个人。大多数人想知道我是否有兴趣跟进他们的线索，或者告诉他们一个警探，以便将信息传递给这个人。

为了给书做宣传，我辗转于各个城市举办讲座、读书会和签名售书活动。我一直都没有办法摆脱这样一个感觉：B.T.K. 可能就是——尤其在堪萨斯州举行的——某次这类活动的一名观众。

我担心自己的安全吗？几乎不会。关于 B.T.K. 有一件事我很确定，那就是这个家伙是个十足的懦夫。他绝对不可能有胆量在如此公开的场合实施暴力。他的那种恐怖只会留给他的受害者，只有当他知道他们完全无助时才会显露出来。

第九章

将近两个小时过去了，肯·兰德韦尔还没有回来。

我对此并不感到意外。案子有了突破口时，有些事该做就必须得做。当我还在联邦调查局工作时，经常是正和家人一起吃晚饭，电话就响起来了。过了片刻就会听到我的一个女儿喊道："爸爸，你的电话……你办公室的人要跟你说话。现在！"

我接了电话，接下来就坐到了飞机上，3 天后才回到家。

我从床上爬起来，穿过房间，从桌子上抓起兰德韦尔拿来的 CD，盯着它看。CD 装在了一个白色塑料信封里。我在桌子旁边的椅子上坐下来，继续盯着它，想知道里面有丹尼斯·雷德的什么信息。

我来到威奇托的几周前就开始拼凑雷德生活的事实材料，这些是通过警方的调查和我自己的研究慢慢浮出水面的。我拿到了威奇托高地高中雷德毕业那一年，即 1963 年的年鉴，找到了他的一些朋友。我列了一张名单，上面都是他的同学，开始用电脑搜索每个人的名字，努力找到他们的电话号码。打了无数个电话后，我开始有收获了。

雷德以前的朋友中，大多数都从未公开谈论过丹尼斯。他们现在开始提供关于雷德的一些生活碎片，这些是警方或媒体从未发现过的事实。我希望把它们拼凑成一个巨大的拼贴画，以便更好地了解这个后来成了 B.T.K. 的人。

一个人提供的线索又把我引向另一个人。他的几个老朋友回忆往事时都哭了。他们所有人都为曾经的朋友把自己的生活搞得一团糟感到不知所措、目瞪口呆、悲伤不已。

又过去了几分钟。

我决定把光盘从塑料信封里拿出来。

“管他呢。”我喃喃地说，“看一眼应该也无妨。”

我敲了敲笔记本电脑上的空格键，把它从睡眠中唤醒，将 CD 塞进小槽里，一秒钟后一个文件夹图标出现在电脑桌面上。我点开它，看到里面有几十个文件夹，于是开始逐个点击。每个文件夹中的文件似乎不是按照名称的字母顺序或者其他规则进行排列的。一些文件里有绘画的扫描件，上面画的是被人用带子绑在刑具上的女性；其他文件是在笔记本上用蓝色圆珠笔写的潦草日记。

所有文件夹里都零散地放着拍立得照片。这些照片大部分是雷德在进行各种活动时的自拍照。他在大部分的照片中，脖子、胳膊和腿上都被绳子绑着，嘴里塞着封口物。有时他会穿着有褶边的连衣裙，戴着金色假发和透明的万圣节塑料面具，上面有噘起的大嘴唇。有时他只穿着一条白色短内裤吊在光秃秃的树枝上飘荡，内裤在他柔软、矮胖的身体上拉得又高又紧。

这些画面让人感到不安，有点吓人，也很荒谬。

但最让我感兴趣的是雷德写的文字。于是我开始阅读他写的东西。

大概在 3 岁的时候，他的情感和想法开始与众不同。丹尼斯 · 雷德的一篇日记中写道，他的第一个记忆就是在那个时候开始像藤蔓一样缠绕着他，挤压他、让他窒息。

雷德写道，他一直都无法回忆起那个记忆的所有细节，至少不像记住他犯下的 10 起谋杀案那么精准。他只能记得大约在 3 岁那年，他走进母亲的卧室，发现她在床上被床单拧成的绳子缠绕在铁制的床头板上，她在徒劳地挣扎着。

他看到她被裹在被单里，双臂举过头顶，扭动着、抽泣着、挣扎着想要挣脱。他觉得自己在门口站了很久很久，看着她，对她的处境感到束手无策。

她究竟是怎么陷入了这样的困境的？即使从这件事的发生到他在日记中写下这件事已经过去了这么多年，他还是无法回答这个问题。但很明显，他在每一起谋杀中都多少表现出了这段记忆的某些方面。他母亲衣衫不整地躺在床上绝望地扭动着身体的画面，成了他的视觉诅咒。

在另一个文件夹里，我发现了雷德的审讯记录。丹尼斯·雷德被警察盘问了几个小时后还记得这个地区一直都有姓雷德的人。他说可能永远都会有，除非他们都因为他的所作所为而决定收拾行李离开这里。如果他们真的这样做了，他当然不会责怪他们。在生命最后的一段时间里，他有时会想自己的行为可能会对其他人产生什么影响。

他的祖先在 19 世纪的时候从巴伐利亚来到美国。雷德的族亲都是善良可靠的人。他们努力工作，在肥沃的土地上耕种，一言一行都尽他们最大努力按照上帝的教导去做。这个家族的名字来源于德语名词 rat，意思是轮子。最早的雷德家族似乎是被雇来做车轮匠的。雷德从男孩时期直到成年，都会经常画他的祖先过去常常建造的大木轮。只是这些轮子在他眼里不是用来做交通工具的，而是想象着把女人绑在上面虐待她们的。

1945 年 3 月 9 日，丹尼斯·林恩·雷德出生在堪萨斯州一个名叫哥伦布的小镇郊外。我把这个日期输入谷歌，发现几乎就在他出生的那一刻，350 架 B-29 轰炸机向东京投掷了 1500 吨燃烧弹，引燃的大火造成了 10 多万人丧生。

丹尼斯的父亲威廉是美国海军陆战队退役队员，母亲叫多萝西娅，丹尼斯是他们 4 个儿子中的长子。他的父母在这个地区长大，威廉曾是高中足球队的队长，多萝西娅曾被选为学校的啦啦队队长。丹尼斯在堪萨斯州匹兹堡的锡安路德教会接受了洗礼。他四五岁前都是在爷爷奶奶的麦田、奶牛场和养牛场度过的，爷爷奶奶是表兄妹关系。因为一大家子住在同一个屋檐下，所以空间很紧凑。

这里在威奇托以西大约 110 英里的地方。雷德就是在这个地方第一次开始认为自己可能与其他人不同的。秘密就是从这里开始的。他经常坐在农舍的后门廊上，看着奶奶把鸡头拧下，然后把鸡炸成晚餐。无头的鸡在满是灰尘的院子里跑来跑去，血从它们脖子上方的空窝里喷涌而出。

雷德在他的日记中写道，这种场面在胃里引发了一种奇怪的感觉：隐隐约约地与性唤起有关，让他非常享受。他越想这种场面，就越觉得这种感觉就像是站在没有任何护栏的高层屋顶边缘望向下面模糊的虚空一样。

我想也许这一切就是从那时开始的。在雷德正在发育的大脑里易受影响的突触中，开始把死亡及其各种关联与令人陶醉的性唤起相提并论，两者紧密相连、不可分割。

有人告诉我雷德夏天经常住在堪萨斯州哥伦布市的亲戚家。亲戚的名字叫拉里·萨瑟兰，他们有一个家庭农场。雷德的一位密友——他和我的许多消息来源一样，要我答应不在书里写他的名字才同意告诉我一些事——告诉我，萨瑟兰的父亲是雷德生命中第一个真正的权威人物。他是县警察局的局长，雷德回忆说，他身上有一股克林特·伊斯特伍德在意大利式西部片里的那种自信。雷德很尊敬亲戚家的儿子，他的名字也叫拉里，比雷德大 5 岁，雷德在心里把他当作现实中没有机会拥有的哥哥。

小拉里很聪明，他们俩经常一起做飞机模型，幻想着有一天能成为飞行员。小拉里身上还有一样东西始终吸引着丹尼斯。雷德曾告诉他的一个朋友，他是从一件事上发现小拉里的这个特点的。那件事发生在夏天一个闷热的下午，就在拉里家的农场。雷德说他那个时候还小，曾听到父母轻声谈论这件事，就像他母亲被困在床上的画面一样，这件事也让丹尼斯倍感神秘。这是他第一次真正知道人的死亡。雷德的这个朋友告诉我，小拉里那天下午和另一个朋友在池塘游泳。那个男孩在某个时候进入水下后再也没有回到水面上来。雷德声称接下来发生的事情是他通过听父母的简短谈话拼凑起来的。雷德说当表哥拉里回到家时，他的父母要求他说出他的朋友是在哪里消失的。

小拉里解释说："他跳进了池塘里。"

"然后呢？"他身为警察局长的父亲问。

"我就走回家了。"男孩回答。

"你的朋友后来怎么样了？"他问道。

"他没有再上来。"小拉里告诉他，"我猜他待在水下了。"

据称，这名男孩的尸体后来被发现漂浮在水面下。

在后来的日子里，每当雷德开始写日记或与警察一起漫不经心地探索使他与常人如此不同的根源时，他总会回到对表哥拉里的这段记忆中。他纳闷怎么会有人对另一个人的死亡如此冷漠呢？至少丹尼斯是这么认为的。

我也一次又一次地问自己同样的问题，试图理解一个人生活中的某个特定事件与他后来决定杀人之间的联系。我很久以前就意识到，在分析案件时可能犯的最大错误，就是假设自己想抓捕的性侵者和我有同样的情感和思维过程。他们没有。不过我觉得雷德的这段童年插曲之所以有趣，也许是因为它标志着他第一次在这样的事件中观看别人的行为反应，他认为这映照了他自己杂乱不清、从来没有表达过的情感。

丹尼斯儿时的一个朋友告诉我，雷德家是在丹尼斯 5 岁左右时搬到威奇托市的。自二战结束以来，那时的威奇托市已经成了一个新兴工业城市。

丹尼斯的父亲威廉·雷德是个大个子，他希望孩子们为人正派、尊敬长辈。他在堪萨斯天然气发电厂找到了一份工作，那里距离他家大约有 10 分钟的路程。他工作时间长，有时两班倒或在墓地工作、在工厂周围做维护，一直监控从墙壁和管道中伸出来的各种仪表。雷德尊敬他的父亲。父亲在他眼里很坚强、很公正。他在日记中写到对父亲唯一的不满，就是他从疯狂的夜班回到家后钻进卧室里，会叫喊着让其他人都安静下来，这样他才能补补觉。

丹尼斯那个时期的朋友们告诉我，他的母亲多萝西娅在他们的记忆里有一种电影明星的气质。她是利克家庭食品店的簿记员，每次去上班的时候都要打扮一下，附近的孩子们觉得她非常像娜塔莉·伍德[①]。看着她坐在食品店中央的桌子前，他们感觉自己好似突然置身好莱坞电影中间。据各种消息人士称，多萝西娅打丹尼斯屁股时，他的胯部会有他看到奶奶拧掉鸡头时的熟悉感觉。多萝西娅打他屁股的情况很少发生，丹尼斯的那种感觉被他自己证实过，也否认过。

20 世纪 50 年代的威奇托市是堪萨斯州最大的城市，人们的情感比较简单，不喜欢有人扰乱现状。大家都说小时候的丹尼斯·雷德与当时的社会相处得非常融洽。他在三年级时被选中在河景小学圣诞剧中扮演约瑟夫，大家都觉得很正常。

雷德一家住在北塞内卡街 4300 号街区，他们的房子有 3 个卧室。尽管这个街区位于城市的西北郊，但有一种非常乡村的感觉。雷德经常一起玩的小伙伴有十几个，这些孩子组成了一个群体，关系很密切。学校放学后，他们经常会一起步行回家，在小阿肯色河的沙滩上

---

① Natalie Wood（1938-1981），美国女演员，在电影《西区故事》（*West Side Story*）中的精彩演出曾让无数观众为之动容。——译者

玩耍。这条河蜿蜒穿过城市。这个群体的大多数男孩几乎每天下午都会在附近的一块空地上打棒球。

但丹尼斯不打球。他不太喜欢运动。他的朋友们告诉我，丹尼斯在 9 岁之前好像什么都不喜欢。他就是一个安静的孩子，似乎有一种永远不会脱颖而出的诀窍。这就是为什么他不参与街区的那些球类比赛也不会让人感觉奇怪。即使他参加过这些比赛，很有可能也没有人会注意到他。他并不是因为害羞才喜欢一个人待着，还有其他原因，只有他自己才知道的原因。

雷德在日记里写道，他在人生中的那个时期开始痴迷绳子和带子。这些东西让他感觉非常神奇，很难用语言表达出来。

为了搜集绳子和带子，他永远都在街区后面的巷子里、商店后面的垃圾桶里搜索寻觅。他还喜欢画木乃伊。他有时候会在当地剧院周六的午后场看木乃伊追逐考古学家的话剧。他画的木乃伊就跟他看到的一样。

被那些布紧紧地裹起来，感受着这些捆绑的拉力和压力，那种感觉对他来说真是太棒了。他只需要想一想这种感觉，几秒钟就会勃起。

幻想从这个时期开始了，尽管有关细节在他的脑海中仍然是模糊不清的。他只知道自己有一种无法满足的渴望，那就是找一个漂亮的女孩把她的胳膊和腿绑在一起。他告诉自己，她被绑起来的样子有点像木乃伊，但又有所不同。

年轻的雷德本能地希望他的受害者留着活口。过了一段时间之后，把受害者捆绑起来或者让别人把自己捆绑起来的渴望就像肿瘤一样在他内心膨胀起来。他的日记显示，一天下午，他把一些“珍贵”的绳子放进口袋后漫步到遥远的郊区，走到灌木篱墙的外面。他像个士兵一样侦察了这个地区，确保周围空无一人。

最终确定一切安全之后，他躺在温暖的泥土里，笨拙地用绳子把脚踝捆起来拉紧，然后快速打了个结。下一步有点棘手，但他还是设法做到了。他把两个手腕放在一起后，双手穿过一个滑结，用牙齿咬住绳子把它拉紧。他静静地躺在那里，远离世界，皮肤被午后的阳光温暖着，感受着自己的性欲被一种从未有过的方式激起。一辆拖拉机在远处隆隆作响，但他一点也不介意。

一天下午，他又自己把自己绑了起来。几分钟后，他射精了。他从来没有过这样的感觉。这种感觉让他如此欣快，以至于第二天下午他偷偷溜出家门又做了一次。没过多久，只要他能找到独处的几分钟，就会把自己捆绑起来。他写道，他喜欢想象自己软弱无助，再过几分钟就会死掉，任由一个完全控制着他的陌生的坏人摆布。他以前会翻找母亲的内衣抽屉，偷拿她的内衣后躲在附近的谷仓里手淫。他认为现在的想象比拿内衣手淫时唤起的幻想好多了。

雷德读六年级时，一天下午，一场暴风雪把威奇托市笼罩在白色的积雪下。我从雷德的一个朋友那里得知，由于外面操场上的天气非常恶劣，他们的老师哈顿夫人让所有的孩子都在室内休息。据这位朋友说，丹尼斯和他的两个朋友拿了一张纸和几支铅笔，决定画雷德所说的“女孩陷阱”来打发时间。

他的两个朋友都认为这是个好主意。毕竟他们认识的许多女孩都有点烦人，她们总是能赢得班级拼写比赛和算术比赛并进行炫耀。雷德想要诱捕女孩还有其他原因，但他没有告诉朋友们。几分钟后他们三个就开始画起来。

丹尼斯做的第一件事就是画了一个巨大的城堡，就像他听说过的那个芝加哥城堡一样。芝加哥城堡是 19 世纪 90 年代早期由富有的亨利·霍姆斯医生建造的，他后来因屠杀至少 27 人而被定罪。有人估计他杀死的总人数可能达到 200 人。自从雷德读到霍姆斯城堡的细节后，就对这位医生着迷了。城堡里有活板门、秘密通道，还有一个隐蔽的地牢，霍姆斯在那里对受害者进行实验。

三个男孩画了城堡的内部，雷德画了各种各样的装置，包括巨大的联合收割机和脱粒机，他认为这些机器可以制服那些毫无戒心的猎物。丹尼斯画画的时候，他的一个朋友注意到他身上发生了一些奇怪的变化。丹尼斯在画脱粒机上的刀片、钢笼、从墙上喷出的用来炙烤受害者的火焰时，他脸上表情的强度远远超出了手头任务应有的强烈情感。

看起来像着魔了一样。

三个男孩正在为他们的"女孩陷阱"做最后的收尾工作时，哈顿夫人走到他们的桌子前。丹尼斯显然很兴奋，他的脸上洋溢着喜悦，亮得像浇了煤油的圣诞树。他的两个朋友被问及他们的画时，都对他们的小恐怖房子感到尴尬。我的消息来源说，他们体内有一个微小的声音似乎在告诉他们，自己正在做的事情……可能不值得骄傲。

两个男孩在哈顿夫人的注视下都沉默了。

不过雷德没有。他开始喋喋不休地讲述他们这个残酷凶狠的创造物的各种复杂细节，说起毫无戒心的女孩如何从一扇普通的前门进入，却很快被绳索织成的网捆绑起来。在地下深处有迷宫般的地牢和地下城，困惑的受害者将通过传送带被运送到那里。他的想象开始疯狂起来，假想出各种错综复杂的暗黑场景，两个朋友听得目瞪口呆。他们对雷德告诉哈顿夫人的话感到局促不安，哈顿夫人对她听到的东西更是困惑和震惊。

这位朋友解释说，他在接下来的 50 年里一直记得雷德脸上那种奇怪的强烈表情。他朋友的脸在他的脑海中挥之不去，总是让他感到不安，但他自己也说不清是怎么回事。在 B.T.K. 谋杀开始后的很多场合，他会悄悄地告诉自己这个表情是解开某个巨大谜团的钥匙，尽管他从来都不确定是什么。

“我知道这听起来很疯狂，但在 B.T.K. 最猖狂的时候，我觉得自己知道 B.T.K. 是谁。”雷德的老朋友说，“我知道他是谁，但就是想不起来他的名字了，好像失忆了一样。”

雷德的朋友告诉我这些时，不由自主地抽泣起来。他无法想象自己曾经和一个连环杀手是好朋友。“我不明白这一切是怎么发生的。整件事让我觉得不可思议。我永远也想不明白。”

雷德的一篇日记记载了他们家在 1955 年买了第一台电视机，当时他大约 10 岁。

雷德家的几个儿子都喜欢看《米老鼠俱乐部》(*The Mickey Mouse Club*)。但丹尼斯不是因为其滑稽的歌曲和刺激的冒险才喜欢看。他刚上初中的时候就非常迷恋美国最新的少女恋人安妮特·弗奈斯洛[①]，那是一种充满强迫和暴力的暗恋。他告诉兰德韦尔说，他非常渴望开车去加利福尼亚绑架她，用绳子把她绑起来，然后把她带到坐落在城外孤零零的山上废弃的房子里。他喜欢闭上眼睛想象着可以对她做的“性行为”，看着她得知自己的命运落在他手上时的恐惧表情，这让他感到非常享受。

雷德那段时间的记录并没有明确说他所谓的“性行为”具体是什么。我怀疑那时候的雷德自己都还不知道。虽然他在想象中对她进行虐待以至于最后她经常断气，但是他并不是特别想要杀死安妮特。他最看重的是一种感觉，一种可以对他人拥有完全和绝对控制的感觉。他开始意识到这是他最喜欢的。

雷德读八年级时经常坐在教室的后排，沉浸在自己脑海中日益恶化的黑暗世界里。他写道，他感到上学很无聊，可能是因为这会打扰

---

① Annette Funicello（1942–2013），童星出身，演出过多部迪士尼影片，是首批米老鼠俱乐部成员之一。——译者

他的幻想。尽管他的想象力很丰富，但一直没有弄清楚如何在学校里恰当运用自己的想象力。他宁愿用自己的想象力去勾画地牢、活木乃伊和刑具。他的数学成绩相当好；尽管喜欢写结构粗糙的打油诗，但无论如何努力都无法在语文课上集中注意力。问题是他的打油诗作品不能给老师看。以下是我在他的笔记中找到的一首：

从前有个女孩，曲线优美，
肚子很大。
最好裹得严严实实，
做成木乃伊。

雷德在学校只求顺利通过考试，及格就行，多一点功夫都不花，因为他要保留精力做其他事。他经常坐在教室里处于半睡半醒的状态，任由思绪飞到自己幻想的黑暗世界里。教室里没有人真正注意到他。他最大的乐趣就是看着老师逮到其他同学在课堂上打瞌睡时抓狂的样子。他喜欢看老师用尺子狠狠地打在睡觉同学的桌子上。

雷德写道，尽管他心里清楚自己感到无聊透顶，但脸上总是挂着一副永远专注、严肃的表情，好像在听老师说的每一个字。他写到自己最喜欢的消遣活动之一，就是用铅笔尖穿过尺子的中间，让尺子像螺旋桨一样旋转。这样的动作可以让他平静下来，让思想和幻想之间的那堵墙消失。他需要做的就是盯着那个模糊的转子看一会儿，脑子里所有东西就感觉更真实了。他的想法就会像雪球一样从山上滚下来，速度和能量越滚越大。他在日记里写道，不知这种感觉是不是所谓的催眠……姿态？他知道正确的术语不是这么说的，但从来没有想过去查清楚到底正确的说法是什么。

他的大脑不是这样运作的。

他坐在教室里幻想着抓住周围的一个、两个或三个女孩，用一根粗绳子把她们的手和腿绑在一起，想象着那会是什么感觉。接下来，他渴望把她们的身体绑在冰冷的铁轨上。

我向后靠在拉到小桌前的椅子上，看着笔记本电脑的屏幕，揉了揉眼睛，简直不敢相信自己读到的东西。我好像拿了一把万能圆锯，把这个追捕了几十年的男人的头顶锯下来一块，正往里面看。我看到的景象很丑陋，却可以帮助我理解这个恶魔是怎么演变而成的。

他喜欢想象绳子怎样更深地勒进女孩们柔软的肉体，让她们的手腕和腿部呈现血色的粉红。但最精彩的部分是火车头出现在视野中时，随着火车头向受害者逼近，他激动得心脏都要跳出来了。她们努力抬起头，为的是看一眼向她们飞驰而来、重达千吨的钢铁怪物。她们这种可怜的做法对他来说简直是无价之宝。

这种想象的高潮，是他的受害者意识到自己的脖子被他绑在铁轨上绑得太紧了，以至于她们的头根本无法移动。她们能做的只有听着火车头越来越近。他对自己说这一切都太美妙了。她们是他的俘虏，完全任他摆布。当她们试图尖叫时（她们最后总是试图尖叫），当她们试图通过他塞在她们嘴里的封口物发出声音时，他只能听到轻柔的喃喃声，因为那时火车已经碾压在她们身上了，已经太晚了。

有时他会对这一幕感到激动不已，会把它记在脑海里。那天晚上上床睡觉时，他会再次回到那些铁轨上，想着那些绝望女孩的形象自慰。不久后他向警方承认，他开始把它想象成一场电影，只有他才有权力把自己置身于电影之中。他不仅担任了电影的制片人和导演，还是电影的主演。他在脑子里创造了一个又一个邪恶的、伤人的、刺激的世界。他从未告诉过任何人这些想法，而是把一切都锁在自己的脑子里。唯一知道的人是与他合作的女演员们，但她们都不会说话。

因为她们嘴里都塞着东西。

第十章

我无法释怀。我从没见过这样的东西。从来没有。当点击兰德韦尔留在酒店房间那张 CD 上数不清的文件夹时，我意识到在研究暴力罪犯的这么多年里，从未见过连环杀手的这些东西，包括日记、日志、笔记本、剪贴簿、照片、绘画和其他忏悔材料。我唯一能想到的日记比较多的杀手是大卫·伯科威茨，也叫“山姆之子”。在疯狂杀人之前的几年里，他在纽约市的垃圾桶引燃了近 2000 起“小”火，他在日记里对大部分火灾进行了记录。

雷德写的东西与伯科威茨的不同，更加暗黑邪恶、晦涩难懂。每当读别人的日记或其他类型的私人写作时，我们都非常有可能深入了解作者的潜意识。有些人在纸上表达他们的感觉、需求和欲望时，似乎比向另一个人直接表达更自由，所以他们才在日记本外加了锁。事实上，如果有谁的日记应该被锁起来的话，那就是雷德的。

我从他的文字中了解到，他读高中的时候已经非常擅长保持低调、不引起他人注意了。他可能还没有完全意识到自己在做什么，但那时的他已经成了一个一直在愚弄所有人的老手。

据他另一位不希望自己名字出现的朋友说，雷德跟一般的年轻人不一样，他经常让附近其他孩子的父母惊呼：“你为什么不能像丹尼斯·雷德那样？”他的性格是如此平淡无奇，以至于在威奇托高地高中的许多同学都认为他无聊得无可救药。

雷德显然与典型的连环杀手不一样。在接触过的大多数案例中，老师和邻居会经常告诉我，他们早在某个孩子高中毕业之前就已经预测到他会成为一名暴力罪犯。几代心理健康专家的箴言一直是：“预测未来行为的最佳指标是过去的行为。”不过这句格言有时并不正确，至少在像雷德这样的新型杀手身上是不适用的，因为他从不让任何人看到自己的真实想法或秘密行为。

十几岁的雷德宁愿做个无聊的人也不愿引起别人的注意。看起来粗心的人才会招惹麻烦。雷德没有多少时间来处理这种因马虎而造成的烦心事。当还是个孩子的时候，他遇到过几次麻烦，都在他身上留下了印记。他的一个朋友告诉我，一天下午，雷德和邻居家的几个孩子在他家附近的铁轨上塞了一些硬币。他的一个伙伴忘乎所以地把一根棒球棒也插在了铁轨上。这激怒了铁路上的工作人员，他们对那几个孩子穷追不舍。他们敲开雷德家的前门告诉雷德的母亲，说如果她不能让儿子守规矩，他们很乐意替她做。他们的威胁让多萝西娅非常紧张。他的朋友说，雷德在那之后再进行类似可能带来麻烦的危险行动之前，都会三思而后行。他对自己说，这么麻烦不值得。

我阅读他的日记时，慢慢感觉到他异常担心父母对自己行为的反应。这种偏执对这个年轻的连环杀手来说是一种神奇的训练，为他提供了一种在开始杀人后派上了用场的技能。这教会了他永远不要放松警惕。

我想知道是什么让他保持如此高度的警惕。是出于尊重，还是有其他原因？我在阅读他的日记和与其儿时朋友交谈的过程中，从未找到任何证据表明他在家里遭受过虐待，无论是性虐待还是身体虐待。雷德在审讯期间也坚定地否认自己小时候曾被猥亵过或者殴打过。不管原因是什么，他给人的印象是一个怯懦的年轻人，一个很快学会保持低调艺术的人。他几乎没有做过那些孩子为引起别人注意经常做的古怪事情。

雷德当然不需要这么做。他有其他渠道来发泄他少年身体里那些疯狂的、被压抑的能量。那时他已经很擅长过秘密生活了。他会溜到离家1英里左右的一个破旧谷仓里。有时他会去那里把自己绑起来。其他时候他会从他的收藏中拿出一根绳子，抓住一只流浪猫——偶尔也会是一只狗——带到谷仓里。

进入谷仓后，他会用一根绳子在动物的腿上绕一圈，然后紧紧地系住并打结。如果不这样做，如果不从一开始就控制住这只动物，那该死的东西就会拼命逃跑。即使是大脑只有核桃大小的四足动物，也知道雷德要做的不是什么好事。

过了一会儿，他开始把动物绑在任何看起来足够结实的柱子或横梁上。他发现这是最好的办法。这样它就动不了了。他会用绳子把它裹缠成木乃伊的样子，然后自己兴奋地观察动物身上出现的狂野表情：眼睛睁得大大的，充满了警惕和恐惧，等着看他下一步要做什么。这就与他想象中会发生在人身上的事情一样。最后，他会用钢丝捆住它的脖子，慢慢地拧紧，不至于紧到拧到它的肉里，但足以切断大脑的血液供应。他坐在泥地上看着这只动物扭动着身子，然后轻轻地拧紧钢丝，再松开一些，再拧紧。

我很清楚接下来会发生什么。这些年来采访过的其他连环杀手都向我描述过他们杀死动物时的仪式。我心里想雷德也一样，因为他的罪行中有性的成分，而且是针对女性的，他给我的印象是那种会杀害猫而不是狗的人。但如果他真的集中精力，可以把动物变成别的东西。他会盯着它的眼睛，在自己脑海里慢慢把它变成一个女孩。

然后他会低声地把他要做的可怕的事都告诉这只动物。当被害动物的大脑慢慢死于缺氧时，雷德会手淫，然后可能会在动物身上射精。当一切都结束后，他会解开动物，在回家的路上把它扔进沟里或放在路边——让它挂在谷仓里太冒险了。

杀死动物最让他享受的地方在于，他事后可以感到自己多么强大，这让他多爽。因为没有其他方法获得这股力量，他只能从别处偷，所以他从动物开始下手。他喜欢这种感觉，这弥补了他和其他孩子不同的感觉。这不仅使他的竞争环境变得公平，而且让他感觉比其他人都好。

这些年来的研究让我了解到，许多连环杀手之后会将他们的暴力升级，从无生命的物体转移到动物，然后到人身上。事实上，虐待和杀害动物是潜在性犯罪者和杀手的预修课程。

尽管雷德热爱暴力，但他并不好斗。这并不是因为他害怕和其他孩子打架。他的含蓄更多的是因为他似乎总是把精力用在了其他方面。此外，根据他过去的观察，打斗很少像电影里那样发生。肢体冲突是很麻烦的事。打斗时会有失去控制的风险，雷德最不希望发生这样的事。他一直战战兢兢、如履薄冰，花了大量时间塑造自己的形象，他不能让自己牵扯进打斗而导致放松警惕。

雷德大多数时候宁愿使用语言而不是拳头来解决问题。多年后，他作为 B.T.K. 使用同样的方法说服受害者听从他的指令，允许他将他们捆绑起来。他选择使用语言而不是闪电式攻击，因为在将其捆绑幻想变成现实的时候，他想让受害者保持清醒。

他的一个高中好友告诉我，就算有学生在排队时插到他的前面，他也没有沉不住气而发怒。一天上午，当所有人都在自助餐厅排队吃午饭时，学校里块头最大的运动员插队排到了雷德和他的伙伴们前面。雷德的一个朋友回忆说，他们很快就决定不把这件事闹大。但雷德不是那种可以忽视这种明显违反社会准则的人。于是他拍了拍那个人的肩膀，用最实事求是的方式告诉他自己不喜欢插队。这位朋友说雷德脸上的表情非常自然，他的嗓门也没有提高。但在大家还没反应过来之前，那个插队者咕哝着说了句简短的道歉，就走到队伍的后面去了。

雷德对任何欺负他弟弟保罗——保罗的朋友们都叫他“保利”——的人也会做出同样的事。如果雷德曾表现过温柔的一面的话，那也是与保利在一起的时候。保利的个子一直比较矮小，这就是为什么哥哥似乎总是把他带在身边。据说他无法忍受其他孩子嘲笑保利的身高。雷德不止一次径直走到欺负保利的人面前，目不转睛地盯着对方的眼睛，用他一贯平静的声音说：“我不喜欢你取笑保利……你现在必须停下来，否则我会让你好看。”过了一段时间，孩子们不再取笑雷德家最小的男孩了。似乎没有人愿意忍受雷德那种令人不安的、就事论事的做法。

雷德的话之所以如此有分量，可能还有另一个原因。其他孩子都明白如果丹尼斯别无选择，他确实知道如何使用拳头。据一个朋友说，雷德上小学时父亲给了他一点建议，告诉他如何对付那些一心想打架的蠢货。老雷德教导他的大儿子，如果他遇到这些家伙，需要学会如何保护自己。于是，一天下午，他教儿子如何出拳，击打对方身体的哪些部位。

没过多久，雷德上八年级的时候，一个霸凌者盯上了他。他整个上午都在找丹尼斯的麻烦，骂他，在其他孩子面前把他推来推去。午饭后不久，雷德终于受不了了。他和一个朋友躲进了洗手间，部分原因是为了远离那个一直找他麻烦的恶霸。没过多久，折磨他的人发现了他，很快又开始找他的麻烦。据雷德儿时的一个朋友说，雷德就在那时想起了父亲的建议。

他攥起拳头大声喊道：“够了！”

据说他们并没有打太长时间，但雷德对那孩子进行了还击。打完架后，没有人赢，也没有人输，但没有人再找雷德的茬了。

雷德上小学的时候，周五晚上对他来说总是很重要。当地电视台KAKE会在周五晚上播放那些老旧的恐怖影片。有一部电视剧的名字叫《罗德尼和主人》(*Rodney and the Host*)，被称为主人的人长得像鲍里斯·卡洛夫[①]，而罗德尼有点驼背，电视剧主要讲这两个人之间的故事。

朋友们都说雷德喜欢恐怖的东西。那时他和伙伴们会在晚上看电影时比赛谁最能忍受恐惧。雷德似乎总是赢。其他人都会吓得闭上眼睛，雷德却嫌不过瘾。朋友们在接下来的一周还在做噩梦时，雷德已经在学校喋喋不休地讲他在上个星期五晚上看过的那些怪物和邪恶的医生了。在这一周剩下的时间里，他会情不自禁地想象罗德尼和他的伙伴会为下一场演出带来什么恐怖故事。

几年后，高中临近，朋友们不想在周五晚上看恐怖片了。他们那个时候已经有了新的追求，比如在一个被称为“大地点”的地方闲逛。城里很多男孩告诉父母他们要在朋友家过夜，其实最后都是在那里度过晚上的。他们会开车到小阿肯色河一个浅浅的拐弯处，点燃一堆篝火，然后一起喝啤酒。通常会有几个当地女孩加入他们。午夜时分，女孩们回家后，男孩们会继续喝啤酒、吹牛皮，然后在沙滩上睡着。

但朋友们回忆说，雷德似乎从来不去这个其他人很爱去玩的地方。这在当时也没有什么奇怪的，因为他那时经常在附近一家杂货店做兼职。话又说回来，他的缺席也有一些特殊之处，因为他在那里肯定会很受欢迎。毕竟雷德并不是那种典型的毫无希望的社会废柴。尽管他看上去确实……嗯，与众不同。他是你以为自己认识他，但如果真正用心想一想，就不得不承认根本不知道他到底是谁的那种人。而这正是他想要的效果。

尽管如此，雷德并不是一个呆板的人。他喜欢开怀大笑，但不

---

① Boris Karloff（1887—1969），英国演员，因在经典恐怖电影《弗兰肯斯坦》中扮演怪兽形象而闻名。——译者

是那种会讲笑话的人。他知道如何逗伙伴们笑。只是他讲的笑话有点……暗黑。随之而来的笑声更多的是一种解脱，而不是欢闹。

据一位朋友讲，雷德有一辆二手的雪佛兰车，他曾花很多时间来修补那辆车。他最喜欢玩的把戏之一，是他开着车带朋友们在城里沿着穿过小镇的铁轨行驶时的恶作剧。事情每次都以同样的方式发生。大家在车上喋喋不休，一点也不注意外面的风景。

没有人注意外面。当然，除了雷德。

他对自己的位置总是一清二楚。时机一到，他就会转动方向盘，尝试横穿铁道。就在前轮胎快要碰到铁轨时，雷德会发出一种类似火车汽笛声的声音，连博克斯卡·威利[①]都没他模拟的真实，听起来就像一辆内燃机车撞上车侧面的前几秒发出的声波爆炸声，震耳欲聋，把所经之处的一切消灭得干干净净。他的一个朋友回忆说，这足以让每个人脖子后面的汗毛都竖起来了。

雷德事后会哈哈大笑。朋友们刚才都以为自己马上要死了，脸上都表现出万分惊恐的表情。这一切对雷德来说都太完美了。没有人预见这种事会到来。

如果说丹尼斯·雷德的童年是在探索他头脑中那个暗黑、暴力的世界，那么他的青少年时代则忙于另一种激情，那就是隐藏这个世界。

他在十几岁的时候就意识到，不管内心潜伏的那个东西是什么，都需要把它藏起来。在别人面前表现出来就等于自杀。这就是为什么他喜欢躲到他家附近的空谷仓里。他在那里不仅可以自由进行捆绑幻想，还可以通过动物将幻想转为现实。

雷德在隐藏真实身份方面学得很快，天生如此。这是他第一次觉

---

① Boxcar Willie（1931—1999），美国乡村音乐歌手 Lecil Travis Martin 的艺名。——译者

得自己像个间谍，好像有两个身份：表面上是一个正直的人，秘密生活里是一个有暴力性幻想的作恶者。如果他能真的全神贯注的话，把两种生活和两种身份分开并不是很难。不过他在别人面前也失手过几次。他放松了警惕，让自己沉浸在激动之中，然后头脑里的暗黑面就抓住了他，让他失去了自控力。当这种情况发生时，当失去控制让别人看到自己秘密的那一部分时，他感到非常害怕。

据他的一个高中朋友说，那件事发生在他们参加完教堂青年团集会后的一天晚上，他坐雷德的车回家。

雷德喜欢开车。他的朋友们都告诉我，考取驾照对雷德来说无比重要。我意识到其原因并不在于他把驾照等同于自由，更多的是因为驾驶本身就代表着权力和控制。这意味着他可以开着父母的车，在短短几分钟内就可以从这个他认为一直在注视着他的世界消失。他可以开车到乡下去，做他喜欢做的那些秘密事情。

事发当晚，大片浓雾像烟一样笼罩着威奇托市外的田野。雷德刚刚参加了教堂青年团的一个集会，当时正开车和一个朋友在路上行驶。他的这个朋友在我到达威奇托前一周的访谈中，向我讲述了这个故事。

这位朋友告诉我，雷德通常是一个很谨慎的司机，总是拥有主控权，而且对驾驶车辆所带来的责任出奇地认真。但在那个特殊的夜晚，当他和雷德行驶在威奇托市附近一条荒无人烟的乡村道路上时，发生了一件奇怪的事。一群也去教堂参加了活动的人，开着另一辆车并行在他们车的旁边，开始按喇叭、闪车灯。

雷德看着他们。当那辆车飞驰向前消失在黑暗中时，他发出了笑声。在笼罩着空旷土路的大雾里，只能看到前面车闪烁的红色尾灯。

就在那一刻，变化出现了。雷德的脸转瞬之间绷得紧紧的，眼睛鼓起来，眼里放射出的光芒是坐在副驾驶座位的朋友从未见过的。雷德使劲踩上油门，让他父母那辆 58 年款普利茅斯旅行车的发动机轰隆隆作响，朋友感觉自己好像坐在火箭里。

“开慢点，丹尼斯！”他喊道。

但雷德没有听他的。雷德牙关咬得非常紧，都能看到他下巴的肌肉了。朋友不明白发生了什么事，不知道他认识的雷德去了哪里。他想知道雷德到底怎么了。他们在那条崎岖不平的乡村道路上以每小时70多英里的速度风驰云走，追上了那辆车，然后又飞快地超过了它。

“好，你超过他们了。”他的朋友喊道，希望雷德能恢复理智，“你现在可以慢下来了。”

但雷德仍然伏在方向盘上，紧紧地抓着它，似乎要把它捏碎。朋友只能坐在那里向上帝祈祷自己要是不在这车上就好了。

“快打住吧。”他请求道，“丹尼斯，这样太疯狂了。你能听见我说话吗？你现在得慢下来了。”

那辆车的前大灯早已消失在他们身后的浓雾中。即使道路开始蜿蜒曲折，前面的方向越来越难以预测，雷德也一直把脚牢牢地踩在油门上。要出事了，朋友心想。雷德根本听不进他说的话，沟通不畅，他只好放弃讲道理。因为车速太快，他不能从车上跳下去，已经做好了最坏的打算。

几分钟后，雷德错过了一个转弯，旅行车倾斜着越过土坡，一头栽进浅沟里，车的右侧陷在里面了。撞击让朋友的头磕到车的天花板上，暂时昏了过去。当他苏醒过来的时候，看见雷德盯着被撞凹进去的格栅歇斯底里地抽泣着。

又过了几分钟，他们一起坐在路边等着其他朋友赶过来。雷德谈论的都是回去后告诉家人这个消息时他将面临的痛苦。

大约45分钟后，当其他人带着他们把车停在雷德家门前时，他跳下车开始嚎啕大哭，疯狂地诉说他是如何撞坏了他们家的旅行车的。他只字未提自己受伤的朋友。其他孩子坐在那里看着他在前院崩溃痛哭，然后把他留在那里，开车将被他撞得眩晕的朋友送到了附近的医院。朋友被撞得脑震荡了。

受伤的朋友告诉我，他一直无法理解雷德那天晚上的奇怪行为。他想知道怎么有人会对另一个人的痛苦如此无动于衷。对丹尼斯·雷德来说，似乎除了他自己，什么都不重要。

这件事是雷德年轻生活中最能说明问题的事件之一。然而需要再过几十年，这个世界才明白，他实际上是一个多么自私的人。

雷德除了参加教堂青年团的活动，还积极参加童子军组织。他喜欢这个组织的架构、秩序性和可预测性。我肯定他也喜欢童子军的制服。雷德一生都喜欢军事、警察类的东西，他最后穿上了市政执法者较低层次人员的制服。他在童子军的文化和环境中感到安全，虽然速度缓慢，却一步一步获得了童子军体系里一个又一个荣誉勋章。

童子军活动——尤其是开始学习如何打结的时候——也让他对绳结的迷恋找到了用武之地。不久，他对打结表现出的热情，与六年级那个雪天下午画出致命的“女孩陷阱”时表现出的热情一样强烈。身边的人不禁注意到，他似乎对自己的技能非常自豪。有一次开会时，他在一块展板上展示了自己打的结，每个结的下面都别着一张小纸片，上面写着每个结的名字。

一个朋友说雷德最喜欢的是双套结。

雷德曾解释：“这是最基本的打结方式之一，但我喜欢双套结的地方在于，它系起来很快，也很容易套在其他东西上面。另外这个结即使承载了很大重量也非常容易解开。”

一年夏天，雷德和他的童子军队伍前往新墨西哥州的菲尔蒙特童子军牧场，开始了一段穿越落基山脉桑格里德克丽丝多山长达 50 英里的徒步探险。然而，雷德这样一个注重细节和服从指示的人，就是无法遵守其中一条严格的要求：任何人的背包重量都不能超过 45 磅。朋友说雷德显然把童子军的座右铭——随时做好准备——牢记于心了，因为他坚持要带一个近70磅重的背包，里面装满了装备和补给。童子军领导对这个年轻徒步旅行者巨大的背包并不兴奋，不过他们说他可以带着它，前提是在整个徒步旅行中都要自己背着。

他做到了。即使感到包太沉，也从来没有表露出来过。

那时候的雷德已经几乎不向任何人表达自己内心的想法了。没有人知道他在背包里藏了什么。我感觉他带的不是求生装备，而是自娱用品。根据我对雷德的了解，即使在年纪这么小的时候，他就已经对独处产生了一种强烈的渴望。他很可能预料到，这次旅行可以让他在别人睡觉的时候有机会实现自我束缚的幻想。

雷德在高中的大部分时间里都在利克家庭食品店打工。他在那里长时间做搬运工的工作，努力攒钱买一辆车。打工对他来说并不是一种牺牲，因为和其他孩子一起玩时，他在内心深处从来都不觉得特别舒服，而是觉得太耗精力了。然而在某些场合，他的确喜欢有人陪伴。

雷德和一个朋友有时会在晚上开车去城市垃圾场，用.22口径的手枪扫射老鼠。这种狩猎活动需要极大的耐心，因为老鼠很容易受惊，所以他们熄灭引擎后做的第一件事就是关掉前灯。据这位朋友讲，他们会坐在黑暗中等待合适的时机，即这些城市害虫自以为一切都很安全、危险已经过去、可以从躲藏的地方跑出来了的时候。两个朋友在等待期间会谈论他们以后想要过什么样的生活，他们必须小声说，这样老鼠才听不见。

雷德和其他青少年一样也有梦想和抱负。尽管对于告诉我此事的那个朋友来说，雷德的梦想有时似乎有点不切实际，因为他的成绩很一般。有一段时间雷德曾告诉伙伴们，他长大后想成为一名火箭科学家。这个职业似乎超出了他的能力，其他人听了很难不笑出来。对认识他的大多数人来说，他们认为雷德似乎最有可能成为一名城市工人，也许是公交车司机。他们认为如果他运气好或者认识什么人的话，或许可以在某个地方当警察。

一个朋友说，雷德高中毕业时在考虑成为一名猎场管理员，那些自以为了解他的人认为这是说得过去的，毕竟他似乎很喜欢动物。他还是一个狂热的户外运动爱好者，在树林里能够非常熟练地使用猎枪或鱼竿。在榆树和白杨树笼罩下的泥泞土地上行走，会让他感到很高兴。他的一个打猎伙伴说，每当他打鸽子、鹌鹑或兔子时，总是那种发出“致命一击”的人。他特意确保所射杀的动物不会受到太多痛苦。这些年来他已经变成一个成熟的猎人，进入森林不仅仅是为了在许可范围内捕获尽可能多的鸟儿。

当然，他仍然喜欢听到枪响起来的声音，仍然喜欢时不时地打上几枪。但最重要的是，当穿上狩猎夹克和法兰绒帽子时，他显得自在惬意。据一个朋友说，当雷德进入森林时，他的满足不是必须杀死什么东西，只是像猎人一样拿着猎枪走在树林里，对他来说就足够了。

他们通常只需要等上大约 20 分钟，老鼠就会跑到空地上来。要成为一名精通杀害啮齿动物的杀手，必须相信自己的直觉，并与搭档展开团队合作。必须知道什么时候打开车灯，灯光所及之处，任何啮齿动物的瞳孔都会发出像烟头一样的红光。

在接下来短暂而辉煌的几秒钟，时间会慢下来，动物会因炫目的灯光而僵住。两个朋友就在那一刻扣动步枪扳机，从车里爬出来，在成堆的垃圾中拨弄着，把血迹斑斑的尸体揪出来。之后，他们爬回车里，关上车灯，等待下一拨老鼠的到来。

朋友告诉我，雷德非常擅长等待。那种耐心是与生俱来的。他的朋友当时不知道，当雷德开始猎杀老鼠以外的生命时，这种性格特点会对他有很大帮助。

第十一章

我的电脑屏幕在脉冲作用下闪着亮光。已经过去几个小时了，但我还是无法把眼睛从屏幕上挪开。

酒店的房间早已暗下来，我坐在一片黑暗中。房间里唯一的光线来自电脑显示器，那上面有令人不安的文字和图片。我的视力开始变得模糊，于是站起来，打开一盏灯，走到卫生间拿了一条毛巾。我打开洗脸池的水龙头，让温水浸湿毛巾，拧干后敷在眼睛上，希望它能带走刚刚读过的东西的残渣。但我知道这是行不通的。我在内心深处也不想这样。毕竟我到威奇托市来的目的，就是希望打开丹尼斯·雷德病态的脑袋，潜入他沼泽般的大脑，找到几十年前我就开始提出的问题的答案。

“老兄，睡觉前你还有很多材料要看呢。”我喃喃自语道，“现在回去接着看吧。”

我把毛巾扔进洗脸池，听话地慢慢回到电脑前继续阅读起来。

1963年6月，丹尼斯·雷德从威奇托高地高中毕业后不久，就渴望去体验那种感觉。他不顾一切地想要体验多年来一直想要的那种感觉，认为是时候提高赌注，做一些更冒险的事了。

他后来承认，自从听说那两个人走进克拉特家的农舍，用绳子把妈妈、爸爸和两个孩子绑起来再用猎枪把他们都打死后，就开始幻想犯下一桩大胆的罪行。那件事发生在堪萨斯州的霍尔科姆，距离威奇托市仅 200 英里。该案发生那年雷德 14 岁。他不时地在当地报纸上读到或从收音机里听到人们谈论这件事。雷德毕业 2 年后，杜鲁门·卡波特在他经典的悲剧作品《冷血》[①] 中详细讲述了克拉特血案的具体细节。

获得高中文凭后的那个夏天，雷德开始思考像那两人闯入克拉特农舍时那样深入“敌人”的领地是一种什么感觉。他们就那么大摇大摆地走进去，然后一切任由他们摆布。他心里想，那一定是一种美妙的感觉。毕竟在一个破旧的谷仓里勒死一只猫，或者随意在某个垃圾场偶尔点起一场火，都差不多是一回事。他做这种事被抓住的风险很低。他觉得即使被抓住可能也没人会在乎。

他们会说：“他只是到了一个阶段，过了就好了，仅此而已。男孩子都这样。”

但是发生在霍尔科姆的那件谋杀案实在是太大胆了。这件事在他脑子里一直挥之不去。雷德毕业后觉得自己再也没有什么可失去的了。这么多年来，他成功地愚弄了所有人，现在没有什么能阻止他了。所以他策划了一个有点危险的举动，告诉自己可能有点希望。这与那两个杀手在霍尔科姆做的完全不同，但仍然有可圈可点之处。

那个夏天的大部分时间里，他在脑子里一遍又一遍地排练，策划好每一个动作，预估可能遇到的每一个变数。他有时会在自我反省时问自己为什么想做这样的事。正如他在 2005 年 2 月被捕后告诉警方的那样，他会听到自己回答：只是为了好玩。

但他在内心深处知道，这不是全部原因。他心里很清楚这是他能感受到兴奋和冲动的唯一方式。

一天晚上，他开始行动了。从利克家庭食品店下班后，在回家的

---

① *In Cold Blood*，杜鲁门·卡波特所著报告文学，1967 年由理查德·布鲁克斯执导拍成电影，讲述了两名冷血罪犯如何在堪萨斯州农家犯下灭门血案，到两人被警方逮捕直至处以极刑的故事。——译者

路上，他把车停在离以前高中几个街区远的地方，然后下车开始步行。几分钟后，他来到了母校的门外，里面看起来漆黑一片。他在学校外面转了一圈，确保附近没有门卫。终于确定一切都很安全后，他爬上屋顶，打开一扇天窗，跳进了黑暗中。他的鞋子一触碰到地板，一种奇妙的感觉就传遍了全身。这让他觉得自己像一个间谍、一个闯入者、一个敢于闯入不属于自己领地的终极入侵者。他在黑暗中走了一会儿，沉浸在这种感觉中。这难以用语言形容，隐隐约约与性兴奋有关。最后，他走进一间以前的教室，在一片漆黑中找到了一支粉笔，在黑板上胡乱写了几句脏话。

半小时后，他就回到家准备睡觉了。

一位熟人在 1965 年上半年告诉他，如果不想一辈子在利克家庭食品店当店员而是还想做点什么的话，就需要有大学学位。雷德意识到那个人可能是对的。他自从高中毕业后就变得非常沮丧和不安，于是开始关注大学。但他没有选择就读当地一所价格较低的公立学校，而是选择了堪萨斯卫斯理大学。这所四年制大学由卫理公会经营，位于威奇托市以北 90 英里的萨莱纳。我一直没有找到这个问题的确切答案：像雷德这样高中成绩平平的人，是怎么被卫斯理大学这样的学校录取的。或许雷德长期参与教堂青年团的经历，让学校的管理人员认为他在智慧方面的不足可以用信仰来弥补。不管被录取的原因是什么，雷德很快意识到他做了一个错误的选择。

这所大学的学费相对较高，而雷德的父母只能负担一部分，所以他总是囊中羞涩。他当时非常缺钱，甚至不惜开 90 英里的路回到威奇托继续在利克家庭食品店打工。每次挣的钱勉强够他接下来一周的花销。不久后，他开始在晚上干一些鬼鬼祟祟的事。他会撬开冷饮贩卖机，偷出一瓶瓶的汽水，把里面的液体倒出去后，开车到附近的杂货店拿空瓶子换钱。尽管他喜欢这种偷偷摸摸的勾当，但从冷饮贩卖机里偷汽水瓶，绝对没有之前游走在犯罪边缘的经历那么令他激动。

话虽如此，逃离威奇托，在新城市与世隔绝的氛围对雷德来说是件好事。尽管他的成绩差一点就垫底了，但在堪萨斯卫斯理大学一年半的学习经历，确实让他获得了最急需的品质之一，那就是如何成为一个外向的人。他加入了一个兄弟会，很快成为校园啤酒派对的常客。他不久就开始享受这种从自己建造的外壳中走出来的感觉。

尽管放弃这种控制会让他感到害怕，但他向自己保证没有关系。校园里没有人真正认识他，没人知道在威奇托长大的丹尼斯·雷德。对每一个相关的人来说，他就是一张白纸，一个没有过去的年轻人。看看同龄人对他决定写在白纸上的内容会有什么反应，这总是件很有趣的事。他高中的大部分时间都在想方设法隐藏自己的内心世界。他一直处于守势。现在他开始进攻了。尽管有很多反对这样做的告诫，但人们确实会以貌取人。他在创造完美的相貌。

他所需要做的只是微笑和大笑，人们就会自然而然地认为他是那种总是微笑和大笑的人。他们就是这样不思考的人。他有时觉得自己像个画家，只不过不是在画布上而是在自己的脸上绘制假象。这是他人生中第一次有意识地为自己构建一个与在家乡设想的完全不同的相貌。在家乡的每个人都只知道他是丹尼斯·雷德，他在人群中的形象一直不会变，因为他在那里永远脱离不开自己成长的背景。而他根本不喜欢那个背景。他在短短几个月的时间里，就把自己塑造成了一个中西部三流的享乐主义者。更重要的是，新的伪装让他在空虚的生活中又多了一件可以掌控的事。这才是他的最爱。

这件事说起来多么容易，完成起来又多么简单。他所需要做的就是傻乎乎地笑一笑，没有人比他更聪明，没有人知道他脑子里那些溃烂的暗黑面。为什么他以前没有想过这样做呢？

没过多久他就鼓起勇气约了卫斯理大学的女同学出去。不过他在几次约会中没有做多少实质的事，至少从他的角度来看没有，因为他在性方面是个没经验的乡巴佬。尽管一生中花了那么多时间做有关性的白日梦和幻想，尽管画了那么多画、写了那么多文章描述他渴望对女人做的事，尽管偶尔会从卧室和浴室窗户上偷窥……但雷德对如何与女人亲密还一窍不通。

他后来承认，在这个问题上，父亲在他读高中时给过他的唯一建议是："如果你和一个女孩单独相处，不要和她一起躺在沙发上。"

他常常想："这句话到底是什么意思啊？"他从来没有勇气就这个问题跟伙伴进行讨论。于是他回到了日记和绘画的世界，那里充满了想象中的酷刑室，挤满了衣衫暴露、啜泣着的年轻女孩，她们乞求他饶过自己的性命，恳求他让痛苦消失。他对自己说，如果性是这样的话，那他迫不及待地想要尝试一下。然而即使像雷德这样头脑迟钝的人也明白，他很难找到一个允许自己把她绑起来虐待的伴侣，至少在萨莱纳或威奇托很难找到。

离开威奇托的束缚，雷德在幻想世界开始有了更大胆的想法。因为大部分精力都花在了搞钱上，他还没有实现自己最强烈的欲望之一——跟踪女人。他还有很多其他的秘密幻想。到了1966年，雷德开始把所有迫切渴望从事的轻微犯罪行为称为"项目"。没过多久，他就列出了一份完整的清单。

他所谓的"一号山项目"是到那时为止最大胆的行为。他希望通过这个行为，能重新体验几年前偷偷进入高中时的那种兴奋感。不过这次他选择了萨莱纳的一个房子。确定主人都离开家之后，他就闯了进去。

他在房子里转悠时，为自己这样侵犯别人的空间感到欣喜若狂。但他也很紧张，这更增加了兴奋感。出现在不应该出现的地方让他隐约感到性兴奋，也让他感到强大，因为他想象着自己正从拥有这所房子的人那里窃取权力。当从一个房间走到另一个房间时，他感觉到胃里的那个东西在颤动，这与他很久以前还是个孩子时第一次感觉到的一样。

他开始兴奋起来。他在其中一间卧室发现了一个梳妆台，于是开始在那个房间的抽屉里翻找，直到找出他要的东西：一堆女人的内衣。他从抽屉里抓了一把塞进夹克口袋里。离开时，他发现了沙发附近的桌子上有车钥匙。他抓起钥匙，走出前门，几分钟后就开着一辆不属于自己的车在街上超速行驶。他不记得上一次感到如此有活力是什么时候了，身体里的每一个分子似乎都在燃烧。他想要爆发了。他在前排座位上手淫后，把车停在城外的一条小路上，然后走回到他的58年款雪佛兰车里。

尽管雷德有时会对周围的世界视而不见，但就连他也不能忽视在世界另一端的越南发生的混乱。由于军队需要年轻人来对抗越共，征兵已经如火如荼地展开了。雷德知道因为自己的成绩不太理想——大部分都是D和C——他是征兵的重点对象。被征召入伍是他最不希望发生的事，因为他在内心深处其实是个懦夫。他当然喜欢暴力。但我知道，就像其他有这种扭曲心理的人一样，他只喜欢那种自己不可能受伤的暴力。他后来的罪行也反映了这一点。他专门以儿童和老年妇女为目标，因为可以毫不费力地控制这些人。我采访过的所有连环杀手的心理几乎都是脆弱的，他们会选择能找到的最弱小的受害者。

他喜欢针对弱小受害者的暴力。在他看来，战争是一件极其混乱、不可预测的事，不确定因素非常多。他可能沉迷于暗黑的幻想之中，但也很清楚想象和现实之间的差别。如果他不知道两者的差别的话，就不会如此不遗余力地向周围的人隐瞒自己的幻想了。此外，对于雷德这样的病态控制狂来说，无论如何都要避免战争。他很想开枪，但如果对方有可能还击的话，那还是算了吧。让其他家伙在丛林中爬行、与共产主义者搏斗吧。他还有别的事要做。

1966年8月的一个下午，他开车去了当地的空军征兵站，报名入伍。与其被征召入伍，还不如主动报名，这样对加入哪个军种还有一定的决定权。因为不打算成为一名飞行员，所以他很可能不会经历任何真正的战斗。没过多久，他就在得克萨斯州圣安东尼奥的拉克兰空军基地接受了新兵基础训练。10月，他被派往得克萨斯州威奇托福尔斯的谢帕德空军基地，在那里上了技术学校，专门学习无线电通信。不久，他就爬上了120英尺高的无线电塔调整天线，修理出故障的无线电设备。在亚拉巴马州莫比尔的布鲁克利空军基地待了一段时间后，他开始了为期3年的海外服役，带着一个行李箱游走在土耳其、希腊以及韩国和日本的基地之间。

空军让他第一次尝到了有下属的感觉。这也让他想起了自己最喜欢童子军的地方，那就是可以穿制服。几年后雷德成了一名中士，可以监督士兵了。能够控制其他人的感觉让他既陶醉又上瘾。

雷德在日记中写道，这几年对他来说是美好的，这是他一生中唯一一段认为自己是一只真正的“独狼”的时期。他经常带着一种病态的嫉妒回忆自己在空军的日子。在他看来，独狼站在食物链的顶端。他想要什么就拿什么，不用受制于任何人，只为自己而活，可以漫无目的地游荡。每当杀戮的冲动袭来时，他就会动手，然后继续前进。没有什么人和事能阻止一只独狼。

雷德用在大学新获得的外向技能，重操在萨莱纳的旧业。他喝了很多啤酒，有几次甚至放松警惕让自己喝醉了。他只要有机会，就喜欢在基地附近的酒吧里消磨时光。他这样做是因为酒吧是妓女的聚集地。雷德很快就成了妓女尤其是亚洲妓女的忠实顾客。从他的日记可以推出他就是这样告别处男之身的。然而与妓女的性行为对他来说可能有些失望，因为就像其他精神变态一样，他会憎恶一个自愿或顺从的女人。对他来说，正是狩猎和控制一个女人带来的刺激、强迫她做一些违背她意愿的性行为，才会让他兴奋起来。

他声称爱上了其中一个妓女。他在一篇日记中写到了她的名字叫蒂娜。我从字里行间感觉到，蒂娜在性方面给了他相当于研究生水平的教育。有一段时间，他以为自己想娶她。但这段关系最终破裂了，于是他找了另一个酒吧女孩继续之前的勾当。

最重要的是，他渴望体验捆绑一个人然后和她做爱的感觉。他觉得自己一生大部分时间都在梦想这么做。有时在与一些妓女发生性行为的中途，他会采取行动，试图迅速把女人绑起来。但他经常光顾的妓女们太老练了，很快就能识破他的这种把戏。每当他尝试这么做时，她们就会把他赶走。这没什么大不了的，因为他能接触到的妓女多得是。

他还有其他爱好。他在日本时买了一把伍德斯曼柯尔特 .22 口径半自动手枪。枪管很大，看起来很有男子气概。他写道，这把手枪的微力扳机是他摸过的手枪中最疯狂的。那该死的东西吓坏了他。他曾经开玩笑说，只要看扳机的方式错了，它就会走火。他买这把枪的时候本打算用它来打靶射击。但他内心清楚，一旦有什么糟糕的事发生，它也会成为一件可怕的武器。在那些无所事事的日子里，他就用它打罐头。他的枪法很好。被捕后，他告诉兰德韦尔，距离 25 码远时他很少失手。

雷德还在基地的一家商店买了一台照相机，在业余时间拍那些和他上床的妓女的照片，然后在基地的暗房里冲洗出来。有时他会在照片上画一些东西，比如在女人的脖子上套个套索，在嘴上画封口物，在手腕和脚踝上画缠绕的绳子。他可以看着那些照片连续自慰几个小时。不过他后来说，自己最喜欢的活动是从报纸和杂志上剪下女性的照片，然后在她们的身体上画各种各样的捆绑。他喜欢从书页中随机挑选"受害者"的感觉。书上面的每一个人都有被挑到的可能。每个人看起来又是那么毫无戒心，对她们将要面临的遭遇毫不知情。他想要谁，就把谁从纸上整齐地剪下来，粘在索引卡片上。

他把那些小小的索引卡片称作“华丽广告”。他这么叫有两个原因：一是那些图片通常印在光滑华丽的纸上，二是他剪下来的大多数“受害者”都是广告图片。他把这些卡片捧在手里，把自己想对她们做的事低声告诉她们……这让他感觉幸福极了。他会笑着对自己说：“有些人有棒球卡，我有我的幻想卡。”他很快就对“卡片受害者”上瘾了，不断想要补充新的卡片，因为过一段时间后他对旧的“她们”就不那么感兴趣了。他尝试用从当地报纸上剪下来的照片来替代，但这些女人对他不太管用。

一天晚上，他非常渴望凑够一定数量的模特照片。她们必须是他认为具有美国长相的，于是他砸碎了基地图书馆一侧的窗户，爬了进去，偷了一堆杂志。他把它们藏在储物柜的深处。每当觉得想要寻找“受害者”时，他就会拿起一本偷来的杂志，抓起一把剪刀，开始他的勾当。这次闯入对雷德来说是一个黑暗的里程碑。他没有选择在图书馆开放时把杂志偷出去这种简单的行为，而是决定在深夜破窗入室偷窃，这表明他很难控制自己的冲动了。

不过，在有些晚上，即使华丽广告卡片也不能帮他缓解内心的瘙痒了。他会到基地附近的树林里闲逛，用绳子把自己缠起来，用在旅行时买的手铐把手腕锁起来，然后假装成自己想象中的受害者。手铐是他新近添加的武器。手铐在最初的几个月里帮他缓解了一些性方面的挫折。尽管自我捆绑能使他得到满足，但难以填平他强烈的欲望沟壑。这就是为什么他最终决定是时候升级游戏了。

一天晚上，他等到夜幕降临后，翻过了立川空军基地周边的围栏。立川空军基地位于东京东北约 40 英里处。我从他的日记中读到，他在接下来的半个小时打了辆出租车，后又跳上公共汽车，试图尽可能地远离基地，然后在迷宫一般拥挤狭窄的街道中越走越深。他把这当作一个小游戏。他在假装打猎。

在走过的那些街道上，他就像一根缠着绷带的大拇指一样突兀。

他知道，但他不在乎。他内心的那个东西越来越强大，也越来越饥饿。我从其他杀手那里了解到，他们的幻想就像一遍又一遍地看电影。无论曾经多么令人兴奋，故事很快就会变得无聊，杀手不得不寻找新的东西。雷德接近妓女也是一样的。一段时间之后，他与妓女的性活动不能继续满足他内心的欲望了，因为他渴望虐待和痛苦。目前这个新的打猎行为是他满足欲望的唯一方法。

他外套的口袋里装着绳子、封口物、一把刀和伍德斯曼柯尔特手枪。他想找到一个完美的女人，不管她走到哪里，他都在黑暗中尾随她。他告诉自己，他会在黑暗中穿行，直到发现那个特别的人、正合适的人，然后会发生什么就不得而知了。他会走在目标人物的后面，舔着嘴唇，喃喃自语他想对她做的一切。从脑袋里蹦出来的词句和画面有时连他自己都感到意外。他告诉自己，就快成功了。他仍在掌控之中。他没有越界。还没有。由他发号施令，而不是内心的怪物。一切都是假装的。没有人受过伤。他从来没有碰过自己晚上跟踪的女人。所以一切都还好，有点像爱好。

这一切会走向何方？当穿越黑夜回到安全的基地时，他的脑海里有时会浮现出这个问题。我在他的日记中读到，他总认为最终回到美国本土时，会把这一切都抛在脑后。毕竟做这种事有多少前途呢？不多。他告诉自己，回到威奇托后，要找一份工作、找一个妻子、组建一个家庭、安定下来。他会重拾对上帝的信仰。他会彻底把这些都清除掉。

他告诉自己能做到。他在内心深处几乎相信了。我采访过的大多数连环杀手都是这样。他们有时候拥有欺骗所有人的能力，包括欺骗他们自己。

第十二章

电脑的触控板烫得吓人，于是我关了一会儿机，让它降降温。要是也能让我的大脑降降温就好了。

我凝视着空荡荡的酒店房间。此时夜已深，万籁俱寂。各种想法像食人鱼一样在我的大脑里游动。过了一会儿，其中一个想法浮出水面。我突然意识到，丹尼斯·雷德和我有一些共同之处。他其实也是心理画像师，只不过他的心理画像是为了满足自己作为性侵者的欲望。

他就像坦桑尼亚塞伦盖蒂平原上的一头狮子，四处寻找虚弱、受伤或年老的猎物。如果能找到更加脆弱、容易捕捉的羚羊，为什么还要大汗淋漓地去追逐那些年轻敏捷的呢？不过这种类比只能到此为止，因为狮子是为了生存而捕猎，为了填饱自己和幼崽的肚子而杀戮。但像雷德这样的人，是为了消遣而杀人。他们是以掠夺为生的人，他们活着就是为了掠夺别人的生命。他们像狮子一样专找容易下手的目标。但最能给他们动力的是有机会扮演上帝，对另一个人拥有绝对的控制和支配。这足以让我感到恶心。感到恶心的前提，是我不觉得这是一件多么有趣的事。

丹尼斯·雷德的时钟在滴答作响。

即使不知道他人生后来悲惨、可怕的结局，凭着这么多年我对连环杀手的了解，也知道他已经到了没法走回头路的年纪。虽然到目前为止还没有杀人，但这只是时间问题。尽管他告诉自己要把那些暗黑的冲动抛诸脑后，但它们实在太强大了，而且还在日益增强。

读雷德的这一部分日记，就像在观看即将发生的火车事故。

那是1970年。雷德在空军服役4年后回到威奇托市。不久母亲告诉他："你和我一起去教堂吧。我在那里遇到了一个不错的女孩，我想你会喜欢她的。"

她说得没错。那个女孩的名字叫宝拉·迪茨，1966年，也就是雷德参军的那一年她从威奇托高地高中毕业。宝拉在威奇托一个名叫帕克城的安静郊区长大。她的外表对雷德来说简直是梦想成真：高挑的个子，金黄的头发，棕色的眼睛。他曾用一种恰当而甜蜜的口吻告诉我的一个线人说，她是个美人。他与宝拉见面后不久就开始约会，1971年5月他们结婚了。不久后，他们在帕克城买了一套房子，几乎紧挨着宝拉父母的家。

雷德当然没有爱上宝拉，连环杀手缺乏这种能力，但他们可以像资深演员一样假装。雷德那时就知道，有个妻子是一件光荣而且正常的事。毫无疑问他也意识到，有妻子可以为自己提供完美的掩护，方便隐藏暗黑的一面而不引人注目。

大家都说宝拉是一个安静、单纯、勤快的女人。她的生活就是为了她的信仰和家庭。即使在雷德劣迹败露的今天，那个地区也没有人说一句贬低她的话。实际上认识她的人基本都拒绝对陌生人谈论关于她的任何事。保护她不受外界好奇地打听和注视，已经成了那个社区共同的课题。

不过在涉及她丈夫可怕压抑的整个传奇故事中，她成了一个真正令人捉摸不透的角色。人们不禁要问："她怎么会不知道呢？"当然只有宝拉知道这个问题的答案。我们所知道的是丹尼斯和宝拉·雷德表面上是幸福美满的夫妻。朋友们说在教堂经常能看到丹尼斯关爱照顾他的妻子，在她上车下车时帮她开门关门，帮她脱外套。雷德在审讯过程中承认他和妻子有着“非常好的性生活”，尽管他很快又表示他们的关系“如果（性生活）不同的话会更有趣”。

有一件事很清楚，那就是婚姻让雷德集中了精力。1972 年他在科尔曼公司找到了一份装配工的工作，并开始热衷参与帕克城新成立的基督路德教会的活动。宝拉和她的母亲在那里的唱诗班唱歌。1973 年夏天，他在塞斯纳飞机公司的装配线工作。这似乎很完美，因为据说雷德曾经想过要成为一名飞行员。与此同时，他和宝拉在努力怀上一个孩子，但他们运气不太好。

到了 11 月，石油危机开始肆虐全国。汽油从每加仑 30 美分涨到 50 多美分。雷德每次打开电视都会听到有关某工厂裁员的新闻报道。不过他告诉自己，这事儿不会发生在他身上，毕竟他工作表现那么好。他很努力地不去想那些不好的事。然而不久之后，他就开始听到一些传言，说那些整天坐在空调办公室里的人已经慌了。由于汽油价格大幅上涨，他们认为小型飞机的生意已经全泡汤了。

一个清凉的秋日早晨，雷德到了塞斯纳工厂后，得知自己和其他大约 500 名工人被解雇了。他简直不敢相信。这不公平。这都是因为一群住在沙漠里的人编造的虚假石油危机造成的。他感到晕头转向，好像被人用一把巴克牌刀插进了心脏。虽然在生产线上只工作了 4 个月，但他热爱这份工作，工钱还是挺多的。他甚至在威奇托州立大学上了夜校。他觉得自己是个有前途的人。现在前途却被摧毁了。

他爬进自己 62 年款雪佛兰黑斑羚，把汽油倒在停车场外面。他对自己说，有人要为让他感到如此渺小、如此无力而付出代价。内心的怪物开始蠕动。雷德可能曾自欺欺人地以为它已经死了，但事实却是它一直都在那里潜伏着、冬眠着，为将来的重新出现积蓄力量。

雷德后来告诉兰德韦尔，收到解雇通知书几分钟后，他就意识到自己快要去做一些奇怪和不好的事了。早上那个时候宝拉不在家。她在退伍军人医院做簿记员工作，下午晚些时候才回来。雷德决定只是在威奇托的街道上开车，假装不知道接下来会发生什么。

他终于在离塞斯纳工厂几英里远的地方看到了一所房子，看起来主人都不在家。他停下车，大步走到前门按响了门铃。没人应门，他从后院破门而入。他的心脏在胸腔里狂跳。不过，站在陌生人空荡荡的家里，不仅让他平静下来，还让他感觉到充满活力，他已经多年没有这种感觉了。他没在那里待很久。他离开时只带走了一样东西——一把短柄斧。他径直走回到自己的车上，把斧子塞到了前座下面，开车回家了。

他感觉很好。

接下来的几周很煎熬。他无法控制自己的大脑，想要伤害别人的欲望挥之不去。他无法摆脱这个念头。多年来他一直幻想着这种事。但这次不一样。现在这种冲动比之前强烈得多，而且愈演愈烈。现在没有工作让他忙碌，除了想这件事之外无事可做。

如果愿意，他是可以控制自己的冲动的，至少他是这么告诉自己的。问题是他现在不想控制了。为什么要控制呢？他从小到大都在控制冲动。他一直严守着自己的秘密，藏得很严实。他按照大家的规则办事，结果落得什么下场？失业、靠妻子养活、领救济金，而且是在圣诞节就要来临的时候。

在被解雇前不久，雷德决定带宝拉去拉斯维加斯旅行，给她一个惊喜。但收到解雇通知书后，他不想去了。他后来说航空公司的人似乎不在意他刚刚丢掉了工作，他们不打算把钱还给他，所以他别无选择，只能使用这些机票。他告诉自己要尽力让钱花得值当，不久就开始想象从喷气式飞机的窗户向外看到的罪恶之城会是什么样子，数百万只闪烁的白炽灯泡和数英里长的霓虹灯管会不会把夜空点亮？

不过在他们飞往拉斯维加斯的那天晚上，他看到的却是一片黑暗。他觉得一定是弄错了。是不是航班飞到另一个城市了？

当他向一位空姐询问此事时，她耸耸肩，告诉他这都是因为石油短缺。拉斯维加斯几天前决定关掉所有的灯，因为电费太贵了。雷德愤怒地俯视着漆黑的城市，感到难以置信。他的日记里再也没有提到过这次旅行，所以我猜想他的拉斯维加斯之行既平淡无奇又令人失望。

几天后他回到了他们在帕克城的小房子，心情郁闷且焦虑。他每天早上开车送宝拉去上班，然后回到家翻看藏在客房衣柜顶层架子上的侦探杂志。他喜欢盯着那些书页看，一遍又一遍地读上面的故事，时不时地停下来，让那些标题渗透进内心深处——“他沉迷于变态的性……和更变态的杀戮：四肢反绑妓女的离奇案件”“强奸勒人魔的两年恐怖统治”“狗绳扼杀者把受害者吊在门把手上！”“尸检显示，这个变态除了把克丽丝塔四肢反绑，还对她使用了他的‘酷刑装备’！”

雷德会闭上眼睛手淫，想象自己就在刚刚读到的那个场景中。他永远是那个坏人，他喜欢这些杂志里的女人注视着他一举一动的方式，喜欢她们的小眼球在眼窝里不停地转动的样子，眼睛一眨都不眨，眼光一直跟随着拿着绳子和刀在房间里走来走去的他。他是那个拥有所有权力和所有控制权的人。这是不可否认的。他是负责人。这真让他欣喜若狂。他怎么看也看不够。

那年冬天来得比以往要早。天空总是灰蒙蒙的，地面冻得像水泥一样硬。现在是宝拉在养家糊口。雷德不喜欢想这件事，因为这让他感到虚弱。有些早上把宝拉送去上班后，他会在日记里写点什么。在作为一个自由人的余生里，他一直在断断续续地写日记。日记从那段时间开始详细记录了他的一个新习惯，那就是在威奇托市的街道上开着车的时候，大脑在不同的暗黑想法间跳跃。

他开始以一种自己从未有过的方式关注一些人：当地大学的女学生、小女孩和她的妈妈、独自走在人行道上的女性。他告诉自己，她们都是他的。这让他感觉很好。有时候他会停下车，看着她们从他的车窗旁走过。有时候他会跟着她们回家，仔细观察她们住在哪里。他在那之前总是为自己过去的那些想法感到羞愧，但现在不同了。他准备行动了。他厌倦了伪装。所有这些想法都给他带来一种安慰、一种归属感、一种成为某个世界一部分的感觉，他在那个世界里是发号施令的人。他不需要再隐藏自己的想法和感受了，也不需要再感到尴尬了。他可以一连几个小时不做任何事，只是让两耳之间的大脑一刻不停、毫无间断地播放画面。唉，好想到这台"电视机"带他去的那些地方啊！

一天早上送完宝拉回到家后，他从后面一间卧室的壁橱里拿出了旧打字机，卷进一张纸。他在过去的几天开始注意到，自己看杂志所获得的兴奋感已经不够了。他已经开始厌倦读其他人正在经历的那些伟大冒险了。他决定创造一个属于自己的故事，这样说不定会更好。他，而不是别人，成了这个故事里的坏人。他当然从来没有想过自己会是个了不起的作家，但现在大脑里的字句似乎要喷涌而出，他不知道能否足够快地用打字机把它们敲出来。那种感觉就像有人在向他口授一样。

我从他日记中读到的一段话，了解到他第一次试着写的时候在那里坐了一会儿，思考着想写的内容、要说的话。他以前从没干过这种事。但是当时脑子里的想法太多了，必须写出点什么。所以他先想了一个标题，如果能找到一个合适的标题，接下来的故事就不费吹灰之力了。

于是他打出了几个字："男扮女装的儿童杀手"（THE CHILD KILLER WHO DRESSED LIKE A WOMEN）。

他后来告诉我的线人，在他看来"女"（women）这个词有些不对劲，但不知道为什么。上帝知道他的拼写有多糟糕[①]。尽管如此，他还是喜欢把标题放在页面顶部的样子。他对自己说这样看起来很专业。

然后，突然之间，需要写的故事在他的脑海里泉涌而出。他开始打字：

> “故事发生在堪萨斯州威奇托市的晚饭时间。街上几乎空无一人。这一景象为走在街上的两个年轻女孩呈现了一幅宁静的冬日画面。两人一边走路一边开心地想着再过几天就到圣诞节了，她们没有理由担心。她们都没有注意到那辆跟着她们的黄色双门雪佛兰车。在这辆车里，一个女人或者一个打扮得像女人的人，紧张地从方向盘上向外看，用手指摸着她旁边座位上冰冷的钢手铐。她的腰带里有一把上了扳机的左轮小手枪，还装有消音器。她调整了下太阳镜，向前开车跟着那两个女孩。当女孩们走到街角时，她把车停了下来，摇下车窗说：‘姑娘们想搭我的车吗？’两个女孩互相看了看对方，用眼神交流了自己的想法：既然开车的是女人，她们觉得不会有什么伤害。‘好啊。’她们几乎同时回答，然后钻进了车里。杰西卡伸出手关上了车门，汽车疾驰而去。”

这个故事在我电脑里的光盘上被编了目。雷德的故事在纸上是单倍行距，有 4 页那么长。第一页还没写满，主角就从腰带里掏出一把手枪对准了阿米莉亚的太阳穴。雷德写道，凶手用低沉沙哑的声音命令她把一只手铐铐在她朋友的手腕上，然后把另一只铐在她自己的手

① 标题中正确的拼写应该是单数 woman 而不是复数 women，两个词相差一个字母，属于拼写错误。——译者

腕上。黑暗像裹尸布一样慢慢笼罩着整个城市，汽车向这样的黑暗驶去。下一站是郊区一个废弃的农场。

两个女孩在他开车的过程中都没有说话。她们都知道自己被那个打扮成女人的男人骗了。最后，他们来到了一个空谷仓角落里的旧马具房，那里到处都是灰尘。他用链子把两个女孩绑在了一根柱子上。接下来，雷德让男扮女装的主角从汽车后备厢取出了一只手提箱，再从里面抽出了一根麻绳。

姑娘们坐在一堆干草上啜泣，男人走进了谷仓的主体部分，在绳子上系了一个滑结，把另一端扔到一根粗木梁上。他看着绳子在离坚硬泥土地面 6 英尺高的地方吊着，然后抓起一把刀回到了马具房，命令阿米莉亚脱掉衣服。雷德写道，阿米莉亚吓呆了，但锋利的刀尖让她不得不照他说的做。他在她嘴里塞了一个红色的封口物，用尼龙绳绑住了她的手腕。她开始抽泣。他对杰西卡也是这么做的，还用相机拍下了这两个惊恐万分的女孩。

外面，一轮满月挂在黑暗的天空中。那个扮女装的男人走到他的车那里，从后备厢拿出了一把铁锹。过了一会儿，他站在旁边的田地里，在白色月光的照射下，在堪萨斯寒冷的土地上，挖了两个 3 英尺长大约 1 米深的坑，一个挨着一个。他把铁锹放回后备厢，用塑料袋包起来，然后拿起车上的煤油加热器走进了马具房，让两个瑟瑟发抖的女孩暖和一些。

他解开阿米莉亚的绳子，用刀尖逼着她走进谷仓。由于没有灯光，她没有看见他为她准备的绳子。他把颤抖的女孩推倒在地，把她的脚踝绑在一起，将滑结套在了她的脖子上。

他写道："这时，她感到一阵恐惧，扭动着身子哭喊起来。"

他把她抱到干草堆上时，她还在挣扎着想要逃脱，他把松了的绳子拉紧了。她吓得呆住了。他脱下裤子的时候，她闭上了眼睛。他把她的内裤裹在他的阴茎上，然后把她身下的干草堆踢开了。她的头顶刻之间微微向旁边转了一下，腿踢了几下，身体抽搐了一下。凶手拍了几张她的身体在冰冷谷仓里摆动的照片，然后把绳子剪断，把她还温暖的尸体拖进他刚挖好的墓坑里。在把她滚进坑之前，他还脱掉了她身上的衬衫和运动胸罩。

故事的最后，男扮女装的凶手在杰西卡的喉咙周围勒了一圈打包线，命令她对他进行口交。雷德写道："'使劲吮吸！'他大声尖叫道，'你明白我的意思吗？'"

凶手最后勒死了杰西卡，看着她的脸因充血而肿胀，惊讶地发现打包线勒进了肉里。他把她扔到她朋友旁边的坟墓里，收拾好谷仓，然后开车回家了。几天后他在报纸上读到了那两个女孩失踪的新闻，找到了她们父母住处的地址。凶手把他们女儿的内裤分别寄给了他们，还附上了一张小纸条。

"祝所有人圣诞快乐。"雷德写道。"纸条上还写着，他希望这个善意的小礼物能让他们愉快起来，因为他们现在知道自己女儿的裤子被扒掉了，那么她在哪里呢？祝好。"

不仅如此，雷德让他的主角在信里签上了四个大写字母——DTPG，意思是"致漂亮女孩之死"（Death To Pretty Girls）。

故事到此结束。

在接下来的几天里，雷德在日记中思考采取下一步行动会怎么样。他痴迷于自己的这种好奇心。没错，他以前也经常幻想这种事，但现在方式不一样了。现在这一切看起来都是可能发生的、近在咫尺的感觉。好像只需要伸出手，幻想就可以变成现实，他就可以用手指围绕住，紧紧握住。现在他唾手可得。他的一生都在为这一刻做准备：所有那些从小就开始画的画，那些白日梦，那些被他带到谷仓里的猫和狗……

他内心的那团火似乎越来越热，点燃了周围的一切。他头脑里创造的幻想与在现实中实现幻想之间，似乎只有一线之差了。

圣诞节来了又走了。他过去的那些习惯现在都无法扑灭那团火了。他以前从未如此迫切地想要得到某样东西。他爬到深渊的边缘向里面张望了那么多次，他告诉自己现在终于准备好了。他只需要一个合适的场合就知道该做什么、怎么做。

他的日记记载，一天晚上宝拉睡着以后，他蹑手蹑脚地离开了家，把车开到了距离城镇较远的乡下，把车停好，朝着一家通宵经营的商店走去。他假装在打电话，但实际上是在端详那些走进商店、几分钟后就拎着一两袋食物出来的女人。到 11 点半的时候，他终于找到了一个理想的女人。她把车停在了停车场的角落里，走进了商店。等到她进入店内，他挂上电话，若无其事地走到她的车旁，试着打开后门。车门没锁。

只有上帝知道他当时多想爬进车，躺在前座后面的阴影里。他在脑子里已经排练过无数遍了。在他的幻想中，事情总是以同样的方式上演。她会把买的东西放在前座，发动汽车，把车开到公路上。他会突然用 .22 口径的手枪顶着她的太阳穴，让她大吃一惊。

“朝乡下开！”他渴望这么命令她。

一旦到达了想象中的完美地点，他就会把她绑起来，强奸她，勒死她，然后把她的尸体扔进一个涵洞底下。但那天他站在商店的停车场，突然意识到有些变数之前从未考虑过。“万一她看到他躺在那里就开始尖叫怎么办？”“如果她让店员帮她把杂货搬上车呢？”他对自己说，那样的话就逃不掉了。所以他沿着公路走回自己的汽车旁，开车回家了。

但他并未就此收手。他现在知道在计划时需要更加仔细周全。如果要完成一项大胆的犯罪行为，需要预估每一种可能的坏情况。任何一个方面都不能靠运气。他在侦探杂志上读到的那些家伙，可能犯下了严重的强奸案、绑架案和大规模谋杀案，但他们都是因为一些愚蠢的错误才被捕的。他们都太懒了。他发誓不会让这种情况发生在自己身上。他会有所不同。他一直是个很有条理的人，一个细节控。他情不自禁地关注细节。他是走进房间第一件事就想把东西理顺、整理好、放回原位的那种人。他突然意识到自己可以利用这一特点。他可以利用强烈的秩序感帮助自己杀人。他想，果真细节决定成败啊。

所以在接下来的几天，他都在策划、幻想。他后来承认，每天送宝拉上班后，就开始在双子湖购物中心的停车场闲逛，在女孩们上下车时观察她们。他会沉浸在白日梦中，闭上眼睛，想象他能对受害者做的那些事。他非常想要一个受害者。

一天早上他想到了，可以抓在停车场经常看到的那个有深褐色头发的白人女子，大概 30 多岁，他知道她在购物中心里的一家银行工作。

“我能行。”他对自己说，“我能做到。经常有人绑架别人索要赎金。”

不过雷德清楚，他绑架不是为了赎金。他会捆绑她，强奸她，勒死她，之后会把她的尸体扔到城外的公路边。几天前他开始带着装了手枪、绳子和一把猎刀的保龄球包开车到处跑，他把这个包称为“作案工具包”（hit kit），侦探杂志的那些杀手都这么称呼他们的工具。

我从他的日记中读到，他决定在傍晚时分采取行动。那个有深褐色头发的白人女子似乎总是在下午 5:35 左右离开银行去开车。于是他把车停在停车场的另一边，穿过停车场走到她停车的地方等着。当她出现时，他把派克大衣的帽子拉下来盖在头上，走到她面前，抓住了她。他在侦探杂志上读到大家似乎都是这么做的，但到了他这里事情可没那么顺利。他刚把手放在她身上，她就开始尖叫并对他拳打脚踢。他无法控制她的手臂。她好像疯了一样。他都不知道一个女人可以有这么大的力气。于是他把她推倒在路上，然后拼命跑回自己的车上。

“这真是个大错误。”他开车回帕克城的路上自言自语道。

第十三章

我脑子里的对话开始了。过去的几个小时，我都在阅读丹尼斯·雷德秘密内心生活在电脑上留下的痕迹，现在我开始与自己对话，给自己下指示。

我说："克制吧。克制住恨丹尼斯·雷德的冲动。没有时间让你恨他。继续读吧，继续读他写的东西吧。想想他杀的那些人。"我提醒自己："那才是你来这里的真正原因。想想他在夺去他们生命前是如何决定让他们受苦的。不要想着如果能在他脸上重重砸上一拳把他的鼻子软骨打进大脑直接送他去另一个世界你会有多么高兴。"

我命令自己："不要想那些。那样只会影响你的判断，让你无法看见所有需要看到的东西，那些几十年前你可能忽略了的事实。你现在的任务是找出当初忽略了什么，什么东西可能会让你得出不同的结论。"

然后我就闭上了嘴，继续读下去。

在 1974 年 1 月初的一篇日记中，雷德写道，宝拉不喜欢在冰上或雪地里开车。地上的冰雪会让她开车时很紧张。因此每当那座城市下大雪或街道上结了冰的时候，雷德就成了宝拉的专车司机，经常载着她上下班。他并不介意。在他内心深处，坐在汽车方向盘后面是一种安慰。这让他觉得自己更强大，更能掌控一切。每当他内心开始骚动时，只有为数不多的几项可以被社会接受的活动让他平静下来，开车便是其中之一。

雷德的日记记录，他是在 1974 年 1 月的第一个星期载宝拉上下班时注意到他们的：一个妈妈和三个或四个孩子爬进一辆旅行车，妈妈把车从家里的车道开到公路上。他们的国籍不是特别明显，但当他看到他们深色皮肤的那一刻，大脑就飞速运转起来。幻想开始了。

一个线人告诉我，雷德曾告诉他，深肤色的人身上有种东西会让人兴奋。“是什么呢？”他自忖道。应该是他们的黑眼睛和黑头发。他回忆在服役期间接触的妓女中有几个就是西班牙裔。其次，他最喜欢的一些侦探杂志的封面上，都是外形性感的深色皮肤模特的照片。也许就是因为这？

兰德韦尔告诉我雷德一直不太确定他为什么要选择奥特罗一家，他只说他们是在错误的时间出现在了错误的地点。

不管是什么原因，第二天早上他送宝拉上班后，就把车开到奥特罗家所在的街区，停在他们家附近的街道上，然后等着。差不多 8 点的时候，那个妈妈和孩子们果然上了一辆旅行车开走了，就像闹钟一样准时。他开始做白日梦，幻想着他想对这位母亲和她女儿做的那些可怕的事。几天后的早上，他跟着这家的旅行车开去学校又开回来。他这样做了好几天。他后来承认，一天下午他开车去了公共图书馆，用反向目录查到了奥特罗家的电话号码和身份。他甚至向他们家打了几次电话，目的是听听谁来接电话。他非常想知道他们家是否有男人住在那里。他最不想要的，就是当他在实现自己完美幻想的时候，突然有个男人出现。并不是说他不相信自己能制服一个男人，至少他是这样告诉自己的。他只是不想这么麻烦。

接下来的一天，事情就发生了。他告诉自己会没事的。带着三四个孩子的深色皮肤女人是最好的安排。根据我对这类暴力杀手的了解，差不多能读出雷德心里的想法。他会说服自己相信他们家只有她和孩子们。这是件好事，这意味着她为了保护孩子会按他说的做。甚至她房子所处的位置都是完美的：在街道的角落里，旁边有一个车库，一个用篱笆围起来的院子，邻居的房子和他们家后门之间有很大的空间。他对自己说这一次的结局将与一个月前不同。这一次，一切都将按照他的计划进行。

这一切发生后不久，雷德就把1月份那天发生的事情记录下来了。他的描述残酷无情，令人不寒而栗。这些记录就是藏在我电脑光盘里的一部分。

他写道，那天早上很早就醒了，把车开到商场的停车场后开始走路。小雪从灰色的天空飘洒下来。"该死，外面太冷了。"他喃喃自语。他不记得以前经历过这样寒冷的天气。他把空军派克大衣向上拉了拉，把脸紧紧捂住，然后向北埃奇莫尔街800街区的房子走去。他一到那里，就径直走向后院，跳过篱笆，蹲在房子旁边的雪地里。就在那时，他在雪地里发现了狗的爪印。有那么一会儿，他慌了。为什么他从来没有停下来想过他们家可能会养一条狗？他想赶紧离开那里，但不管是什么控制了他的内心，都不允许他离开。现在已经没有退路了。他已经走得太远了。

雷德在日记中写道，他发出了几声柔和的口哨声，想把狗引出来。但后院似乎没有看到狗。不知不觉间他已经在审查自己的3种方案了。第一种是等这个妈妈送孩子上学走后，偷偷溜进车库，当她一个人回来时把她逼进屋里。第二种是躲在车库里，当妈妈和两个孩子准备去上学时控制住他们，把他们逼回屋里。最后一种是在雪地里保持不动，等有人打开后门时趁机强行进入。

留给他的时间不多了。万一某个邻居从后窗往外看，他就成了瓮中之鳖。他决定实施把他们三人逼回屋里的方案，于是蹑手蹑脚地移动到门边。他伸出手想悄悄地打开门，却发现门是锁着的。他从口袋里掏出一把钢丝钳，剪断了附近的一根电话线，然后在脸上蒙上了一个黑色尼龙滑雪面罩。他从另一个口袋里掏出一把刀和手枪。几分钟后，8:40，后门开了，一个小男孩手里拿着一袋垃圾出现了。雷德在男孩发现他之前冲到门口，一把抓住了男孩。

雷德在日记中写道，下一刻他就站在厨房里打量着眼前的景象了。他紧紧地抓住男孩的肩膀，男孩的姐姐坐在旁边的一张桌子前，他们两人在他闯进屋子之前正在准备自己的午餐。他们的外套都堆在饭盒旁边。他们正准备去上学。站在炉子旁边的，是他最不愿意看到的人：他们的爸爸。

他感到奇怪。“他是从哪里蹦出来的？为什么我从来没有见过他？”那人站在那里看着雷德，咧嘴笑着。

雷德在几天后写下的谋杀案描述中回忆说，奥特罗说：“是我姐夫让你这么做的吗？别演了，告诉我吧。”

雷德举起手枪瞄准了他的头，他的妻子尖叫起来。

她结结巴巴地说：“别伤害我们。我们……我们没有钱。你想拿什么就拿什么。什么都可以。只是别伤害我们。”

小男孩张着嘴站在父母身边，看起来好像刚刚见到了魔鬼。泪水开始顺着他姐姐的脸颊淌下来。雷德命令他们走进前屋，给他们讲了自己编的故事让他们保持平静。

“我刚从监狱里逃出来。”他说，两个孩子这时候开始哭起来，“警察在追我。我需要一辆车、钱和食物。”

他拿着手枪的手在颤抖。他很紧张，那个爸爸知道他很紧张，所以奥特罗尝试让家人安静下来，告诉他们只要平静下来就会没事儿的。雷德让奥特罗把钱包放在洗衣机上，然后用枪指着让他们走到家庭活动室去。不知从哪儿冒出来了一只面目狰狞的海因茨-57 杂种狗，汪汪地叫着跑进了房间里。

“把狗弄出去。”他命令那个爸爸，“别想着要花招。这是自动手枪，子弹是空心的。你见过把这种子弹打到人身上的样子吗？”

他在日记中记录了奥特罗先生如何向他保证，如果他把狗赶出去，一切都会好起来的。

“它嫌外面太冷了。”奥特罗抓着狗的后颈说。雷德允许他打开厨房的门把狗扔到后院，不过整个过程他都像老鹰一样盯着奥特罗。起初他想把他们绑在家庭活动室，但当看到后面的卧室时，他命令这一家人走到卧室，趴在床上，双手放在背后。

兰德韦尔告诉我，雷德原本幻想着和这对母女都发生性关系后勒死她们。但当站在他们家里时，他不太确定要不要这么做。他只知道他需要做点什么，而且要快。奥特罗一家脸朝下趴在床上时又开始惊慌起来。雷德一想到万一自己失去对局面的控制可能会发生的事，就感到害怕。他不能让这种事发生。他站在他们身后，看着他们，尤其是那个爸爸。他能感觉到他们随时都有可能攻击他。

“我得离开这里去加州。”他一边说一边在大口袋里摸绳子、封口物和胶带，“去了那里我就安全了……我得把你们的车开走。”

“开走吧。”那个妈妈恳求道，“车给你了。我们希望你拥有它。”

他不顾一切地想要阻止事态的发展，渴望保持控制权。这就是他最想要的：对其他人拥有绝对的、完全的控制，用他过去捆绑时曾经用过的方式把其他人绑起来，然后把这些绳子使劲拉紧。这是他一直以来的梦想。经过 20 多年的幻想，他在那一刻意识到，自己所有的梦想都即将实现。

他先对爸爸动手，命令他从床上下来躺在地板上。他用胶带一遍又一遍地把奥特罗的两个手腕缠起来。当确信无论奥特罗使多大劲都挣脱不开时，他把注意力转移到了那个妈妈身上。雷德知道奥特罗几乎不可能从房子里跑出去求助，因为他担心妻子儿女的安全，他最不愿意做的事，就是被那个挥舞着手枪冲进他家的人视为威胁。这让雷德平静了一点。想到这个爸爸不能发挥什么作用，他觉得自己又恢复了自信。他用胶带缠住妈妈娇嫩的手腕和脚踝时，开始和他们说话，让他们告诉他自己的名字、爸爸在哪里工作、离开小镇的最佳路线。

妈妈叫朱莉，她的丈夫叫约瑟夫，他们的孩子分别叫约瑟芬和乔伊。知道他们的名字让雷德感觉更好了。这样他们就感觉更加真实和脆弱了。从记事起，每当他幻想对受害者做可怕的事时，就知道名字等细节很重要。

他捆绑孩子们时用的是棉绳，那是他从自己家附近的一家五金店买的，做百叶帘用的那种绳子。两个孩子都哭了，但还是尽量表现得勇敢。他后来把剩下的绳子捆在了约瑟夫的手腕和脚踝上。

绑好之后，他退后几步，低头看着躺在他身下的一家人，他们像农场里的动物一样被捆起来了。他想，谁也跑不了。

“我的……我的手麻了。”朱莉告诉他，“你能帮我松一点吗？”

他的日记记录的是，他向她道了歉，对自己用了这么大劲感到有些尴尬。他松开胶带，让她稍微扭动一下手指。他从口袋里找到另一根绳子，把她的手腕绑起来了。约瑟夫说他的肋骨因为刚经历的一场车祸受伤了，他问雷德能否让他换一下在地上的姿势。丹尼斯给他松了绑，让他在地板上快速活动了一下。雷德在约瑟夫身下放了一件外套，然后把他的手腕绑了起来。

“你可以把我的脚绑在床柱上。”约瑟夫建议道。雷德就是这么做的。他从壁橱里找到了一个枕套，剪成条状物塞进了这家人的嘴里。那个小女孩正在抽泣，泪水顺着她的脸颊滚落下来。她的头发太长了，他费了好大劲才把封口物塞好。不管他怎么努力，打结时总会把她的一绺绺头发缠在带子上。

“很抱歉扯疼了你的头发。”他在日记中写道，他如是对小女孩说。

阅读雷德文字的大多数人，可能会被他那近乎温柔的、富有同情心的性格打动，似乎他在某种程度上还关心受害者是否舒服。不幸的是，这只是假象。雷德的策略和我采访过的其他暴力罪犯的手法一样。他们这么做的目的，是让受害者相信，如果他们与攻击者合作，就不会受到伤害。当然，事实绝非如此。

朱莉的手提包在梳妆台上放着，他开始在包里翻找车钥匙。现在情况变得明朗起来。他能感觉到头脑中的想法正在成形。他开始做这件事时对结果有一个模糊的概念，但现在事情发展得太快了，他已经无法控制。不过有一件事是肯定的，那就是在这里的一切结束后，他会开着他们的车离开。

“你想拿什么都可以。”朱莉在床上对他喊道，“我们有一台打字机，你也可以拿走，可以当掉换钱。”

他什么也没有说，只是走过去掏出了在约瑟夫前面口袋里看到的车钥匙。他拿车钥匙的时候，约瑟夫试图和他进行眼神交流，眼睛一眨不眨地盯着他。

雷德在日记中写道，他从卧室走到客厅，站在那里看他们家的东西，大部分东西都还装在纸板箱里，好像他们一家刚刚搬进来。客厅很安静，远离了卧室的混乱和恐慌。他能听到自己的呼吸声和心跳声。

“决策关头。”他告诉自己，用手指敲了敲头，“决策关头……决策关头。”

他把两手伸进了自己的口袋，将所有的东西都倒在沙发上：塑料袋、绳子、刀和枪。“他们要死了……他们都要死。”他抓起需要的东西匆匆回到卧室。除了约瑟夫，其他人都在抽泣。雷德走到约瑟夫跟前，把一个塑料袋套在了他的头上，把预先打好结的绳子套在了他的脖子上，然后勒紧了绳子。他对那个小男孩也做了同样的事。约瑟夫嘴里有封口物，但他努力大声喊出声。他说的话听不清楚，但雷德知道他在说什么。

“你在干什么？”奥特罗喊道，“你在干什么？”

就在那时，一切开始变得一团糟。现在他们的视线都朝向他。继续装下去也没用了。每个人都开始尖叫。

“安静！”雷德命令道，“所有人都闭嘴！”

丹尼斯一点也不喜欢这样。他以前看过的那些侦探杂志上从来没有提到过这种场面。他以前一直以为杂志上的那些文章是自己梦想工作的职业入门书，现在却发现所有那些文字都是骗人的，都只是勾勒了大致的框架而已。

“为什么变得那么难？”男孩在地板上扑腾着，约瑟夫也是。他的头快速剧烈地抽搐着、前后摇晃着。如果他的脚没有被绑在床柱上，不知道会挪到哪里去。

与此同时，在床上的妈妈和女儿大声尖叫着，声音似乎充满了房子的每一寸空间。雷德用戴着手套的手重重地打在她们身上，试图用手捂住她们的嘴。她们都求他把约瑟夫和乔伊头上的袋子取下来。不知为何，雷德伸手把男孩头上的袋子拽了下来。乔伊闭着眼睛一动也不动。奥特罗似乎在袋子上蹭了一个洞。他的脸上满是呕吐物，他的胸膛缓慢而吃力地上下起伏。雷德瞥了一眼，惊讶地发现男孩的眼皮正在张开。

“求你了。”约瑟芬喊道，“请你走吧。你可以走了。我们不会说的。我们不会告诉任何人的。我们一个字都不说。”

他站在那里打量着眼前的一切，大口喘着气让大脑平静下来。有那么一瞬间他想过离开那里。但后来他意识到，他们可以指认他。他们看到了他的脸。他现在离开，还不如直接开车去自首。

他从口袋里掏出一卷细绳子。当朱莉看到绳子时又开始尖叫，求他停止这一切。他迅速把绳子套在她的脖子上，拉紧，开始慢慢勒死她。

“妈妈！”约瑟芬叫道，“妈妈，我爱你。”

雷德的日记写到他对那个女孩说：“平静下来。她很快就会昏过去的……她会睡着的。”

朱莉当时喘着气，眼睛一眨也不眨地直勾勾地盯着他的眼睛。“妈妈！”小女孩叫道，“你在对我妈妈做什么？”然后，朱莉突然闭上了眼睛，昏倒了。后来，雷德把绳子取下来，套在约瑟夫的脖子上，用力拉紧。

“轻一点。”小女孩看到他在做什么后小声说，“请轻一点。”

他告诉女孩：“他也会睡着的。只要他不再和绳子作对，他就会睡着的。”

雷德写道，当终于杀死了爸爸后，他的手感觉很疼。这让他很吃惊。他从没想过杀人会这么困难。

他注意到，他把绳子从爸爸被勒红的脖子上拽下来套在她的脖子上时，小女孩脸上毫无表情地看着前方。他一拉绳子，她的眼睛就鼓了起来。雷德回忆她大声喊道：“妈妈……妈妈……妈妈。”然后她的眼皮垂下来昏过去了。他低头盯着女孩的身体时，注意到她妈妈的头在左右摆动。他在绳子上打了一个双套结，把它套在了朱莉的头上。就在他要把绳子拉紧的时候，她的眼睛突然睁得大大的，直盯着他的眼睛。

“愿上帝怜悯你的灵魂。”她低声说。

他简直不敢相信自己听到的话。他一边用尽全身力气拉着绳子，一边想这是多么可怕的话。她眼睛里的血管因为压力爆裂，血从她的嘴巴和鼻子里滴下来。这一幕吓坏了他，于是他抓起旁边的一个枕头，盖住了她的脸。

他看到男孩的身体正在房间的角落里颤搐。他突然想到乔伊是在装睡。雷德走到客厅又找了两个塑料袋回到卧室。他先在乔伊的头上套了一件 T 恤，然后用塑料袋蒙在男孩的头上，接着又套了一件 T 恤，最后用上绳子和双套结。

“我不能呼吸了。”雷德拉紧他临时做的绳套时乔伊喊道，“我不能呼吸了。”

雷德抱起男孩，走进他自己的卧室，让他躺在床上，这样就可以看着乔伊慢慢窒息而死，而不会被那个卧室里的其他人打扰了。乔伊挣扎着想要呼吸，身体非常剧烈地抽搐着，很快从床垫上滚下来摔到了地板上。雷德没有把他放回床上，而是决定让他死在地上。之后他回到其他人那里，决定在约瑟夫的头上也套上一个塑料袋，然后用皮带系紧，这样才更保险。小女孩仍然一动不动地躺在床上。雷德看了她一会儿，突然想到一个主意。

“真是个大错误。”他后来在日记中这样描述那一刻。他动身去找地下室了。片刻之后，他找到了通往地下室的台阶，沿着台阶向下走进了黑暗中。他找到了开关后打开灯，很快看到了他要找的东西——一根粗大的铸铁水管，和天花板一样长。他用手拍了拍水管，感觉足够结实。他在水管上做好了准备工作，然后匆匆上楼跑到女孩那里。他把她抱下楼，放在最下面的台阶上，脱下她的外裤，把内裤拉下来。

他把她留在那里，回到卧室检查那里的尸体。他以前从来没有见过死人，所以戳了戳他们的身体确保都死了。他接着把房子彻底检查了一遍，确保没有留下任何证据。直到确信自己没有落下什么东西后，他才再次下到地下室。他惊讶地发现，那个女孩正摇摇晃晃地盯着吊在天花板上的吊索看。

丹尼斯迅速用绳子捆住了她的脚踝，又绑住她的膝盖和肚子。他脱掉了她的毛衣，用刀割断了她的胸罩带子，露出了一个乳房。他很可能是除了她父亲之外第一个看到她身体这一部分的男人，这让他很兴奋。他跑回楼上，把屋子里的每一寸地方都翻了一遍，然后回到女孩那里。

“你对他们几个做过的事，也会对我做吗？”她问。

他骗她说：“不。别担心他们。他们都只是睡着了。”

他把她抱到离楼梯几英尺的地方，让她平躺在管道正下方。绳套在上面晃来晃去，他把它拉下来套在她的头上，把绳子拉紧。他突然想到把这一刻记录下来可能会很好，于是弯下腰问女孩："你知道爸爸有相机吗？"

她摇了摇头，然后问了他一个问题："你会对我做什么？"

丹尼斯笑了。"别担心，宝贝。"他说，"今晚你和你的家人会在天堂。"

她只是盯着他看。她再也没说过一句话。刹那间，他用尽全力猛拉绳子，把她的身体吊了起来。她喘着气，眨了几下眼睛，浑身打了个寒颤。她死了。丹尼斯又把她的衬衫撩起来看她的胸部。他用另一只手打飞机。完事之后，他伸出手摸了摸她的胸。

他听到楼上有声音，很快推断出那是邮递员在邮箱旁边弄出的咔嗒咔嗒声。他突然意识到自己根本不知道奥特罗一家的日程安排是怎样的。某个朋友、亲戚或他们的另一个孩子随时都有可能从前门走进来。于是他关了灯，匆匆上楼，随手把门关上了。

把自己的工具收拾好后，他把空调温度调到最高。他听说这样会让尸体腐烂得更快，让警察搞不清谋杀发生的确切时间。

他走到车库时发现自己在流汗，衣服完全被汗水湿透了。戴着橡胶手套的手上满是汗水，感觉就像在水球里一样。他想，一位冷静的犯罪大师的工作到此结束了。

他爬进他们家的旅行车，发动了引擎，油量表显示油箱基本是空的，这让他很恼火。他推测这些油应该能够开到商场的停车场。几分钟后他到达了商场，熄灭发动机，快速清点了一下所有的装备，很快意识到把刀子落在他们家了。

"该死。"他气呼呼地说。

如果刀子被警察发现，他就完了。于是他开着自己的车火速赶到他们家，冲上他们的车道，进入车库时使劲踩下刹车。他奔向房子里找刀。他的头很晕。他沿着原路折回，把每个房间都找了一遍，过了几分钟后终于想起来是怎么回事了。他冲出后门，发现刀子躺在雪地里，就在他剪断的电话线下面。雷德猜他看到小男孩突然出现在厨房门外时，自己一定是太激动了，把刀子掉在地上了。“不能这样失控！”他责备自己。他抓起刀子，擦去上面的雪，丢进了口袋里。他写道，片刻之后他就回到了自己的车里，朝自己在帕克城的家驶去。

我读到了他在日记里描述自己多么兴奋激动，多么努力地想要写点什么，却什么也没想出来。

第十四章

我在丹尼斯·雷德的文字和暗黑的思想中漂流了太长时间。除了他和他写的东西在我脑海中引发的可怕、不寻常的画面外，我需要感受到自己还能想到别的东西。

我有点像电影《第六感》里的那个小男孩。我不仅看到了死人——虽然实际上是尸体——还看到了杀人的人。当全身心投入一个案子时，我就变成了另一个人。我成了案子的凶手。我透过他的眼睛看这个世界，看到了自己原本无法看到的东西。

有一次采访一个被判杀害了 6 人的罪犯时（警方怀疑他杀害的人数有 12 名），听着他讲述自己的罪行，我的眼前突然看到了那些画面。我什么都看到了，或者至少把该看到的都看到了。几分钟后我开始用第一人称谈论他的杀戮，就好像我是刚才描述那些罪行的凶手一样。

“别闹了，伙计。”他喊道，显得很不安，“你吓到我了。”

“你在说什么？”我问道，并没有意识到自己刚刚做了什么。

“你又不是我。”他说，“你又不是我。所以别再演了。”

当读到丹尼斯·雷德记录杀害奥特罗一家四口后回到家写的笔记时，我开始感觉到眼睛后面有一丝压力。我一点也不意外，因为雷德写道他头痛得要命。他回到家时觉得自己的头好像夹在了老虎钳里被人使劲拧——至少他是这么描述的。

他在侦探杂志上读过那么多杀手的故事，却从来没听说有人遇到过这种事。一两个小时后，他不知道自己还能撑多久。宝拉还没有下班，这很好。他不知道怎样才能停止大脑的疼痛。他感到警察随时都会踢门而入。

他告诉自己唯一能做的，就是把所有的东西都处理掉：那些素描、偷藏的侦探杂志以及自己写过的所有故事。他把汽车的每一寸地方都仔细检查了一遍，然后把桌子里的所有东西都扔进了后院的垃圾桶里。他往上面浇了汽油，点燃一根火柴扔了上去。那堆东西几分钟后就变成了黑灰。

他把衣服换下来，将在谋杀期间穿过的所有衣服包括鞋子都塞到一个纸袋里，然后开车穿过城市回到了自己父母的家。家里没人。他想把自己的衣服扔进垃圾桶里烧掉，但决定还是不能这么做。大中午的烧掉一堆衣服太不符合常理了。如果有人看到他做这些，根本没法解释。他把所有的东西都藏在了他家后院破旧鸡舍的顶层。他安慰自己东西在那里很安全。他改天再回来把它们烧了。他在最后一刻决定留着派克大衣。他在日记中写道，那是因为上面的血迹并不那么明显。

回到自己家时，他感觉平静了一些。不过为了安全起见，他还是把所有的武器都藏了起来：手枪、猎枪、刀，甚至包括在塞斯纳被解雇时偷回来的斧头。如果警察真的要来抓人，他不会让他们很容易就得手的。

但警察一直没有来。到了 2 月份，他的生活慢慢恢复了正常。妄想开始减轻了。不知不觉，他的胃口又大开了，他开始寻觅下一个受害者。

雷德的这种反应，与其他连环杀手向我描述过的典型感受一样。在一阵短暂的强烈妄想之后，他们开始意识到，对他们来说杀人后逃脱多么容易，即使作案手法还有些不够严谨。雷德一定知道挑选陌生人作为受害者的案件，警察侦办起来是非常困难的。涉及家庭成员、朋友或同事的所谓“确凿证据”案件则很容易侦破。没有任何明显动机的犯罪很难侦破，如果罪犯事先精心策划这些犯罪并且考虑周全的话，那就更难了。

雷德在日记中写道，他和妻子在3月的一个下午开车去吃午饭时，看到了一位金发碧眼的年轻女子正从13街前门廊的信箱里取信。尽管当时并不知道这位年轻女子的名字叫凯瑟琳·布赖特，但他一看到她，就无法把她从脑海中抹去。他在日记里写道，她穿着牛仔夹克、拿着缀有珠子的女包的形象，在那天整个午餐期间都萦绕在他的脑海里挥之不去。那天下午晚些时候，他开着车去找她，但没找到。他又开车回到她的房子仔细看了看。他对看到的景象很欣喜，因为这座房子在一块空地旁，另一边邻居的房子看起来没有人居住。

他把车停在几个街区外，然后走着回到她的房子，把深色的针织帽拉下来盖住了耳朵。他口袋里装着一把刀，腰带上别着一把.22口径的手枪。我觉得这种武器——如果他不得不使用的话——看起来并不具有威胁性，只会发出很小的声音。

雷德在日记中描述，他用拳头敲了敲前门，没有人应门。于是他走回车上，对自己说改天再来。几个星期过去了——他一直不确定具体是几个星期。但他每天都在脑子里回顾自己的“袭击计划”，随着想象的展开，他把每一个细节都过了一遍。

他写道：“渐渐地，每当想到这次袭击时，我的心跳就开始加速。”

他一直没有搞清楚那座房子里住了几个女人，但他预感最少有两个。4月4日，在华盛顿州立大学上完上午的课程后，他决定行动了。他后来说，自己在数学课上太过兴奋了，根本无法集中注意力听教授在说什么。不过与此同时，他也在“密切关注”周围发生的一切：尽职尽责抄写笔记的其他学生，从窗户照进来的阳光，粉笔撞击黑板时发出的声音。他从未如此专注过。汗水湿透了他的衣服。

下课后，他决定是时候采取行动了。他最后一次路过那座房子，检查了电话线和后门的位置。房子前面停着金发女孩的绿色福特平托车，这让他相信她当时在家。他把车停在几个街区外，然后迂回地走向那座房子。他厚重的滑雪夹克里塞着绳子、棉线、封口物、刀和两把手枪。

凑巧的是，当他走到房子门口敲前门时，没有人在家。他绕到后门，剪断了电话线，用钢丝钳打碎了后门的玻璃。房子里空无一人，但他对自己说要在那里待一会儿等她回来。几分钟后，他决定看看房子里面，从一间卧室走到另一间卧室，策划犯罪的确切地点和方式。他最终决定用在房子里找到的连裤袜和衣服，把她绑在后面的一个卧室里。

然后他在椅子上坐下来，等着那个金发碧眼、拿珠子女包的女人回来。他的脑子里充满了想象着要发生的一切。他想象着她走进房间的那一刻，就让她窒息昏迷，然后把她拖进卧室。一到卧室，他就把她赤裸地绑在床上强奸她。当她醒来时，他打算要么用冰锥刺进她的心脏，要么勒死她。在那个等待受害者的早上，他无法停止思考后来在日记里提到的“肛交”。或许他可以试试?

当听到车门关闭的声音时，他的白日梦戛然而止。他跑到前屋躲在门边。片刻之后，门打开了，受害者 19 岁的弟弟走了进来。雷德以为只有他一个人，于是走出来挥舞着手枪与他对峙。但就在一瞬间，那个在他脑海中挥之不去的年轻女子走了进来。他后来回忆说，那是一个糟糕的时刻。他的整个计划似乎就要泡汤了。

他在日记中写道：“她本可以转身尖叫着跑出去。”但她没有，雷德很快就开始讲述他是加州通缉重罪犯的故事，他需要他们的车、钱和食物去纽约。

他编造的故事和手枪让他们决定按他说的做。把两人绑在不同卧室后，雷德绞尽脑汁想着如何处理这个计划外的小差错。他又一次没有预见到房子里可能会有一个男人。

“如何把其中一个干掉而不被另一个人知道呢？”他后来写道。

接下来的15分钟是一片混乱。他在两个卧室之间跑来跑去，试图控制正在迅速恶化的形势。所有事情都没有按照他事先精心策划的那样发展。他朝男孩的头部开了两枪，想置他于死地。他非常紧张，不小心多射了一发子弹，打穿了卫生间的墙。他想勒死那个年轻女子，但似乎需要很长时间，于是他抓起刀，开始往她身上刺。他写道：“我朝她的背部胸腔下方刺了一刀，希望能刺中她的肺。”血溅得到处都是。雷德后来说，当她的血液沾到他的指尖时，竟然感觉如此润滑，这让他非常惊讶。

正当准备把刀刺进女人的脖子时，他听到了前门打开的声音。他跑到前窗，刚好看到那个被他打中的年轻人在跌跌撞撞地向街上走，想拦下一辆车。雷德迅速抓起他的装备，飞快地从后门跑了出去。

这一次，雷德没有在谋杀发生后几个小时就记录发生的事情。在几周后的一篇日记中，他的确提到，他再一次认为被警方逮捕只是时间问题。

他在日记中承认自己已经变得神经兮兮。在他读过的故事中，像这样搞砸了的肇事者，无不以入狱告终。但警察却一直没有来。不过即使过去了几周、几个月，雷德仍然感到紧张不安。

1974年10月的一个下午，雷德一位名叫鲍比·奥姆斯顿的高中同学拿起电话拨通了他的号码。他这个同学的名字，是一位熟悉雷德审讯细节的执法部门消息人士告诉我的，这是我第一次听说奥姆斯顿这个人。雷德告诉警方，在2004到2005年他频繁写信的最后几天里，一直想戏耍当局，让他们认为奥姆斯顿是B.T.K.。他觉得诱骗警察去踢开鲍比家的门、用手铐把他拖走，这会很有趣。在来到威奇托这家酒店坐在这里读雷德日记的几天前，我和奥姆斯顿通了一次电话。

奥姆斯顿告诉我，1974 年给雷德打电话时，他们已经将近 10 年没有见过面了，他非常想和雷德见见面。在这近十年的时间里，奥姆斯顿先是离开威奇托去上大学，获得了工程学士学位，后来结了婚，当时正在办理离婚。

他和雷德在电话里聊了几分钟。奥姆斯顿回忆说，当时他觉得雷德的声音听起来就像高中时一样平淡、严肃。他们在电话里约定在华盛顿州立大学校园附近的一家名叫“断电”（Blackout）的小酒馆见面，他们可以喝着啤酒聊聊近况。

奥姆斯顿在下午 5 点半左右到酒馆的时候，丹尼斯已经在那里了，坐在后面的一张桌子旁喝啤酒。他把椅子放在对着门的位置，这样就能在别人发现他之前看到进来的人了。奥姆斯顿要了一杯酒后坐在雷德旁边，兴奋地想知道雷德在过去近十年里都做了些什么。但他刚坐下来就感到十分震惊了。

“他身上有种让人不可思议的敌意。”在我抵达威奇托市几周前的一个下午，他在电话里这样告诉我。“这让我非常不舒服。有几次我都以为他要隔着桌子冲我打过来。他太紧张了，我这辈子从没见过丹尼斯那样。他就像坐在弹簧上，随时准备从座位上弹跳出来。他看我的眼神，与我身边吸食冰毒的人会有的那种咬牙切齿的感觉一样。”

奥姆斯顿向我解释，他尽最大努力专心听雷德讲述他高中毕业后的生活，尽量不去想雷德的那种紧张感。

“他告诉我他结婚的前前后后，说他喜欢教堂、喜欢耶稣。”朋友回忆说，“我不反对耶稣，我只是不支持他参加的耶稣俱乐部。丹尼斯知道这一点，他也知道我正在办理离婚，所以我认为一直感觉到的来自他的敌意，是因为他觉得我是个任性的罪人。我把一切都归结为这一点。”

30 多年后，在讲述他与雷德的那次尴尬会面时，奥姆斯顿哭了起来。

他说：“我不明白他为什么那样对我。尽管我小的时候把他看得很重，但从那以后就再也不想见他了。这就是他让我害怕的程度。我一直无法理解。表面上看他还是老样子。但在他内心，有着某种我从未见过的东西控制了他。不管那是什么，都吓着我了。”

他告诉我，自那之后两人再也没有说过话。

1975 年 7 月，宝拉生下了他们的第一个孩子布莱恩·霍华德·雷德。那时丹尼斯已经在安达泰安全系统公司找到了一份安装施工主管的工作。那是一家专门为住宅和企业提供防盗警报设备的公司。3 年后的 1978 年 6 月，他们的女儿克丽·林恩·雷德出生了。

很多自以为了解雷德的人，认为他喜欢父亲这个角色，但即使他真的喜欢这个角色，也从未在日记中提过只言片语。实际上，在无数页的日记中，他提到家庭的次数最多有 6 次。他提到家庭时也只是用最简短、最粗略的方式一笔带过。他这么做也许有一个很好的理由，那就是在日记中记录的是他秘密生活中最炽热的爱——捆绑和死亡。

大家都认为雷德是一个溺爱孩子的父亲，经常在家里的后院与孩子们嬉戏，在那里和他们建了一个巨大的树屋。他让自己的儿子成了一名童子军，并最终获得了该组织的最高荣誉——“鹰级童子军”称号。丹尼斯自己在十几岁的时候没有得到这个荣誉。当然在丹尼斯成长的过程中，还有其他事要考虑。

克丽成了一名运动健将，在 1996 年获得了堪萨斯州高中高尔夫锦标赛的参赛资格。她像父亲一样对恐怖故事有着永不满足的喜好。随着年龄的增长，她几乎看完了所有能找到的关于怪物、僵尸、鬼魂和食尸鬼的书。每当她看完一本这样的书，父亲就会走进她的房间，从书架上拿下来自己读。

克丽身上有一件事令父亲百思不得其解。她从六七岁开始被可怕的噩梦困扰，时常半夜惊恐地尖叫着醒来。每当这种情况出现，父母就会走进她的房间，坐在床边，努力让她相信这只是一场噩梦。随着时间的推移，雷德开始把克丽的夜惊归因于她对恐怖书籍和恐怖电影的热爱。他从来没有做过噩梦，通常头挨枕头几分钟后就会睡着。他还是觉得此事很奇怪。她醒来的时候不只是尖叫，更多的时候好像被什么东西攻击了，正在与什么东西或什么人搏斗。有时父母走进她的卧室，会看到她用拳头猛击附近的桌子或任何离她近的物体。

有人可能会认为克丽出现这种行为的原因，是她以某种方式接受了自己父亲暗黑的心理能量。我认为这个解释可能没那么牵强。首先，我认为她可能无意中发现了雷德那堆可怕的侦探杂志和他画的女人被捆绑的素描。我慢慢觉得，这些足以扭曲任何一个年纪幼小、易受影响的大脑。我可以肯定地说，雷德并没有像他应该做的那样看护好自己对暴力主题书籍和电影的渴望，这些强迫性的欲望不幸转移到了他年幼女儿的头脑中。她从来没有对父亲说过她发现了他的藏匿物，这很正常。她和大多数孩子一样，最不愿意做的事，就是承认自己偷看了爸爸的东西。

克丽出生于 1978 年 6 月，这期间她父亲的谋杀狂热有所减退。但在她来到雷德家之前的 15 个月里，父亲又跟踪并谋杀了另外两个女人，他手上已经有了 7 条人命。雪莉 · 维安是 3 个孩子的母亲，1977 年 3 月 17 日被他勒死。同年 12 月 8 日，雷德夺去了南希 · 福克斯的生命，那时宝拉怀孕 3 个月，胎儿就是克丽。

雷德在日记中写道，雪莉 · 维安成为受害者之一的复杂故事始于“3 月初”。

“无法控制的 X 因子说去杀人。”他写道。

于是雷德再次开始寻找受害者。没过多久他就找到了一位单身母亲，他曾在“断电”酒馆见过她几次，3 年前他就是在这个酒馆与好朋友鲍比·奥姆斯顿相聚的。他在华盛顿州立大学上完夜校后，去了这家很受欢迎的酒馆。不过他最初锁定的不是维安，而是她的一个邻居。当时这个邻居和几个朋友在一起，雷德时刻注视着她，在她离开时一直步行跟踪到她家。他很快就开始盯梢她的房子，看看是否有男人和她住在一起或者有没有养狗。

他在她家后面灯光昏暗的小巷里走了几次。他决定在3月17日采取行动，但提醒自己万一事情进展不顺利，需要保持“灵活”。在凯瑟琳·布赖特被杀后的3年里，他意识到不应该对自己的罪行如此固执。如果条件不合适，他就回家等待下一次机会。但如果“看起来还可以，那就动手”。

那天上午晚些时候，他穿上花呢运动外套和深色长裤，开车去了威奇托市，敲了敲目标受害者家的前门。没人应答。他转身向自己的车走去，在人行道上看到一个提着一袋杂货的小男孩，决定对这个小孩使用他的“侦探诡计”。于是他从钱包里拿出一张宝拉和他小儿子布莱恩的照片。

“你知道这些人住在附近吗？”他问。

男孩告诉他自己从来没有见过他们，然后继续沿着那条路往自己家走去。雷德注视着他，密切看着他进了哪个房子。10分钟后，他敲响了他们家的前门。男孩打开门的时候，他亮出手枪，告诉他自己是侦探，然后强迫男孩一起进了房子里。他看到男孩的哥哥和妹妹正在那里看电视。

他在日记中提到，当他告诉男孩的母亲打算强奸她时，她变得害怕和紧张。他说厨房似乎是做这事的好地方。她央求他先让她抽支烟。

“我准允了。”他记录犯罪的语言有很多语法错误。她刚抽完烟就告诉他自己想吐。雷德环视了一下那个肮脏的、堆满“垃圾”的房子后，一向注重干净与整齐的他认为呕吐在这个家不足为奇。

他想要绑住维安大儿子的手腕，但他开始哭起来。几秒钟后他的弟弟和妹妹也哭了起来。“有什么地方可以把你的孩子们关起来吗？”他问维安。她还没来得及回答，他就决定把孩子们放在卫生间，用一张床堵住了其中一扇门，用绳子把另一扇门绑上，这样孩子们就无法出来了。

他写道，他把障碍清除后看着维安说：“是时候了。”

她脱下蓝色的家居服和粉红色的睡衣趴在床上。在记录中，雷德提到她的头朝东、脚朝西。当他用黑色电工胶带捆缠住她的手和胳膊时，她吐在了地板上。他到厨房给她端来一杯水。她喝了水后再次想要说服他不要强奸她。雷德对她的请求不为所动，把她的脚绑在了床西头的栏杆上，然后继续在她的脚踝和膝盖上缠胶带。

突然电话铃响了。维安说可能是她的朋友打来的，问她什么时间过来带她去看医生。电话铃声让孩子们又哭了起来。

“计划有变……计划有变。”雷德写道。

他一瞬间就把一根绳子绕在了维安的脖子上，这好像让她大吃一惊。她抱怨勒得太紧，呼喊救命。但除了雷德之外，没有人能听到她说话。他看着她的脸从红色变成蓝色，然后从紫色变成深紫色。他决定在她的脖子上多缠一根绳子，因为他发现如果在第一次想要勒死她时只用一根绳子，她可能会像约瑟芬·奥特罗那样“醒来”。

几分钟后，他把一个塑料袋套在了维安的头上，然后把她的睡衣系在脖子上确保袋子不漏气。当她在肮脏的床单上翻滚时，他在那里一边手淫一边看着她的生命慢慢消失。之后他从那里逃了出去。

他在这次谋杀记录的最后，因无法杀死维安的孩子们而悲叹。他苦恼没有更多时间。不然他打算“给女孩用粗麻绳，给男孩用塑料袋”。

9 个月后到了 12 月份，他再次作案。这次他的受害者是一个 25

岁的女人，名字叫南希·福克斯。他11月份在街上寻找受害者时第一次注意到她。通过翻看她邮箱里的信件，他很快就知道了她的名字，并知道她有两份工作，分别在当地一家律师事务所和一家珠宝店。

为了近距离看清楚福克斯，雷德跟踪她到珠宝店，从展示柜里买了一些便宜的珠宝。他在珠宝店的时候，一直看着在里屋工作的福克斯。在接下来的一个月里，他只要有时间就会跟踪这位年轻女子，想要找出她的生活规律。有几次他在她复式公寓的外面探查踩点，想找一个合适的进入点。他进行了两次所谓的“彩排”，两次在“一切顺利的情况下”，他都准备好了实施犯罪。

他对福克斯了解得越多，就越觉得她符合完美受害者的所有要求。由于最初几次的谋杀都近乎拙劣，他列出了每一个“项目”都需要满足的标准清单：她们需要独自生活，有固定的工作生活规律，没有男朋友、丈夫或任何可能成为障碍的亲密男性朋友。

受害者还需要“可爱”，且年龄合适，尽管他从未在日记中明确说过这个年龄应该是多少。她住的社区必须满足以下条件：如果被人注意到或者发现，他认为自己不会太显眼；她公寓的位置必须让他可以在不被邻居看到的情况下闯入。但最重要的是，合适的受害者看起来散发着某种难以形容的品质，这让雷德相信“如果情况像过去那样突然变得一团糟，他也可以控制她”。

12月8日晚，雷德决定再试一次他所谓的“狐狸尾项目”（Project Fox Tail）[1]。他告诉妻子那天晚上要在华盛顿州立大学图书馆加点写学期论文。下班后他开着她的红色雪佛兰回到了威奇托。想到几乎一整个晚上都可以由自己支配，他感到信心满满。

他把车停在离福克斯公寓几个街区远的地方后，走向她的复式公

① 福克斯的英语Fox也有“狐狸”的意思。——译者

寓，时间是晚上 8:30，天已经黑了几个小时了。他很确信她还在上班，但保险起见他还是敲了敲她家的前门。如果她在家，他打算说："哦，走错了。我在找乔安妮。"然后他会亮出藏在肩套里的手枪。只要她没有疯狂地"大喊大叫"，他就会闯进去。

没人应门，他就绕到公寓后面，迅速切断了她家的电话线。他打破了一扇后面的窗户，爬到公寓里等她。当福克斯终于在晚上 9:20 左右回到家时，他一直等到她走进厨房才让她看到他。她伸手想去够电话，他告诉她自己身上有刀，并拉开夹克露出马格南左轮手枪。他告诉她说想强奸她，威胁说如果她敢耍什么花招，他就会狠狠地伤害她。

与雪莉·维安一样，她点燃了一支烟，问他为什么非要这么做。两人站在厨房里的时候，福克斯很冷静。她抽完烟后看着雷德说："我们快点做完吧，然后我就可以叫警察了。"她在去卧室的路上问能否先用一下卫生间。

"可以。"他回答，"里面最好不要有武器，你也别想逃跑。"

保险起见，他在门框里塞了一只鞋，这样门就关不严了。

几分钟后，他让她在卫生间把"主要的衣服脱下来"。雷德后来写道，当福克斯走出卫生间时，她首先注意到的，是他刚刚戴在手上的橡胶手套。

他像往常一样尽量不惊动受害者，于是用上了他的标准台词："我不想留下指纹……我被其他几个州的警察通缉了。"他指示福克斯趴在床上后，啪的一声把一副冰冷的钢手铐套在了她的手腕上。她转过头，努力抬头看着他。

"为什么要这么做？"她问。

"我不想被抓伤或者节外生枝。"他回答。

他走到卧室的另一头，把门关上了。"开着吧。"她恳求道。他没理她，很快开始忙乎自己的了。他想把她的毛衣脱下来，她求他不要脱。当他手忙脚乱脱下自己的鞋子、裤子和衬衫时，心怦怦直跳。他把一件黄色的睡衣紧紧地绑在她的脚踝上，把尼龙袜塞进了她的嘴里封口。

“你男朋友干过你的屁股吗？”他问。但她只是躺在那里，无视他的问题，显然她希望这一切快点结束。他写道，看到自己勃起了，他激动不已。他还没反应过来，一只手就已经把她的内裤拉到膝盖了，另一只手从地板上抓起了他的黑皮带。突然之间，他把皮带套在了她的脖子上，使劲拉紧，又小心翼翼地避免用力过猛而杀死她。

福克斯的手指抓住了他的阴囊，她用尽全身剩下的所有力气使劲挤压。雷德没有感到疼痛。相反，他写道，“（受害者的指甲）扎进我蛋蛋的感觉……增加了我的性快感。”他把皮带拉得更紧了，看着福克斯开始昏迷。

她闭上眼睛时，他放松了腰带，等着她苏醒过来。他俯下身来对着她的左耳低声说，他就是杀害奥特罗一家以及威奇托市其他几名女性的凶手，然后告诉她“下一个就是她”。

尽管刚才差点窒息而死，她很快意识到自己有大麻烦了。她再一次竭尽全力反抗攻击者，但无济于事。雷德使出全身力气拉紧了腰带。几分钟后，南希·福克斯死了。

他低头看着她的身体，手淫后射在了她的睡衣里。之后他解开腰带，在女子的脖子上系了连裤袜。他又解开手铐，用红色连裤袜绑住了她的手腕。他穿好衣服，整理了公寓，翻看她的东西找一些合适的纪念品，最后选定了她的驾照、几件内衣和珠宝。

他离开前做的最后一件事，还是调高了恒温器，以为这样会使福克斯的尸体腐烂得更快，增加尸检的难度。雷德可能是在华盛顿州立大学的刑事司法课上学到的。他学到确定受害者死亡时间的方法之一，是用直肠体温计测量体温，然后检查尸体的尸僵程度。室温确实对尸体的分解速度有影响，但在很多方面这并不重要，因为雷德和死者没有真正的关联，而这种措施通常是凶手认识死者，并希望改变估计的死亡时间以获得不在场证明时用到的。

到了第二天早上，这种悬而未决的感觉简直能要了他的命。警察什么时候才能发现她？他这次的谋杀什么时候会被媒体报道？他头天晚上没怎么睡，醒来后就立马抓起当天早上的《威奇托鹰报》，翻看有没有新闻提到南希·福克斯。他的剪贴簿里塞满了从当地报纸上撕下来的文章，主题都是关于他之前3起谋杀案的。毫无疑问，他期待增加自己的收藏。但他在报纸上找不到任何关于谋杀的报道。他突然意识到，即使警察在夜里发现了她的尸体，也可能来不及赶上晨报的最后期限了。

他穿好衣服，开车去安达泰上班。当时他是一名机工长，负责监督威奇托市中心一栋大楼火灾报警器的安装。他和几个同事在去那里路上的一家餐馆停下来买肉桂卷和咖啡。就在那时，他在中央街和圣弗朗西斯街拐角处的一个小型市场边看到了投币式公用电话。在接下来的一个小时里，他无法把那该死的公用电话画面从脑海中抹去。他迫切想要拿起话筒，告诉警察他在南潘兴街的公寓里给他们留了什么。尽管他知道这是一个愚蠢的举动，因为他的声音可能会被录下来，但还是控制不住自己。

手下刚开始进行火灾报警系统安装工作，他就说要回安达泰办公室取一些补给。几分钟后，他站在公用电话旁对自己说，他要做的事既欠考虑又很鲁莽。多年后他承认："如果再年轻一些，可能会做这样的事，但如果认真考虑了，就不会做这种事。"但雷德体内燃烧的火焰在那一刻实在太炽热了。他拿起话筒，拨通了报警号码。"你们会在南潘兴街843号发现一起命案。"他告诉接警调度员，"福克斯·南希。"

"不好意思先生。"电话那头的女人回答说，"我没有听清楚。地点在哪里？"

这时，一直监听电话的另一个调度员插进来："我听到的是南潘兴街 843 号。"

"没错。"那人说。然后电话那头就安静了。

整个通话持续了 7 秒。他在日记中写道，挂断电话后他喃喃自语："也许没人会听出我的声音。"

几天后，他和宝拉一起看电视时，上面第 N 次播放了那个电话录音。当时布莱恩睡着了，宝拉很累。她听到杀害南希·福克斯的凶手的声音从电视机里飘出来。

她沉思了几秒钟后说："他的声音听起来就像你的一样。"

丹尼斯感觉到自己的心脏开始狂跳。他尽量让自己看起来很坦然冷静，仿佛妻子认为他的声音和害死福克斯的那个变态的声音很像这种想法太可笑，根本不值得评论。但他在内心深处已经恐慌不已。他瞥了一眼宝拉，发现她还在盯着电视屏幕。他推断出她刚才说那话只不过是闲聊而已。如果她真的相信他是凶手，就不会还在客厅里坐在他旁边了。雷德后来说，打给警察的那通电话让他紧张了好几年。他总是偏执地认为，总有一天会有人把这一切拼凑起来的。但没有人这么做，偏执随着时间的流逝也慢慢变弱了。

在谋杀发生几个月后的一篇日记中，他把自己比作一艘装满致命鱼雷的潜艇。他浮出水面的时间，刚好够他杀害一个新的受害者。但现在他的任务完成了，准备潜到深海开阔的水域去了。

第十五章

我需要喝一杯。这时已经是半夜了，兰德韦尔还没有回来。我还在浏览雷德写的东西，感觉有些渴了。我需要喝点什么。伏特加很好。我想要体验一些东西在身体里流动，把我从这个变态的麻木文字世界中唤醒的感觉。

几年前我曾和一名俄罗斯警察局长一起喝了瓶伏特加。酒快喝完的时候，局长讲述了一个自己追踪过的连环杀手的故事。

“很多人都被斩首而死。”他告诉我，“我们找到了一个嫌疑人，把他带进了警察局，审讯他。当我们觉得似乎找到了凶手的时候，就把他带到警察局的后面，向他的脑袋开一枪。但杀戮仍在继续，我们意识到或许自己没有考虑到案件中的所有事实。所以我们找到了另一个嫌疑人，一个符合条件的嫌疑人。但依然有很多人被斩首……最后，在找到了 4 个嫌疑人和用了 4 发子弹之后，杀戮停止了。”

我胃里感到不舒服。“我们这里不做这种事。”我告诉这位官员。他厌恶地摇了摇头，把我的评论挥开，好像那是一只叮人的小虫子。

他说：“我认为这就是为什么你们美国有这么多连环杀手的原因。”

我看了一下房间那头的数字时钟，1:45。再过 15 分钟，酒店房间对面那条街上的小酒馆就要关门了。我让电脑休眠。5 分钟后，我在酒馆的吧台坐了下来。出于某种原因，伏特加听起来不再那么诱人了。

我对酒保说："一杯夏敦埃酒，再来两杯咖啡。"

我把杯子放在面前，接连一饮而尽，感受液体滑下喉咙的美妙感觉。

20 分钟后，我回到酒店房间的桌子前，继续读着雷德步入中年的记录。当我翻阅他潦草的日记时，能感受到字里行间空洞的绝望。他开始感觉日子像 I-135 公路上的英里标记一样一个接着一个地过去，越来越逼近一个地平线，一个几乎可以伸手可触的地平线。

我想，如果有什么比做连环杀手更可悲的话，那就是做一个日渐变老的连环杀手。

从雷德这段时间的日记中，我得到的总体印象是，他开始感觉自己被生活压垮了。他不得不把所有的事——所有那些恐怖万分却令他兴奋的秘密——都藏在心里，每当在脑海里播放这些秘密时，他的心就会兴奋得怦怦直跳。他大多数时候都感觉自己像个间谍，因为总是在四处秘密走动、观察和等待，随时准备行动，永远保持警惕，总是怀疑警察是否在包围他，或者是否有人无意中发现了他的某个"藏匿之处"，他所有的日记和杀戮纪念品都藏在那些地方了。

不过间谍的生活很适合他。他已经习惯了。毕竟他一生中大部分时间都把真实的自己藏在心里，就像他的祖母以前把腌的菜装在玻璃瓶里一样。这是他能活这么久的原因之一。然而令他烦恼的是，需要在自己周围竖立非常庞大的门面。他的妻子和孩子们就是这样的门面之一。教会也是发挥门面作用的地方。还有童子军，他的工作。他有那么多该死的社会责任，那么多事让他远离了自己最爱的东西。

家人是他的托辞，也是他最大的挫折。他们拖慢了他的速度，削弱了他的活动能力。他们让他无法按照自己内心渴望的和整日幻想的那样频繁地进行杀戮。他们让他无法成为一直梦想变成的独狼。他告诉自己，在所有的世界中，他最喜欢独自生活。他可以随心所欲、来去自如，在工作日晚上跟踪受害者到凌晨 4 点，都不需要向任何人解释，不需要担心妻子是否会有所怀疑。他在日记中写道，有时他会开着卡车到处转，想象着自己告诉警察“如果我是一只独狼，这里会有更多的尸体”。

尽管如此，生活对他来说还不算太糟糕。只要找到合适的时间，他就喜欢把自己吊起来。他需要的只是一个安静的地方。但如果他要精心打扮的话，选择地方还是比较麻烦的。这种事对他来说要么不做，要做就要做全套。大多数时候他都把地点选在父母的地下室。他喜欢那个房间阴暗潮湿的感觉，这让他想起了中世纪的地牢。有些时候他也会去树林里找一根结实的树枝，在上面挂一根粗粗的绳子。不能用太细的绳子，细绳有可能会像刀子一样嵌进脖子柔软的肉里。没错，把细绳用在受害者身上时，他没有丝毫良心不安，但用在自己身上时，他更喜欢粗绳子，比如尼龙、涤纶、剑麻或大麻材质的绳子。他用绳子做一个简单的套索，把自己的头从套索伸进去，然后在套索上施加重量。这种重量不会完全切断对大脑的血液供应，但足以让他感觉到喉咙和脖子两侧的咬合压力。

这是他最喜欢的压力。只不过他从来没有彻底放开过自己。与他读过的那些意外死于上吊的小丑们不同，他总是把脚牢牢地踩在地上，身体靠在绳子上，这就够了。他可以在那里一次吊几个小时，任由身体荡来荡去，把自己想象成他的一个受害者，感受在被他放下来之前她们身体体验到的恐惧、困惑和无助。他经常会穿着从某个女人家里偷来的带褶边的贴身衣服进行这种行为。有几套衣服是他从受害者内衣抽屉里拿回去的。

一位与雷德关系密切的知情人士告诉我，有一次他们一家去科罗拉多州钓鱼度假，他找了个借口让自己有一个下午都不用与宝拉和孩子们在一起，然后就在树上一直吊了几个小时。问题是他没有在脖子上涂防晒霜，太阳把他烤得通红。全身除了绳子所在的地方是白的，其余地方都是红的。那白的地方就像臭鼬背上的条纹一样。他第二天早上花了很长时间解释这个条纹的来由，其他人都相信了他的说法。

他总能让别人相信他，这是他的优势之一。他能像有些人玩弄乐器一样玩弄别人。

雷德把自己吊起来的方式有些与众不同。很多人是用绳子切断他们大脑的血液供应，来强化他们通过性交或自慰达到的高潮。但雷德不一样。他的高潮不需要发生性行为或者自慰。对他来说，仅仅吊在那里就够了。他挂在绳子上来回荡的时间越长，他的勃起就越坚硬，直到最终达到高潮。

对他来说，最重要的就是要用绳子。

马琳·赫奇住的地方和他家隔了 5 座房子。日记显示，每当丹尼斯·雷德经过她家，看到她在做园艺工作时，他就会向她挥挥手。1985 年 4 月初的某个时候，他的脑海里突然出现了一个声音，开始想象在她的脖子里套着绳子、嘴里塞着东西会是什么样子。当得知这位 53 岁的寡妇在一家医院的咖啡店工作时，他把谋杀她的计划命名为“饼干项目”。他心里清楚，将离家这么近的人作为谋杀目标，违反了连环杀人的一条基本原则，那就是永远不要谋杀邻居。但他不在乎。一旦锁定了她，他就无法将她从脑海中抹去。他有几个月的时间都在幻想自己对她做的事，之后开始在晚上偷偷溜进她的家，从百叶窗里看她在床上读书的样子。有一次她的猫发现他在窗外看，一下子惊得从床上跳下来发出嘶嘶声。

4 月 27 日是个周六，那天晚上他和布莱恩一起参加了童子军的露营之旅。他决定在那天采取行动。从准备方面来讲，这次行动是最复杂的，涉及他后来所说的大量“机动”因素。那天晚上所有帐篷都搭好了，晚餐也做好了，篝火正在熊熊燃烧。这时雷德对其他童子军领导说自己头痛，然后就进了自己的帐篷里。没过多久他就偷偷溜了出来，取出了他藏在保龄球袋里的作案工具包，然后步行到附近的一家保龄球馆。他在那里只待了一会儿，买了一杯啤酒，喝了一点，然后把剩下的酒在衣服上。他走出去的时候，身上散发着啤酒的臭味。然后他用公用电话叫了一辆出租车。

几分钟后，他坐上了一辆驶回帕克城的出租车。雷德一路上都在咕哝着说他醉得没法开车。到达自己街区附近的郊区时，他说自己要呼吸点新鲜空气，便让司机靠边停车，自己要下车走回去。给司机付了钱后，他开始走路，抄近路穿过岳父母的后院，经过他家后面小公园里的秋千架，从铁丝网围栏上面跳过去，爬到了马琳·赫奇家的后院，从房子的侧面向里窥视。

她的车停在车道上，雷德以为她在家里睡着了。他用螺丝刀撬开了后窗，爬进了没有亮光的房子，悄悄走进了赫奇黑黑的卧室。她的床是空的，他决定留下来等着她回家。

晚上 11 点左右，赫奇玩宾戈游戏结束后回家了。令雷德非常沮丧的是，一个男人陪着她进了家。雷德躲在一个壁橱里，听着两人说他认为的"情"话。最后那个男人走了，赫奇也上了床。他后来写道，大约凌晨 1 点钟，他从壁橱里出来，进入她的房间，"像老虎一样扑向她"，迅速用戴着手套的双手掐住了她的喉咙。整件事发生得太快了，这不是他喜欢的。毕竟他花了几个月的时间幻想如何制服她，然后强迫她屈服于他。然而正如他从过去的杀戮中学到的那样，再深思熟虑的计划也经常会出错。

转眼之间，娇小的赫奇已经失去了意识，完全不知道发生了什么事：她的邻居是可怕的 B.T.K.，他选择了她作为下一个受害者。雷德意识到她所知道的，只是黑暗中的一个陌生人用有力的双手扼杀了她的生命，这让他感到沮丧。他很快给她戴上了手铐，出于习惯在她脖子上套了个套索，然后拉紧。他意识到没必要这么做，因为她已经死了。然后他用毯子把她裹起来，迅速在她的公寓里翻找了一些可以带走的战利品。他看中了她的钱包。

之后他做了一件以前杀人后从未做过的事：把受害者的尸体从犯

罪现场移开。我现在很清楚雷德决定改变他的作案手法。他不想让这次凶杀看起来像B.T.K.所为，这样警方就不会把这起谋杀案和他以前的犯罪关联起来了。雷德也知道室内犯罪能够让警察更高效地收集和处理证据。被遗弃在户外的受害者尸体会让尸检工作更具挑战性。如果遇到下雨等天气，证据可能会被冲洗掉。弃尸也意味着有更多的时间让尸体腐烂，这可以进一步消除证据。

雷德把赫奇的尸体装进了她的汽车后备厢，然后开车去了基督路德教会所在的教堂。他和家人周日早上就在这座教堂唱赞美诗、聆听布道、做些善事。因为他在教会的工作，所以有那里的钥匙。他把赫奇抱到楼下的地下室，放在地板上。几天前他在窗户上贴了黑色塑料纸，用胶带固定好，这样就没人能看出地下室里有没有开着灯了。他打开毯子，在接下来的几个小时里，用她的尸体摆出各种姿势给她拍照。他就像一个疯狂的时尚摄影师，努力拍出完美的照片。他在她毫无生气的四肢上绑上各种各样的带子，然后再解开。他写道，有时他会把她的内衣拉下来，摆出性暗示的姿势。

时间在悄悄流逝。不久之后，他注意到太阳就要升起来了。于是他扒光了她所有的衣服，把她装回了汽车后备厢，开了大约6英里后，把尸体扔进了沟里，用树叶和树枝盖住，在她的头旁边扔了一条打结的连裤袜。他把她的车停在6英里外一个购物中心的停车场。雷德在人们醒来之前回到了营地，很快就开始在火上煎鸡蛋和培根为大家准备早餐了。

邻居马琳·赫奇的谋杀案在接下来的一年半维持和滋养了丹尼斯·雷德。但他很快又饿了。

雷德日记里再一次记录杀人过程是在1986年9月16日，那是在掐死薇姬·韦格勒后不久写下的。他在犯罪描述中写道："距离上次X因子在我的世界爆发、摧毁别人的世界已经有很长时间了。赫奇太太的事在我的脑海里仍然历历在目。”

雷德只需要闭上眼睛，杀害赫奇太太的记忆就如潮水般涌上心头：潮湿的空气、雨水的感觉、手在她肉体上的感觉、在漫长黑暗中等待她入睡的紧张。现在一切又开始了。他写道，X 因子就像定时炸弹一样从他身上冒出来。他回顾了自己所有的杀戮，考虑了这些谋杀发生的地点与威奇托市的关系：奥特罗在东北部，布赖特在东北部，维安在中南部，福克斯在东南部，赫奇在北部。

他认为是时候谋杀一个住在威奇托市西部的人了。

一天下午，他在自己的卡车里吃午饭时，第一次看到了薇姬·韦格勒。一边吃饭一边寻找受害者，是他最喜欢做的事之一。虽然他有几个潜在的目标，但韦格勒很快就成了他所谓袭击名单上的第一名。韦格勒 28 岁，有两个孩子，靠教钢琴贴补丈夫的收入。

这次他决定在中午动手，通过假装成电话修理工进入受害者的家。在动手的那天下午，他把“西南贝尔”（Southwestern Bell）的标识粘在一顶黄色安全帽上。他的衬衫上戴着一个姓名牌，那是用他在某处找到的一张电话公司名片做成的。除了作案工具包，他还带了一个公文包，里面装着他认为修理工可能会用到的一些工具。他决定先去韦格勒隔壁邻居的家看看，这样看起来不会那么可疑。一位老妇人开的门，雷德飞快地念完了准备好的台词。

“女士，我是西南贝尔公司的。”他告诉她，“电话线路出了问题，我们正在设法找出问题所在。如果您不介意的话，我需要检查一下。”

他站在她家门前的台阶上，隔着纱门看着她听他说话。他脑子里突然闪过一个念头，也许他应该杀了她，但他觉得她太老了。他没有进入她家，而是告诉她自己可以在外面查看电话线路，接着迅速走到了她家的角落，开始摆弄她的电话线。他透过附近一扇开着的窗户，可以听到韦格勒在弹钢琴。

过了一会儿，他过去敲韦格勒家的门，对她说了和刚才对她邻居说的一样的话。薇姬不太情愿地让他进了屋里，紧紧地盯着他把一些电线连接到内部电话的插孔里。她两岁的儿子当时在地板上玩耍。

简单聊了几句后，他掏出枪对她说："我不会伤害你或者你的孩子。"然后他要求她把钱包和车钥匙给他。他后来写道，她看起来吓坏了。狗在叫，她的孩子看着他命令韦格勒走进卧室。孩子被一个人留在客厅玩。

韦格勒开始哭起来，坚持说她来月经了，而且丈夫随时都会回来。他抓住她的手臂，把她拖进了卧室，告诉她要把她绑起来。

"我想给你拍几张照片。"他说。

雷德再一次依靠言语而不是暴力的威胁，说服他的受害者按照他的要求去做。

"你病了。"当他用绳子绑住她的手时，她回答说，"你需要帮助。"

她继续和他争论，告诉他隔壁的女人看到了他，并拒绝脱衣服让他拍照。雷德认为他又一次处于失去控制的边缘。于是他从口袋里掏出一根绳子，套在她的脖子上使劲拉紧。她开始大喊大叫，但那根绳子压在气管上的力量使她发不出声音。过了一会儿绳子断了，她的双手伸到他的脸上，她吸到了一口宝贵的空气。

她想尖叫，但他用手捂住了她的嘴。她的力量之大使他目瞪口呆。尽管脚踝被绑着，她还是用手指戳他，用头猛撞他的胸膛，用指甲在他的脖子上抓来抓去。当汗水渗进伤口时，他疼得皱起了眉头，然后他用了非常大的力气掐住她的喉咙，以至于双手开始抽筋。

"她力气真大。"他后来写道。

他终于抓到了一双连裤袜，把它们绕在她的喉咙上，然后在她的脖子后面打了一个结。他站在她的上方看着她死去，再抓起相机开始拍照：用一只手把她的毛衣拉起来，用另一只手把她的裤子拉下来，最后把连裤袜揉搓成封口物的样子。他的照片也在光盘上，我快速点开看了看，感到一阵恶心。

雷德突然意识到如果他再待在这里，韦格勒的丈夫可能会回来，那样他将不得不把丈夫也杀了。于是他拿起装备，整理好公文包里的东西，把黄色安全帽和韦格勒的钱包放进一个纸袋里。狗还在后院叫。他走出房子时，看到韦格勒的儿子坐在前屋的地板上安心地凝视着天空。

“他全程都没有发出声音。”他在日记中写道。

他拿了女人的车钥匙后走出前门，爬进她的83年款青铜蒙特卡洛车里开走了。他在附近的一家购物中心把安全帽扔进了冰淇淋店旁边的垃圾桶里。他仔细检查了韦格勒的钱包，取出她的驾照和现金，然后把钱包塞到了乘客座位的下面。过了一会儿，他决定回到离韦格勒家不到几个街区的地方取自己的车。他把车停下来朝自己的车走过去时，可以从远处看到她家的房子，注意到她丈夫的卡车停在前面。他记录当时警察还没有到。

一会儿之后，他听到了一辆救护车驶来的警笛声。他开车离开了，在某个时刻发现自己跟着一辆警车走了好几个街区。他最后把车停在路边，换了衣服，然后开始向北驶去，路上把手套和其他衣服扔到了窗外。穿过阿肯色河上的一座桥梁时，一阵风把他为受害者写的几页笔记从汽车的副驾驶座位上吹出去了。他没有停下来捡回这些笔记，而是在桥上来回开车，他相信这样汽车带动的风会把笔记吹到河里。

他后来写道：“我不希望警察发现它们，这是我的失误。”

他觉得饿了，决定吃点午饭。他一边开车一边在脑子里记下自己犯的错误。根据他的记忆，自己在邻居的门上留下了左手的指纹。他还相当肯定，敲韦格勒家的门时没有戴手套。他告诉自己下次杀人时要做的第一件事，就是给受害者戴上手铐，并且在使用绷带时要记得戴上手套。最后他决定最好能在乡下有一个杀人后可以开车去的地方，在那里存放或处理装备会更节省时间。

根据对雷德大脑运作方式的了解，我知道1974年11月他进入安达泰安全系统公司工作时，肯定会因为自己前 5 次的谋杀而兴奋不已。当时他还在华盛顿州立大学的夜校学习刑事司法，这意味着他要在距离威奇托市几英里远的地方工作一整天，然后回到城里去上课。兰德韦尔告诉我，雷德最喜欢这份工作的一点，是他有了一种当警察的感觉。

25 年前第一次分析这个案子时，我就意识到了这一点。我当时写道，B.T.K. 很可能是一个想成为警察的人。

他在审讯期间还告诉兰德韦尔，他必须携带一支长管的 .22 口径手枪。在服务的家庭或企业发生入室盗窃事件后出现警察时，他偶尔还会与他们混在一起。但这份工作最棒的地方，在于他可以像幽灵一样在这个地区游荡。他有一间办公室和一张桌子，但在工作中他从来没有在一个地方待太久。他主要做的是家庭安全系统，这让他总觉得自己像个进了糖果店的孩子，尽管是个病得很重的孩子。他记不清多少次闯入安达泰客户的卧室偷过内裤或女袜了。他只拿这些就算丢了主人也不会认为是被偷的东西。

最令他难忘的一个例子发生在为一名女性客户工作时，他后来告诉警方，这名女性被“一个像我一样的男人跟踪。这个人曾写信告诉她，说他要用剪刀和胶带对她做各种糟糕的事。所以她雇了我们公司安装系统来保护她”。

雷德和他的工作分队在房子的每扇门和窗户上都安装了警报器。

“我们做得很好。”他后来说。

除了一个小细节。在他们完成所有的线路之前，雷德意识到有一天自己可能会愿意来访问这位女士。

他后来向兰德韦尔承认：“我对房子的警报器动了手脚，这样就能轻松进到她家里。我只需要热线启动就可以绕过警报器了。”

他说自己从未利用过动了手脚的警报器，但只是知道它在那里就让他病态地感到安慰了。

他在日记中写道，在安达泰工作的另一个好处，是到堪萨斯州周边城镇的那些通宵路程。雷德每次出城时总是愉快地把工作和娱乐结合起来。晚上完成了在外地的任务后，他要么出去寻找未来的受害者，要么闯进别人家里偷内衣、珠宝和各种比如驾照或社会保障卡之类的身份证件。

1987 年 6 月底，老板派他去堪萨斯州贝尔维尔的一家肉类旧加工厂安装警报系统。这个加工厂到处都是各种危险的机器，厂主希望安装警报，为的是确保没人能误闯进来被这些机器伤到。

雷德起初对于被老板从威奇托市拉出来做这份工作感到恼火。

他后来告诉兰德韦尔："我是一个团队的领导和主管。老板却想让我出去安装警报器。"但他很快就决定随遇而安。"我好好利用了这样的机会。"他说，"我想：'既然你让我出城，我就在空闲时间去闲逛和跟踪。'"

他正是这么做的。一天晚上，他在贝尔维尔"独自游荡"时，也就是在街上一边游逛一边寻找想要勒死或掐死的合适类型女人的时候，从一座房子的前窗看到了一位在和孩子们玩耍的年轻母亲。

"这个也许行得通。"他轻声对自己笑着说。

于是他把车开到镇上的保龄球馆，停好卡车后往回走。那是隆冬时节一个非常寒冷的夜晚。他在去她家的路上，想着杀了那个女人之后怎么处理她的尸体。"我要带她出去到树林的某个地方。"他回忆那天晚上曾这么想。"他们可能暂时找不到她。这样看起来就像消失了。"

等他回到她的房子时，发现那里已经人去楼空。只是因为运气不好。他在屋前踱来踱去，用脚跺着地面取暖。过了一会儿，他想不妨破门而入在里面等着。但在她的房子里坐了两个小时后，他的脑袋开始胡思乱想。最后他判断没有人会回来了，于是拿了一些珠宝和一条别致的红色比基尼式内裤回到了保龄球馆。

1988 年 7 月，雷德失去了在安达泰的工作。他一直坚持说他是下岗的。“那是非正式的裁员。他们给我写了一封很好的信，该给我的都给我了。不是我个人的原因，都是因为公司的政策。”

但兰德韦尔告诉我，他从在该公司工作的一位消息人士那里听说，公司的人认为雷德是一个反复无常的人，大家都知道他非常爱与别人争论。该消息人士还称雷德是被解雇的。

不管到底发生了什么，雷德很快就找到了另一份非常适合他性格的工作。1989 年，他被聘为美国人口普查局的实地监督员，负责向众多当地居民收集人口普查表格。这份工作让他再一次找到了对他来说极其重要的权力感。他的第一个领地仅限于威奇托市地区，但到了 1990 年，他因为表现出色而被提升为州监督员。对别人颐指气使的感觉，虽然比不上拥有很多时间一个人在外面开车、带着行李箱从一个城镇到另一个城镇的工作，但已经很好了。

就像在安达泰工作时一样，雷德很快发现了一种方法可以把他的两个爱好结合起来，那就是既当老板又当跟踪者。只要看看堪萨斯州的地图，他的脸上就会露出笑容。他在如此多的城镇有如此之多的项目：托皮卡、康考迪亚、海耶斯、萨利纳、博蒙特。

他在日记中写道，有一次在海耶斯镇追踪一名女子，最终决定杀死她。他给她起了个绰号叫“大草原项目”。一天下午，他在镇外为她挖了一个坟墓，他曾设想在贝尔维尔也这么做，但一直没有机会。他闯入了她的家，坐在椅子上等她回来。

但她一直没有回来。

于是他拿走了她留在家里的钱包，逃进了黑夜中。他在路上开车时，把她的钱包放在腿上，从里面拿出她的驾照和社保卡，然后把其他的东西扔出了车窗。

第十六章

我床边数字时钟显示的时间是 3:47。到现在为止，我已经在雷德的编年史里连续徘徊了 9 个多小时。

我站起来，在房间里踱来踱去，希望能让头脑清醒清醒。我走到床边，打开公文包，拿出了一张 8 年前大女儿结婚那天拍的照片。我把它拿在手里，一切都回到了脑海中：婚礼的前几天，一个医生在我的胸部进行静脉注射时刺穿了我的肺，让我差点死于肺血栓和失血过多。婚礼那天，我能做的就是坐在轮椅上，看着 10 岁的儿子替我牵着女儿送她走上红地毯。

我盯着照片中自己疲惫的脸看了看，然后研究了家人脸上勇敢而不确定的表情，他们当时不知道我是否能够活到下周。我心想生命是脆弱的。如果不小心，可能会在一个泪流满面的眨眼之间就被抢走。突然之间我又想起了丹尼斯·雷德，想起了他是如何夺走一个又一个人的生命，直到这个数量达到了 10。

想到这些之后，我不想再看自己的照片了。我把它翻过来塞回公文包，然后走回到书桌前，继续读那人写的文字。这个人让所有人都以为他是个人，其实他是个怪物。

到了 1988 年 7 月，杀害薇姬·韦格勒给丹尼斯·雷德带来的快感早已消退，他的空虚感一如既往。再夺一条人命的冲动，好像被吞下的蟒蛇一样在他内心翻腾着。一天下午，他拿起笔，用他那标准又生硬的英语写道："今天，我内心的欲望如此强烈。我不知道怎样才能控制住它们。是我作为丈夫、父亲、值得信赖的朋友的强烈道德感，还是我不想被抓住的那一面？"

这绝对是值得雷德问的一个问题。但就像生命中所有值得他问的问题一样，他觉得没有理由等待答案，甚至都没有继续探索。当良心缺失时，只是简单地问一问这样的问题就足够了。它能让骚动平静一点。也许对雷德来说，这甚至为他日记中的下一个段落做好了铺垫。在接下来的一段文字中，他开始了一段冗长的忏悔，讲述了他想和一个年轻的金发女孩做什么，他是在那天早些时候和孩子们一起去游泳池时发现那个女孩的。

他在日记中记载，曾目不转睛地看着那个女孩。她正在吃糖果，阳光在她青铜色的身体上舞动，这让他的头脑疯狂地幻想着这位"天真的童贞女"。

雷德认为自己是一个品味简单的老实人。在那个特别的下午，他只是想和这个女孩单独待一会儿，润滑一下他的"棒"而已。他写道，只要一幻想对她"娇小"的身体做些什么，心跳就会疯狂地加速。

他刚在脑海中编造出一些暗黑场景——她发现自己被绑住了，嘴巴被堵住了——就声称感到一种羞耻感降临到了身上。他告诫自己要小心，要记住这些欲望可能会把生活中的一切都夺走。他写道，揭露他的秘密生活将摧毁周围每个人的心灵和灵魂。"这件事必须永远保密。"他在这段的最后写道。

与此同时，就在日记的下一段，他说今天早些时候看到的那个年轻的金发女孩正在痛哭，她浑身被汗水湿透了。虽然在前几句他写到强奸她时尽量表现得温柔，但现在他决定是时候和她做个了断了。于是他从一卷"松散的"绳子中取了一段，做成了一个套索套在她的脖子上，然后拉紧。但他并没有为自己的杀戮感到高兴，而是在接下来的句子中表达了悔恨，恳求“小孩儿的守护者”给他继续生活所需的力量。

两年多后的日记显示，他的杀戮冲动一如既往地强烈。但对秘密世界的内疚和羞耻似乎已经消失了。雷德已经有将近 4 年没有杀人了，但到 1990 年万圣节的时候，他开始精心策划“狗边项目”的细节了，这是他给自己最后一起谋杀案取的代号。这起案件要过两个半月才会发生，涉及 62 岁的帕克城居民德洛丽丝·戴维斯，她住在希尔赛德街一个狗窝的旁边。

我再一次想起，1978 年雷德给警方写了一封嘲讽的信后就销声匿迹了。但他其实一直在密谋，还有 3 次继续杀人的尝试。在杀害戴维斯之前的那个下午，他在日记里描述，他把准备对她做的事，先自己演了出来。日记一步一步地描述了他是如何假装成受害者的。

这个特殊的手淫过程，以“沉重的呼吸和快速的放松开始，因为他准备去遥远的时区旅行”。

几分钟之内他就在脚踝上缠了一条皮带，然后用壁橱里的其他皮带做成的网把身体包裹起来。把自己绑好后，他把一个塑料袋套在头上，打一个活结，再将它拉紧。肺慢慢地吸着袋子里剩下的空气时，他感到很兴奋。

“他躺在那里，就像她（戴维斯）将要被捆绑着躺在那里一样，孤立无援。”他写道。

雷德第一次提到他从自我窒息中体验到兴奋，是在几个月前的 9 月份。当时他还在人口普查局工作。一天下午，他在办公室的门上挂了一个牌子，告诉同事他出去吃午饭了。然后他从里面锁上门，在地板上铺了一块塑料布，用一根长绳把相机绑在三脚架上，这样就可以从远处触发相机的快门了。

在接下来的60分钟里，他脱掉衣服，穿上了连裤袜、粉色内裤和一件有衬垫的胸罩，然后用尼龙带把自己绑了起来，开始给自己拍照。30分钟后，他用塑料布包裹了整个身体，最终在被迫“竭力呼吸”后达到高潮。

之后他说塑料布只是他体验到“最满意高潮”的部分原因。真正让他兴奋的，是在办公室里，在周围都是同事们的情况下，在60分钟的午休时间里，能够成功实现整个幻想（包括拍几张宝丽来照片）。

雷德在这段时期写了很多日记。因为没有人可以诉说，而且距离上次杀人已有多年，他满怀狂怒激情地把自己的想法写在了日记里。1990年11月，他写了一篇简短的日记，讲的是站在自己的房子里，看着“隔壁的金发女郎”从院子里采集常青树制作节日花环。他喜欢她穿着蓝色牛仔裤的“屁股”形状。那天晚些时候洗澡时，他闭上眼睛幻想着打算对她做的事，进行了手淫。

两天后，他在《威奇托鹰报》上翻找女人的照片，想把他前一天早上的幻想“串联起来”。这次幻想的对象是一个“屁股很结实”的七八岁女孩。

她在他的脑海里被绑在床上，吓得呆若木鸡。这个“妖怪”似乎又害了一个人，她的名字叫柯尔斯顿。雷德走进浴室时还没有想清楚袭击的所有细节，但当水打到他身上、肥皂涂满自己身体时，画面开始一一浮现。

他用胶带绑住了她的脚踝和双手，然后低声对她说：“你好，我就是妖怪。”

他对她进行了强奸，然后在她脖子上套了一个套索，很快就勒死了她。

他的日记中详细记录了这次幻想中的杀害。接着他写到了如何将幻想用图像来表示。他花了一些时间查找资料，最终从广告中找到了一张模特的照片，看起来似乎可以解决这个问题。他把照片剪下来，在上面铺了一张纸，然后开始临摹小女孩的轮廓。他画上女孩的裤子卷到了脚踝处，这与广告里的照片不一样，他给这幅画命名为“妖怪爱小女孩”。

因为那天报纸上到处都是广告，雷德认为没有理由把他的艺术项目限制在一个所谓的华丽广告上。他很快找到了另一张照片，那是一个穿着万圣节服装、还不到青春期的孩子，他觉得她的身材曲线恰到好处。他的水墨笔知道该怎么做，20 分钟后，她变成了“魔鬼的喜悦”。他后来把这张图藏在了卧室壁橱的深处。这让他陷入了疯狂。当肯定宝拉和孩子们都不在家里的时候，他就会向后靠在安乐椅上，开始手淫，射在塑料袋里。这就是生活在如此狭小地方的缺点之一——寻欢作乐时必须永远小心翼翼。直到 20 世纪 90 年代末，他才将部分素描和其他纪念品转移到工作场所的文件柜里。

1991 年 5 月人口普查的临时工作结束后，雷德找到了另一份工作——帕克城的合规监督员。这一次他戴上了徽章，穿上了制服，腰带上还别着一台无线电通信收音机。他的主要职责是开着一辆白色卡车在这个小小的郊区转悠，给那些把旧冰箱放在前院、不给狗拴绳任其乱跑或花园里草长得太长的居民开罚单。这份工作的时薪是 16.62 美元。对于一个一直想当警察的人，一个醒着的大部分时间都梦想着在别人面前炫耀自己权力的人来说，这是他不用杀人而最接近天堂的一份工作了。他甚至在卡车里放了一把步枪，以备万一碰到不得不杀死一条野狗的情况。

这份工作最好的地方在于，他可以在卡车里连续消失几个小时，这样就有足够多的时间跟踪受害者、制作他的华丽广告或者一边幻想过去的杀戮一边对着三明治塑料袋手淫了。

根据兰德韦尔的说法，大家对雷德在工作中到底有多严厉的看法不完全一样。很多居民讨厌他的横行霸道：到他们家用尺子测量草的高度，然后要求他们割草，不然他就会给他们开罚款单。还有人抱怨雷德逼他们把狗安乐死完全是出于对权力的渴望。还有一些人坚持认为雷德只是在执行城市法规，他这么做正是人们所期望的。

随着时间的推移，这份工作甚至让他看到了其中的讽刺意味：一个连环杀手向一个把垃圾桶放在路边太久的女人开罚单。

“我的工作对象就是违反城市法规的人。”他在被捕后告诉兰德韦尔。“他们年复一年一直做着同样的事，从未改变。人是不会改变的。”

说完这句话，他停顿了一会儿，仿佛在让这些话渗进自己的脑子里。兰德韦尔告诉我，然后雷德脱口而出：“你们是你们，我是我。”

我从接下来的日记中可以看到，雷德继续把他混乱的想法倾倒出来，日记内容通常写在从记事本上随便撕下来的几页纸上。

从 1990 年 11 月至 1994 年 10 月的这 4 年期间，几乎找不到他写的日记。1996 年他父亲因结肠癌即将去世的时候，他拿起笔在记事本上潦草地写下了几条评论，后来把记事本塞进了藏匿物中间。就在这篇日记中，他担心父亲死后到了另一个世界里，会不会了解到自己大儿子，也就是雷德，凶残的一面。

“他会知道我的恶行吗？”雷德在琢磨，“如果有天堂或来世，我希望他会原谅我。我不希望他伤心。他一直是个好爸爸……他必须明白他养大的不是一个问题孩子。”雷德最后总结道，真正导致他杀心四起的罪魁祸首是 X 因子。

当天晚些时候，他对父亲灵魂的一切担忧似乎都消失了。他写了另一篇日记，讲述了自己是如何开始在工作卡车上随身携带女孩照片的。他选择的女性都是他的“梦中女孩”。他会花上几个小时在街道上开车闲逛，幻想着如何用绳子和性骚扰来虐待他的受害者。他声称这种幻想打发了日常工作的无聊时光。

几周后，雷德不再把开车时放在车上的那些图片简单地称为“照片”了。到了 1990 年 11 月中旬，他开始把这些粘在 3 英寸 ×5 英寸卡片上的照片当成真正的人了。

“今天和穿着比基尼的金发美女一起兜风了。”他写道。第二天，他声称自己和一个“长着一张犹太人或西班牙人脸的宝贝”一起开车游逛了。

两天后，他带着流行音乐明星麦当娜一起去了帕克城，进行了一次单程旅行。照片中的她穿着有杯形胸罩的紧身衣。他那天工作时，脑海里充斥着要把她吊在一根沉重木梁上的愤怒想法。他想象着自己用粗麻绳套住她的脖子，她的嘴里肯定塞着封口物。唯一的问题是，他无法决定是用绳子还是链子把她的双腿分开。能确定的是，他不会使用通常的绳索来打发那个“拜金女孩”。他选择用“缓慢地掐死”来结束他的幻想和她的生命。

在接下来的那个星期天，他参加完教堂礼拜后，在日记里提到自己从书店顺手牵走了一本书。那本书写的是一个夏威夷连环杀手的故事。第二天早上他去上班时，副驾驶的座位上坐着一个红发女郎。周二，她被他只是形容为“婊子”的女人取代了。那天下午剩下的时间里，他幻想着她绑架了他，用绳子把他捆起来，在他的脖子上套了一个皮项圈，然后把他放在一张堆满红色缎子枕头的床上。

一周后，为了帮助一年一度的童子军爆米花募捐活动招揽一些订单，他来到了离办公室不远的一座教堂。在回卡车的路上，他碰巧看到了一个小男孩和他的姐姐在停车场旁边的草地上玩耍。他内心深处突然之间涌起了一股冲动。

“性掠夺本能地开始发挥作用。”他写道。他脑子里满是要“得到”那两个年幼孩子的念头。等他爬进卡车发动引擎时，孩子们已经不见了。接下来的 10 分钟，他在教堂周围的街道上转来转去，希望能再看他们一眼。他不太确定如果他发现了他们会做什么，但他的脑子到了这个时候已经充满了各种各样的可能性。他把卡车开向最后两名受害者住过的社区，然后在深夜去拜访她们，在她们家周围的街道上开来开去，让自己的思绪肆意游荡。

再夺一条人命的欲望在他心中骚动起来，随时就要爆发出来。1990 年 12 月的第一个周末，他和儿子参加了城外的童子军宿营。他的卡车里装着作案工具包，里面有塑料手套、刀子、.25 口径的手枪、面具和绳子。他从来没有在日记中详细说明到底打算做什么，只是提及到达营地时“太晚了，太累了，什么都不想做”。

圣诞节的前一周，他写到自己与宝拉过夫妻生活了，他们已经“很长时间”没有发生过性关系了。他经常一页又一页详细描述想象中的性征服，却很少提到真实的性生活。他在日记中唯一的一次评论，是他和妻子的交媾“感觉非常好，非常令人满意”。

我的消息人士都坚持说，雷德的性幻想从未涉及过他的女儿。

“她是他最好的朋友，他说他从来没有对她有那些想法。”他们这么告诉我。“至于克丽的朋友们……嗯，那就是另一回事了。她们对他来说绝对是幻想的好素材。”

与我访谈过的许多暴力罪犯一样，雷德也有自己无法逾越的界限，这给了他安慰。他告诉前面那个消息人士，色情使他感到恶心。他很困惑，大家都认为他可能是同性恋。一想到自己从未与任何受害者发生性关系来“背叛”宝拉，他就感觉很好。

在生命的这段时间里，雷德依靠他所谓的“汽车旅馆聚会”过活。日记记载他会开车出城，入住一个房间，锁上门，独自在里面待上几个小时，抚摸受害者的那些物品，穿上她们的衣服，戴上假发和面具——他用口红和睫毛膏装饰过——然后用绳子把自己绑起来，在头上系上塑料袋。

有时他会在床上铺满衣着暴露的芭比娃娃，把相机放在三脚架上，然后蹲在娃娃旁边。他把相机放在足够远的地方，这样在拍出来的照片上他就会看起来和那些娃娃一样大。他把所有这些娃娃想象成现实生活中的受害者。因为芭比娃娃是完美女性的象征，在他看来没有比这更好的了。我在男人身上见过这种行为，他们会把玩偶挂起来，用 M-80 突击步枪把它们打爆，把红色染料涂在它们身上充当鲜血。这些人中的一些停留在折磨娃娃的阶段而没有进而攻击真实的人，这让人感到吃惊。他们似乎感觉到了雷德后来发现的东西：永远受控的幻想，总比实际犯罪要好。

1995 年 10 月的一个晚上，雷德拿出了他几十年来绘制的素描铺在房间里。画中的女人正在被刺死、淹死、活埋、吊死、勒死、枪杀，在他自己设计的各种自制装置上遭受折磨。看着这些画，所有这些裸体的、喘气的、畏缩的、惊恐的妇女和女孩的集体形象令他激动万分。

他凝视着这些画时，心里强化了这样一个信念，那就是绝对不能让自己收藏的“艺术品”出什么事。几个月前庆祝自己 50 岁生日时，他开始意识到不能再这么随便对待自己的绘画和其他珍藏的纪念品了。于是他开始制订计划，把素描复制到 3 英寸 ×5 英寸大小的卡片上，然后把原始图纸放在一个用假名“约翰逊”预订的保险箱里。按照设想，这个盒子要在他死后几个月才能被打开。他告诉兰德韦尔，他不在乎到时候发现保险箱的银行员工能否拼凑出其暗示的内容。

1995 年的一个秋夜，他发现有太多的材料需要编目，于是决定将它们分类，分成比如绞刑、勒死、刑具等类别。他在日记里抱怨“花了很多工夫检查日期和分类”，但刚过的 50 岁里程碑式的生日让他确信，自己最不愿意看到的，就是死后留下一个不可外扬的家丑。直到 2004 年底，他才开始将自己的档案数字化，将它们复制到 CD 上。但这项工程充满了麻烦，因为他那台破旧家用电脑上的 CD 刻录机坏了。更令他沮丧的是，家里没有扫描仪，所以他不得不使用办公室的扫描仪，这意味着必须偷偷摸摸地做这件事。被警察抓住的时候，他在CD上只刻录了一小部分的材料。

作为档案保管员，他很快开始梳理自己的日记和从《威奇托鹰报》上剪下来的大量报纸内容。这些发黄的剪报详细记录了B.T.K.的各种谋杀和对其进行的抓捕行动。自从开始杀人以来，他第一次突然意识到，直接收藏的纪念品可能会带来麻烦。他在日记中写道："如果被发现，将对我非常不利，但我不能把它们扔掉。"

雷德无法释怀的一个原因，是距离他上一次——也是最后一次——谋杀已经过去了4年。他迫切需要自己的各种纪念品来克制对死亡的强烈欲望，来维持和恢复他的活力。

与对待他之前的无数项目一样，雷德花了几个月的时间开车经过德洛丽丝·"迪"·戴维斯的家。她那年62岁，退休前是一家石油和天然气公司的秘书。没过多久，他觉得她似乎拥有他要求受害者应具备的所有品质。在1990年最后的几个月里，他连续几个星期都躺在床上幻想着要对她做的所有事。

1991年1月中旬的一个下午，幻想变得如此真实，以至于他决定不再继续等下去了。几天后，也就是1月18日的晚上，和儿子参加完童子军活动后不久，他在家附近的一个浸信会教堂里把童子军制服换了下来，然后开车到帕克城的北山坡街，受害者家的附近，把车停在了几英里外。

外面异常寒冷，那天的夜晚没有月亮，在他走到她家的25分钟路程中，唯一让他感到温暖的，就是想想自己即将要做的事。

他到达她家前院时，她卧室里的灯还亮着，她在屋里看书。他在黑暗中踱来踱去，等着她上床睡觉。他突然想到自己根本不知道怎么进到她的屋里去。她门上的锁都很结实。他告诉自己会想到办法的。他只需要耐心等待。一想到受害者就在里面而完全不知墙外潜伏的狼时，他就要疯了。

感觉过了好久之后，戴维斯终于关掉床边的灯，上床睡觉了。雷德又等了 30 分钟，然后决定是时候采取行动了。他想不出可以干净利落进到屋里的办法，于是决定临场发挥。在以前的任何一次行动中，他从来没有这样做过，至少为了进入她们房屋时从没有这样过。但正如他后来告诉兰德韦尔的那样，他当时“迫不及待想要快速行动，因为 X 因子已经开始发挥作用了。”

日记写道，他站在她家后院里四处找东西，找任何能帮他进到屋里的东西。当终于在天井附近发现一块煤渣砖时，他知道自己该怎么做了。切断外面的电话线后，他拿起煤渣砖，双手紧紧抓住砖块的两边。他蹑手蹑脚地走上后门廊，用煤渣砖朝推拉玻璃门上砸去。玻璃破碎时发出了巨大的声响。

戴维斯从卧室里跑出来看发生了什么事，发现雷德站在她的房间里。她以为是一辆车撞上了她的房子，但他很快告诉她是自己砸碎的玻璃门，并说他是一个在逃的前科犯。

“外面太冷了。”他说，“我需要暖和一下，还需要一辆车和食物。”

接下来，他让她躺在床上。他从大衣口袋里掏出手铐铐在了她的手腕上。戴维斯开始惊慌失措，但雷德让她不用紧张。他说只要她说出车钥匙在哪里，他很快就会走的。他抓起一个枕套，走进厨房，开始往里面装罐头食品，尽可能地发出声响。这似乎让戴维斯平静下来了。

他的日记详细记录了如何核查她放车的地方，然后为接下来要发生的事做好准备。他确定戴维斯相信他准备离开了。接着他走回卧室，解开她的手铐，用绳子绑住了她的手腕。他再一次为闯入她家道歉，并向她保证他马上就会离开，说可能不久就会有人来找她。当她趴在床上时，他打开梳妆台的抽屉拿出了一双连裤袜。她看到他做这些，不过他又一次试图让她相信一切都会好起来的。他最不希望看到的就是她开始恐慌。

“你舒服吗？”他问，“我需要这些东西把你绑得更紧一点。”

就在那时，他觉得没有理由再等下去了。他迅速把连裤袜套在她的喉咙处。

“求你了。”她恳求道，“我有孩子。”

看到这里时，我想到的是雷德也有孩子。他们都在家里，在与他妻子隔了个走廊的床上睡觉。但这对他来说又有什么关系呢？他后来写道，把连裤袜拉紧了大约两三分钟后她就死了。血从她的鼻子、耳朵和嘴巴里流了出来。当他低头盯着她的尸体时，突然想到他杀人时最享受的时刻，就是被捆绑起来的受害者意识到自己在劫难逃的那一刻。他后来写道，那样的一刻可以滋养他好几年。

雷德后来告诉警方，他没有在现场手淫。因为没有在房子里发现精液痕迹，所以他可能说的是实话。从他的描述来看，当时他脑子里在想别的事。他看着戴维斯的生命慢慢消逝后，从床上拿了一条毯子把她的尸体包裹起来，拖到了她自己汽车的后备厢里。之后他冲进屋里拿了一些珠宝、内衣和一台相机，接着开车跑到帕克城几英里外一条偏僻的公路上，把戴维斯的尸体滚到一个涵洞里，然后跳上她的车，在一个高速公路维修棚下面找到另一个地方，把他从房子里偷来的各种小饰品和他的作案工具包藏在了那里。他告诉自己以后再回来拿，当前最重要的是把车换回来。

他把戴维斯的车开回车库后，走了 2 英里到停放自己卡车的地方。他在日记里描述当时感到寒冷、口渴和疲惫。他的衣服被汗水湿透了。

30 分钟后，他开车回到了刚刚放下戴维斯的地方，把她的尸体搬到了车上。当继续驶向这个县一处偏远的地区时，浓雾开始滚滚而来。他在那个穷乡僻壤的路边停了很长时间，把戴维斯的尸体拖到了一座混凝土的小桥下面，就在一片空旷的农田旁边。他写道，在开车回家的路上，性和捆绑的想法充斥着大脑。他继续写道，想到再过几个小时太阳就会升起，他觉得自己像个吸血鬼。

他在日记里的这些自白让人毛骨悚然，但我并没有感到震惊或意外。他写的内容只是证实了我多年前就发现的东西，那就是像雷德这样的连环杀手都没有人性。他们看起来跟我们一样，他们训练自己像我们一样行动，但他们在骨子里与我们有着可怕的天壤之别。对于雷德这样的怪物做出这样的事，我一点都不吃惊。我只是为德洛丽丝·戴维斯和雷德的其他受害者感到沉重的悲哀。他们不应该遭受这些。

谋杀发生的那个晚上，雷德回到那座小桥，给戴维斯半裸的尸体拍了照片。她的脚、手和膝盖仍然用连裤袜绑着。雷德到达后注意到的第一件事，就是某种动物——可能是郊狼、老鼠或浣熊——开始啃食她的身体。在他车上的工具包里，有一个透明的万圣节塑料面具。他把面具拿出来戴在了她的脸上。他在面具上面涂了口红，让她看起来更漂亮，然后又拍了几张照片。他本可以多待一会儿，但外面太冷了，他决定回家。

况且宝拉可能会问他去了哪里。

两周后，一个 15 岁的男孩在追一只流浪狗时，无意中发现了戴维斯剩下的尸体。第二天，《威奇托鹰报》刊登了一篇关于这起谋杀案的报道。雷德把它从报纸上剪下来，放在他的藏匿物里。不久他就拿起笔在日记里吐露，希望戴维斯是他最后的猎物，尽管很快就意识到这似乎只是一厢情愿的想法。他提醒自己只有两件事能阻止像他这样的人，那就是监禁或者死亡。

他用第三人称解释了自己下一步打算做什么以及为什么。

“在他的大脑深处一个声音说：‘你不能退出。驱动力太强了。掩盖你的踪迹，准备接近下一个猎物。’”

第十七章

太阳就要升起来了。我一夜没有合眼。我心里想，自己太老了，不适合做这种熬夜的事了。我穿过房间去打开了一扇窗户，将脑袋探了出去，深深地长吸了一口清晨凉爽的空气。

就在窗外，海棠树的枝头上挂着一些比前一天更黄的叶子。再过几天，它们对树枝的抓力就会减弱，然后跌落到地面上。

意识到发生了什么之前，我突然发现自己在研究大树枝，看看是否有足够结实的，能够承受一个成年人的重量。这个成年人穿着白色缎面睡袍，脖子上系着一根绳子。但我看到的那些树枝似乎都太细，无法完成这项任务。

我喃喃自语：“天哪，他的日记正在改变我看到树木时的想法。”

过了一会儿，我把一些咖啡粉倒进了壁橱旁架子上的小咖啡渗滤壶里，灌满了水，然后回到办公桌前，听着咖啡机发出汩汩的声音。

我的电脑屏幕上显示着一张照片，上面的记事本纸上写的日期是1991年1月27日。雷德在笔记里反复琢磨自己对杀人之后发生的事有多喜欢。他对自己说，在等待警察追捕时，他体验到的那种紧张不安、肾上腺素飙升的感觉是无价的，就好像身体的每一个细胞都处于红色警戒状态，等待着不可避免的事情发生。

谋杀德洛丽丝·戴维斯之后也不例外。后来，当杀戮的记忆还历历在目时，他就像往常杀戮完一样，尽力重新融入日常生活中去。

“不能露出马脚。”他在日记中敦促自己。“只要跟你周围的人保持一致就行。”这对雷德来说并不是多么困难，因为他把自己想象成羊群中的一只狼。谋杀案发生 1 个月后，疑神疑鬼的妄想就像往常一样消失了。警察一直没有出现在他家前门，他用第三人称描述自己：“也许他又走运了。”

他在日记里写，一天下午他拿出了放在壁橱里的旧录音机，放进了一盘空白磁带，对着麦克风讲述了自己犯罪的细节。没过多久他就意识到，像这样把自己的幻想说出来的感觉很好，这和把它们写在纸上完全不同。用语言把他的杀戮和阴暗想法表达出来，让一切感觉更真实了。

也更容易了。话从他嘴里喷涌而出，之前写下来的时候从未有过这种感觉。他想找出其中的原因，唯一能想到的也许是因为他以前从来没能把这些话大声说出来过。

在过去的人生中，他从来不敢让锁在自己头脑里的那些想法和记忆从嘴里飘出来。这种宣泄的感觉是如此强烈，以至于对着录音机讲述完有关戴维斯的记忆后，他决定放弃纸笔，开始用录音机记录自己的幻想，至少在接下来一年的大部分时间里他是这样做的。但就像他的许多杀戮人工替代品一样，记录他的幻想最终变得无聊起来。几年后他把这些磁带扔进了焚化炉，看着它们化为乌有。他后来告诉警方，在担任合规监督员期间，曾在这个焚化炉里火化过猫狗的尸体。

谋杀戴维斯也标志着雷德人生的另一个转折点。懒人干不了连环杀人这个“行业”，他在日记中就这么称呼这种行为，后来被捕后也是这么给警察说的。不过当他回顾过去的两次杀戮时，不得不承认自己一直在做的就是偷懒。当然不可否认，在离家这么近的地方完成“项目”是有风险的。他也意识到这么做可能会把警察引到他家后门。

戴维斯被杀后，他曾告诉自己，如果在离家这么近的地方“再做一次”，警察肯定会开始把这些点关联起来。他对自己说，肯定能甩掉警察的办法，就是在其他城市留下一些尸体。

没过多久，雷德又出去寻觅受害者了。他在日记中把自己比作一个在森林里搜寻猎物的、经验丰富的追踪者。他真正需要的只是耐心和一双锐眼。他提醒自己已经干掉了 10 名受害者，不能草率行事。

他开始心怀怒气地为自己的项目编写目录：“美甲项目”（Project Nails）是一位白人女性，经常穿职业装，住在威奇托市东部的一座大房子里；“二黑项目”（Project 2 Black）是两名非裔女大学生，她们住的地方与宝拉工作的美甲沙龙店相隔一个街区；“墨西哥人项目”（Project Mex）是住在威奇托市南端的一个墨西哥家庭。项目目录很长，他认为这很有必要。他在日记中写道，要想成为一名成功的猎人，拥有一份潜在受害者的名单至关重要。这样一来，他所要做的就是不断四处走动，观察什么时间他们的日程安排与自己的同步。

他在接下来的几年里有很多项目，也有很多侥幸脱险。“双峰项目”（Project Twin Peaks）是一对老年夫妇，他们正好住在威奇托市的双峰社区。他花了近一个月的时间监视他们。后来有一天他决定是时候行动了。那时候他想用猎枪杀人。于是他把车停在路边树篱旁的一块地里，开始朝他们的房子走去。枪竖直朝下拿在身边，他当时如此专注于即将发生的事，甚至没有看到“县骑警从山上疾驰而过”。

他把车灯关掉，心里想着警察肯定看到他停车了。他满脑子想的都是“唉，我真是个笨蛋”，然后一头扎进路边的涵洞里。

警车呼啸而过，毫无疑问是在追捕别人。雷德从泥泞中爬了出来，因为划损了枪管而有点不高兴。

他走回到卡车上，开车回家的时候咒骂着自己的坏运气。

兰德韦尔告诉我，雷德提到过另一个在最后一刻取消的项目。那是 1976 年 8 月的一个下午，当时他开始在很多社区闲逛，看看哪家前院的旧车或渔船上贴着“出售”的标签，这样就可以确定潜在受害者了。找到这样的标签后，他会敲这家的前门，如果开门的是女人，他就会打听她想卖的那个东西。他在谈话过程中会观察房子的内部，看看她是一个人住还是和某个男人住在一起（他心里想但愿不会如此）。如果她和男人住在一起，他就会躲得远远的。

一天下午，他偶然遇到一位带着两三个孩子的单身妈妈，她的车道上有一辆科尔曼房车要出售。他们聊了一会儿后，雷德很快就走了。她在各方面都很完美。他非常渴望夺走她的性命，迫切程度甚至让他难受不已。

几天后他决定行动了。一天上午晚些时候，他把所有的装备都塞进口袋后开车去了她的家，把车停在附近，然后往回朝“科尔曼项目”（Project Killman）的家走去。他站在她家门前调整自己的情绪，排练如何实施他的幻想。然后他深吸了一口气，开始走上人行道。但就在他的鞋底碰到通往她家前门的水泥台阶时，一切都乱套了。空中突然响起了警车和救护车刺耳的警笛声。声音太大了，将他脑子里的幻想都淹没了。

“出事了。”他自言自语道，转身飞快地跑回了他的车里。他打开收音机，得知一名狙击手埋伏在威奇托市中心假日酒店广场的 26 层，正在扫射楼下街道上的人群。2 人丧命，7 人受伤。雷德开车回到了帕克城，有一种煮熟的鸭子飞了的感觉。

有一项活动似乎总能减轻他的紧张情绪，那就是阅读从旧侦探杂志或书本封面上剪下来的标题。他自认为是个聪明人，一个会被文字打动的人，这是他开始收集这些东西的原因。他读过诗——如果打油诗也算作诗的话。之前读过的东西，从未像这些标题那样让他感动。

部分原因可能与排版有关。这些标题又大又粗，而且经常都是大写字母。有时候标题让他想到的图像，这让他自己都觉得有点太夸张了。不过总能打动他的还是那些文字。它们像刀子一样插进他的心里，搅乱他的内心。它们是他向往的东西，让他为自己的身份和处境感到骄傲。它们写的都是和他一样的人，这些人生活在我们这个伟大的国家里，脑子里似乎都有和他想的一样的东西。他们都像他一样，对其他人做过难以名状的、令人感到震惊恐怖的事情。他不得不承认他们罪大恶极、罪孽深重、胆大包天。但大多数情况下，这些都不是他喜欢的那种滔天大罪。

尽管听起来很老套，但他总觉得自己收集的这些标题是专门为他而写的，这些文字会把他带到另一个地方。它们代表了他一生的追求。这些追求一直深埋在他的心底，从未示人。他最喜欢的一些大写标题包括：永远不要杀死你认识的人……勒杀女学生的人……永远不要取笑性杀手……她看着他给她挖坟墓……性恐怖幻想变成了现实……玩游戏的漂亮女人发现，永远不应该嘲笑性杀手。

即使是字母小写的概要也总是让他兴奋不已："他过去常常在地下室里用毛绒娃娃'练习'。""他喜欢看被绳子紧紧捆着的年轻女人质痛苦地扭动身体。他觉得可以对她们做任何自己想做的事，甚至把她们吹走。""警察说嫌疑人的证据是他当时正在与被捆着的人进行一场空手道格斗，结果意外杀死了她。他们想知道为什么要在她死后强奸她。""无辜的表情掩饰了凶手的想法，他对捆绑的痴迷导致了女孩的窒息。""一支气动飞镖枪、几支锋利的飞镖、刀具、麻绳和各种各样大小不一的振动器，这些都是性魔用过的工具，他用这些东西蹂躏了许多女孩，夺去了她们的性命。"

阅读从书籍、杂志和报纸上剪下来的长篇文章也有助于缓解雷德对杀戮的渴望。在确保不会被人发现的时候，他会偶尔翻阅自己积攒成堆的文章，这能让他对脑子里的东西有正确全面的认识。这些不是幻想的故事，文章的作者都是研究过像他这样的人的学者。

他最喜欢的，是从 1997 年 1 月 23 日《威奇托鹰报》上剪下来的一篇专栏文章，题目为“没有良知的孩子，危险但还可挽救”。这篇文章的配图是一个小男孩，他的眼睛里充满愤怒与挑衅，双肩上有两只成年人的手抓着。

文章写道：“他们是父母的噩梦，社会最可怕的恐惧变成了现实。我们一直都认为童年是天真和纯洁的，但他们是对我们这个神圣看法的嘲弄与非难。他们不仅存在于低俗小说或像《坏种子》(*The Bad Seed*) 这样的 B 级影片[①]中，令人害怕的是，他们还存在于现实生活中。”

还有一段文字出自一本名为《犯罪心理》(*The Criminal Mind*) 的书，他喜欢一遍又一遍地阅读，然后思考，因为它展示了像他这样的杀手会变得多么令人困惑和充满矛盾。他甚至对很多部分标黄高亮显示。

即使在同一类理论中也可能存在矛盾。比如在评估哪些人格结构更具攻击性时，许多理论家认为低自尊是一个关键因素。恶霸和强奸犯被认为是自我价值感不高的人。然而另一位研究人员则表示，越来越多的证据表明，高自尊助推了攻击性。许多暴力类型的犯罪者都有一种不稳定的自我膨胀感。如果受到挑战或批评，他们会用暴力来重建自尊。支持这一理论的研究人员认为，之所以很多罪犯被认为低自尊，很大程度上是因为他们是被监禁的。低自尊的支持者反驳说，所谓高自尊实际上是自恋，他们有着非常明显的优越感，而不是对自我正常合理的尊重。

① B-grade movie，一般指拍摄时间短且制作预算低的影片，所以普遍布景简陋、道具粗糙，影片常缺乏质感，没有良好的品质，通常没有大明星参加。——译者

到了 20 世纪 90 年代末，雷德开始感到厌倦了。布莱恩和克丽高中毕业后都不在家里住了。他投入到自己的工作中，尽心履行在基督路德教会的职责，定期去钓鱼，秋天和宝拉开车去堪萨斯州的曼哈坦看堪萨斯州立大学的橄榄球比赛，克丽就在那里上大学。

最重要的是他仍然有很多项目，几十个项目遍布了整个城市。他幻想着把女人的衣服脱光，用绳子把她们绑起来，然后勒死她们。

随着时间的推移，其中一个项目开始成为他的最爱。尽管他曾经尝试——当然他的尝试不是那么努力——却仍无法停止在脑海中计划对她做的事，无法摆脱那些画面。他告诉自己，她将是最后一个了。办完她的项目，他打算停止“他的行当”了。他喜欢如此称呼过去的 30 年，仿佛是某种商业活动一样。

他内心深处很怀疑自己能否抽出时间完成这个项目，不确定自己的身体能否胜任。他所做的事需要大量的蛮力，如今年纪渐长，他怀疑自己是否还有那份力气。不过他觉得不能让这个机会从指缝间溜走。他已经跟踪这个潜在受害者一年多了。他在那段时间里逐渐意识到，她的日子遵循着一种完全可预测的模式，他甚至可以根据她进出公寓的时间来设定手表的时间。她从来没有改变过自己的日常生活习惯。就像他以前常说的那样，这样的人一般状态不佳。

她身材高大，体重大概有 160 磅。大多数人认为她不是连环杀手会盯上的那种人。雷德似乎为此感到骄傲。这是他与其他杀手的另一个不同之处，那就是他对受害者没有明显的喜好。只要她们是女性，不与任何男性住在一起，并且日常安排与他的时间表一致，每个人都可以成为他的受害者。

他对她有宏大的计划，这就是为什么他希望一切都要完美。他在日记中写道，他要么勒死她，要么让她窒息，然后把她的尸体摊开在她公寓的正门上，摆出一个极具性暗示的姿势。他只能想象警察看到那样的她会怎么想。由于她的体形庞大，他知道自己要花很长时间才能把她抬起来，放在他想象的位置上。他也没有想清楚怎么把她固定在那里，是用绳子绑住她的脚，还是用套索套住她的头？

他意识到不管选择什么方法，都需要某种装置把她吊到他幻想的高度。一天下午，他在工作期间到家附近的一家五金店，买了一个大钩子、一个滑轮和一个大号螺丝。雷德已经想好，自己要用这些东西把她吊到门框上方。他对这个项目越来越兴奋，以至于不管去哪里，都把他的工具包放在卡车上带着。他甚至还带着便携式电钻——把螺丝钉钉入门框时要用到。

随着时间的流逝，杀戮在他病态的秘密幻想中开始变得规模更大、更复杂。他最终决定杀了她并把她吊起来后，在房间里浇上煤油，然后用蜡烛做一个定时延迟引线，把整栋楼都烧掉。他写道，引线至关重要。他最不愿意发生的，就是他从她家车道上往外倒车时，滚滚浓烟已经从窗户里冒出来了。

他向自己承诺，这将是一件大事。

然而即使这个宏大且大胆的幻想，也无法填补他内心的空洞。这个空洞几乎要把他吞噬掉。这真有点讽刺，因为他的一生都在告诉自己，他非常渴望过一种无忧无虑的独狼生活。现在他已经摆脱了抚养孩子的义务，却不知道该做什么了。

昨天我和兰德韦尔在威奇托市开车转时，他告诉我雷德在 2004 年 1 月的时候，终于想清楚了自己生命的新篇章要做什么了。那天是星期天，他刚从教堂回来，拿起一份《威奇托鹰报》，读到了一篇文章。这篇文章以奥特罗家谋杀案三十周年为契机，回顾了似乎被人遗忘已久的连环杀手 B.T.K.。

文章标题是“B.T.K. 悬案，30 年后”。这篇 1100 字的文章，除了重新提到他的 7 起已知谋杀案外，还重点提及了威奇托市一位名叫罗伯特·比蒂的律师，他也在当地一所大学教授刑事司法课程。比蒂决定写一本关于 B.T.K. 的书，部分原因是他觉得大多数居民已经忘记了“这座城市历史上重要的一章”。

在文章的中间，比蒂提到 1 年前他在课上提起这个案子时，对“大家的反应感到惊讶”。他说：“学生们完全不知道此案。他们谁也没有听说过这个案子。”

雷德在接受审讯时告诉兰德韦尔，他当时读了这篇文章后，对当地某个“万事通”律师要写一本关于他的书这件事感到反感。写书这个想法让他受宠若惊，但他不能让这个家伙对他毕生的工作拥有最终话语权。

雷德就是在那个时候决定自己写自己的故事，把一切解释清楚：他如何干这些活儿、如何选择受害者、如何从一个项目跳到另一个项目。没有其他人知道这些细节。他们知道他的受害者和他犯罪的事实，这些东西几乎都是公开的，但他渴望做的，是把脑子里的东西倾倒在人行道上，让威奇托市的每个人都不寒而栗。他想捅马蜂窝。尽管他很清楚自己不被马蜂蜇到的可能性很小，但还是希望能够不受影响。毕竟 30 年来，警察从来没有碰过他一根毫毛，他对警察一直都很蔑视。他还没有糊涂到认为会有出版商愿意以一本书的形式发行他的作品。他考虑的更多的是公共关系。他想要澄清事实，同时也提醒社区，威奇托市臭名昭著的杀手仍然活着，还在策划谋杀。

那时布莱恩已经是海军的二等水兵了，在康涅狄格州格罗顿的海军潜艇基地服役。克丽结婚后搬到了密歇根州。像许多精通科技的夫妇一样，克丽和丈夫在博客上记录自己的生活。从他们发表的文章来看，她的夜惊一直持续到了成年。她年幼时的大脑里不知装进了什么东西，每当晚上闭上眼睛时，这东西依然会给她带来很多痛苦。它依然活着，还在蠕动。

动身去威奇托市的几个月前，我在网上搜索克丽的名字，发现了这对夫妇的博客，并偶然读到了他们的一篇文章。那读来令人不寒而栗。

这篇文章是克丽的丈夫在 2004 年的某个时候写的。他在文中描述了与患有夜惊女人生活在一起的感觉：

> 我觉得这会缩短我的寿命。我醒来的时候，要么身上什么也没盖，看到一个疯女人在找一个怪物或者某个闯进来谋杀我们的墨西哥人；要么是她在尖叫，因为她认为我在平静的睡眠状态下试图以某种方式伤害她。我听说所有女人睡觉时都会完全精神错乱。我认为这是为了控制她们男人的生活。曾有一个星期，我一个晚上会被某种梦或尖叫声惊醒 3 次。老实说，这差点毁了我。

我的手机响了，是兰德韦尔。

“起床了吗？”他问。

“一夜没上床。”

他说：“昨晚的事走不开。我们在调查凶案，我们期待已久的事情终于发生了。逮捕了一些人。”

“那感觉很好。”我说，想起了我有时帮着抓住某个危险坏蛋时的那种感觉。

他说：“是的。我饿了，你想吃点早餐吗？上班前我还有点时间。”

“好啊。”我说。

“你看我放在桌子上的 CD 了吗？”他问。

“你可以这么说。”我疲倦地笑着说，“他写得还真多。”

“是啊。”兰德韦尔抱怨道，“一个可怜的失意的艺术家。”

“还是扭曲的。”我说，“我想我从来没有遇到过像他这样的人。”

“你知道的还不到一半呢。”他说，“吃早饭的时候我会告诉你的。”

“我们楼下酒店大堂见。”我说。

“我 15 分钟后到。”

第十八章

肯·兰德韦尔走进迈尔斯堡餐厅的那一刻，早餐区的几乎每个脑袋都转过来看他。有人盯着看，有人低声说。兰德韦尔都看在眼里。他的脸似乎绷紧了一点点。他看起来有点生气。

“我们去后面的桌子吧。”他说，“后面角落的那个。”

我们从迷宫般的桌子中间走过去的时候，我注意到他手里拿着一个装满纸的文件袋。其中一位顾客站起来，抓住兰德韦尔的手，快速地握了握。

那人大声说道：“兰德韦尔警督，这是一种荣幸。真的很荣幸。”

“你好吗？”兰德韦尔大声回复，听起来真的很兴奋。“最近怎么样？”

那人继续跟他说着话。

坐下来之后，我问：“他是你的朋友？”

“从没见过他。”他说，“还以为是你的粉丝，只是对我表示友好呢。”

女服务员递给我们菜单时，全程对着兰德韦尔微笑。“我觉得你应该竞选市长。”我大笑着说。

兰德韦尔的脸绷紧了。“对啊。”他说，“待会儿把它写在我的待办事项清单上。”

女服务员回来接过我们的订单，给我们的杯子里倒满了咖啡后离开了。

“他浮出水面时你在哪里？”我问道，“我很想知道他抬起头时你在做什么。”

兰德韦尔点头示意服务员往他的杯子里再倒一些咖啡。他穿着一件浆洗过的白衬衫，打着黑色的领带。他用手指沿着僵硬的白衣领摸了摸脖子，然后告诉我，那天早上他正站在妻子的病床旁，她刚刚做了胃部手术，正在等待麻醉药的作用消失。那是 2004 年 3 月 17 日，雪莉·维安被谋杀的 27 周年。

“我的电话响了。”他回忆道，“是我单位的警探。‘我们刚刚收到一封信。’他说，‘看起来可能来自 B.T.K.。’”

“你当时什么感觉？”我喝着咖啡问道。

“恶心。”兰德韦尔说，“我当时想：‘这里可能会有很多麻烦。’但我越想这件事，就越意识到自己有机会最终抓住这个家伙。”

半小时后，他已经把早上送到《威奇托鹰报》办公室的白色信封拿在手里了。发件人的姓名“比尔·托马斯·基尔曼”在信封的左上角，是打印出来的。他的地址是 S. 欧德曼诺尔，威奇托市所有的地图上都找不到这个地址。

白色信封里面只有一张纸。纸上面有 3 张照片与一个驾驶执照的复印件。3 张照片上各有一个躺在地毯上看起来没有意识的女人，驾照属于一个名叫薇姬·韦格勒的 28 岁女子，她在 1986 年被谋杀，案件还未侦破。

最令人不寒而栗的部分，是信纸底部潦草书写的三个字母：B-T-K。这 3 个字母的写法，与凶手在 20 世纪 70 年代使用的写法一样——字母 B 被画成乳房形状，这让人印象深刻。

信纸的顶部写着一串看似无意义的数字和字母。警方请几位专家来破译，但没有成功。直到雷德被捕后，他们才知道这串代码的意思是："告诉比帝[①]是因为他的书。"也就是说，他想让记录罪行的人明白，他还活着。据说这串数字和字母，是用德国人在二战时使用的代码写成的。

虽然这张信纸看起来很像真正凶手写的公报，但兰德韦尔非常清楚需要谨慎行事。因为几个月前 B.T.K. 出现在一篇冗长的报纸文章中，所以收到一些无聊变态人模仿 B.T.K. 的公报并不罕见。关键是要仔细审查文件，寻找对该案件独有事实的提及。这就是为什么警察有时会对某些信息保密而不向公众公布。

从联邦调查局的消息来源得知 B.T.K. 第一次发出公报的那一刻，我就知道如果它是 B.T.K. 本人写的，那么他早晚会被警方抓住。我一直很清楚，他写给媒体和警察的信越多，我们就越能了解他。他渴望被人关注。事实上我对他再次执笔写公报并不感到意外。

让我不解的是，他竟然能收手这么多年而没杀人。他渴望别人关注，现在又想要别人关注他了。我想知道让他决定再次浮出水面的那一刻，他的生命中发生了什么？他那时应该在 60 岁左右。我能想到的唯一理由，是他对自己的生活感到厌倦了，渴望休整调节一下。

兰德韦尔检查这封信的内容时，意识到有足够的理由对这份公报悄悄感到兴奋。为什么？因为这封信提供了从犯罪现场获得的证据副本，也就是那 3 张令人难以忘却的复印照片上的女性，似乎就是被勒死不久后躺在卧室地板上的薇姬・韦格勒。

3 月 17 日的这封信还回答了一个问题。1986 年那起谋杀案发生后，兰德韦尔到达韦格勒的家时，一直觉得自己知道这个问题的答案。韦格勒凶杀案从未被直接认定是 B.T.K. 所为，但兰德韦尔心里清楚就是他干的。

"我一直都认为那是 B.T.K. 干的。"他嚼着一口炒鸡蛋告诉我。

---

① 原文将 Beattie 的名字拼写错误为 Beatty，所以汉语译名也进行了调整。——译者

他对此深信不疑，2000 年时曾要求两名警探找到韦格勒的案件档案。她的丈夫比尔在西 13 街的房子里发现了她被捆绑和勒死的尸体。警方在她的指甲缝里发现了一名男子的 DNA。尽管在该地区一些公寓大楼里干杂工的丈夫从未被指控，但他多年来一直生活在怀疑的阴云之下。这并不奇怪。丈夫在大多数谋杀案中都是调查人员首先关注的嫌疑人。

尽管薇姬指甲缝里的 DNA 不是她丈夫的，但他在家里待了很长时间后才打电话报警这个事实，一直让调查人员觉得可疑。

2003 年，调查人员将该 DNA 样本输入到当时新建的国家数据库中，里面包含成千上万条已知罪犯的遗传信息。他们没有找到任何匹配的样本，这只不过是向兰德韦尔和其手下证实，他们要找的那个人没有被编入任何 DNA 数据库，也就是说他不是案件的已知嫌疑人。

意识到这封信就是 B.T.K. 所写之后没过几个小时，兰德韦尔就联系了联邦调查局，很快开始与我以前的部门协商制定了一个先发制人的策略让 B.T.K. 现身。正如我在 1984 年首次设想的那样，他们创造了一个“超级警察”作为调查的人性化面孔。这个超级警察就是兰德韦尔。尽管兰德韦尔承认，他对这个建议并不感到兴奋，但没有比他更合适的人选了。

“我告诉他们，我认为调查负责人不应该举行新闻发布会。”他回忆道，“我对这些案子了解得太多了，而且知道，如果有记者问一个问题，无论我回答什么，他们都能解读我的身体反应。但大家不同意我的看法。他们一直告诉我：‘你就站在那里读你的剧本，然后走开。不要与记者有任何互动。’”

B.T.K. 的信到达《威奇托鹰报》办公室 6 天后，兰德韦尔站在城市大楼 4 楼新闻发布室的一排麦克风前，举行了第一次新闻发布会。他一共召开了 22 次新闻发布会，每一次持续的时间都不超过 4 分钟。他穿着深色西装，看起来确实有点不自在。他直视着电视摄像机，读出威奇托市警察局长助理起草的新闻稿。

但这几乎都不重要。事实上，这样只会让兰德韦尔的表现更具有说服力。他知道自己自1984年以来一直在追捕的那个人，正在外面的某个地方仔细观察着他的一举一动，认真倾听着他说的每一个字。

“威奇托市警察局最近收到了有关薇姬·韦格勒凶杀案的消息，薇姬·韦格勒于1986年9月16日在西13街2400街区被杀。”他告诉挤在新闻发布室的报纸杂志、电视台和广播台的记者们。“韦格勒太太的尸体是那天将近中午的时候，在家里被她的丈夫发现的。谋杀她的凶手仍未找到。”

后来兰德韦尔告诉我，尽管媒体已经开始流传关于这次新闻发布会性质的消息，但发布室里的紧张气氛还是显而易见的。

“调查人员现在认为，这起凶杀案可能与上世纪70年代在威奇托市发生的几起凶杀悬案有关，凶手很可能就是那个名叫B.T.K.的连环杀手。”兰德韦尔告诉记者。“这是我侦办过的最具挑战性的案件，如果能与这个人交谈，会非常有意思。我们正在与联邦调查局、堪萨斯州调查局、塞奇威克县警察局长办公室和地区检察官办公室密切合作，联合调查该案件。此案是威奇托市警察局的重中之重，我们将竭尽所能，挖掘一切可能的线索。”

兰德韦尔把我在1984年关于超级警察建议的一切都做到了，当时我提议让此案的首席调查员与B.T.K.保持密切联系，这样B.T.K.不仅会感到自己受到了尊重，而且还会认为自己是一个完美的犯罪专家，在与当局的对手玩捉迷藏的游戏。最后他可能会放松警惕而露出马脚，甚至可能放弃自己。

第一次公报的内容向公众发布几天后，B.T.K.专案组办公室的7条电话线开始响起来。近千条线索如潮水般涌进来。指挥所很快就在联邦调查局附近的办公室里成立了。不久，警察开始开车在镇上用无菌棉签进行口腔拭子采集DNA，总共采集了1600名当地男子的DNA。这些人的年龄在50岁左右，包括一些退休的警察也在采集范围内。那些警察对此抱怨重重，这也不奇怪。

兰德韦尔告诉我这些时，我能感觉到他当时一定非常沮丧。显然警方没有任何线索，被迫抛出他们能找到的最广泛的高科技网来锁定凶手。退休警察成为目标的原因，是调查人员一直认为B.T.K.拥有某种执法背景，不排除甚至可能曾经在威奇托市警察局工作过。

2004年4月，B.T.K.专案组的办公室很热闹，不仅因为凶手在沉寂了近25年后终于再次浮出水面，还有另一个令人高兴的原因。塞奇威克县区域法医科学中心的犯罪实验室技术人员设法将从南希·福克斯家蓝色睡袍上精液污渍中提取的DNA，与从韦格勒指甲缝里刮出的皮肤碎片关联起来了。看起来谋杀这两名妇女的，是同一个凶手。这也意味着在福克斯被杀后的25年里，B.T.K.并没有像许多人怀疑和希望的那样处于休眠状态。他的作案只是比之前的系列谋杀案更低调了而已。他们想知道，究竟还有多少凶杀案应该由他负责？

5月4日，第二个信封到达了威奇托市中心的KAKE-TV演播室。这封有3页纸的信应该来自凶手。第一张纸的标题是“B.T.K.的故事”，看起来像凶手想象自己正在撰写的传记中的目录。

兰德韦尔伸手去拿桌子那边的文件夹，他刚才把它放在了餐巾纸自动售货机上面。他打开文件夹，轻轻地从里面摸出一张用塑料包裹起来的纸递给我。上面的内容如下：

1. 连环杀手的诞生
2. 黎明
3. 迷恋

4. 幻想世界
5. 搜索开始
6. B.T.K. 出没
7. 项目
8. 作案手法—身份—诡计
9. 袭击
10. 珍贵的回忆
11. 最后谢幕
12. 黄昏
13. 还会有更多吗?

第二页纸上有一个用计算机制作的单词搜索迷宫题，乍一看让人觉得很像汉尼拔·莱克特[①]这样极具天分的恶魔策划者制造出来迷惑当局的东西。但调查人员越仔细研究这个谜题，就越发意识到这个家伙不仅拼写不行，设计谜题也不行，他似乎不能将数字与字母对齐。

谜题是与案件有关的词语，包括受害者、军人、幻想、丢失的宠物和军官。最后一页纸上是两张工作证的复印件，一张来自镇上的一家电话公司，另一张来自当地学区。

1 个月后，B.T.K. 的第三次通信在一个密封塑料袋中被发现。该塑料袋被用胶带粘在通往 I-135 匝道附近的停车标志上——匝道将城市一分为二。塑料袋里棕色信封的外面写着"B.T.K. 现场字画"("B.T.K. Field Gram")的字样。信上是对奥特罗家谋杀案幼稚的描述，包括用图画展示了 11 岁约瑟芬被害的情景，让人看了非常不安。

① Hannibal Lecter，托马斯·哈里斯创作的悬疑小说《沉默的羔羊》系列中的虚构的人物，是一名高超的精神科医生，同时也是一名程度极为严重的精神病患者，一个令人毛骨悚然的人物。——译者

凶手还放了一张素描画，上面有一个被封口和捆绑起来的裸体女人在绞索上飘荡。画的标题是“我要的就是性快感”（THE SEXUAL THRILL IS MY BILL）。

7 月 17 日，威奇托市公共图书馆的工作人员在一个户外图书收集箱的底部，发现了一个标有 B.T.K. 的透明塑料袋。这封信有 5 张纸，其中两张详细介绍了 B.T.K. 在杰克·艾伦死亡事件中的所作所为。几周前，当地媒体报道了 19 岁的杰克自杀的事件。雷德在那份公报中写的一切纯粹是胡说八道，但威奇托市的警方当时并不知道这一点。兰德韦尔说艾伦是一名明星运动员，曾在高中毕业典礼上作为优秀代表发过言，梦想是成为一名验光师。但在去世前几周，他和一些朋友因为在车里喝啤酒被当地警察抓住了。艾伦以为自己从此失去了进入眼科学院的机会，于是在 7 月 5 日凌晨躺在了他家附近的火车轨道上。那个地方在堪萨斯州的小阿尔戈尼亚，距离威奇托市 40 英里。躺下后不久，一列伯灵顿北部圣达菲铁路公司的货运列车从他的身上碾过，让他几乎面目全非。

凶手说他对杰克的死负有责任，是希望误导警察的调查方向。他在信里写道，自己曾在网上聊天室里遇到过杰克，并让他相信自己是 B.T.K. 的私家侦探。他声称这个年轻人“对手淫的幻想与众不同，对捆绑和同性恋情有独钟”，同意帮助 B.T.K.。他写的一切纯粹是虚构的。雷德与艾伦的悲惨死亡完全无关。但兰德韦尔不能冒险忽略这些信息，于是他的手下开始梳理艾伦的电脑，筛选他的电子邮件，将他在聊天室中发布的每一句话都汇总起来。两三周后可以明显看出，B.T.K. 写的关于艾伦的所有内容，要么是从报纸上对艾伦死亡的报道中摘选出来的，要么是他自己捏造的。

“在他所有的信中，我会说这是最突出的一封。”兰德韦尔回忆道，“因为他在这封信里告诉我们，他又杀人了。”

“这证实了每个人最担心的事。”我说，“我们知道了薇姬·韦格勒的事件之后，就知道他没露面时一直在杀人。不过韦格勒的被杀发生在 1986 年。他现在突然告诉你他还在干这件事，还在杀人。”

“不仅如此，他的信还让我们白费了力气。”兰德韦尔说，“因为当我们深入研究杰克的背景时，了解到他正在努力成为一名验光师。他想去大学也是因为这个原因。我们知道眼镜对 B.T.K. 很重要，所以我们知道必须朝这个方向查一查。”

“眼镜？”我说，“我都忘了眼镜的事了。他在奥特罗家杀人后，给警察的信中提到了约瑟芬的眼镜，1978 年他给你们寄南希·福克斯的照片时，在床头柜上画了一副眼镜。”

兰德韦尔点了点头。“还有谢丽尔·吉尔摩，她是 B.T.K. 的目标受害者，那天她不在家，于是 B.T.K. 杀死了雪莉·维安。吉尔摩就在为一名验光师工作。”他说，“所以当我们得知杰克也与验光有关系时，堪萨斯州调查局的人开始提取镇上所有验光师的 DNA。我告诉他们‘我想知道谁拒绝了，一旦出现这样的人，我们就会在他身边安插卧底’。”

“你一定认为这是一个巨大的突破。”我说。

“后面还有好戏呢。”兰德韦尔抱怨道，“原来跟吉尔摩工作的那位眼科医生也看到过杰克。所以现在我们有一个没有被袭击的潜在受害者，和一个可能成为受害者的孩子，他们都与同一个人有联系。”

“你需要做的就是给那个家伙戴上手铐。”我笑着说。

兰德韦尔盯着他的空咖啡杯，然后慢慢摇了摇头。“这项调查有很多这样的时刻。”他解释说，“很多时候我们都非常兴奋地想‘就是他了！我们找到他了’。我们都已经准备好举办庆功派对了。一切看起来都很好，接着却被毙掉了。一切都分崩离析了。你无法想象我们计划了多少次庆功派对。2004 年我知道的就有 8 次。在上世纪 80 年代也发生过这样的事。”

关于杰克的信里还有其他东西让兰德韦尔的心揪紧了。凶手在信中威胁说，他“发现了一个我觉得独居的女性和/或一个脸上有斑点的、脖子上挂着锁匙的小孩。只是需要规划好细节。我现在年纪大了（但不虚弱），需要小心调理自己。而且我的思维也不像以前那么敏锐了……我认为秋天或冬天正好适合发动袭击。今年或明年必须做了！……我的时间不多了”。

兰德韦尔低头瞥了一眼面前的桌子，把盘子推到桌子的一角。

“那是让我真正恶心的部分。”他说，“我很担心他会再选一个受害者。要是他再选中一个孩子下手，那就太让人受不了了。我从不担心自己，从没想过如果他再次出手，可能会怎么影响我的职业声誉。但真正折磨我的，是他可能会再次夺走一个无辜的生命。如果他再杀害一个孩子，那对我们所有人来说都是很难熬的，对我们单位来说都太棘手了。那会非常非常糟糕。”

不过对兰德韦尔来说，关于杰克的信之后发生的最糟糕的事，是B.T.K.沉默了。“大约有3个月的时间，我们没有收到他的任何来信。”兰德韦尔说，“我真的以为他不再跟我们交流，是因为已经选择了下一个受害者，正在策划杀人前的所有细节。”

我能理解兰德韦尔因为沮丧而感到紧张和恶心的原因。只要这家伙继续向警方和媒体寄信，他就注定要被抓住，我在这点上同意兰德韦尔的意见。

B.T.K.的下一封信直到10月份才寄过来。一名联合包裹公司的司机在威奇托市闹市区欧姆尼中心的一个投递箱里，发现了一个未密封的信封。他检查了信封里的东西，发现里面还有一个用塑料袋包着的信封。信封前面印着“B.T.K.现场字画”的字样，里面塞着一沓3英寸×5英寸的卡片，其中两张卡片上有凶手所谓的“一-二-三理论”（“UNO-DOS-TRES THEORY”），主要是想解释复杂宇宙的哲学和数学基础，这是他渴望警察相信他头脑中存在的东西。

"B.T.K. 的世界是个三元世界。"他写道，"基于永恒的三角。"他接着列举了很多这个世界的例子"太阳–光–热……孩子–母亲的爱–爸爸的爱……B.T.K.–受害者–警察……警探–其他人–兰德韦尔。"

但更吸引兰德韦尔和警探们的，是其中的 4 张索引卡，凶手希望读者认为上面是他的传记。如果他所谓的"一–二–三理论"看起来很奇怪，那他的"传记"读起来就像一个遭遇性挫败的青少年写的短篇小说初稿，里面有一些严重的俄狄浦斯问题。

> 童年反思：1—8 岁：脑子里只有记忆，似乎永远不会消失，但你几乎可以看到它们（可能的性暗示或童年早期的问题在以后的生活中发展成性变异）……妈妈有时睡在我身边，她身上的气味，内衣的感觉，她允许我揉搓她的头发……10—11 岁：如果你手淫，上帝会来杀了你。我妈有一天发现自己内衣上有黄色污渍后对我说的话。她想打我。我还手了。她抓着我的双手放在身后，然后用男人的腰带抽我。有趣的是，虽然她打得很痛，不过我的小牛牛却很喜欢。她终于停手了，说："天哪，我做了什么？"她亲吻我。我离她很近，泪水和湿气沾在她和我的脸颊上。我能感觉到她的心跳，闻到那些美妙的母性香气。

调查人员与联邦调查局协商后，过了一个多月才将这个离奇的故事公之于众。

"我们认为这上面基本都是谎言。"兰德韦尔说，"但我们仍然需要梳理他写下的每一件事，尝试把他提到的任何一点信息都查清楚。我们一直在问自己，'万一他说的是实话怎么办？'这就是我们所有人一直没有放弃的原因。"

11 月 30 日召开了第 12 次新闻发布会，兰德韦尔公布了几周前创建的题为"B.T.K. 背景描述"的媒体公告。

警方在公告里列出了很可能不真实但容易使人信以为真的有关 B.T.K. 的传记清单，敦促居民对此持保留态度。他们认为，将他“声称”的事项列成清单公布，可能会让某个地方的某个人创建警方没有想到的关联。

我处理过的所有案件中，从来没有一个罪犯告诉过我们关于他自己的真相，我学会了忽略这些“事实”，只专注于动机和可以主动采取哪些措施去控制不明嫌疑犯。

“你们从他的信中摘取了什么信息？”我问道，“有发挥作用的吗？”

兰德韦尔伸进他的文件夹拿出一份警方分发的媒体公告，具体如下：

- 他声称自己出生于 1939 年，那么他今年 64 或 65 岁。
- 他的父亲在二战中去世，母亲抚养他长大。
- 他的母亲必须工作养家，所以祖父母照顾他。
- 他的母亲白天在铁路附近工作。
- 他有一个名叫苏珊的表妹，后来搬到了密苏里州。
- 他们经常搬家，但总是住在铁路附近。
- 他的祖父拉小提琴，死于肺病。
- 母亲在他大约 11 岁时开始与一名铁路侦探约会。这段关系出现在 1950 年至 1955 年期间。
- 他在 20 世纪 50 年代初期建造并运营了一个业余无线电台。
- 他的户外爱好活动有狩猎、钓鱼和露营。
- 他年轻时参与教堂活动，在主日学校上学。
- 他有一个名叫佩特拉的西班牙裔女性熟人，她有一个名叫蒂娜的妹妹。
- 他在 1960 年左右去了军事技术学校，随后参军服役，于 1966 年退伍。
- 他具有基本的摄影知识，能够洗印照片。

• 他在1966年回到家与已经再婚的母亲住在一起，母亲将其部分房子出租。

• 他的第一份工作是机电工，这份工作有一些出差任务。

• 他在技术学校学习后，从事修理复印机和商业设备的工作，有时也需要长时间出差不在家。

• 他承认召妓。

• 他一生都对铁路和火车着迷。

通过与他的朋友交谈，又看了他的日记之后，我可以清楚地看出，雷德声称的传记几乎都不是真的。他在发给警方的“生活故事”中留下了一点点真实，但都非常笼统和模棱两可，调查人员无从下手。

我不知道为什么兰德韦尔和他的手下花费时间和资源解读他的胡说八道。显然雷德想做的，只是抛出尽可能多的虚假信息，然后静观警察徒劳无益地向无数个不同方向追逐奔跑。但兰德韦尔不顾这些。他终于钩住了大鱼，他觉得这都是让雷德陶醉其中的过程的一部分。

兰德韦尔和我分摊了早餐的费用，又喝了一杯咖啡，然后回到我的房间。他在路上继续给我讲述了案件的下一个转折。

事情发生在1月25日，KAKE-TV的演播室收到了一张明信片。寄件人的名字写着S. 科尔特，发信地址与奥特罗家的一样。

明信片背面写着“通信 #8”字样，在其下方他写道，他之前把一个全麦维麦片盒子绑在了北塞内卡街的一个路牌上，里面装着一名受害者的一些珠宝，以及一个类似约瑟芬·奥特罗的娃娃，它的脖子上系着一根小绞索，挂在一小段管子上。

兰德韦尔说，这个包裹在塞奇威克县北部出现，那里开始流传一种谣言，即该地区两起未破获的凶杀案可能也是这个凶手所为。1985年4月，53岁的帕克城居民马琳·赫奇的尸体在离她家几英里的乡村土路附近被发现。在她尸体的附近找到了一双打结的连裤袜。验尸官确定她是被勒死的。后来在几英里外一家购物中心的停车场，找到了她 67 年款的雪佛兰蒙特卡洛。

该地区另一起未被侦破的凶杀案，发生在 1991 年 1 月，当时 62 岁的德洛丽丝 ·“迪”· 戴维斯从帕克城自己的家中失踪。像赫奇一样，戴维斯是被勒死的，尸体被从住所挪走了，她家的电话线被切断了。她的尸体两周后在一条土路上被人发现。当时她的手、脚和膝盖仍然被连裤袜绑着。

正如兰德韦尔一直认为薇姬 · 韦格勒的谋杀案可能是 B.T.K. 所为一样，他长期以来也一直怀疑赫奇和戴维斯是被 B.T.K. 杀害的。但因为这两起案件都发生在威奇托市区外，是塞奇威克县警察局的警探负责的。兰德韦尔说县调查人员最初也认为 B.T.K. 可能是杀害这两名帕克城居民的凶手，但他们最终否定了这种可能性，原因之一是两具尸体都是在离他们家很远的地方发现的，这不符合 B.T.K. 一直以来的作案手法。

这个包裹中最令人困惑的，是凶手询问警方是否发现了“#7 家得宝[①]1-8-05 投放点”。兰德韦尔和他的警探们不知道他指的是什么。几名专案组成员被派往当地的家得宝，把商店的里里外外搜了几个小时，试图找到他们觉得应该是一个包裹或信件的东西。

结果一无所获。好在商店经理播放了 1 月 8 日深夜以来的监控录像后，他们终于找到了有价值的线索。录像带颗粒状的黑白镜头显示，某种 SUV 驶入几乎空无一人的停车场后，停在了一辆皮卡车旁边。由于天色太黑，加上图像质量欠佳，警探们无法确定 SUV 的确切型号。不过，在粗略计算了车辆的长度和轴距以及离地间隙后，他

① Home Depot，一家美国连锁家居装修商店，提供各种家居装修用品、家具、园艺用品等。——译者

们确信这是一辆吉普大切诺基。

视频中最吸引人的部分，是 SUV 停好后驾驶室的车门打开了，一个阴影从车里面出来，轻快地穿过停车场，然后好像把什么东西扔进了附近卡车的车斗里。警探们再次暂停了录像带，仔细检查了视频的每一帧画面。但无论他们怎么尝试增强图像，这个男人的脸都太模糊，光线太暗，看不到他的任何脸部特征。

尽管警探们沮丧得百爪挠心，但总算有一件事值得他们欣喜：他们确实看到了威奇托警方 30 年来一直在努力追捕的这个人的身影。不仅如此，如果他们对车辆尺寸的计算无误且这辆车不是偷盗的，那么他肯定是拥有吉普大切诺基的近 2500 名塞奇威克县居民中的一个。

但还有一个问题警方无法回答：凶手扔进皮卡车后面的东西到底在哪里？第二天下午，经理在商店后面的公告板上张贴了一则通知，询问是否有员工在他或她的车里发现了一个奇怪的包裹。警探们得到了答案。

原来一名员工的室友在他的卡车后面发现了一个全麦维麦片盒子。他把它扔进了垃圾桶，不过由于垃圾收集者还没有来到他的公寓收垃圾，他便从垃圾桶中捡出神秘包裹交给了警察。

包裹中有一份 2 页的文件，详细说明了凶手的“窝”设置了多少装有炸药的陷阱。他还列出了一长串“项目”，包括“‘墨西哥项目’，我的第一个大袭击……作为连环杀手的良好开端和‘狐狸尾项目’……南希 · J. 福克斯，我的最佳一击。”文件中尤其让兰德韦尔注意的，是订在最后一页的一则简短留言，上面写着“老实跟我说，如果我寄给你一个磁盘，你们能追踪吗？把（答案）放在报纸分类广告 494（雷克斯，就可以了）。多刊登几天，防止万一我不在城里——等等。在不久的将来（2 月或 3 月）我试着用软磁盘测试一下”。

这标志着 B.T.K. 的终结。如果凶手说的是实话，他和兰德韦尔之间的关系似乎发生了转变。兰德韦尔当然没有理由相信凶手是诚实的。30年来，B.T.K.第一次不再只是对警察咆哮，他在问他们一个问题。这意义非凡。他想知道用计算机磁盘向警方发送他的通信是否安全。他想要问什么并不重要，重要的是B.T.K.终于想与警方建立某种对话的这个想法。兰德韦尔似乎已经开始让他的对手疲惫不堪。雷德正中他下怀。

凶手开始信任超级警察，这正是我在1984年开始建议这种方法时所设想的。

兰德韦尔笑着向我讲述了B.T.K.故事的这一部分。“我们不知道该想什么。”他说，“我们最没想到的，是他会用自己的电脑，因为当把软磁盘插入电脑时，磁盘上就会印上这台电脑的所有识别信息，很容易追踪。我们以为他会用图书馆或学校的电脑刻盘。不管怎样，我们至少可以分析磁盘，这样就更有机会知道他刚去过哪里。”

后来兰德韦尔在审讯B.T.K.时得知，他对在威奇托地区复杂的信件物流感到日益沮丧。他想要数字化，通过电脑磁盘向他们提交他的信息。因为警察懂这些高科技，他真的以为可以相信他们会直截了当地告诉他答案。

兰德韦尔决定完全按照B.T.K.的要求去做。1月28日，一名警探悄悄在《威奇托鹰报》上刊登了一则分类广告，通知雷德给他们寄一张软磁盘。

接下来，兰德韦尔就坐等回应。

第十九章

兰德韦尔想抽支烟。“你先上去，我马上就来。”他说。我慢慢走回房间，边爬楼边思考他刚才给我说的那些信息。

正如谚语所说，2004 年 3 月 B.T.K. 的再次出现好像“捅了马蜂窝”。很快大家就感觉好像这个凶手在过去的 25 年从未躲藏起来过一样。到了那年夏季，整座城市都拉响了警报：枪支与安保系统的销售量激增。警方开通的 B.T.K. 专门热线接到的来电太多了，以至于他们不得不雇用更多的接线员才能应付过来。突然之间好像又回到了 1978 年。

B.T.K. 被捕后告诉兰德韦尔，能再次被公众关注挺好的。

雷德讲述了在 B.T.K.2.0 演出开始几个月后的一个晚上，他打开电视，碰巧看到在采访查理 · 奥特罗，也就是约瑟夫 · 奥特罗幸存的长子。B.T.K. 一浮出水面，媒体就联系到了查理，他在过去的几个月里接受了很多采访。他对杀人事件“言辞激烈”。

他是个愤怒的家伙，雷德想，而且块头也很大。听了电视对他的采访后，雷德很快得出结论：查理想把他剁碎喂鲨鱼。雷德被捕后也是这样告诉警察的。

雷德被捕后告诉兰德韦尔，他当时越想越觉得喂鲨鱼这种结局可能不是多么差，肯定比在监狱里度过余生强多了。他接下来的一生当然都要被关在监狱里。尽管如此，他还是决定，如果必须被关起来，那他想被绞死，就像他们对杀害克拉特一家的凶手所做的那样。但因为现在没有绞刑了，他接受了这样一个事实：要么在监狱里苟延残喘，要么自己结果了自己。他希望事情永远不要发展到那种地步。

他一直对自己说，再多坚持一会儿，再对警察嘲弄几次之后，就永远消失。

雷德告诉兰德韦尔，他发现观察查理很有趣，倒不是因为有兴趣了解谋杀案对受害者家庭的影响。他感兴趣的，是查理在电视节目里出现对他的影响。采访节目开始的时候，他正和宝拉坐在一起，那一刻他觉得自己突然进入了所谓的变色龙模式。

“我不得不假装他是另一个人，而不是他的真实身份。”他在审讯中说，“这么多年过去了，做这种事很容易。只需要不停地告诉自己‘不要露出来……不要露出来’。”

几天后，他又险些露馅。兰德韦尔告诉我，当时雷德正在家里给驻扎在“大沙箱”——他喜欢把伊拉克称作“大沙箱”——的弟弟保罗写信，宝拉正巧从他身边走过。她从丈夫的肩膀上瞥了一眼他写的字，突然惊叫道：“你知道吗，你的拼写跟 B.T.K. 的一样。”

雷德意识到她也和威奇托市的其他人一样，一直在关注和阅读有关自己最近公报的所有报道。他知道她最近一直在留意这个案子，所以没有惊慌，不再像 1979 年她评论他听起来像那个给警察打电话告知南希·福克斯尸体的人时那么恐慌了。

相反，他和她开玩笑说：“我们（他和 B.T.K.）在要求教自然拼读之前就上学了。”然后他大笑起来，她就走进了厨房。

他告诉警方，写完信后寄了出去。但在接下来的几天里，他发现自己在想“她有什么线索吗？”

2005 年 2 月的一个星期五，雷德见到了路德教会的牧师迈克尔·克拉克，雷德刚刚被选为那个教会的主席。两人在帕克城当地的一家餐馆吃午饭，讨论即将举行的教会理事会会议的议程。讨论开始没多久，雷德就把公文包放在桌子上，打开包，将手伸进去，几乎以迅雷不及掩耳之势就拿出了一个记事本和一支笔。

克拉克告诉我，他坐在那里看着雷德拿出那些东西时的速度感到目瞪口呆。他非常惊讶地发现，雷德公文包里的每样东西似乎都被放置在一个非常精确的位置上。他从未见过这样的场景。

克拉克说："他不需要翻找任何东西，他非常清楚每样东西的确切位置，而我必须在公文包里翻遍 4 个不同的隔层，才能找到一样东西。我对自己说：'我知道丹尼斯很有条理，但真没想到他这么有条理。'"

接下来的一个小时里，雷德在克拉克讲话时做了大量的笔记。牧师之后建议雷德把笔记交给自己，他会让教会秘书把笔记以议程形式打印出来分发给教会的其他理事会成员，这样他们就可以为两周后的会议做准备了。

"我自己打印就行。"雷德回答。

"好啊。"克拉克说。

就在他们分开之前，雷德对牧师说："其实我家里并没有可以打印的地方。"

克拉克告诉他："没问题，丹尼斯。你可以在家里的电脑上输进去，把它刻到一个磁盘上，明天带到教堂，我会告诉你如何将它装到教堂的电脑上。你可以在那台电脑上打印。"

雷德就是这么做的。第二天早上 10 点整，他出现在基督路德教堂。克拉克告诉他该怎么做后，就去自己的办公室准备布道了。15 分钟后，雷德从克拉克的办公室门外探进头来。

克拉克告诉我："他看着我说：'我走了。'"

他手里拿着那张电脑磁盘。

肯·兰德韦尔推开我酒店房间的金属门走了进去。他脱下西装外套，小心翼翼地把它搭在房间里唯一的椅子上，然后在床上坐下来。几分钟前我已经坐到了之前一直坐的位置上，开始盯着桌上电脑的屏幕了。

我问他："那件事后来怎么样了？跟我讲讲你们给他戴上手铐之前发生的事。"

兰德韦尔说，雷德见完克拉克后回到家，把那张磁盘塞入家里的电脑，删除了即将举行的教会理事会会议的议程，然后犯了他一生中第二大的错误——最大的错误就是出生——在磁盘上打出了给警方的一段文字。

2月16日，一个装有衬垫的信封送到了KAKE-TV演播室。里面是和往常一样的索引卡，还有一条金项链，吊坠是小盒式的，毫无疑问是从他的一个受害者那里偷来的。除此之外，信封里还有别的东西——一张紫色的电脑磁盘。这封信很快交给了专案组。

兰德韦尔一发现磁盘，就给警察局计算机犯罪警探兰迪·斯通的分机打了电话。几分钟后，斯通就把磁盘塞进了一台电脑，开始点击打开磁盘。

兰德韦尔回忆说："我们当时有7个人，都在他身后盯着看他在做什么，他每操作一步就给我们解释一下。"

斯通很快发现磁盘上只有一个名为"TestA.rtf"的文件。他打开文件，看到凶手留下的信息："这是一个测试。若要在报纸上与我沟通，详见3英寸×5英寸卡片。"斯通看了索引卡，上面写着："从现在起，每一次通信都要编一个码#，以防丢失或找不到。"

兰德韦尔向我解释雷德"以防"的英语拼写用了"encase"而不是常用的"incase"，这让房间里的每个人都警觉起来。原来encase是一种用于法庭计算机调查的复杂软件的专有名称。兰德韦尔解释说："有了它，几乎可以去掉我们希望找到的所有识别信息。兰迪说这看起来像是一个圈套，他用这个词是给我们留下了某种线索。”

兰德韦尔也是这么想的。

不过几分钟后，斯通找到了文件的某一部分，希望其中能包含一些识别信息的痕迹，包括创建该文件的人及电脑注册的所有者。斯通打开文件的这一部分，发现文件的创建者是一个名叫丹尼斯的人，这台电脑的主人是基督路德教会。

斯通在另一台电脑上打开了谷歌浏览器，在搜索栏输入刚获得的信息。转瞬之间，拼图开始变得清晰起来。基督路德教会位于帕克城，一个叫丹尼斯·雷德的人任该教会的会长。

“于是，4 名专案组警探前往帕克城。”兰德韦尔回忆说，“去看看关于这个家伙他们能找到什么信息。我站在那里对自己说：‘真的就这么简单吗？’”

不到一个小时，他们就大致了解了丹尼斯·雷德的情况。他在同一所房子里住了 33 年，和同一个女人结婚了 33 年。在过去的 13 年里，每天早上都穿着一件棕色制服开车去上班。他的制服上有徽章，还有帽子，夹克上挂着双向收音机，这身打扮看起来像一个公园管理员。他的工作让他可以假装自己是警察。兰德韦尔对这个人了解得越多，就越喜欢他所看到的。

50 分钟后，他们第一次开车经过雷德小农场风格的家时，警探们在车道上发现了一辆黑色的切诺基吉普车。这辆车很像他们在家得宝监控录像中看到的那辆，车主是雷德 29 岁的儿子布莱恩，他当时在海军服役。

密探开始极其低调地跟踪雷德，观察他的行动。虽然兰德韦尔没有在他家门前或帕克市市政大楼派卧底警探，但他的手下会定期、持续监视雷德的举动。白天，他们时不时确保他在工作。晚上，当他应该在家的时候，他们每小时查一次，确保他没有溜出去。

兰德韦尔告诉我：“我们很谨慎，不想打草惊蛇。我们之前有过太多惊险的经历，所以没日没夜地跟着他，观察他做的每一件事。最重要的是，确保他不会再去攻击其他人。”

发现雷德身份后没过几个小时，专案组就开始开会，就如何将雷德与 B.T.K. 谋杀案关联起来进行了头脑风暴。调查人员已经用了 31 年的时间追捕这个凶手，他们最不希望看到的，就是头号嫌疑犯从他们的指缝中溜走。兰德韦尔没有着急开始抓捕还有其他原因。他无法摆脱一种恶心的感觉，那就是 B.T.K. 是在陷害他们，把他们引向丹尼斯 · 雷德，希望他们能逮捕他，然后因为抓错人而成为媒体的笑柄。

兰德韦尔告诉我：“我总觉得不能把他使用‘encase’这个词简单归咎于拼写错误。”

还有一个原因。在 B.T.K. 早期的一次公报通信中，他曾威胁说如果警察试图逼近，他就要炸毁自己的房子，或者用他的话说，他的“老巢”。

但兰德韦尔是一个神勇机智的警探，不会让这些障碍放慢他的脚步。早在 20 世纪 90 年代初，他就在警察局的高科技犯罪实验室工作过，花了几年时间学习 DNA 证据的来龙去脉。在那里学到的内容，让他确信调查的下一步需要从雷德那里获得 DNA 样本，将其与留在犯罪现场的精液 DNA 进行比对。

兰德韦尔说，当时只有一个问题，那就是警察怎么能拿到雷德的 DNA 而又不让他知道自己是这个案子的嫌疑人呢？第二天早上，在专案组的一次头脑风暴会议上，兰德韦尔从堪萨斯州调查局借调的一名调查员想出了一个新颖的解决方案，听起来好像热播电视剧《犯罪现场调查》中的情节。

兰德韦尔推断，如果他们拿不到雷德的 DNA，为什么不从他的亲属那里得到一个样本呢？兰德韦尔过去曾使用过这种技术，来帮助识别他们不确定身份的谋杀案受害者。如果他们能从父母、兄弟姐妹或孩子身上找到很类似雷德的样本，那么就可以确定他是否警方要抓的人了。

但威奇托市太小了，警察无法带着法院的命令走进医生的办公室，直接索要雷德直系亲属的医疗记录。这样的话很快就会走漏风声，这是兰德韦尔和专案组的任何人最不希望看到的。

堪萨斯州调查局特工雷·伦丁参加了接下来那个周一上午举行的专案组会议。伦丁的“老板”、堪萨斯州调查局局长拉里·韦尔奇是我多年的朋友，在我飞往威奇托市的两周前，他给伦丁开了绿灯，让他和我谈谈案件调查的最后几天。

伦丁告诉我，当他在会上得知雷德的女儿克丽曾就读于自己的母校堪萨斯州立大学时，脑海里突然灵光一闪。

“我记得在堪萨斯州立大学，大家都会用学生医务室。”他说。伦丁也知道这所大学的医务室距离威奇托市很远，所以他在那里询问克丽·雷德的健康记录不会引起太多注意。

于是周四早上，他开车去了距离威奇托 130 英里的堪萨斯州曼哈顿，得知克丽多次来过该大学的医务室就医。第二天，伦丁带着一份法院指令回到医务室，索要这位年轻女子的医疗记录。他用了一个周末的时间仔细查看这些记录，发现她曾做过巴氏试验。

接下来的周一早上，伦丁回到了曼哈顿，证实了从克丽宫颈上刮下的一小块玻璃显微镜载玻片仍然存在，被储存在附近的一个实验室里。第二天早上，他带着另一份法院指令去了那个实验室。30 分钟后他开始开车回托皮卡市，把载玻片交给堪萨斯州调查局的犯罪实验室。

周四晚上大约 7:30，伦丁正走进威奇托市山姆俱乐部时，他的手机响了。他看了看电话号码，发现是从犯罪实验室打来的。

“我记得自己当时在想‘好吧，结果出来了’。”伦丁告诉我。

他把电话放在耳边。“我全身都在发颤。”堪萨斯州调查局的犯罪实验室主管辛迪·舒勒说。

“结果是什么？”伦丁问。

舒勒说：“我可以告诉你，这个女孩是 B.T.K. 的后代。”

兰德韦尔得知比对的消息时，知道追捕终于结束了。他已经找到凶手了。现在要做的就是把他抓起来。

就在托皮卡市的舒勒医生比对克丽·雷德的宫颈抹片的同一天，帕克城的居民吉米·科默尔坐在她家前厅的沙发上看电视剧《菲尔医生》。

吉米是一名透析技师，刚下班回到家。她的孩子们都去上学了。就在那时，发生了一件事，一件让她现在一想起还觉得恶心的事。她尽量不去想那件事。

我去威奇托市采访肯·兰德韦尔之前不久，科默尔通过网站联系到我，想知道我是否有兴趣听听她的故事。

我告诉她我有兴趣。

事情发生在一个星期三的下午，那天天气晴朗，阳光明媚。春天似乎提前到来了。科默尔敞开了前门，一阵阵暖风透过纱门吹进来，菲尔医生浓浓的得克萨斯鼻音从电视机里飘出来。

“我转过身来的时候，突然抬头看见他正站在那里盯着我看。”她回忆道，“丹尼斯·雷德没有敲门就直接走进了我的房子。他看着坐在那里的我，然后用平静的声音说：‘哦，我来是想告诉你别忘了开庭日期……我给你开的那张罚单要去法庭。’”

科默尔告诉我，她简直不敢相信正在发生的事。在过去的 8 个月里，帕克城这位严厉的合规监督员让她的生活变成了人间地狱，而这一切都是因为她在车道上停了两辆车。两辆车都还可以正常行驶，但雷德仍然开始给她开罚单，总共开了 8 张罚单，因为他认为她家有不能使用的车。每次他把车停在她家门前给她新开一张罚单时，她都想向他展示两辆车运行得很好，但是摆官架子的雷德根本不听她的解释。

“这就是我们设立法庭的原因。”他会告诉她。“去跟法官说吧。”

所以 2 月下旬那个温暖的星期三下午，当看到他拿着那该死的票据站在她家的房间里时，她一下火冒三丈。“我从沙发上跳起来，走到他跟前对着他的脸开始骂他。我问他怎么能就这样走进我家里，我让他滚出去。他按我说的做了。他没有生气，只是转过身走了出去。”

但雷德在他的卡车周围晃着不走，把一些纸从公文包里拿出来放进去。科默尔站在门口，气得发抖。

她冲他喊道：“你真是个老变态。你能不能不要再打扰我和我的家人了？你其实就是一个该死的捕狗员。”

2003 年 11 月，科默尔搬到帕克城，雷德很快就闯入了她的生活。科默尔是带着两个孩子的单身母亲，她的第二任丈夫几年前被谋杀了。她来到威奇托这个不大的安静社区，因为这里似乎是适合她年幼儿子和女儿成长的好地方。

她回忆道：“看到他穿着那件小制服走上我家车道时，我才刚到这个地方一个半小时，正在往屋内搬箱子。我以为他是过来欢迎新邻居打招呼的。”

她告诉我，她很快就看出雷德明显没有欢迎她的心情，而且他来她家肯定不是来坐坐聊聊的。“我还没来得及开口说话，他就指着车棚下面的洗衣机和烘干机厉声说：‘你不能把这些东西放在这里。你得把它们放在屋里。’而这些东西刚从搬家卡车上卸下来。”

科默尔听得目瞪口呆。“我想：‘你一定是在开玩笑吧。’我试着告诉他，我们几分钟前刚把它们卸下来，正准备搬进去，但还没来得及呢。但他只是说：‘快把它们搬进去，否则我就记录下来了。’”

她说雷德在接下来的几个月，开始定期频繁地出现在她家，这令人感到不安和厌烦。2004 年 2 月，他开始给停在她车道上的那辆车开罚单。她已经记不清有多少次下班回到家的时候，看到他的白色卡车停在她家门前。他一看到她就会开车离开。某个星期六的下午，两个孩子走进家庭活动室告诉她，一个开着白色卡车的男人刚刚把他们从玩耍的公园接回家。

“你说一个开白色卡车的人载你们回家是什么意思？”她惊恐地问。

她儿子回答：“那个总是把车停在咱家房子前面的人。他说有一只患狂犬病的狗在乱跑，所以他要带我们回家。他把名片给了我。”

他递给母亲一张硬挺的白纸，上面写着：“丹尼斯·雷德。帕克城合规监督员。”

“过了一段时间，他好像知道我的日程安排一样。”她说，“我下班回家，邻居们会告诉我，他去了他们家，问了一些关于我的问题。有时他会到我家门前量我家草的高度。我不是在开玩笑，他真的会用一个小卷尺测量草的高度。我只是以为他是个又疯又老的变态。我知道这听起来很疯狂，但我觉得他以前经常来我家偷东西。照片不见了，而且……我的内裤也是。这曾经让我觉得不可思议。我一直想不明白内裤去哪儿了。这并不是说一定就是他干的，但我从来没有这样丢过东西。从来没有过。一天晚上，我收养的那只又老又瞎的赛狗不见了。我用链子把它拴在后院的，结果不见了。那条狗跑掉的唯一可能，就是有人把它从链子上解开了。”

还有一次，科默尔在工作时接到邻居的电话，告诉她有个“穿棕色制服的老家伙，自称是警察的人”在找她。她趁着午休时间急匆匆地赶回家，几分钟后，她看到雷德从敞开的厨房窗户探进了他那丑陋的脑袋。

“你完蛋了，伙计！”她喊道，拿起电话拨打了911报警电话。几分钟后，到达她家的帕克城警察却告诉她，雷德只是在履行职责，她不用那么紧张。

第二十章

兰德韦尔下楼去了，说要喝点汽水、抽根烟、打几个电话。我觉得这家伙需要休息休息了。这让我想起了自己，曾经的我身体崩溃后昏迷了一个星期。

我打开笔记本电脑，点了几下鼠标，开始在兰德韦尔的光盘中翻找可能漏掉的东西，寻找一些能解释雷德大脑中致命短路发生时的东西。正当我发现了雷德戴着女性面具被埋在一个深及脖子的坟墓里的几张照片时，兰德韦尔大步走进了房间，在靠窗的椅子上坐了下来。

我说："雷德这些该死的日记，如果花太多时间读它们，自己的大脑都会受影响。"

"是的。"他说，"但那是你的专长，不是吗？我不需要看他的日记就知道他是个变态。"

"你知道雷德被逮捕的那天早上他在想什么吗？"我问。

他回答："不知道，但我知道他不知道我们为他计划了什么。"

我讲述了雷德后来告诉我的一个消息人士的内容。在被捕的前一天早上，丹尼斯醒来后开始思考下一步该怎么做。他有点想给警察再寄一个包裹。他迫不及待地想把自己特别准备的一个娃娃拿出来。娃娃被他放在布莱恩以前卧室的壁橱里。他想让这个娃娃代表雪莉·维安，在他拥有自由的最后一个早晨，他在想怎么在它的头上绑一个小塑料袋，就像他在现实生活中对维安做的那样。但内心又告诉他，要放慢脚步，尤其是现在似乎可以通过电脑磁盘进行交流了。

“他脑子里有很多事，是不是？”兰德韦尔笑了。

兰德韦尔给我讲述了雷德被逮捕那天的情况，那是2005年2月25日。

他说那几天的天气一直很好，冬天似乎提前离开了帕克城，太阳像探照灯一样在蓝天上闪闪发光。那天早上9:30刚过，兰德韦尔的手机响了。他的一个朋友打来电话，想知道下午晚些时候是否有时间打一轮高尔夫球。

“没时间。”兰德韦尔告诉他，努力忍住不被自己的轻描淡写逗笑。“我很想去，但看起来今天大部分时间都有点忙。”

兰德韦尔手下的一个分队及联邦调查局和堪萨斯州调查局的特工们整个上午都很紧张。在塞奇威克县的其他地方，在密歇根州的法明顿镇和康涅狄格州的格罗顿镇，联邦调查局的特工都已经就位，时刻准备好执行搜查令和问讯雷德的亲戚和同事。

似乎一切都准备好了。现在他们所需要做的，就是等待“贵宾”的到来。

从兰德韦尔的警探们所了解到的情况来看，雷德是个按习惯行事的人。他每天12:15准时离开办公室去吃午饭。3分钟后他回到家，会看到宝拉已经在厨房的桌子上为他准备好了午餐。那天上午也不例外。12:15他走出办公室，大步穿过黑色的柏油路，爬上了通用汽车公司的卡车，启动了引擎。

过了不到30秒，雷德向右转出帕克市市政大楼的停车场后，他的生活开始分崩离析。

“点击那个‘逮捕照片’文件夹。”兰德韦尔指着电脑屏幕告诉我。

我点开了，片刻之后看到了大约70张照片的缩略图，应该是雷德被捕过程的航拍照片。

“他们是从直升机上拍摄的。”他解释说。

我一张接一张地点击这些照片，这真是一件令人兴奋的事。我知道这是 B.T.K. 拥有自由的最后时刻。他刚拐上与 61 街平行的临港路——61 街是条繁忙的四车道主干路，通往 I-135 高速公路——可以看到一辆白色轿车正等着雷德转弯。雷德刚转过弯，我可以看到白车在后面也动了起来。4 辆棕黑相间的轿车在一个街区外的一条小街上已经准备就绪。

这 4 辆车里的人在一条小街上组成了紧凑的小车队，听着无线电台里关于雷德进展的报道。兰德韦尔当时在其中一辆车的后座上。威奇托市警察局长诺曼·威廉姆斯在另一辆车上。大家一致认为雷德不会一点都不反抗就束手就擒的。

“这些年来我遇到过很多这样的暴力分子，有些人甚至连 5 年的监狱都不想坐，他们想逼着警察枪杀他们。”堪萨斯州调查局特工雷·伦丁在我抵达威奇托市的几天前告诉我。就算他不说，其实我也知道。根据自己逮捕罪犯的经验，我知道接下来的几分钟会有多危险。雷德被捕的前一天晚上，在专案组的一次会议上，有人说要动用该市的特警队来拿下他。如果让外部组织给专案组花了这么多年追捕的人戴上手铐，会让专案组成员感到沮丧，于是这个建议没有被采纳。

伦丁后来告诉我：“肯最后对我们说的是‘做好准备，小心行事’。”

无线电台里传来消息，雷德正在行动。他的白色卡车刚驶过小街，那群人就像狼一样向他扑了过去。伦丁驾驶着一辆黑色皇冠维多利亚，内心非常紧张。他的皮带上有一把 9 毫米口径半自动西格绍尔手枪，副驾驶座位上坐着威奇托警方的凶杀案警探凯利·奥蒂斯，他的腿上放着一把 12 毫米口径的雷明顿霰弹枪。领头的车是一辆没有标志的白色英帕拉，呼啸着追到雷德车的后面，撞到了他的尾灯上，让车身通气板裂成红白碎片。另外还有十几名警察在隔壁一条街上等着，防止雷德跑掉。他没有跑。他一看到后面那辆没有标志的车，就把卡车开到路边停下了。伦丁和其他人也开到合适的地方，在航拍照片中形成了一个类似楔子的形状。

伦丁的车停得距离局长的车太近了，以至于奥蒂斯都没办法把车门打开下来。奥蒂斯非常壮实，以前是大学橄榄球运动员。他努力撑开车门，把霰弹枪架在门框上，瞄准了雷德。雷德立刻推开车门跳下了卡车。

伦丁说："我刚把车停下，雷德就跳出来了。事情发生得比我们想象的要快得多，这就是为什么我突然跑向他的原因。他当时一脸凶相，我们还不知道他有没有带枪。我们觉得他要么会朝我们开枪，要么拿枪对着我们晃，让我们朝他开枪。"

从伦丁的车到雷德之间有 30 英尺的距离，伦丁在跑这段距离的几秒钟内，惊讶地发现雷德的制服和威奇托市的警察制服很像。伦丁还告诉我，他无法摆脱这种感觉，那就是这次逮捕可能少不了枪林弹雨的一番打斗。

他说："雷德知道我们为什么在那里，他知道自己要进监狱了，而且再也出不来了。"

大多数人不会愿意看到雷·伦丁这样的人全速冲向自己。他身高 6 英尺，体重 225 磅，曾是一名举重运动员，在大学期间参加过全国比赛。刹那间他就用一只粗壮的手抓住了雷德的右臂，然后迅速用另一只手抓住了他的夹克领子。

伦丁说："我把他带到柏油路上。他走得很快，没费多大劲。"

过了一会儿，另一名警察用手铐铐住了雷德的手腕，伦丁拉他站立起来。当拽着雷德的身体把他扶起来时，这位有 18 年经验的资深特工注意到了一些奇怪的事。

他回忆说："他的心跳没有加速。他没有费力呼吸，甚至都没有出汗。我从未见过这样的事，从未见过有人在那样的时刻能够如此平静。真的很令人毛骨悚然。这基本概括了这家伙的一切。他仿佛什么也感觉不到。当我扶他站起来时，他慢慢地转过身来直视着我的眼睛。他的一切都很平静、冷静、平淡。他说：‘告诉我妻子我不回家吃午饭了……我想你知道我住在哪里吧。’”

伦丁回答说：“是的，我们会处理的。”

伦丁告诉我，那天下午他曾试图弄明白他在雷德脸上瞥见的表情。但他从那里看到的，与他所见过的任何邪恶人物都截然不同。

他说：“我很久以前听到有人用一种说法描述过纳粹战犯，我认为这种描述也适用于雷德。这种说法是‘未完成的灵魂’。我想不出比这更好的词了，未完成的灵魂，形容雷德非常合适。这个人根本没有关心在乎的能力，我也不知道为什么。通常情况下，你可以把这些家伙和他们的童年联系起来。但他的表现很普通。很普通。这说不通。他为自己的所作所为感到自豪。没有一丝悲伤或悔恨，甚至对他自己也没有。他什么都没有，绝对的一无所有。”

两分钟就结束了。伦丁把雷德交给了几名身穿防弹衣的警察，他们把这个戴着手铐的人推到停在附近的一辆棕色雪佛兰英帕拉车里。兰德韦尔坐在后座上。这时候，雷德咄咄逼人的神情消失了，显得有些茫然。

雷德后来告诉我的一位线人，当时事情发生得太快了，他还没搞清楚状况。他透露说，他从未预见到这一点。他绞尽脑汁想找出自己在什么地方出了错。

兰德韦尔告诉我，他看到雷德的那一刻，就觉得那家伙看起来很困惑，好像在想什么出了神一样。英帕拉的后门打开时，雷德满怀期待地向里面看了看，当看到在电视新闻发布会上见过的熟悉面孔时，松了一口气。

我问：“后来发生了什么事？你就要和你寻找了 20 多年的人面对面了。”

兰德韦尔深吸了一口气，叹道："他看着我说：'嘿，兰德韦尔先生。'我回答说：'下午好，雷德先生。'"

就在那一瞬间，外面的世界沉寂了几秒钟。突然间只剩下他们两个人——丹尼斯和肯。线人告诉我，这就是雷德一直希望的。这也是我一直想象他所幻想的。

兰德韦尔的一名警探开着那辆英帕拉驶上了I-135高速，朝威奇托市中心的史诗中心大楼开去。联邦调查局的办公室设在那里，4楼的审讯室马上就要热闹起来了。

生活中总有这样的时刻，事情就像刚擦过的挡风玻璃一样清晰。兰德韦尔告诉我，当时就是这样的一个时刻。因为在丹尼斯·雷德说出自己名字的那一刻，他知道这个他追了20年的人的话匣子已经打开了。没人叫他闭嘴，他是不会关上的。

这段车程并不长，在最初的几分钟里，车窗外被雷德恐怖统治了30多年的社区飞逝而过，三个人谁都没有说话。雷德告诉我的线人，他试图把目光集中在过往的风景上，尽他最大的努力让自己看起来冷静自若。他抬头看了一眼从头顶飞过的直升机。

兰德韦尔告诉我，几分钟后他转向雷德说："外面天气不错，适合打高尔夫。你打高尔夫球吗，雷德先生？"

戴着手铐男人脸上的表情立刻变得柔和了。

他说："不，我不太会打高尔夫。我主要做园艺和钓鱼。"

他停顿了一下，回头看了看窗外，又看了看直升机。兰德韦尔告诉我，他看起来几乎是高兴的。

"今天真是个好天气。"他接着说，开始打开话匣子，"春天来了。就在前几天，我还做了一些笔记。花儿都要开了。前几天我在附近看到了几只知更鸟，我想是加拿大知更鸟吧，可能只是路过这片区域。我经常喂鸟，就是为了能看看它们。"

到达史诗中心几分钟后，雷德就被带到了4楼的审讯室，里面摆满了电脑、打印机、收音机和传真机。他仍然穿着他的合规监督员制服。在房间里等着他的一名男子用棉签擦拭了他的口腔内部，采集唾液进行DNA测试。堪萨斯州调查局犯罪实验室的犯罪技术人员正焦急地等待着他的样本。

他被领到一张椅子前坐下来。

因为像雷德这样的警察崇拜者和自大狂，知道联邦调查局特工从总部来到威奇托市专门为了问讯他时可能会很兴奋，所以兰德韦尔请联邦调查局行为分析师鲍勃·莫顿加入了审问。莫顿坐在兰德韦尔旁边，他们都穿着黑色西装。

莫顿说："我来自匡蒂科。我大老远飞过来就是为了跟你谈一谈……因为这对我们来说是一个非常非常有趣的调查。我的意思是，我们已经断断续续地研究了31年。"

雷德点点头，脸上的表情变得柔和了。"嗯哼。"他咕哝着。莫顿继续拣他想听的话说。

他说："这是一起如此戏剧性的犯罪。如果你仔细想想，这在整个历史上都是一种不为人知的罪行。这就是为什么它会受到如此多的关注。"

雷德继续点头。

"是的，很多。"雷德说，"很多。很多媒体的关注。发生了很多事情。"

当我问起这件事时，兰德韦尔的脸上掠过一丝笑容。他告诉我："起初我认为在那里有一名联邦调查局特工是个好主意。但后来很明显能看出，雷德为在那里成为这么多人关注的中心感到很兴奋，有没有联邦调查局的人他都会说话的。"

到目前为止，全世界都知道雷德最终承认了自己是B.T.K.。我最感兴趣的是，这位来自堪萨斯州帕克城、戴着手铐、茫然无措的无名小卒，从被宣读“米兰达权利”到终于开始吐露自己的内心，这段时间发生了什么。在那几个小时里，在雷德黑暗反常的世界被展现在众人面前之前，兰德韦尔目睹了雷德几十年来表面生活背后的真实世界。

兰德韦尔告诉我：“这些都在你电脑上的一个文件夹里，名称是‘审问’。这是对当时发生事情的记录。”

几秒钟后我找到了那个文件夹，开始阅读，注意到兰德韦尔没有浪费太多时间来解释他为什么把雷德带到这个房间。

“你知道你为什么在这里吗？”他问。

“嗯，可能是因为B.T.K.。”雷德回答。“我想我现在是嫌疑人。”

“我们有什么理由认为你是B.T.K.吗？”兰德韦尔问道。

雷德又慢慢地点了点头。“嗯，我住在帕克城，上过华盛顿州立大学，在……啊。我就在那个年龄段。我还奇怪你们以前怎么没有用棉签来采集我的DNA。”

雷德沉默了一会儿，补充道：“我是B.T.K.的粉丝很多年了。”

这期间一直保持沉默的莫顿开始说话：“从第一次谋杀开始？”

面对这个问题，雷德似乎有点慌乱。他结结巴巴地回答：“嗯，我不知道。我一直……我有司法管理学位，所以这一直是我的兴趣所在。”

我敢肯定莫顿当时一定在微笑。如果我当时和他坐在一起，就会微笑，那种严肃的、认真的微笑，让雷德知道我们掌握了一切。对雷德的自尊心来说，表现得友好是很重要的，但不要友好到让人听起来不真实。

然后莫顿问道：“你知道今天为什么要用棉签采集你的DNA了吗？”

“嗯，我想我是主要嫌疑人。”雷德回答。

莫顿继续说：“那么，如果我们刚刚拿的那个棉签——”

雷德听到莫顿要说的话很兴奋，打断了他的话，“是的……啊哈。”

“如果结果是匹配的。”莫顿接着说。

“那我猜就这样了。”雷德回答。

“你是 B.T.K.？”莫顿问。

雷德说：“嗯，如果这是科学家们说的，你知道的。”

“你认为结果会是那样吗？”莫顿问。

雷德说：“我不知道。我们就别管它了。我现在还不知道。”

莫顿按照雷德说的做了。他只是往后退了一点，虽然不多。“丹尼斯，我有个问题要问你。”他说。

“嗯哼。”雷德咕哝道。

“你认为我们为什么来找你谈话？”

雷德皱起眉头，咬着嘴唇。“嗯，我不知道。我猜是作为嫌疑人吧。你一定有我的把柄，不然你也不会把我抓来。”

莫顿举起了 9 天前警方收到的那张软盘，然后兰德韦尔开始详细讲述他们是如何将其与他联系起来的。

兰德韦尔说：“你知道吗，每次打印或保存东西时，它都会在一个隐藏的标题中注册，这是你无法改变的。所以如果我们得到了类似的东西，它可能来自 B.T.K.，我们就可以找到那里，就可以发现它来自基督路德教会……于是我们就来找你了。”

雷德坐在那里盯着兰德韦尔，看上去就像有人刚用高尔夫球杆敲打了他的头一样。

“做得漂亮。”他说，但声音微弱，几乎像耳语。

好戏才刚刚开始，但这位贵宾已经开始显出了疲惫的样子，于是莫顿决定再坚持一段时间。他要再打几拳，然后给一点喘息的机会。

“那么你认为这一切的动机是什么？”莫顿问。

雷德的脸上露出了勉强的笑容，他点点头，好像陷入了沉思。“动机？”他问道，慢慢地在脑子里一遍又一遍地滚动着这个词。“那么，连环杀手的动机是什么？我不知道是什么让他们这么做的。”

“我很想知道你是怎么想的。”莫顿告诉他。

雷德用严肃、专业的眼光看了看他的审讯者。“我认为这是一个……”他停顿了一下，整理了一下我确信他已经思考了几十年的想法。“我不太了解基因，但我认为连环杀手们有一种跟其他人不一样的基因……我想那个叫B.T.K.的家伙说他体内有X因子，所以他们肯定有额外的染色体之类的东西。在这条线上的某个地方，如果不平衡，他们就要行动，就像嗜酒之类的东西。他们迟早会行动。他们停不下来。他们停不下来。他们可能会想控制它，但它仍然存在。那种冲动总是在那里。他们总是在策划，或者思考，或者做梦，或者什么的。对我来说，那是一种病。你们监狱里的很多人都是惯犯。放他们出去以后，他们又会做之前做过的事。他们中的一些人改邪归正了。他们告诉自己，‘哦，我再也不会那么做了。’但基本上它就在他们的内心，他们是被设定好的。”

兰德韦尔和莫顿坐在那里，听着雷德杂乱无章的长篇大论。正如他们所希望的那样，一切都开始浮出水面。他们对自己说，这只是时间问题，他的一切早晚都会像呕吐物一样喷涌而出。他们所要做的，就是坐在那里，不断满足他的自我，让他继续说下去。

莫顿问：“那么你认为他们在做什么梦呢？你刚才说‘他们在做梦’。”

雷德点点头，对特工的问题很满意。他对这一切关注变得如此陶醉，以至于从来没有想过，莫顿其实已经知道了问题的答案，只不过是把诱饵扔进水里，好让雷德保持在水面附近而不会沉底。

雷德语调凝重地说：“嗯，请允许我举个例子：假设你是一个银行抢劫犯，总是在做有关下一个大收获的梦，比如将如何完成它。然后有一天，你可能开车经过一家银行，看到它后，发现自己的想法可能行不通。于是你去找另一家银行。我的意思是，它总是在你的脑海里，一直在那里，总是在问你：‘你要怎么做？你打算如何实现这个目标？’”

他们让雷德冷静了一会儿。他坐在那里一句话也没说，其实已经开始崩溃，只是他自己还没有意识到。他结结巴巴地说：“我想是他基因的问题。我想，嗯，他们叫它X因子，他就是这么叫的，X因子，根本控制不了它。想把它收起来，但没有用。我是说，这是社会无法接受的。但就像一个酗酒或吸毒的人，他们会把这归咎于酒精或毒品。他们会说他们无法控制。”

他深吸了一口气，然后喃喃地说：“人们有问题，可能永远都会有问题。”

几分钟后，他那可怕的秘密继续像胆汁一样冒出来，从他隐藏了一生任其在那里溃烂的地方冒了出来。兰德韦尔看得出来，一切都开始显露出来了，雷德无法阻止。

他直视着兰德韦尔说：“给我找个牧师。”

“牧师？”兰德韦尔问道。

“是的。”雷德回答。

兰德韦尔还没来得及离开房间去假装让人把雷德的基督路德教会牧师送到联邦大楼，这个戴着手铐的人就说出了警察几十年来一直想听到的话：

“你们抓到我了。”

他就说了这一句话。仅此而已。兰德韦尔知道，他需要雷德说的远远不止这些。

紧接着，雷德想知道莫顿那天早上是乘坐了一架普通的通勤飞机来到威奇托的，还是案子大到足以让联邦调查局包了一架飞机把他送过来。令雷德非常失望的是，他没有得到包机的回复。这让他在接下来的几分钟里有点生闷气，不愿意为这两个人把点滴事件联系起来而承认自己是 B.T.K.。

他在慢慢靠近，但拒绝最后的一跳。只是说一句“你们抓到我了”，与检察官想要的如山铁证相去甚远。兰德韦尔在内心深处其实并不担心。他知道雷德招供只是时间问题。他也知道，让雷德承认自己是 B.T.K. 也只是他需要做的一部分。

目前最重要的，是让雷德对警方怀疑他犯下的每一起谋杀案都供认不讳。谋杀案的受害者数量是 10 人，这一点至关重要，尤其是他从未公开声称对以下 3 人的谋杀案负责：凯瑟琳·布赖特、马琳·赫奇和德洛丽丝·戴维斯。

既然他们已经把他的唾液送到托皮卡的犯罪实验室进行检测了，雷德也知道这只是时间问题。

“谢谢你这么直率。”莫顿特工说。

雷德回答说：“嗯。检测 DNA 的人都参与了，对此我已经无能为力了。我还没说我是 B.T.K.，但估计也差不多了。”

“差不多了？”莫顿问。

“差不多了。”雷德表示同意。

莫顿说：“我想，或许你会感觉好一些，如果——”

“是啊，这会耗尽我的感情。它会从现在开始打击我。”

但雷德仍然没有说出来，没有明确地承认。因此，为了能继续下去，兰德韦尔开始向他说明调查人员收集到的针对他的 DNA 证据。雷德若有所思地听着，然后问道：“难道就没有办法摆脱 DNA 吗？”

“无法摆脱 DNA，除非进行彻底的血液移植，失去身体的所有器官。”兰德韦尔微笑着说，用食指慢慢地敲着桌子。

“如果模仿 B.T.K. 的人认罪了，结果却不匹配，那不是很遗憾吗？”雷德问道。

兰德韦尔凝视着雷德的眼睛说道：“根据我得到的证据，我知道你家里有人知道 B.T.K. 是谁。在我们走进这里之前，在我找到逮捕你的正当理由之前，我就知道了。”

兰德韦尔停顿了一下，接着说：“我知道B.T.K.是你孩子的父亲，所以我才来找你。这就是为什么我知道你的DNA会和B.T.K.的匹配。”

莫顿几分钟前离开了房间，他回来时打断了那两个人。

他说：“牧师在路上了。你还不如直接说了呢。”

雷德深吸了一口气，低头看着地板。“我想你们抓到我了。”他咕哝道，“我还能说什么呢？”

从雷德坐到审讯室里开始已经过去3个半小时了。莫顿看着他说：“说说你是谁。”

雷德抬起眼睛，盯着两人身后的墙。过了一会儿，他张开嘴终于说了出来：

“B.T.K.。”

就是这样。就用了几秒钟，都说出来了。

过了一会儿，雷德意识到他需要问兰德韦尔一些事。他后来告诉我的线人，自从兰德韦尔警督告诉他，警方通过追踪他的电脑磁盘找到了基督路德教会而抓住了他，这件事就一直困扰着他。

现在他刚刚承认自己是杀了10个人的凶手。他在内心深处一直知道，自己有一天可能会被抓住。这在他的这个行业中几乎是假定的事实。

然而真正让他苦恼的是，自己是怎么被抓住的。这看起来似乎不……公平，雷德告诉我的消息来源。在过去的1年里，他开始觉得自己和兰德韦尔已经形成了一种职业关系。怎么不是呢？肯扮演了一个严肃的超级警察角色，就像我20年前想象的那样。在过去的11个月里，兰德韦尔一直出现在雷德家庭房间的彩电上，直接对他说话，满足他过大的自我，慢慢地让他相信他们的关系是建立在信任和尊重之上的。在丹尼斯看来，他们需要彼此：雷德扮演坏人，肯扮演警察。他们相处得很好很融洽。

雷德说："我要问你，你怎么能骗我呢？你怎么能骗我呢？"

兰德韦尔听到这个问题的时候，有点不太相信。雷德真的那么笨吗？难道他是如此无可救药地自欺欺人，以为过去31年只不过是一场大的游戏吗？他咬着嘴唇忍住没有笑出来。但雷德是认真的。他坐在桌子对面，眼睛一眨不眨地盯着兰德韦尔，耐心地等着对方回答他的问题。

最后，疲惫的凶杀案警探摇了摇头，喃喃地说："因为我想抓住你。"

雷德被捕后没过几分钟，6名威奇托市的警察就突访了他在当地的家，把宝拉、她的父母和他的两个兄弟聚到了一起，带到离市政厅几个街区的联邦调查局办公室，向他们简要介绍了刚刚发生在丹尼斯身上的事，并问了很多问题，比如他们是否记得雷德做过任何可疑的事情。

宝拉·雷德的父母不停地说："你们抓错人了。丹尼斯不可能做这些的。"

对雷德忠诚的妻子来说，逮捕和指控雷德显然是一个可怕的打击，让她感到困惑不堪。

宝拉是最先到的，由警察开车送到联邦调查局办公室。警察一直等到丹尼斯被铐上手铐才去了他家。丈夫被领进审讯室几分钟后，她也到达了那座大楼，在那里坐了4个小时，听调查人员向她介绍一个"陌生人"的所作所为，他们声称这个人是她的丈夫。她一直以来似乎从未停止相信他是无辜的，坚持认为她真正需要做的，是为他聘请一名律师。

但后来她想起了一件她称之为"巧合"的事。

她解释说："1974年，丹尼斯经常开车送我去上班。我们总是经过奥特罗的房子。他总是走那条路。"

她对伦丁说："但你们找错人了。丹尼斯不可能做这种事。"

宝拉的母亲去上洗手间了。父亲是一名二战老兵，他低头盯着自己粗壮的手臂，伦丁说他几乎能听到"车轮在他脑袋里转啊转"的声音。

过了一会儿，他抬头看着伦丁说："那么……你们找到这家伙的把柄了。"

伦丁回答："是的。这是毫无疑问的。就是他。"

雷德的岳父母走后，宝拉说要出去呼吸一下新鲜空气，清醒一下头脑。伦丁告诉我，他在走廊里看见她靠在墙上，一脸茫然，耳边还贴着一部手机。她正在和住在密歇根州的女儿克丽通电话，女儿刚刚接受了几名联邦调查局特工的讯问。

她低声说："不，不，不。不是你爸爸干的。一定弄错了。你不用担心。"

几天后，伦丁飞往康涅狄格州的一个海军基地——布莱恩正在那里的潜艇训练学校上学——与雷德的儿子交谈时，也听到了同样的内容。和雷德身边的所有人一样，布莱恩告诉伦丁他们一定是搞错了。

"我们把所有的事情跟他叙述了一遍，他很震惊。"伦丁向我解释说，"他看起来是个正直的人，很踏实。这件事确实很难让他接受。他告诉我'我们过着普通幸福家庭的生活。妈妈总是在家里，爸爸包揽一切：童子军、教堂、学校帮工。每年夏天我们都会去度暑假'。"

过了一会儿，布莱恩像宝拉的父亲一样变得沉默了。

"然后他看着我说：'这根本说不通……唯一让我产生怀疑的事，发生在我小的时候翻看爸爸的东西时，找到了一幅你们说的画，画的是一个处于可怕境地的女人，她全身被绳子捆着。当时我被吓到了，把它收起来后再也没看过他的东西。'"

雷德的家人陆续得知他秘密生活的同时，他正在附近的审讯室里享受着投在自己身上的所有关注。他感到头晕目眩，因为那些警探们在房间里轮流进进出出，问他问题。既然他已经承认了自己是B.T.K.，那么接下来的工作，就是让他一步一步地向警察讲清楚每一起谋杀案。

雷德后来向我的线人说，他感觉那些警探好像是在“谈话商店”，而他自己则实际上是一名警察。当然他知道他们想做什么。但与此同时，他感觉他们好像都是士兵，曾经是死敌，现在战争结束了，他们可以聚在一起闲谈了。

我知道雷德很高兴终于能够谈论他所做的一切了，即使这对他来说意味着终点。他从来没有机会这么做，可以向任何人谈论他生活的另一面。突然间他就在那里，被铐在一个满是警察的房间里，和他们一起闲聊。他们似乎了解他的一切，向他提问题，想知道他是如何做到这一切的。

然而与此同时，一种疲惫感开始渗入。

雷德告诉我的消息来源，尽管最初被捕时充满了喧嚣和兴奋，但几个小时后，他开始渐渐感受到疲劳和压抑。他最初经历的快感已经开始褪去，就像他所有的快感一样。但他现在不愿意去想“这个”。他想坐在那里谈论自己的罪行，他可以一直这样谈下去。这些家伙认真听取他说的每一个字。但随着时间越来越长，这种疲惫感变得太明显了，已经不容忽视了。

有一次，他摇了摇头，喃喃自语道：“一个39美分的塑料小软盘就是我的终结……这就是我完蛋的原因。”

审讯持续了大约12个小时后，雷德看着桌子对面的审讯员说：“你们谁能帮我一个忙吗？朝我的脑袋开枪，让我摆脱痛苦。我知道你们会因此遇到大麻烦，但像枪毙疯狗一样杀了我吧。只要杀了我就完事了。偷偷溜到我身后，朝我开枪。轰！我都不知道是什么击中了我。”

坐在他对面的警探会很乐意按他说的做，但他们没有动。被一颗子弹击中后脑勺太便宜他了。

兰德韦尔让雷德断断续续地唠叨了 32 个小时后，把他关进了塞奇威克县监狱，置于防自杀监视之下。雷德第二天早上在监狱里醒来时告诉我的消息来源，他一生中从未感到过如此低落。

“我为他感到悲伤。”兰德韦尔嘟囔道。

我回答：“是的，真的让我说不出话来。”

我们两个谁都没说话地坐了一会儿，然后我说：“你知道吗，真正让我想不明白的，是关于这个人还有很多没有答案的问题，很多事情我无法弄清楚。我得进去看看他。我需要和他坐下来，仔细扒拉扒拉他的大脑。”

兰德韦尔摇了摇头，看起来几乎有点厌倦。“进那个监狱很难，即使对你来说也是如此。”他说完后给了我一个何必这么麻烦的叹息。“我要对你说实话。我不需要知道丹尼斯·雷德为什么杀了所有这些人。我不需要知道他的心思在哪里，也不需要知道他是如何变成那样的。这不是我的强项。他杀了他们，他计划了，我的工作是用这 10 起谋杀案给他定罪。做完之后，我就跟他了结了。”

我内心也希望能跟丹尼斯·雷德了结。但出于某种原因，我觉得一切才刚刚开始。

第三幕

会见B.T.K.：独家专访

第二十一章

距离上次到威奇托市调查雷德被捕事件过去了 8 个月后，5 月 28 日，我又乘坐飞机来到了这座平原城市，在市中心老火车站旁的酒店订了一个房间。我上次也住在这家酒店。这里以前是一家制造公司的仓库，公司主要制造镰刀、斧头和屠刀。这地方有着近百年的历史，重新装修后做起了酒店生意。路边的人行道和建筑物都散发着一种古老而疲惫的气息。一切看起来都好像是用放了一天的干血做的砖砌成的。一想到那种颜色，我就想起了在自己整个职业生涯中浏览过的成千上万张可怕的犯罪现场照片。那个时候我看着照片，总想着再现已经发生的事，但现在我只想忘记那些事。

那是 5 月下旬，即使是午夜的空气也又热又湿。那种糖浆般黏糊的热，使我希望能克制住要穿纽扣衬衫的冲动。但积习难改。

我回到威奇托市是为了采访丹尼斯・雷德，他现在是埃尔多拉多监狱的囚犯，被监狱的工作人员称为 0083707 号。获得见他的许可并不容易。实际上差一点就见不上了。大多数人认为我所要做的，就是出现在监狱的前门，典狱长自然会和我见面，然后把我带到想谈话的犯人牢房里。真相却是，在和一个囚犯交谈之前，我不得不越过无数官僚障碍，尤其是“这个”囚犯。

还在联邦调查局工作的时候，情况可不是这样。我只需要走进去，出示证件后要求和一名犯人说话。现在不行了。自从 1995 年退休后，我就失去了这种奢侈的特权。但即使还有证件和典狱长的支持，雷德也不一定能和我说话，我也不能强迫他。

6个月前，我得知一个名叫克丽丝·卡萨罗娜的女人，和在监狱里的雷德建立了一种特殊的关系。他们之间签署了一份合同，赋予她作为他官方把关者的权力，由她决定谁能见他或采访他。显然她打算写一本关于他的书。

我开始和克丽丝·卡萨罗娜联系，给她打电话、写信、和她长谈，想让她同意我对雷德的采访。在雷德同意和我说话之前，需要先得到她的许可。自从雷德被捕以来，有数百名记者、电视制片人、行为科学家、作家和编剧联系过他，他们都要求——很多情况下是乞求——采访他。到目前为止，唯一能进入雷德在埃尔多拉多监狱“新家”的人，只有威奇托警方、州政府指派的辩护团队成员，当然还有卡萨罗娜本人。

到目前为止我还没有和卡萨罗娜见过面。我再次来到威奇托市的今天晚上，卡萨罗娜来到了我下榻的酒店，我们在酒店的大堂里碰了面。39岁的卡萨罗娜穿着一件印花连衣裙，看起来疲惫不堪。我小口啜饮着自己点的霞多丽白葡萄酒。她点的杰克·丹尼尔威士忌加可乐，喝了好几杯。但这在一定程度上是因为过去一周对她来说太糟糕了。似乎每次她拿起电话，律师都会告诉她一些不好的消息。

这也不足为奇。在过去的13个月里，卡萨罗娜越来越多地融入了丹尼斯·雷德的世界。在他被捕后不久，她成功地和他成了朋友，让他相信自己是站在他那一边的，是理解他的。当时他仍被关押在塞奇威克县监狱。然而这段关系对她造成了严重的伤害，把她的生活搅得天翻地覆，让她深陷债务之中，导致她在堪萨斯这个地区受到许多人的诋毁。没人说过与魔鬼共舞是件容易的事。

卡萨罗娜喝干了杯子里剩下的酒。她的眼睛看起来很紧张，好像已经在为第二天早上将要发生的事情感到后悔了。得益于她的帮助，第二天我被允许和雷德说话。

“跟我说说那个梦吧。”我说，试图让她想点别的。

她把鼻子周围的皮肤皱了起来，这让她看起来既困惑又有趣。几周前，她简要地提到了这个梦，现在似乎是让她告诉我这个梦的最佳时机。

“所以你想知道这一切对我有什么影响，对吗？”她问。

我点了点头。

深吸了一口气后，卡萨罗娜开始讲述那个场景。那是不久前的一个晚上，她睡得不踏实，在辗转反侧时脑海中上演的一幕。不知什么原因，她和雷德一起去了威尼斯。他们一起坐在圣马可广场边上一张摇摇晃晃的小金属桌旁。在巨大的公共广场对面，隐约可见威尼斯总督府哥特式的石柱和精致的拱门。游客们拿着购物袋和照相机在街上走来走去。她对这样和他坐在一起感到很不自在。即使是在梦里，她也能感觉到自己的皮肤在蠕动。这感觉不太对劲，她的眼睛一直盯着他，就像一只动物——比如花栗鼠或松鼠——看着递给它一片面包的人一样。

他知道她很紧张。他不在乎。这对他来说都是游戏的一部分。她知道不好的事情就要发生了。这只是时间问题。果然，几分钟后，他开始行动了。他把右臂垂到腰间，开始摸索他的黑色皮带，他想把它系在她的喉咙上。

卡萨罗娜在梦里站起来，快步走到巨大的露天广场。她认为在游客中间会更安全。但雷德很快就跟上了她，就站在她身后，用双手抓住腰带的两端。她开始奔跑，疯狂地寻找能保护她的人。但无论她走到哪里，他都跟着。她无法摆脱他。

“我从来没跟丹尼斯说过那个梦。”卡萨罗娜一边嚼着冰块一边说道，“我的意思是，我告诉他我做了一个关于我们俩在威尼斯的梦，但我没有告诉他关于腰带的那部分。这太吓人了……丹尼斯真的很喜欢做梦。他认为如果两个人同时做梦，他们有可能可以出现在对方的梦里。我不喜欢想那种事。”

经历了很多戏剧性事件、头痛和挫折之后，卡萨罗娜才终于来到我住的这个酒店大堂。我们的第一次交流发生在2005年12月，当时我写信给雷德，希望他能为这本书接受我的采访。他把我的信转发给了她，她立刻给我的办公室打了电话，留下了一条简短的信息，要求我停止并打消这个念想。雷德是她的。她已经抢占了他。只有她可以接触到他，正是这种接触为她赢得了一份出书合同，她将利用这份合同开始自己的写作生涯。

当然，她是有道理的。非常值得考虑。但如果我是那种只要有人叫我走开就退缩的人，现在可能还只是在底特律街道上工作的联邦调查局外勤特工。我没有给她回电话，决定让她来找我。3周后，我给雷德寄了另一封信，重申了我的要求，并对他决定将我的第一封信转交给卡萨罗娜表示惊讶。我这么做是想刺激一下雷德和卡萨罗娜。她立即回应了我，通过我的网站给我发了一封私人邮件，重申她与雷德有独家协议，他只会和她说话。她还提到自己读过我所有的书，而且她是我作品的——找不到更好的词来形容——“粉丝”。我决定不回她的邮件。

几天后，卡萨罗娜再次打电话到我的办公室。我拿起电话，我们进行了简短的交谈。她告诉我她是如何对这个案子感兴趣的，以及她为什么想写一本关于雷德的书。但我开始对卡萨罗娜和她阻止我接近雷德的方式感到有点恼火，这是我以前从来没有遇到过的。

我告诉她，我在20世纪70年代末就开始调查B.T.K.案，我说我会用在一线研究暴力罪犯几十年积累的知识来启发我的读者，让他们明白是什么让这些人这么做的，从而对读者进行教育。而这种教育方式是她永远无法做到的。

她说：“我知道。我读过你所有的书……但我不能让你和丹尼斯说话。我的账单堆积如山，我需要出书协议的钱来付所有的律师费。”

“这么说你还没有出书协议？”我问。

她说：“嗯……没有。但我会有的。”

我告诉她：“出版业的生意不好做。我写过几本畅销书，我可以告诉你，把一本书卖给出版商并不容易，即使对我来说也是如此。”

她叹息说：“是的。我知道。”

一个星期过去了，我们又交谈了一次。然后又一次。就像我说的，我在与人交谈方面还是不错的。我们俩之间建立了一种奇怪的友谊。经过 5 个月的反复讨论，卡萨罗娜终于屈服了。在此期间，我经常扮演治疗师的角色，听她发泄所有的沮丧。她最终同意放弃对雷德的独家采访。她会让他跟我谈。

这是一种仁慈的、慷慨的行为。唯一的不利因素是，她想在采访过程中在场，然后比较我和她对雷德的印象。

对于她的这个规定我可不感兴趣，于是我联系了州惩教局，告诉他们雷德同意和我谈。那里的一位官员很快拒绝了卡萨罗娜和我一起去监狱的想法。她对他们的决定很生气，不过坚持要遵守她的协议让我和雷德谈。

她说：“当我对某件事做出承诺时，会遵守诺言。但也许我们之后可以见个面，讨论一下你了解到了什么？”

我告诉她：“当然可以。这是我能为你做的最起码的事。”

克丽丝·卡萨罗娜记不清楚是从什么时候开始对丹尼斯·雷德着迷的了。但在过去的几个月里，在我们无数次的电话交谈中，她告诉我她能够将范围缩小到 1974 年，也就是我第一次从底特律的凶杀案警探那里了解到 B.T.K. 的那一年。奥特罗谋杀案发生时，她才 6 岁，但对父母窃窃私语的记忆成为她童年中不可磨灭的时刻之一，就像春天下午的蝗虫鸣叫声或龙卷风警报器的哀号。虽然她的梦想是成为一名兽医（就像雷德一样，就像我一样），但卡萨罗娜也有过有朝一日成为一名警探的想法。在 10 岁的时候，她决定自己的第一个案子将是 B.T.K. 凶杀悬案。

在那么大的时候，早熟的她经常把《威奇托鹰报》从头版读到封底。与这座城市里的其他人一样，她认真读取了关于这个无名杀手的每一个字，他让整座城市都陷入了恐慌。

一个星期六的下午，她和一个朋友步行到威奇托市公共图书馆，希望能看一眼凶手。因为他曾经在图书馆的书架上给警察留下过一封信，所以她认为他一定会潜伏在走廊里等着被发现。两个女孩走遍了每条过道，想要找到那个凶手。她们都有一种预感，看到他的那一刻就会认出他，但她们从来没有找到过他。

20 年后，卡萨罗娜在堪萨斯州做石油和天然气分析师，为了撰写有关托皮卡管道安全的详细报告，她读了成堆的州法令和联邦法规，开始思考为什么自己的生活没有变成年轻时梦想的那样。在过去的几年里，她被强奸了一次，得了骨质疏松症，离了一次婚，现在她的第二次婚姻正在分崩离析。

她渴望改变。不需要特别大的变化，只需要一些小而有意义的事。2005 年 2 月的一个早晨，她拿起报纸，读到了一篇文章，是关于她童年时代的恶魔被威奇托市警方逮捕的报道。

起初她不知道该想什么。几个星期过去后，她决定给他写封信，那种你寄给别人但不指望能收到回音的信。在 2 页纸的信中，卡萨罗娜讲述了他可怕的罪行如何在她的童年留下了永远无法抹去的印记。她把信扔进了邮筒后，就再也没有想过这件事。7 天后，她下班回到家时，从邮箱里拿出了一个信封，上面的回信地址写着塞奇威克县监狱。

她和雷德成了笔友，彼此不间断地互相写信。这比我考虑写一本关于 B.T.K. 的书早了 3 个月。4 月中旬，他开始向她家里打电话。两个星期后，她开车到威奇托的县监狱看他——到县监狱探监比到州监狱容易得多。正是在这第一次面对面的会面中，她明白了自己需要做什么。

卡萨罗娜决定写一本犯罪小说。她会详细了解雷德过去的肮脏和污秽，试图弄清楚是什么把他变成了一个无情的杀手。虽然从未发表过任何作品，但她赢过几次写作比赛，曾为堪萨斯州的一位参议员写了几年演讲稿。她相信自己写出的东西会有人读。更重要的是，她也变成了一个纸上谈兵的犯罪迷和业余心理画像师，狼吞虎咽地读着无数真实罪案书籍（包括我写的所有书），就像她的大多数朋友翻阅浪漫小说一样埋头苦读。

她的计划最奇特的部分是，无论从这本书中赚到多少钱，她都打算把减去费用后的其余收入，捐给雷德受害者的家属。卡萨罗娜想为这些忍受了无尽损失的人做正确的事。但她也很精明地意识到，如果这本关于雷德的书能够大卖，那么作为一名成功作家，她的下一部作品就可以获得可观的版税。

她告诉我："我们第一次见面时中间隔着一块玻璃，我并不害怕。但我一点也不兴奋。我丝毫没有这两种感觉。我只是觉得他很讨厌，我想那是我唯一的感觉。我当时只是想让自己和他撇清关系，我从你的书中读到你去采访这些人时，都将自己与他们分离开，我也希望像你一样。我认为自己就是去完成一项工作，让他信任我。"

从 4 月下旬到 6 月中旬，他们见了 17 次面，每次卡萨罗娜都穿着高领衬衫或西装外套，扣子总是扣得严严实实的。她想让警卫以为她是律师。每次他们见面，她都微笑着、大笑着、富有同情心地倾听着，散发出一种奇怪的强烈气息，把雷德变成了一种愚蠢的泰迪熊——如果这个杀人的心理变态能够被转变的话。

给雷德写第一封信过了 4 个月后，她让他把自己故事的版权签字转让给她。他热切地同意了。

从那个时候起，卡萨罗娜真正的麻烦就开始了。雷德将媒体的采访请求转发给她，她会以丹尼斯的名义拒绝他们所有的请求，这样媒体就知道了她与雷德的关系。从 2005 年 6 月开始，也就是雷德被捕 3 个月后，渴望得到雷德任何消息的当地和全国媒体，都开始报道她与这个凶手的关系。有消息透露，她正在写一本宗教类型的书，这激怒了该地区的许多人。他们认为她是个烂好人，很可能是娇纵雷德、告诉他罪过会被原谅的那种人。

“没过多久，我就成了‘那个来自托皮卡的疯女人’。”卡萨罗娜抱怨道。

被当作怪人是一回事，而她面临的法律问题更严重。

卡萨罗娜在法律方面的噩梦始于 2006 年 1 月，当时雷德受害者的家属因为她与雷德签订出书合同而起诉她，索赔金额不详。他们声称雷德和她做了一笔交易，让她从他的罪行中获利。她最初想把书的收益转交给这些家庭的想法，似乎并不重要。陪审团审判已初步确定，但案件于 2007 年 3 月被驳回，当时雷德和卡萨罗娜签署了一项协议，要求她一直完全按照她最初的意愿行事。

在花时间了解克丽丝·卡萨罗娜之前，我认为她是个疯子。我心里想，她十有八九只是一个疯狂的杀手粉，最终会成为调查人员的一个麻烦，甚至可能是障碍。

威奇托警方实际上很担心卡萨罗娜，因为当她即将出书的消息开始泄露出来时，雷德还没有就针对他的 10 项谋杀指控在法庭上正式认罪。当局仍然不知道雷德到底杀死了多少人。由于执法部门依靠公众提供潜在线索和其他信息，他们最大的沮丧，是卡萨罗娜可能最终为了她的书而隐瞒雷德 1994 年之后谋杀案的信息——堪萨斯州在 1994 年恢复了死刑。

2006 年 5 月，当我终于在威奇托市找到卡萨罗娜时，她声称被迫聘请了律师替她应付各种官司，自己已经欠了律师近 10 万美元的债务。她对自己说，写一本犯罪小说的大胆梦想已经刺穿了自己的心脏。她怀疑自己能不能把从数百小时的电话、很多信件和探监中收集到的任何见解付诸笔端。

“我只是希望像其他人一样写一本犯罪小说，事态却变成了这般模样。”她在酒店大堂里抱怨道，“有些人给我写信，说我这么做会下地狱的。我这么做是为了什么？我不想从这本书中得到一分钱。一分钱都不想要。如果我能解除与丹尼斯的这份合同，结束这一切，我会这么做的。但雷德受害者的家属并不在乎。反正他们要告我，我寸步难行。”

自从 2005 年 12 月第一次给雷德写那封信，请他为这本书接受采访以来，卡萨罗娜就一直让我头痛不已。但随着时间的推移，她慢慢变成了令人高兴的人，尽管我现在这么写她觉得很奇怪。她是一个精明的、固执的女人，有本事让自己陷入困境。但对于那些花时间去了解她的人来说，她也是一个慷慨的、善良的人，是那种会从钱包里拿出最后一块钱给有需要的陌生人的人。

“我当然很厌恶他。”卡萨罗娜盯着空杯子说。冰块已经融化了很长时间了。“如果有一天他从监狱里出来后出现在我家门口，我会把我所有的子弹都打到他的身上。我有一把 .45 口径的手枪，用它射击非常刺激。第一次婚姻失败后学会射击的。”

卡萨罗娜大笑起来。

我相信她说的话。

自从我们开始交流以来，卡萨罗娜一直对她了解到的有关雷德童年的大部分隐秘细节守口如瓶。这是她最感兴趣的。“什么时候发生的？他什么时候知道自己跟别人不一样的？”直觉告诉我，她还没有找到答案。她每隔一段时间就会暗示自己获悉了什么，但很多都是我知道的。从她告诉我的寥寥几句中，我的直觉证实了一个重要的、令人不安的观察结果：卡萨罗娜已经成了雷德的下一个受害者。他可能被锁在钢铁门、几英尺高的混凝土和闪闪发光的铁丝网后面，被监控摄像头和无数全副武装的看守监视着，但他仍然故技重施。在他脑子里的某个地方，正密谋着杀死卡萨罗娜、虐待她、勒死她，日复一日，周复一周，想象着自己一边看着她毫无生命的赤裸身体倒在他面前，一边进行手淫。

他们两人建立了一种共生关系。他需要她作为自己幻想的素材，而她需要他作为自己书的素材，努力解开许多人都在问的谜题：雷德是天生的连环杀手吗？他犯下的 10 起谋杀案是由基因决定的吗？还是他受到了童年某种可怕创伤的影响？当然，这个问题只不过是一个由来已久的、关于先天与后天的谜题，只是被推到了道德的极限而已。

和我一样，她也没有发现雷德过去被性虐待或身体虐待的例子。虽然他坚决否认自己小时候曾是受害者，但我不相信。要么是他不想承认，要么是他的心灵已经被创击得粉碎，导致无法找回记忆了。我不相信雷德是个天生的杀手。这个解释太简单了。

已经很晚了，我想睡觉了。我的身体还是按照东海岸的时间运行，那个时候已经接近凌晨 3 点了。“如果明天我采访他的话，我得去睡一会儿。”我咕哝着说。卡萨罗娜疲惫地点了点头，看上去和我一样疲惫。我们道了晚安，当我走向自己的房间时她喊道：“我忘了告诉你暗号了。”

“暗号？”我问。

“是的，暗号。因为从今晚我见到你，到明天早上你去采访的这段时间里，我没有机会和丹尼斯通电话，所以我想到了一个主意，你需要给他说一个只有丹尼斯和我知道的词，那是我们事先安排好的，这样他才会接受你的采访。”

“哦，我明白了。”我说，心里想她看了太多间谍电影了。

她说：“根据我对你的信任程度和对你的看法不同，丹尼斯和我有好几个不同的暗号。这取决于你告诉他哪个暗号，他就知道他可以和你交谈多深入、多开放。”她停了一会儿，低头看着酒店地毯上的污渍。“他不明白我为什么要让你跟他说话。他真的希望把所有的东西都留给**我**的书。”

我站在那里看着她，我太累了，没有力气告诉她，让我对着一个被定罪的连环杀手嘀咕愚蠢的暗号，会使我觉得自己傻透了。

“那么，暗号是什么？”我问道，开始觉得有些恼火了。

“我还没定好。”她说。

“我真的累坏了。要不你定好之后明天早上给我打电话说？”

她开始为自己采取的所有秘密防范措施感到有点尴尬。“你见到丹尼斯后就告诉他……告诉他狮子很强壮。”她说。

“那就是我的密码？”我问，“狮子很强壮。”

“没错。”

“这太荒谬了。”

卡萨罗娜笑了：“告诉他狮子很强壮，很积极。”

我说：“狮子很强壮，而且很积极。还有别的吗？”

“就这些。”

“晚安，克丽丝。”我喃喃地说。

“祝你好运。”她说。

我踉踉跄跄地上楼回到自己的房间，不知道自己会陷入什么境地。就算我和雷德的会面得以成功进行——我仍然不相信会成功——“会谈”的条件也远非完美。

在飞往威奇托市的前几天，埃尔多拉多监狱的一位官员对我说，我和雷德不能坐在同一个房间里，甚至不能隔着一块防弹玻璃坐在桌子对面。我只能待在访客中心，而他则坐在楼另一侧的一个房间里，盯着摄像机的镜头说话。我们两个会在电视屏幕上看着对方，用麦克风和扬声器交流。

典狱长本可以允许我和雷德在同一间屋子里进行访谈，但显然他拒绝了。毕竟我已经不在执法部门了，他不想让人觉得他给了我任何“特殊待遇”或者特权，尤其是当他办公桌上有一个盒子，里面装满了想要与雷德进行交谈的请求。就连我的好朋友、堪萨斯州调查局局长拉里·韦尔奇想给我安排一次面对面的会谈，典狱长也不打算破例。这让我很生气，不过我尊重他的决定。

然而最令人沮丧的规定，是我只能和雷德谈两个半小时。与一个杀人变态进行一对一的谈话，这些时间听起来似乎足够了，但其实远远不够。迄今为止，我所有的访谈都是开放性的，没有时间限制的，访谈结束的时机要么是我获得了自己想要的所有信息，要么是犯人被惹恼了要求看守把他带回牢房。

我倒在床上，躺在那里盯着天花板，想着明天上午要对雷德说的话。从楼下的街道传来了叫喊声，以及一个瓶子或者两三个瓶子被打碎了的声音。我觉得是酒吧里的打斗造成的。听着喧闹声，我的思绪回到了 20 年前的一次采访，尽管当时被采访者很不配合地让我离开，但我还是设法完成了它。回忆起那天下午，我的心情顿时轻松起来。那天，我穿过伊利诺伊州乔利埃特的斯泰特维尔监狱锈迹斑斑的大门，去采访理查德·斯派克——他杀害了很多人，思想丑陋且混乱。

作为杀害多人的狂魔，斯派克是狂魔中的狂魔。1966 年 7 月一个炎热的上午，他在芝加哥南部屠杀了 8 名实习护士。他先强奸了其中几名，然后殴打并捅死了她们。

斯派克被判处 1200 年的监禁。我去采访的那天，他正好心情不好。过去经常有麻雀从斯泰特维尔监狱破烂的窗户飞进飞出。在我去那里的几个月前，他设法捉到了一只麻雀，在它的一条腿上系了一根绳子，把它变成了自己的宠物。看守们看着他在牢房里一坐几个小时，跟麻雀说话，喂它面包屑。

看到这个冷血杀手善良温和的一面，监狱官员们有些吃惊。然而随着时间的推移，新鲜感逐渐消退，斯派克被告知必须放走这只鸟，因为他违反了监狱禁止囚犯养宠物的规定。于是他解开了绑在它腿上的绳子，在手里握了几秒钟，就在看起来他要释放它的时候，他把这只鸟捏得粉碎，将血迹斑斑的尸体扔进了一个大风扇里，让鸟的羽毛和内脏被风扇吹得到处都是。

我走进钢丝网围着的监狱，看到斯派克坐在一个牢房的文件柜上面等着我。他看见我时说的第一句话就是“X 你妈”。

他又说了几句类似的脏话后，我看着他说：“没关系，理查德。我不是非得待在这里。我还有很多别的事情要做。”

我站起身准备离开，然后瞥了一眼组织这次采访的一位监狱管理人员。“该死的。”我眨眨眼说，“我本来还想问问这个王八蛋到底是怎么操那 8 个护士的。因为不管理查德吃了什么，我都想要一些。”

斯派克闭上了他那张脏兮兮的大嘴巴，看着我，好像不敢相信他刚刚听到的话。我刚向他扔了诱饵，他立马就上钩了。

“我没有把她们 8 个都操。”他说，因为我没有弄清楚事实而惊恐，“谁会一口气操 8 个女人？”

当我终于从那间牢房走出来时，斯派克已经喋喋不休了将近 7 个小时，给我讲述了他生命中所有悲惨的日子，让我近距离地了解了这个变态杀手的演变过程。

面对丹尼斯·雷德，我预感自己不会那么幸运了。我相当确定他会假装为受害者的记忆哭泣，而且很有可能他会尊重我，彬彬有礼，因为他相信我们两个有着某种职业上的情谊。但底线是：如果他在采访过程中的任何时候变得生气或不安——这些在采访期间经常发生——都可以随时停止，而我将无法做任何事情来阻止他。他只需要喊一个看守进来按一下摄像机上的开关。那就这样了。游戏结束。

“欢迎来到犯罪学的美丽新世界。”我喃喃自语，感觉睡意渐渐袭来。

第二十二章

几个小时后我醒来，洗了澡，穿上一条长裤、一件棕褐色格子衬衫、一件休闲外套和一双乐福鞋。走出房间时，我瞥了一眼镜子里的自己。

我大笑起来："天啊，你看起来就像监狱的心理医生。"尽管雷德知道我的背景，但我几年前就发现，在监狱采访那些犯人时，穿休闲的服装更有助于犯人配合采访。

被监禁的重罪犯似乎在 200 英尺外就能闻到警察的味道。我的服装让我看起来像社会工作者或监狱的心理工作人员，这两类人往往能让囚犯没那么紧张。

我拿起公文包，走到酒店大堂要了杯咖啡，然后在一张摇摇晃晃的桌子旁坐了下来。

我的公文包里有一个文件夹，里面有从信笺簿上扯下来的 5 张黄色纸张。这几页纸是卡萨罗娜前一天晚上交给我的礼物。雷德几天前把它们寄给了她。原来当他得知我正在写一本关于他的书，而且卡萨罗娜同意他与我交谈后，他决定写一篇算是文章的东西。

正如上次在威奇托市时兰德韦尔告诉我的那样，雷德是我的书迷。可以预见他最喜欢的是《变态杀手》，而且肯定是因为这本书的第一章毫不掩饰地描述了 B.T.K. 案件。

卡萨罗娜说我在雷德被警方逮捕很久之前就对他很了解，这让雷德感到佩服。多年来，他一次又一次地重读那一章。他告诉卡萨罗娜，阅读我写的东西让他能够用一种前所未有的视角看自己，让他能更好地理解在自己内心翻滚扭动的、迫使自己去杀人的那股力量。不是说这种洞察力对他有什么好处，而是由于他永远无法就这个方面向精神科医生或心理治疗师寻求帮助，所以我在《变态杀手》中写的东西，感觉就像对他的心理治疗一般。那一章的内容迫使他问一些关于自己的问题。当然，他从来没有想出过任何答案。不过正如我之前所说的，对于像雷德这样肤浅和空洞的人来说，只是提出问题就已经很不错了。

我把雷德的“文章”摊开在桌子上。以前从来没有连环杀手给我寄过这样的文章。我的同事也没有收到过。

乍一看，这些纸上的东西只不过是从《变态杀手》第一章中摘选出来的潦草笔记。

这些纸上用黑色墨水写的字，与雷德日记本上的字一样个头小且潦草。我不是笔迹专家，但他内敛紧凑的字体让我想起他是多么克制和孤僻。他潦草的字看起来空洞、平淡，这是我在阅读其他杀手手写的文字时从未见过的。好像雷德一直在尝试写别的东西，却写出来了这东西，这让我觉得自己好像在凝视他的大脑。

他想用某种图表的样式写这份文件。在第一页的顶部，他写了“变态杀手（案例研究）”几个字。在这页纸的中间，他打印了一张单子，上面列着我在书中提到的他和其他连环杀手共有的品质和特质，他一定觉得这些都和他有关。在这张黄色纸的左侧，他注明了《变态杀手》描述这些特征的页码和段落。纸上的文字都比较突兀，从一个令人不安的话题跳到另一个，从未在某个话题停留很长时间。

“操纵、统治、控制……定位和识别——概述受害者……知道如何走进受害者的头脑……操纵、支配、控制受害者……他可以对执法部门做同样的事……几乎所有（连环杀手）都来自虐待或严重失调的成长背景，但这并不能成为他们犯罪的借口……被迫犯下暴力掠夺性犯罪……性掠夺者和猥亵儿童者确实喜欢他们的罪行……作案特征方面，比作案手法更好。作案手法是罪犯完成犯罪必须做的事情。作案特征是罪犯为了满足自己的情感需求而必须做的事情。作案特征对犯罪行为的完成不是必需的。但这是他犯下该罪行的首要原因……夜间掠夺者总是在寻找合适的受害者……偷窥癖，与寻找受害者相符，为下一次袭击做准备……地理位置舒适……虐待狂杀手期待他的罪行。事实上，他在犯罪生涯中逐渐完善了自己的作案手法。幻想在逐步演变，他获得了更多的经验……带上武器……刑具、鞭子、手铐……带受害者去的地方不被打扰。树林中不起眼的小屋配备了隔音设施……使用骗术……可以拍照或记录场景……拿纪念品——珠宝、内衣……大多数情况下以谋杀告终……杀死受害者可能是虐待狂幻想场景中不可或缺的一部分……虐待狂型——白人、智商高于常人、可能受过大学教育、有中产阶级待遇较好的工作。他具有支配型人格，收集捆绑物和施虐-受虐狂捆绑物。他可能会收集刀、枪等物品，阅读军事、执法或户外生存等读物。他可能有一只大型攻击型狗……由于智商和计划，他将很难被逮捕。”

在接下来的 4 页纸上，他每页都画了一种不同类型的图表，将自己与其他连环杀手进行比较。他渴望与那些连环杀手比肩而立。这是雷德自我膨胀起作用的又一个例子。谋杀让他成了名人，尽管他似乎已经忘记了这些谋杀最初是秘密，是不想让任何人知道的东西。一旦意识到自己的罪行受到了媒体如此多的关注时，他陶醉于自己的恶名。

突然之间，他想让全世界都知道，“B.T.K. 勒人魔”穷凶极恶，完全不可阻挡。大卫·伯科威茨、泰德·卡辛斯基和黄道十二宫杀手都是如此。在媒体上看到和听到他的名字所产生的冲动，对雷德来说，比真正杀死另一个人所获得的快感要好得多。

在每页纸的最上面，他列出了泰德·邦迪、“山姆之子”、埃德·坎伯、史蒂文·彭内尔（特拉华州的第一个连环杀手，由于在酷刑领域的专长，我被叫去调查过他的案子）、电影《沉默的羔羊》中的虚构杀手“水牛比尔”，以及加里·海尼克。海尼克是来自费城的连环杀手，他把女人关在地窖一个装满水的坑里，然后电死她们。雷德还为 B.T.K. 写了一栏。

在纸的左边，他列出了一系列的生理和心理特征，然后在每个杀手的名字旁边回答是或者不是，这取决于他们是否具有这种特定的品质。我觉得有趣的是，他在“专横的母亲”旁边潦草地写了“1/2”，我认为这意味着她只有一半专横，于是我做了个笔记，准备在采访中有机会的话问问他这个问题。

在“傲慢”“以自我为中心”和“内心声音”旁边，他写了“不是”。

不过当思考自己是否“聪明”这一项时，他决定给出肯定的答案。

事实上，他得出的结论是，图表上的连环杀手除了伯科威茨和虚构的“水牛比尔”，其余人都拥有他认为的智商。那两个人他不确定。

他在最后一页图表上方的注释中写道：“关键：掠夺者只要得到他想要的，就不在乎受害者会发生什么。”

这些话可能是雷德写过的最诚实的话，直击他是谁、他代表着什么。对于这个狠心无情的杀手，我想不出比这更好的墓志铭了。

早上 8 点刚过，我开着租来的车在 I-135 公路上向北行驶，经过帕克城，经过雷德回家的出口匝道，驶向埃尔多拉多。

这个时节的堪萨斯州是郁郁葱葱的。再过短短的 2 个月，大部分田地将被堪萨斯的烈日烤得金黄。那天是星期天。我开车经过的每个墓地，都有美国国旗在温暖的晨风中飘扬。

自从雷德 2005 年 8 月被判刑后转移到这个州立监狱以来，唯一来看望过他的家庭成员是他最小的弟弟保罗。丹尼斯在小学时经常保护他，因为其他孩子会因为保罗个头矮小而欺凌他。保罗把他们的母亲也带来了，但她得了阿尔茨海默病，根本不明白大儿子做了什么，也不明白他为什么被关在监狱里。消息来源告诉我，这两兄弟见面时都哭了，而这次探访的主要内容是保罗告诉丹尼斯，自从他被捕以来，亲戚们都在做些什么。

妻子宝拉、她的父母和他的任何一个孩子都没有去看过他。克丽一开始给他寄了几封信，但已经一年多没有写信了。自从雷德转移到埃尔多拉多后，宝拉就再也没有和他联系过，他们已经办理了离婚手续。但丹尼斯告诉我的线人，他梦想着她最终和他联系的那一天。他被捕后，她给他写过为数不多的几封信，在其中一封信里告诉他，某一天她必须原谅他，这样上帝才能原谅她的罪孽。所以雷德告诉自己，这对他有利。儿子布莱恩偶尔会写信给他，告诉他自己在海军的生活，向他讲述一些家庭琐事。布莱恩在一封信中评论道："你的脑子不正常，人们理解不了。"

从威奇托市开车到监狱大约需要 40 分钟，但我感觉时间更长。

我不知道自己期望从这次采访中得到什么。事实上，早在我再次深陷这个案子之前，就已经很清楚雷德脑子里在想什么了。但在翻阅了他的日记、采访了他的朋友和追捕他的警察之后，我发现雷德对我来说又开始变得模糊起来，近乎神秘了。这种感觉就像开车驶入了海上雾堤。当接近它时，可以辨认出它的形状和尺寸，而一旦进入其内，就会迷失方向、感到困惑。

我仍然还有没找到答案的问题。

我能说我真的理解他前一次杀人与后一次杀人为什么隔了这么久吗？

我真的知道他是如何把自己的生活与犯罪划分得如此精确的吗？

为什么他在 59 岁的时候重新作案？大多数这个年纪的连环杀手，

要么已经被关进监狱，要么已经死亡，要么足够聪明地知道连环杀人不是老年人的消遣活动。

最后，我们执法部门的人能从雷德身上学到哪些东西，以便在其他连环杀手的杀人生涯早期阻止他们？

走着走着，我发现自己迷路了。在路上感觉花了几个小时之后，我对自己说，一定是在某个地方拐错了。当看到一个穿着宽松工装裤的老人走过一家餐馆的砾石停车场时，我把车停了下来。

“你知道这附近哪里有监狱吗？”我探出车窗问。

老人把我打量了一番，想看清楚他是否认识我，或者我看起来是不是本地人。“你去那儿有什么事？”他问。

“有个人在那里等着我，我一直想和他说说话。”

“嗯，这不是很难的事。”他咧嘴一笑，然后指向我刚才已经走过的路。“沿着这条路一直走下去。你一定能找到的。”

我谢过他，继续赶路。几分钟后，我开到了一座小山的山顶时，远处隐约出现了庞大的监狱低矮建筑群，周围环绕着闪闪发光的铁链栅栏，看起来似乎长达数英里，一座像蘑菇云一样的白色水塔高耸入云。这个巨大的建筑群看起来就像科幻电影里的东西，人们可能会在那里发现邪恶的科学家正躲在实验室里制造毒药。

我拐下高速公路，沿着一条又长又曲折的路一直开到停车场。一阵温暖而猛烈的风从南方吹过来，吹过草原，吹弯了路边的小树苗。我把车停在车位上，从车窗里盯着几十只乌鸦和麻雀看，它们俯身在地上迎着大风，竭力避免被风吹走。哨塔旁有一根巨大的铝制旗杆，上面的一根绳子悬挂着一个铜片码，发出一种催眠般的奇怪节奏，有一种渗透一切的感觉。

我朝着一条水泥人行道走去，旁边停了大约十几辆汽车和卡车，里面坐着神情严肃的女人们，正对着后视镜梳妆打扮。我尽量不去看她们。因为有风，我不得不使出全身的力气，才把监狱的厚玻璃门打开。

进去之后，首先映入眼帘的是一个玻璃柜，里面装满了埃尔多拉多当地人制作的手工艺品。其中一个架子上放着很多用纱线和木棍做成的捕梦网，正在出售。传说许多美洲原住民部落就是用这些东西来预防噩梦的，只需要把它挂在床上，噩梦在到达你的头里之前就被纱线缠住了。

我想知道雷德的女儿有没有试过这种方法。通过一些消息人士了解到她是个警察迷时，我给她写了一封信，让她知道我想问她父亲一些问题。我没有收到任何回复。

我对自己说："她可以使用这个。也许我待会儿离开这里的时候，会买一个寄给她。"

我走到一个大柜台前，那里站着一个年轻女性。我告诉她探监的目的，她递给我几张纸。

"填一下这些表。"她说。

我在木凳上坐下来，开始填表。在我周围，探监的人们把美元钞票投进安装到墙上的机器里，把现金转换成代币，待会儿可以在这里的杂货商店使用。整个房间听起来就像拉斯维加斯赌场的老虎机区。

我把探视表还给工作人员后，没多久她就示意我回到柜台，指了指我填的表。她对我写的内容有疑问。

"你和犯人是什么关系？"她问。

"朋友。"我告诉她，觉得告诉别人我是丹尼斯·雷德的朋友很可笑。

"你的职业是什么？"

"前联邦调查局探员。"

她在空白处写上了"调查员"3个字，把表格看了一遍，然后离开柜台，穿过一扇门走进了后面的办公室，里面坐着几个人。过了一会儿她回来了。

"好像有点问题。"她说。

虽然我料到她会这么说，但我还是感到心脏开始怦怦直跳。我尽量装出毫不在意的样子，笑了。她又小跑着回到办公室，30秒后又出现了。

“实际上有两个问题。”她说。

我对这两个问题具体是什么不感兴趣。不跟雷德谈上话，我是不会离开埃尔多拉多监狱的。如果他想取消采访，那就这样吧。不过，我等了太长的时间、走了太多的路、经历了太多的困难才来到这里。于是我列出了州执法部门和监狱部门一些重量级人物的名字，他们要么自己曾想办法把我弄进去，要么知晓我想要进去探监的意图。

“你可以给他们打个电话吗？”我建议道，但希望她不要这么做。“我有他们所有人的电话。我想他们会有兴趣知道我在这里得到的冷待。”

她又进进出出了几次办公室。

“那边。”她指着房间角落里的一扇金属门说。

我打开门，穿过一个金属探测器，沿着两边都封着防弹玻璃的走廊往前走。与阿提卡监狱或圣昆汀监狱相比，埃尔多拉多监狱并不让人感到害怕。这个地方干净明亮，给人一种刚刚建成的感觉。这里充斥的是新油漆的味道，而不是尿臊味。几乎与我参观过的所有监狱不同的是，这里实际上是经过美化的。

一个看守在走廊的尽头等着，在我的手背上印了一种看不见的墨水，然后我进入了一个类似社区大学食堂的房间。男男女女在一条条长桌的两边面对面地坐着，手拉着手低声交谈着。几个穿着监狱配发的牛仔裤和蓝色T恤的男人把孩子抱在膝盖上。像雷德这样的暴力罪犯带来的风险太大了，是不允许与来访者面对面的。我心想：“这些人一定是最坏的人里面最好的。”

另一个工作人员站在一张桌子后面向我挥了挥手。我把随身带着的那张纸递给她。她研究了一下后说：“你有两个半小时的时间。”

她的话让站在旁边的那个女人接受不了。她穿着莱卡短裤，身材魁梧，喊道：“嘿，这不公平。为什么我只有一个小时，他却有两个半小时？”

她紧紧抓住一个孩子胖乎乎的手，那孩子穿着脏兮兮的纳斯卡 T 恤。我看着她愤怒的眼睛。

“为了来到这里和这个家伙说话，我已经等了 30 多年了。”我告诉她，然后看着她脸上的表情变得柔和了。

工作人员递给我一把储物柜的钥匙，让我把太阳镜和钱包放进去。另一名看守把我带到房间一个偏远的角落里，那里有 4 个木制三面小隔间，每个隔间的宽度只够放一把椅子。我找了个座位坐下，注意到面前桌子的木架子上，放着两个叠在一起的电视屏幕，显示器的顶部放着一个微型摄像机，镜头类似于 .12 口径的枪管。

最上面的屏幕显示的是我的画面，雷德看到的就是这样的画面。在较低的显示器上，我瞥见了一个没有明显特征的房间，墙壁的颜色像放了一周的蛋奶糊，地板中央放着一把空椅子，昏暗的白光透过远处墙上的一扇铁窗照了进去。我很想问问看守，显示器上的那个房间在这个巨大监狱的哪个位置，但决定还是不问了。这里的每个人似乎都很担心安全问题，我知道这个问题只会让他们更紧张。

房间里没有人。于是我在那里坐了几分钟，惊讶地发现空气又热又黏，能感觉到一片片的汗水开始从我的衬衫里渗出来。

几分钟过去了……我想知道雷德为什么还没有出现。一名看守走过来为延迟道歉，解释说两个房间之间的音频信号出了问题。

在等待“贱宾”出现的时间里，我回想起昨天晚上卡萨罗娜提到的一件事：雷德的情绪最近变得阴郁了。几天前，一个有暴力倾向的狱友认为在“拒绝心肺复苏”① 的表格上伪造雷德的签名很有趣。我

---

① Do Not Resuscitate，是指在无法做出医疗指令之前签下的预嘱，告知医生在心脏停跳或呼吸停止时不进行心肺复苏急救。——译者

想是监狱里的幽默吧。不久之后，一名看守出现在雷德的牢房，跟他确认是不是他自己签的名。雷德站在牢房中央，盯着那张纸，一遍又一遍地读着纸上的法律术语，然后告诉看守签名是伪造的。

“我也是这么想的。”那人告诉他，然后转身要离开。

“等等。”雷德说。他走到靠在墙上的小桌子前，抓起一支笔，划掉了冒名顶替者的潦草字迹，然后在表格上写下了自己的名字。

“给。”他说，“现在是我签的字了。”

我试图在脑海中留住雷德站在那里读那份文件的画面。他开始适应环境了。他在监狱里新生活的新鲜感开始逐渐消失，那张“拒绝心肺复苏”的表格提醒他，离开埃尔多拉多监狱的唯一方式——除了被转移到另一个监狱之外——就是被装进橡胶尸袋里用轮床推出去。

15 分钟后，下面显示器的屏幕显示一扇门打开了。雷德在一个看守的带领下，拖着脚步走进了房间。他的手腕上戴着手铐，腿上戴着铁链。

我突然意识到，雷德比我在照片或电视上看到的要瘦得多，憔悴得多。他从入狱以来一定瘦了很多。也许他不喜欢监狱里的食物。

雷德跌坐在椅子上，眯着眼睛看向摄像机。他脸上茫然的表情告诉我，他那边的显示器一定还是黑色的。他不知道我正在看着他。

我凑近屏幕，看到他脸上闪烁着汗珠。过了一会儿，他想擦去汗水，但由于那根粗粗的钢链子连着他的腿和手腕，手只能抬离膝盖一两英寸高，所以他只能弯下腰，把头埋在膝盖上，让自己的脸在双手上来回滑动，才能擦去汗水。

你可能会想，对于一个这么喜欢捆绑的人来说，他会很享受，但从他脸上因为无聊而皱起的眉毛上，显然看不出任何享受的迹象。1 分钟后，我面前的喇叭里传出了人的呼吸声。从雷德自我意识的转变来看，我能看出他现在从他面前的屏幕上看到了我的画面。

“你好，先生。”他说。

他用“先生”这个词使我大吃一惊。这非常幼稚，但又有点蓄意的感觉，尤其是考虑到我们两个年龄一样大。

“叫我约翰吧。”

雷德点点头。

“我们一位共同的朋友向你问好。”我说。

他再次点了点头，毫无疑问他的脑海中浮现出了卡萨罗娜的形象。“她是一个非常可爱的女人。”雷德说，“她……她对我帮助很大。”

“是的。”我告诉他，不知道今天早上他是否已经在脑海中虐待和谋杀了她。“我敢肯定她帮了大忙。”

雷德的脸又变得毫无表情了，好像没有听见我的话，但我继续说下去。

“有句话我应该告诉你……狮子很强壮，而且非常积极。”

雷德斜视着镜头，然后弯下腰把头歪向一侧，用手轻拍了两下右耳。我能听到他沉重的呼吸声。但我有一种预感，他是想告诉我他那边的声音出了问题。我们再一次凝视着面前屏幕上彼此的画面，默默地等待着，直到声音能够正常传输。

声音刚恢复，他的脸就亮了起来，好像一个非常重要的想法刚刚在他的脑海中出现。“嘿。”他说，“你没有什么密码给我吗？”

随着时间的流逝，这一切变得越来越愚蠢。“有的。”我回答，“狮子很强壮，而且很积极。”

雷德慢慢地点了点头，让自己沉浸在这句话里。他的嘴微微张着，使他看起来几乎被迷惑了。我暗自怀疑他已经忘记了卡萨罗娜的密码是什么，但还是决定即兴发挥。

“很好。”他说，“这对狮子来说很好。”

第二十三章

丹尼斯·雷德直挺挺地坐在黑色塑料椅上。他穿着蓝色T恤，上面黑色的汗圈在腋窝周围和脖子下面一点点变大。我在过去总是密切关注采访对象出汗的方式，这通常意味着他们已经开始失去控制。但在埃尔多拉多监狱，我对此没有任何把握，因为这地方就像个该死的桑拿房，我真想把休闲外套脱掉，但还是决定继续穿着。毫无疑问，雷德因为我为他穿着外套而感动了。

"听到你母亲的事我很难过。"雷德眯着眼睛盯着镜头说。他的话让我感到非常意外。我猜卡萨罗娜可能在3个月前告诉过他我母亲去世的事，但我从没想到他会提起这件事。一个连环杀手对别人死去的亲人表示哀悼似乎很讽刺。不仅如此，他不是真心的，因为他做不到真心为别人难过，至少不会像大多数人那样难过。但他还是说了，因为这是正常人之间会说的话，而丹尼斯·雷德早就掌握了像正常人一样说话和做事的艺术。

"谢谢。"我回答。

雷德坐在那里，听着我讲述我母亲去世的事，他的脸上挂着沉思、忧郁的表情。他看起来好像在试图理解我对他说的话，但我知道他做不到。这对他来说在生理和心理上都是不可能的。过了一会儿，他的眼睛开始变得黯淡无光，于是我决定把话题引回到他的身上。

"我费了好大劲才见到你。"我告诉他。

“是的。”他回答。“有几个人不想让我们说话。两个联邦调查局探员几个月前来过这里，对我说不需要和你说话。他们一直对我说‘忘了约翰·道格拉斯吧。跟我们谈’……我想他们是嫉妒你了。”

“他们不是嫉妒。”我告诉他。“他们是气恼。我退休以后，认为他们有几个案子搞错了，所以与联邦调查局产生过分歧。琼贝内特·拉姆齐谋杀案就是其中之一。”

我说得很慢，尽量不让自己显得太急于谈论他的罪行。我想把自己塑造成一个从各个方面看待案件的人，那种既不讨好检察官也不讨好辩护律师的人。我想让他知道我会公平对待他。

雷德目不转睛地盯着镜头，慢慢地点了点头。“你不会认为她的父母和这件事有关吧？”

“不，我认为不是他们。”我告诉他。“辩方和控方在调查期间的不同时期都找过我，但我离开时确信那家人不可能犯下那宗谋杀罪。”

“为什么不可能？”他问。

我说：“当父母杀死孩子时，尸体通常和那个小女孩的不一样。谋杀发生后，他们通常会试图破坏现场，让受害者觉得更舒适、更平静。可是琼贝内特已经被人恶毒地掐死了。胶带封住了她的嘴，她的双手被绑在头上。在她死前不久，头骨被一记重击击碎了，那一击足以击倒一个200磅重的人。”

雷德看上去很无聊、很烦躁，开始有点无精打采了。我看得出来，谈论他没有参与的谋杀已经开始惹恼他了。他希望这一切都以他为中心。

我担心他会因为我没有恰当安抚他的自尊心而感到厌倦，于是我决定改变态度，开始赞美他。我告诉他，我一直对他精确描述犯罪现场的能力印象深刻。雷德似乎很乐意参与这个话题，他的脸上又露出了那种严肃的神情。他的头上下摇晃着，背部挺得很直。

“我记得每一起犯罪的每一个细节。”他回答说，“我记得每一个细节，就像大多数人记住他们最喜欢的电影一样，我在脑海里一遍又一遍地播放。当我还是个孩子的时候，一切都是这样开始的。这些想法和画面在我的脑海中浮现，我越想它们就越强大。我只是太沉迷于它们了，以至于很快……它们控制了我。我再也无法抵抗它们了。”

“我一直觉得，你必须有一台相机才能记住所有的细节。”我说，“你的记忆力一定很惊人。”

雷德把脸从镜头上移开，盯着他所坐房间里远处的一堵墙。我觉得他是在做白日梦。也许他刚想象着用绳子套住卡萨罗娜的喉咙。雷德一生都在做这样的事情：不仅幻想谋杀和虐待，还幻想成名、有权势、有影响力、比任何人都优越。当终于转过身来再次与镜头对视时，他迅速开始欺骗我，让我相信他已经改变了。

“我正努力不再去想那些想法了。”他说，“我试着对自己的生活有更多的控制，试着远离那些幻想。这是我现在唯一的出路。每天早上醒来的时候，就是幻想开始的时候，那是它们最强烈、最无法控制的时候。宝拉总是比我起床早，她起来后，我就躺在床上想那些事。但现在我试着屏蔽掉那些画面，我试着去想宝拉和孩子们，还有这一天接下来的时间里我要读和写的东西。我不再画那些捆绑的画了，我画开心的笑脸。我还读《圣经》。你问克丽丝，我们说话或我给她写信的时候，我经常提到《圣经》。”

“我是一个基督教信徒。”他继续说道，“一直都是。杀死奥特罗一家后，我开始向上帝祈祷帮助，这样就可以对抗内心的那个东西了。我最大的恐惧——甚至比被抓住还要可怕——就是上帝是否会允许我进入天堂，还是我会被永远谴责。我一辈子都在想，甚至在杀人之前也在想，我想知道是不是无论请求原谅多少次，上帝都会因为我的行为而不接受我。”

他这些关于上帝、死后生命和宽恕的喋喋不休的唠叨让我想笑，但不敢笑。宗教是他用来伪装自己愚弄周围人的一部分。当得知雷德是他所在教会的会长时，大多数人都感到震惊，但我没有。得知他与帕克城的基督路德教会有长期的联系时，我想大喊："他当然会这样！"

我们关于连环杀手里程碑式的10年研究揭示了这一点。我们了解到，如果这些人可以选择一种职业，他们会选择牧师、警察或顾问。

为什么？当然是因为额外的福利。最明显的一项，就是所有这些职业都涉及某种形式的权力和对他人的控制。监狱里的许多暴力罪犯都被宗教所吸引，这并不奇怪。他们不仅仅是为了成为一个团体的成员，更是为了领导这个团体。查尔斯·曼森家族的查尔斯·"特克斯"·沃森和大卫·伯科威茨现在都是监狱里的牧师。

现在我能感觉到雷德已经开始打开话匣了，让自己适应了与像我这样代表执法部门的人交谈想法。据卡萨罗娜说，他仍然对警察怀有怨恨，他告诉她，他对他们在马拉松式的审讯过程中，允许他象征性地上吊自杀的方式感到不满。

"我知道你。"他笑着说，"我知道你是怎么看我的。"

"是吗？"我问。

"有人从你的网站上给我发了一份时事通讯[①]，就是你去年冬天写的那份。"他说，"你不喜欢我这样的人。你认为我们每个人都会做出选择，所以我们必须为自己的行为负责。你说我应该被判死刑。"

他停顿了一下，咬了咬嘴唇接着说："我也赞成死刑。我想我应该被判死刑。但自从1994年以后，我就没杀过人了，所以我判死刑

① Newsletter，俗称邮件列表，指定期向用户发送所订阅主题的邮件，是即时通讯的一种方式。——译者

还不够格。”

“这是你杀害德洛丽丝·戴维斯后不再杀人的原因吗？”我问道，不完全相信他在 1994 年堪萨斯州恢复死刑后没有再夺去生命。

“不是。”他说。

雷德的话强化了我的一个信念，那就是当他残忍地杀人时，很清楚自己在做什么。这与任何分裂的人格、邪恶双胞胎或住在他体内的怪物都没有关系。我回想起路德教会的牧师把发生在他教区居民雷德身上的事作为一个例子，讲述了恶魔力量如何腐化一个健康的、有爱心的、适应能力强的人。我想这就是我和雷德牧师那类神职人员的区别。

“这里还不错。”雷德换了个话题继续说，“他们把我关在一个 12 米长 9 米宽的牢房里。那里有一扇小窗户，可以看到外面的田野。我能看到外面草地上的知更鸟，甚至有时还能看到蝴蝶。我也经常看日落。每天晚上我都会写日记，记录刚刚看到的日落。”

“我在这里写了很多东西，主要是信件。我收到了很多信。我怀念在户外和在花园做园艺的时光。我家后院有一个很大的花园。也许有一天我能到这里的院子去。那会很好。但我想这可能也很危险。所以我不知道……”

“你可能会成为院子里的名人。”我说。

“是的，我知道。”他笑着说，“我猜有点像摇滚明星。”

他又停了一下，弯下腰擦去眼里的汗水，也许是眼泪，然后继续说下去：“这个周末是阵亡将士纪念日，不是吗？……自从我爸爸去世后，我每年都会在这个纪念日开车去墓地到他的坟上献花。我的老爸是个好人。今年我让克丽丝帮我去献花，请求他原谅我，告诉他我变成这样与他无关，问他是否会让天堂里我的受害者们原谅我，但我不确定克丽丝会不会做到。”

“她压力很大。”我告诉他。

“我知道她压力大。”雷德说，“但我真的很喜欢她。真的。不是以爱人的方式。不是那样的。她是因为我而过得很艰难的，她是为了我才坚持着。”

我咬紧牙关，惊讶于这家伙的妄想症。卡萨罗娜坚持的唯一原因，是因为她别无选择。起诉她的人根本不在乎她是否解除了与雷德的合同。在他们眼里，她把命运交给了魔鬼，那些诉讼是她应得的报应。她可以爬到一个角落里祈祷这一切赶快过去。我已经记不清她说过多少次自己曾经这么做。或者她可以继续前进，以某种方式完成这本书，这本让她的生活变得如此糟糕、难以忍受的书。她有什么是真的不得不失去的呢？

“我想谢谢你写的那篇文章。”我对他说，“克丽丝昨晚给我了。很有趣。但我有件事要问你。在你母亲是否专横的问题旁边，你写了1/2这个数字。”

“这件事我不能再告诉你了。”他回答说，“这是给克丽丝的书写的。我要给她留着。你会帮她出版吧？她说你会。”

“是的。”我向他保证，“我会尽力帮助她。但我不能保证什么。出版书没那么简单。”

雷德看向地板，一脸怒容。沉默。卡萨罗娜是对的：雷德看起来情绪低落。他那单调乏味的声音和毫无生气的眼睛表明了这一点。向警察坦白和随后媒体炒作带来的那种激动已经开始消退。他一生中大部分时间都在与之抗争的抑郁无疑又回来了，现在他已经无处可逃了。

我现在意识到，雷德非常痛恨自己。他一直都是如此。他可能没有表现出来，也没有向别人表露出他的自我轻蔑，但他在内心深处厌恶自己身体里的每一个分子。正因为如此，他在心理上无法去爱别人，也无法被爱。我相信随着时间的推移，他慢慢喜欢上了宝拉和他的两个孩子，但当他在他们身边或想到他们时，他所体验的情感不是爱，充其量是一种强烈的熟悉感。

雷德又开始说话了，但声音被扭曲了。我听到扬声器里传出噼里啪啦的声音，但我决定继续说下去，直到雷德表示他听不见我说话为止。

“我还有件事想问你。”我告诉他，“在量刑听证会上提到南希·福克斯的谋杀案时，你哭了。对此我有一套理论来解释。你的其他杀戮似乎都没影响到你，但那起却影响了你。你想听听我的理论吗？”

“说吧。”他说，“我听听。”

“我从一些人那里听到了一些事。”我告诉他，“谋杀期间出现了一些情况。你总是说南希·福克斯是你的完美受害者，我看你擦干眼泪之后想，那是因为她对你说了些什么，一些真正打动你的话，在那一刻你突然不想杀她了，但你知道自己必须杀了她，你知道你已经走得太远了，不能留她活命。”

雷德皱起眉头，我整个上午都没见他这么严肃过，似乎在仔细考虑我刚才告诉他的话。他盯着镜头，但眼睛似乎又没有看着镜头。

“在法庭上，我一整天都像个机器人。我处于自动驾驶模式。”他说，“我什么感觉都没有。南希的父亲作证后我哭了，是因为我开始想到克丽，我的女儿，我想如果发生在南希·福克斯身上的事情发生在她身上，我会有什么感觉……这让我哭了。”

第二十四章

我盯着屏幕上雷德的画面看。他的嘴在动，但那个该死的扬声器似乎又死机了，因为从雷德嘴里说出来的唯一的东西，就是被话语掩盖的空白。我试图让自己相信音响系统的故障并不重要，但还是示意一个看守过来修理。看守摇晃了几根电线，敲了敲电视显示器的侧面，哄着扬声器苏醒过来了，当时雷德正在滔滔不绝地谈论是什么驱使他犯下了第一宗谋杀案。

他说："你已经知道诱发事件是什么了。这都是因为我在塞斯纳被解雇了。我和妻子在性方面没有任何问题，我们也没有经济问题。都是因为失业，太不公平了。就是太不公平了。我真的很喜欢那份工作。"

"等一下。"我说，"你正要告诉我是什么驱使你行动时，系统的声音出现故障了。"

雷德的脸上又浮现了一丝微笑。他似乎乐在其中。

"都是心理上的问题。"他说，"走进别人的房子时，我所做的一切都是基于对捆绑的幻想。我特别喜欢自我捆绑。我不是虐待狂。我从没拔过任何人的手指甲或脚指甲。性也从来不是我幻想的一部分。我想要权力。我想这才是我真正想要的。所以南希·福克斯才是我最完美的受害者。我可以停留在她那里很长时间而不受任何干扰。"

"跟我说说你的邻居吧，她叫马琳·赫奇吧？"我问，希望能让他谈谈他的其他谋杀案。“你把她带到了教堂的地下室。”

雷德的脸扭了扭，摆出了一副沉思的表情，但看起来很可笑。“是的，她也不错。”他想了一会儿说，“我真的很喜欢这个。你知道吗？这么多年来，我所有的入室行窃几乎都和杀人一样令我满意。我闯入过很多人的家里，偷过手表、珠宝和内衣。但就像你书上写的那样，幻想比犯罪更好，因为在幻想中，一切都在我的掌控中。我既是导演又是主角。就像我之前说的，这就像看电影一样。我看到自己犯罪，做着我在现实生活中没做过的所有事，没有任何麻烦或挫折。因为在现实生活中，事情从来不会跟我期望的一样，不会如我所愿。我的受害者似乎总是以我意想不到的方式做出反应。”

然后雷德说，“如果有我能认同的杀手的话，那就是哈维·格拉特曼。”

我知道他指的是谁。我说：“是的，他喜欢捆绑和心理虐待受害者，就像你一样。他也是我们所知道的第一个用相机记录谋杀全过程的连环杀手，后来还在家里的暗室里冲洗照片。”

雷德的笑容更灿烂了。想起这位志趣相投的人，他的心情似乎有所好转。

“克丽丝跟我说过那本书。”我说，“她昨晚都告诉我了。”

“你是说格拉特曼的书，对吗？”

“是的。”我回答，“格拉特曼的书。你告诉她如果她真的想了解你，她所需要做的就是读那本书封底上最后的几句话。”

“克丽丝告诉你的？”他问，因为她把这一点信息泄露给我而感到惊慌。

“你记下那本书封底的内容了吗？”我问，“因为我记下了。我背下来了。”

“你背下来了？”他问，显然对我费心记住对他如此重要的东西感到受宠若惊。

“几十年来，”我背诵着封底上的内容，“这些臭名昭著的行为会给电视剧和电影提供情节启发。但直到现在还没有一个明确的解释，能说清楚是什么驱使了这个美国最具传奇色彩的连环杀手之一。而且从来没有人解释过，为什么对哈维·格拉特曼来说，他的罪行根本不是为了杀戮、强奸和虐待，归根到底就是因为绳子。”

雷德坐在那里，动着嘴唇，好像在重复我刚才背诵给他听的话。我在等着他说点什么，但他什么也没说。于是我接着说：

“所以你真正在乎的是用绳子把受害者捆绑起来？”我问，“寻找受害者，甚至杀戮都是次要的？你的幻想就是看着一个人因为你而变得完全动弹不得、无能为力，一个你能完全控制、随心所欲的人。”

他点了点头，听着我说话，好像我是一位医生，在向他描述困扰了他大半生的某种身体状况。

“所以你从来没有想过真的要性侵她们，那似乎就像对宝拉不忠一样，你肯定不想那样做……你想做的就是一边看着你为自己创造的犯罪现场，一边手淫。”

我再次等着雷德说点什么，但他依然什么也没有说。从他脸上的表情来看，其实他早就很清楚我告诉他的这些话。但他以前从来没有从别人嘴里听到过这些，似乎被惊呆了，就好像我在他面前举了一面镜子，瞥见的画面让他很困惑。

过了一会儿，他结结巴巴地说：“但我和格拉特曼有点不同。他没有和警方沟通，没有妻子，没有家庭，也没有我所有的社会义务。”

接下来，我找来了另一个连环杀手，因为我知道他喜欢和他们比较。

“我曾经为了说服大卫·伯科威茨跟我谈，专门向他提起过你的案子，就是那个叫‘山姆之子’的家伙。”

雷德听了这话后脸上露出了喜色。“你用我来说服伯科威茨说话？”他问，“那是什么时候？哪一年？”

我告诉他：“那是1981年的事。那时候你还在安达泰安全系统公司工作。”

“你对我很了解啊。”他笑着说，“伯科威茨也和我不一样。他的目标是公园里的情人们，他的罪行——就像你在你的一本书里写的——是与个人无关的……你知道这里还有一个叫约翰·罗宾逊的连环杀手。”

“我非常了解约翰·罗宾逊。”我告诉他，“几年前我写了一本关于他的书。”

“是吗？”他问，“我从来没看过那本书。”

“没人见过。”我说，“没人想读约翰·罗宾逊的故事。”

“他有点像我，因为他也喜欢捆绑。”雷德说，“但他喜欢规则和自虐，我不喜欢。他在选择受害者时比我老练，经常利用互联网引诱她们上钩……我的方法还是老套的。我都是开车寻找。”

“我过去喜欢开车四处兜风，车里放着古典音乐，在觉得舒服的地方寻找项目，在这些地方我对街道很熟悉，知道路怎么走。我无法告诉你这些年我开车经过受害者的家多少次。我会减慢车速，凝视着受害者的房子，感受笼罩着我的那种成就感，因为那座房子就是我的战利品。这让我想起了自己侥幸逃脱的事，想起了一个只有我自己知道而其他人都不知道的秘密。”

“你去过受害者的坟墓吗？”我问。

“没有，但我会从报纸上剪下她们的讣告，一遍又一遍地读。我从没去过墓地。我读到过警察有时会监视那些地方，所以那里似乎不是安全的地方。”

“如果警方为居民组织一次社区会议，让他们了解最新的杀戮情况，并邀请志愿者，你会参加吗？”我问。

“决不去。”他摇着头说，“我敢肯定那个地方会挤满警察等着我出现。”

我把我的超级警察理论告诉了他，解释了预期目标是如何让不明嫌疑犯认同一个具体的警官，而不是整个警察队伍。他听的时候眼睛睁得大大的，舌头伸到上嘴唇，好像要把它弄湿似的。

明白了我在说什么后，他说：“是的。肯·兰德韦尔就是这样的人。很长一段时间我都很喜欢他。他看起来是个好警察，一个正直的人。我们俩会有很多可聊的。在他们抓到我之前，我有时会想，和他坐下来好好谈谈是什么感觉。”

“但后来他在电脑磁盘的事上对我撒了谎，还骂了我那么多，说我是个变态什么的。我曾经尊敬他，但现在不尊敬他了……”

“我想我最喜欢的人是理查德·拉穆尼恩。他是 20 世纪 70 年代的警察局长，看起来是个不错的人。我希望被捕后，他能和我一起在监狱里坐下来喝杯咖啡。但他一直没来。”

真是令人惊奇。雷德仍然相信他和警察之间有着某种职业上的同志情谊。1979 年我第一次看到这个案子的时候，就怀疑 B.T.K. 想当警察，但直到坐在这里听他说话，我才意识到他的妄想是多么根深蒂固。要是我们能更好地利用他的这项弱点来对付他就好了。我甚至都想透过电视显示器把手伸过去，让他清醒清醒。来说说他表现出来的悖论吧。雷德很精明，因为他不会去受害者的坟墓或参加社区会议，但他却不知怎么地相信兰德韦尔或拉穆尼恩会坐下来和他一起喝咖啡聊天。

“在 1979 年的新闻发布会上，当拉穆尼恩站起来宣布警方没有任何杀人线索时，你是什么感觉？”我问。

“那感觉真好。”他笑着说，“不，那感觉很棒。那意味着警察什么都不知道，意味着我可以放松了，而不用再每隔两分钟就回头看一眼，那很累人。但我不喜欢的是，那个地方检察官说我曾经在童子军露营时把自己吊起来。这不是真的。我希望你能在你的书里帮我解释清楚。我从来没有那样做过，我绝不会那么做。这是让我很困扰的一件事。我太爱童子军了，从来没有在露营时做过这样的事。”

雷德在一次童子军露营时勒死了他的邻居，这个事实一点也没有影响到他。像每一个罪犯一样，无论是暴力的还是非暴力的，他都有自己扭曲的道德准则。谋杀是一回事，他只是不想让任何人认为他是那种会在童子军活动中做出怪异事情——比如把自己吊起来——的人。

雷德当然不知道关于他我了解了哪些内容。我在他的日记里读到一篇文章，详细描述了他在 20 世纪 80 年代中期的一次露营中，深夜时分去卡车后面的行为。雷德在那个秋夜没有用绳子套住自己的喉咙，但脱下了自己的衣服，穿上了女式内衣和胸罩，用绳子和狗项圈把自己缠了起来，双手戴上了一副手铐。麻烦是手铐的锁卡住了，打不开了。于是他躺在卡车后面，拼命想挣脱出来。他挣扎着、呻吟着，像猪一样出着汗。

他在日记中写道，有一刻他想到，可能不得不大声喊一个年轻的童子军来帮自己从捆绑中解脱出来了。不过在最后一刻，他全身的汗水让手腕从手铐里滑了出来。他把其余捆绑物取下来，把自己收拾好，然后回到营火边听人讲鬼故事，给任何可能感兴趣的人教授一些复杂高级的打结技巧。

雷德的嘴巴已经蓄势待发了。即使他不想说，话也已经从嘴里出来了。我可以再使劲推一推，在他身上再用点力，让他带我去想去的地方。

接下来，我决定向他了解一下最早的受害者，也就是那些动物。自从被捕以来，雷德对于在自己成长过程中是否捆绑过、虐待过或杀害过任何动物的答案一直摇摆不定。他的日记涉及了这个问题。在与警方的马拉松式谈话中，他基本证实了这一点，说他经常把动物带到他家附近的谷仓里杀掉。最近雷德却改变了之前的说法，他告诉卡萨罗娜自己永远不会杀死一只动物的，因为他太爱它们了。

“丹尼斯，给我讲讲那些动物的事吧。”我说，“你是怎么杀死它们的？为什么总是在谷仓里？”

我这边电视显示器上那个人的脸变得严肃起来，浓密的眉毛向下拱起。

“我知道你想说什么。”他说，“这是杀人三角的一部分，另外两部分是尿床和纵火。但我从来没有杀过任何动物。我绝不会那样做的。我曾经想成为一名兽医，所以我不能对动物做这样的事。”

我知道他在说谎。但我也知道自己不敢揭穿他的老底，所能做的就是尽量挽回一部分真相。“好吧，所以你没有杀死它们，但你把一些狗和猫绑起来过，对吗？”我问，“为什么总是在谷仓里？谷仓是怎么回事？”

整个上午以来，他第一次显得有些尴尬。在他看来虐待和杀害人类是一回事，但对动物实施同样的暴行则完全是另一回事。

“我总觉得在谷仓里很安全。”他说，“谷仓是个与众不同的地方。也许是因为谷仓总是与房屋分离开的，是单独的建筑。你可以在谷仓里做事而不会有人来打扰你。这里比地下室更私密，我一直喜欢地下室。我在我父母的地下室里做过很多事。”

他不再说话了。从他眼睛的角度与我面前摄像机的角度来看，他又一次在盯着地板看。他显得很惭愧。

“我从来没有杀过任何动物。”他说，“但我确实绑了一些，然后在他们旁边手淫。”

“他为什么不承认呢？”我很好奇。“他为什么不承认虐待杀害了动物？”部分原因与暴力罪犯自相矛盾的、令人不安的本性有关。他们会详细描述案件中最血腥的细节，但在一些小问题上却闪烁其词。换句话说，雷德很尴尬。我读高中时为了能获得进入兽医学校的学分，曾在农场工作过很长时间。我想知道在没有人注意的农场里，有时会发生什么不好讲明的事情。

我在蒙大拿州立大学读了几年本科，那里的女学生有一句格言好像是：“蒙大拿州，这里的男人是男子汉，紧张的是胆小鬼。”（Montana State. Where men are men and sheep are nervous.）

这句话基本上道出了真谛。看着雷德羞愧的表情，我不仅意识到他年轻时肯定杀死过动物，而且如果他也对它们进行过一些性方面的实验，我也不会感到意外。

这就引出了我的下一个问题：“跟我聊聊你为什么这么迷恋自体性欲行为[①]。”

从雷德的绿眼睛能看出他愣了一会儿，脸上一片空白。“你刚才说的那个自体性欲行为是什么？”他问。我再一次意识到我们太高看他了。他看起来根本不知道他在“汽车旅馆派对”上、在树林里或父母的地下室里用绳子进行的行为实际上有一个名字。我使用“自体性欲行为”一词时，他可能以为我指的是将他身体的一部分插入汽车的排气管。于是我解释了这个词的临床定义，雷德再次来回摇头，声称他从来没有把自己吊起来过，因为这样太冒险了。

“我根本不会那样做。”他说，他的头侧向了一边，“那太危险了。做那种事会死人的，这是我最不愿意看到的。”

他当然在撒谎。不仅有几个可靠的消息来源证实了这一点，而且我也知道他在日记中写了太多次关于这项活动的记录，所以他肯定做过那样的事。

不过，雷德在自体性欲行为方面的表现是独一无二的。与我研究的其他所有案例不同的是，他没有为了增强高潮的体验而绞死或窒息

① Autoeroticism，指无需他人刺激，凭借自己的性器官活动或单凭对性交的想象而引发性兴奋的行为，后被当作“手淫”的同义词。——译者

自己，是因为能够引起他性兴奋的感觉是经过调整的，以至于仅仅被吊起来或者快要窒息的感觉就足以引起他的性高潮。我从来没有听说过这样的事。我坐在那里想着雷德把自己绑起来时，想到了宝拉·雷德。我追踪到的很多杀手都娶了同一类型的女人：平静、容易取悦，是那种不会窥探丈夫物品的女人。

然后我有了一个新的想法：在他俩30多年的婚姻生活中，我敢打赌宝拉至少有一次撞见过丹尼斯正在进行变态的吊绑行为，赌注是一箱科罗纳（雷德最喜欢的啤酒）。

我说：“伙计，这对你的妻子来说一定很煎熬。”

采访雷德走到目前这一步，他都没有抛下我走出去或者闭口不回答，知道这一点让我更加大胆。但我仍然不想断了后路。如果处理得当，在这次采访结束后，我还可以通过卡萨罗娜从他那里获取更多信息。

所以我只是对他咧嘴一笑，是那种我可能比你更了解的、沾沾自喜的笑容。他很清楚我在套他的话。他不可能那么笨。他明白我开始感觉到宝拉的与众不同，只有宝拉才知道的事。他丑陋的脸一动不动地盯着镜头看。采访像雷德这样的杀手时，我总是努力想象他们杀人时的脸是什么样子的。我想知道我在显示器上看到的表情，是否与受害者看到的一样。

“宝拉什么都不知道。”他低声咆哮着说，“她什么都不知道。他们在惩罚她。房子卖了，她应该得到一些补偿，但他们不想让她这样做。我希望有一天她会原谅我这一切。”

泪水顺着他的脸颊流了下来。感人，真的，也就是说，如果不明白雷德的眼泪不是在为宝拉而流的话，会觉得这一幕很感人。但他的眼泪仍然完全是为了自己而流的。

我给了他一点时间，让他沉浸在自怜中。

然后我说：“是的，我觉得宝拉并不确切地知道某些事，但我在想，她是否看见过什么。这是有区别的……知道和看到是有区别的。”

“是啊”是雷德唯一的回答。他的目光似乎集中在摄像机的左侧，在他前面的某个地方。他显得茫然不知所措，迷失在眼睑后面的世界里。我给了他几分钟让他思考，让我刚刚种入他大脑的种子生根发芽。

“你还有其他想告诉我的吗？”

我看到雷德又把腰弯了下去，抹去他眼中的泪水。当重新抬起头时，他看起来更加镇定了。

“最近我一直在想，人们怎么保护自己免受像我这样人的伤害，我想出了一个小清单。”他说，“我想大部分都很明显，但如果你愿意，我会告诉你的。”

“洗耳恭听。”我说。

“对于独居的女性，我建议的第一条就是给家里装一套安保系统。”他说。

“我家装了安达泰的系统。”我告诉他，记得雷德曾经操纵他帮助安装的安达泰家庭警报系统，这样如果他想就可以闯入并杀死里面的女主人。

“是不是？”他惊呼道，“他们公司非常好。我在那里工作了好几年。我真的很喜欢那份工作。”

“我能想到你很喜欢。”我回答说。

“接着说说我的清单。”他说，意识到我们两人会谈的时间剩得不多了。“对于独居的女性来说，我认为她们能做的最重要的事，就是给人一种她与某个男人一起居住的印象。也许在房子里不同地方放一些男士的衣服，或者将男性洗漱用品包放在外面，以防有人闯进来打量这个地方。养两只狗也是明智的：一只在外面，一只在里面。在答录机上录一段男人的声音。你知道我以前经常剪断房子的电话线吧？

人们每次从外面回到房子时都应该检查电话机……”

他的声音渐渐小了下来，意识到这条建议听起来多么过时。

“因为现在几乎每个人都有手机了，也许这一条并不那么重要……但我确实认为家里没人的时候，最好让收音机一直开着，而且不要让自己的行程安排固定不变。去工作或杂货店等地方的路线也不要一成不变。最后一条是女性一定格外留意疑似停在自己房子或公寓前的车辆。我经常一遍又一遍地开车去受害者的家，把车停在她们房子前。”

雷德的脸上再次看起来面无表情，被汗水浸透的脑袋上下晃动着。

“就这些吗？”我问道，并没有对他的犯罪安全提示感到意外。

“是的。”他说，“我目前能想到的就是这些。”

一名看守向我走来，敲了敲他的手表。

“我想我们的谈话不得不结束了，丹尼斯。”我告诉他。

他说：“是的，可能你和我已经没有时间了。”

我们盯着显示器上彼此的画面，谁都没有说一句话。

我想到了杜鲁门·卡波特经典著作《冷血》中的一句话，这本书详细描述了 1959 年一个堪萨斯州农家被灭门的血案，这家人就住在威奇托西边的一个小镇上。卡波特在书中写下了他与其中一名杀手佩里·史密斯的奇怪关系。“就好像佩里和我在同一所房子里长大。有一天，我从前门出去了，他从后面出去了。”

我当然不能这样说雷德和我，尽管我们在生平履历方面有着不可思议的相似之处。（我们同年出生，都想成为兽医，同年高中毕业，同年加入空军，同年退伍，同年结婚。）我和这个男人没有一丝亲切感。我由于职业的关系只是对他大脑的工作方式感到好奇，希望能从中获取一些有用的信息以帮助当局阻止像他这样的人长时间逍遥法外。除此之外，别无他物。

我想，如果雷德和我在同一所房子里长大，我会早在他开始给别人带来噩梦之前想办法在他的头上扔一块煤渣块，让他摆脱痛苦。

“我在努力控制它，我真的在。”他说，“但可怕的是，这种冲动能以非常快的速度向我袭来。我可能正在盯着窗外看着什么，它就会突然出现在我身上，把我控制住……但现在我来到这里，我正在努力控制它。前几天看守们带我去洗澡的路上，牢房里的一群人开始高唱‘B.T.K.……B.T.K.……B.T.K.’我听了几秒钟，然后停下脚步直视着他们，对他们说‘我不是 B.T.K.……我是丹尼斯·雷德’，然后继续朝淋浴间走去。”

我看着雷德的眼睛灵巧而微妙地从镜头移到屏幕上，毫无疑问是在研究我对他刚刚告诉我的事情的反应。

“讲得很好，丹尼斯。”我告诉他，因为这正是我相信的：一部专门为我创作的小说。无论雷德在这个星球上还能停留多少时间——恕我直言，我认为他生活在借来的时间里——他将永远都是 B.T.K.。成为 B.T.K. 是他所知道的全部，他所知道的一切。丹尼斯·雷德只是另一个噱头，另一个诡计。就像高中橄榄球队曾经的某个四分卫一样，他不无沮丧地步入中年，但直到自己咽下最后一口气的那一天，他都将一直重温过去的征服和胜利。在我看来，雷德咽下最后一口气的时间不可能很快到来。

他说：“你要知道，我真的很喜欢和你说话。谈论这些事情让我感觉很好。也许当这一切平息下来后，你可以再来，我们可以面对面交谈，而不再用摄像机这样谈。”

“也许吧。”我告诉他。“也许以后我们会再见面。”

“再见，先生。”他说。

屏幕变灰，然后变黑，丹尼斯·雷德的形象消失了。

第二十五章

几个小时后我回到了威奇托市，克丽丝·卡萨罗娜满脸笑容地走进我下榻的酒店大堂，在狭小的酒吧里坐了下来。

“结束了。”她说，“一切都结束了。真不敢相信我就这样抛弃了我的专属特权。我刚和一个朋友通完电话。我的朋友们都不敢相信我竟然做了这件事。现在我一无所有了。”

我坐在那里看着她，啜饮着霞多丽白葡萄酒，一句话也没有回应。

“你想喝点什么吗？”我问。

“好的。”她说，“杰克丹尼尔威士忌和可口可乐……丹尼斯和我给你用的代号是丹尼尔，因为你和杰克·丹尼尔的首字母是一样的——JD。”

“看在上帝的分上，你们为什么要给我取个代号？”我问。

“这是丹尼斯的主意。”她说，“我们都确信无论我们什么时候交谈，警方都在监听我们说话。”

“可能是吧。”我告诉她。“或许他们应该这么做。他们想把另一起谋杀案栽赃给丹尼斯，那是 1994 年以后的事，这样他们就能判他死刑了。”

“我知道。”她说，“他不判死刑，谁判死刑？但我认为他在 1991 年之后没有杀过任何人。”

“我也这么觉得。”我告诉她，“他当然从来没有在日记里写过这件事。他似乎什么都写。我认为他不可能会把这样的事情遗漏掉。”

卡萨罗娜的酒端上来了。她把嘴唇凑到杯子上喝了一部分，酒从喉咙里滑下去时，她闭上了眼睛。我们俩静静地坐在那里，听着那个穿燕尾服的老人在钢琴上弹奏乐曲。

“我得问你点事。”我说，“自从肯·兰德韦尔跟我提过之后，我就一直在想这个问题。丹尼斯告诉过你，他杀死朱莉·奥特罗之前发生了什么吗？”

“什么意思？”

我告诉她，1974 年 1 月的那个早晨，他跨坐在朱莉·奥特罗的身体上，双手戴着里面都是汗水的橡胶手套掐住了她的喉咙。躺在旁边地板上的约瑟夫头上缠着一个塑料袋，已经死了。在朱莉的心里，她一定知道她 11 岁的女儿和 9 岁的儿子就算还没有死，可能很快也会加入他们的爸爸了。她是下一个。她一定知道这一点。她没有机会了，我无法想象还有比这更绝望、更无助的情况。然而，这个注定要死去的女人内心深处的某种东西让她凝视着雷德的脸，轻声地对他说：“愿上帝怜悯你的灵魂。”

我常常想，在这样一个可怕的时刻，一个人是如何表现得如此优雅的。这是我时常思考的一个问题，一个我一直无法回答的问题。

“他跟你说过这件事吗？”我问，“他有没有告诉过你她的话对他的影响有多大？”

卡萨罗娜一饮而尽，示意服务员再给她端来一杯。

“说过。”她说，“他告诉过我这件事。他告诉我朱莉的话把他弄糊涂了。他告诉我过去了好几天后他才记起来她对他说了什么。”

“然后呢？”我问。

“然后，在接下来的 30 年里他都没有再想过这件事。”她说，“但最近他想起来了。”

“监狱可以把一个人变成那样。”我说，“监狱里有很多二流哲学家。”

“他告诉我他开始把朱莉当成圣人了。”卡萨罗娜说，“这也是他开始看待宝拉的方式。”

“我想这不是事后诸葛亮吧。”我说。

“不是。”她说，喝了一口新端来的饮料，然后嚼了一块冰。她把杯子放回桌上。

她说：“现在告诉我丹尼斯对你说了什么吧。把一切都告诉我……把一切都告诉我。”

于是我照做了。这是我能为克丽丝·卡萨罗娜做的最起码的事。

我准备回房间的时候已经快9点了。我把钥匙插进去，拧了拧，然后推开门，一眼看到酒红色地毯上放着一个白色信封。信封正面什么也没写。我打开后，从里面拿出来了3张纸，上面的字是打印上去的。不管是谁写的这封信，这个人都觉得有必要先把一件事说清楚，那就是这几张纸上写的东西，不能在我的书中直接引用。之所以给我寄这些材料，是为了让我了解所有的事实，由我来决定是否选择在书中使用。

我摸出老花镜，坐在床边开始读起来。我读得很慢，一个字一个字地读，每读几个字，就要回过去再重新读一下。10分钟后，我读完了。我把信纸折起来，放回信封里，然后躺在床上思考。

写这封信的人要么跟丹尼斯很亲近，要么是宝拉的女性知己。这封信会出现在我酒店房间里的具体原因其实并不奇怪。威奇托市可能是堪萨斯州最大的城市，但流言蜚语在这里仍然像在小城镇一样传播。毫无疑问我来这里采访丹尼斯的消息很快就泄露出去了，有人决定帮助我，就像匿名举报人给警察打电话提供一些关键信息帮助破案一样。

我感觉到，写这封信的人想给执法部门提供一些有用的、具体的信息，从而揭开关于 B.T.K. 最神秘的未解之谜之一，即为什么他在地下潜伏了这么多年。只有弄清楚了这个问题的答案，我们才能找到更有效的方法确保不会再有第二个丹尼斯·雷德。

我的预感完全正确。事情的进展和我想象的差不多。信上说，雷德第一次不得不潜入地下是在 1978 年的秋天，宝拉走进她和丈夫共用的小卧室时，发现自己盯着一样几乎要了她命的东西。

她的丈夫。

丹尼斯在自己的脖子上绑了一根绳子，正吊在浴室镜子前的门框上。他穿着一条可能是偷来的裙子，毕竟他进行过无数次的入室行窃。

宝拉在寂静的帕克城过着受庇护的隐居生活，她对眼前如此奇怪的一幕没有任何准备。雷德告诉我的消息人士，这件事发生在 1978 年 6 月克丽出生后的几个月。

到那时，雪莉·维安已经被害了大约 18 个月，南希·福克斯被害了 10 个月，他认为后者是自己的谋杀杰作。1978 年 2 月，他给警方写了一封臭名昭著的长篇大论，宣称街区出现了一个新的连环杀手，势不可挡。恐惧和妄想折磨着威奇托市的每一个居民。雷德一定为自己作为连环杀手的生涯达到顶峰而感到自豪。之后，他似乎消失在堪萨斯州西部湿热的空气中了。

我一直不知道他为什么消失了。现在我知道了。

信中称，雷德把自己被宝拉发现做那种事的那一天，称为他一生中最丢脸、最尴尬的一天。他说，比他 25 年后被捕都要糟糕得多。

他告诉这位消息人士，他已经准备好跪下来乞求她的原谅了，但没有走到那一步。据说他的妻子与其说是生气，不如说是感到恶心，她担心丈夫的大脑出了严重的问题。她从来没有听说过有人会做出如此令人不安和不可思议的事。

你需要帮助，据说她这么告诉他。

唯一的问题是，她不知道该向谁求助，尤其当她对这一切感到非常尴尬的时候，她没有勇气告诉任何人发生了什么。这毫无疑问一定让雷德非常高兴，他曾向我的一位消息来源这么描述他的妻子：“甜美、真诚、天真，是他所认识的最矜持的女人。”

显然雷德觉得宝拉最吸引人的地方是她的天真。因为即使秘密已经泄露了，丹尼斯也找不到一个比她更合适的人来分享他的秘密了，虽然这种分享是他没有预料到的。她与她的母亲、两个姐妹和密苏里州的一个朋友关系密切，但他相当肯定她绝不会对任何一个活人把看到他在做的事说出去。谁知道呢？也许这就是这个总是精于算计、永远图谋不轨的精神病患者当初选择宝拉为妻的真正原因。

宝拉告诉雷德，不可能让他去找心理医生或心理咨询师。她一想到要是消息传出去人们会作何感想，就惊恐万分。天知道在威奇托市这样一个地方，人们会说些什么。因此，宝拉几天后鼓起足够的勇气，决定给威奇托市的退伍军人医院打电话，在奥特罗谋杀案期间，她曾在那里做过簿记员。在没有表明身份的情况下，她要求通过电话与一位治疗师交谈，向她吐露她的一位朋友与她的丈夫有问题，并想得到如何处理这个问题的建议。

与她交谈的那个人给了她一份清单，上面列出了几本解决她问题的自助书籍。她把能找到的每一本书都买了下来，然后将它们给了丹尼斯，告诉他最好读一读，记下来每一页的内容。

据我的消息人士称，他打算就按她说的做。

知情人士坚称，雷德说他最担心的是宝拉会离开他。这很有道理。没有宝拉，他就没有可以引开警方注意的人了，没有人来掩护他了，尽管宝拉自己根本不知道这正是自己在为他做的。雷德知道，没有了宝拉，人们早晚会开始怀疑他，重新审视他，甚至可能开始指责他。他猜想如果宝拉离开自己的生活，那很可能是自己的终结。

雷德告诉我的消息人士，他在接下来的 2 年里试着改邪归正，至少在进行独特的自体性欲行为时是这样的。他尽最大努力快速戒掉绳子。我不知道雷德在接下来的 2 年里做了什么来平息他那可怕的、毁灭性的欲望。我只知道 1980 年的一个下午，这种事又发生了。宝拉走进卧室的时候，发现他又用一根绳子套住了自己的脖子。

这一次，雷德告诉我的线人，他的妻子不再担心自己丈夫的脑子里可能出了什么问题了。相反，她很生气，就是非常生气，暴跳如雷。这显然是雷德没有预料到的反应，所以他决定赌一把，赌注是经过精心策划的。他告诉宝拉他愿意搬出房子，毫无疑问他祈祷她能让他留下来。

据说宝拉的回答是她会考虑他的提议，她在接下来的几个星期里几乎没有和他说过一句话。

最后她还是改变了对他的态度，我认为这可能是因为她意识到，让丹尼斯离开会引起人们的质疑，而雷德知道这是他妻子不想看到的。她告诉他可以留下来，但发出了最后通牒，连他自己都知道永远不能再违反了。

我收到的信上说，宝拉简短地告诉她的丈夫，他最好再也不要这样做了。

雷德没有。至少他是这么跟我的线人说的。他再也没有穿上裙子把自己吊在浴室门上了。雷德家里成了这种公开的、明显奇怪活动的禁区。相反，他会等到他的“汽车旅馆聚会”时或当他独自一人在树林里的时候再进行这种活动。

他知道这很可能是宝拉给他的最后一次机会了。他担心她可能会开始把他的奇怪行为与威奇托人人都在谈论的那个神秘勒人魔关联起来，这是更糟糕的。

已经很晚了，我也疲惫不堪。我拿起电话拨通前台询问服务员：

“有人在前台给我留了一封信吗？”

“等一下。”她说。过了一会儿，她对着话筒说：“没有。是有人要给您留一封信吗？”

从埃尔多拉多监狱回来后的第二天早晨我醒来时，一个关于死亡的梦还历历在目。我不记得具体的细节了，但知道我是在晚上闭着眼睛的时候被谋杀的。我一直相信，在所有的死法中，最简单的就是闭上眼睛再也不睁开。这种死法比我一生中处理过的大多数谋杀案都要仁慈和人道得多。在那些谋杀案中，受害者宁愿乞求自己被杀死，也不愿再忍受那些精神变态绑架者的虐待。

吃完吐司、喝了一杯咖啡后，我决定开车到雷德在帕克城已经废弃了的房子去看看。他后院一张破旧的木凳在召唤我。7 个月前我第一次去那座房子时，在杂草丛生的草丛中发现了它。我想坐在上面好好地想一想。

那是一个星期一的早晨，威奇托市的街道和高速公路上空无一人。这地方感觉像个鬼城。从我住的酒店到帕克城开车用不了 10 分钟。在路上的时候，我脑海中始终想着昨晚的那封信。写信者只说自己与雷德关系密切，可能是卡萨罗娜，也可能是丹尼斯被捕后结识的几个笔友。我在想，这个人是不是几个月前跟我联系过，告诉我丹尼斯内幕消息的那个人。这一次，线人想给我提供一些关于宝拉的信息，这些信息正好可以回答我向雷德提出的问题，那就是他的妻子对他可怕的杀人胃口的了解情况。如果这封信的内容是准确的，那就证明了宝拉对自己丈夫是一个杀手一无所知，但她看到了他让她感到不安和愤怒的性表现。

我还推测雷德本人就是这封信的策划者。我们在监狱见面后，也许他给这个线人打了个电话，因为我提的几个问题已经深入了他那迟钝的脑袋，他担心外面的一些人可能仍然怀疑，在他潜逃的那些年里，宝拉以某种方式包庇了他。话又说回来，可能写这封信的人有很多。知道我这个周末会来镇上采访雷德的人有好几个。

从我与他的朋友、警察和其他消息来源的谈话来看，雷德从来没有停下来考虑过他的谋杀会给家庭带来什么后果。据卡萨罗娜说，这对夫妇在雷德被捕时大约有 7000 美元的积蓄，几天后她的丈夫被解雇了，宝拉就几乎没有什么经济来源了。

从雷德前一天上午在埃尔多拉多监狱对我说的话来看，2005 年 7 月宝拉打算卖掉家里的房子时，他才意识到自己把妻子的生活搞得一团糟。准买家是当地一家脱衣舞俱乐部的老板，他懂得借此做宣传，没有什么恶意，但得知雷德受害者幸存家庭成员的民事诉讼会让宝拉无法获得任何现金后，他取消了这笔交易。

现在这座房子仍然前途未卜，宝拉靠在帕克城附近的一家便利店做簿记员来维持生计。到目前为止，人们选择尊重她的隐私不去打扰她，我也不会去打扰她。自从丈夫被捕后，她大部分时间都和自己父母住在一起，她说自己再也没有兴趣踏进她和丹尼斯住了 30 多年的房子一步了。

就要到达雷德家之前，我决定绕一小段路，在雷德工作的地方停下来，看看是否还有几个月前我和兰德韦尔一起去那里时没有注意到的地方。雷德在帕克市市政厅的工作，14 年来一直是他的避难所。他的岗位给了他很多自由，更不用说自我满足，这种满足是阻止他以自己渴望的频率去杀人的因素之一。我认为可以这么说，雷德成了一名合规监督员这个事实，实际上让社区中一些人免于被他杀害，因为这份工作给了雷德足够的想象空间。对他来说，除了被关进监狱，也许没有比这更安全的方式来度过每天 8 小时、每周 5 天的时光了。

我到那里的时候停车场是空的。一阵阵热气从停车场大片黑色的沥青中散发出来，就像从煎锅里冒出来的一样。停车场只有两辆白色的雪佛兰皮卡车，雷德以前经常开着这样的车在帕克城的街道上转来转去。我把车停在其中一辆卡车旁边，摇下来车窗，摸了摸后围侧板上的小贴纸，上面写着“规范执法”。上面很烫，感觉就像用火把烧过一样。我把手按在上面，想象雷德过去是如何在这些车里把古典音乐音量调高，然后穿梭在街区，幻想着勒死别人，同时对着他放在副驾驶座位上的“华丽广告”说下流的话。

我摇上车窗，把空调温度调得很低，坐在车里透过挡风玻璃凝视着外面，告诉自己这正是雷德每天进出停车场时看到的景象。为了走到又矮又宽的砖砌大楼左侧的办公室，雷德不得不穿过停车场，沿着建筑物一侧的一条混凝土人行道走过去。

那时已经到了上午的后半晌，空气非常闷热，我坐在那里有了新的领悟。那座大楼的最右边，也就是雷德办公室的对面，是帕克城的警察总部，有 10 名警官在那里办公。尽管雷德经常告诉自己他热爱合规监督员的工作，但在他内心深处知道，这与他真正渴望做的事情，也就是当一名警察，并不相符。每天早上，雷德不是走向大楼右侧的警察局，而是被迫沿着向左延伸的狭窄人行道去做捕狗员。这对雷德来说是充满失望的生活中的又一个失望。

从那里开车到雷德的家只用了大约 3 分钟。我开车途中经过了这座城市的公共图书馆，很小，位于一个破旧小型购物中心的里面。雷德经常在那里为他接二连三向警方递交的信件做准备。

雷德家的周边感觉像个墓地。我到达的时候太阳已经爬到了头顶，正在炙烤着大地，所以没有人家的草坪上在喷水。可能要再过几个小时，草坪上的水管和洒水装置才会打开。我把车停好，沿着雷德家那条裂缝不断、摇摇欲坠的水泥车道走过去，发现他邻居家的平板玻璃窗上挂着一张钢琴课的广告。我在想这会不会就是他日记里提到的那个邻居？那个他幻想着从灌木丛中剪下常绿树枝制作节日花环的人？

他家的房子没有什么特别之处。大小与其他邻居的房子差不多，除了有一个杂草丛生的院子外，与这条街上的其他房子基本一样。每当我告诉其他人雷德的家多么不起眼时，人们总是感觉很惊讶。当然，觉得与怪物有关的东西与众不同是人类的天性，就像每个人都希望雷德如同某种可怕的食尸鬼一样，牙齿上滴着血，在人群中很容易被认出来。

问题是他们看起来跟我们一样，在某种程度上也能像我们一样行动。唯一跟我们不一样的时候是在那些可怕的时刻，那是他们变成真实自我的时刻，也就是秘密杀手的时刻。但很少有人能看到凶手人格的这一面，而能够看到他们这一面的人却很少能活到把这件事告诉别人。

我来到雷德家的后院，站在枯草中间，审视着他家屋后的这个空间。我一直觉得如果你想了解一个人，所需要做的就是在其后院花点时间。后院的前面有房子挡着，一个人在这里才会敢于表现出自己对外界隐瞒的一切。

雷德家的院子又宽阔又舒适，大约有两个网球场并排放在一起那么大。高大挺拔、枝叶繁茂的山核桃树环绕着院子，院中央的地面被太阳烤得非常坚硬。当看到雷德那间空无一人、破旧不堪的铝制储藏室时，我走进去翻了翻，寻找一些我认为看到就会知道的东西。但这个小屋早已被警方或者是想在 eBay 上赚点钱的人翻过了。我在心里提醒自己，将来可以去 eBay 网站上看看有没有他的东西在拍卖。

有人告诉我雷德把他的渔具放在那个小屋里，但现在已经不见了，只剩下散落在地板上的几个钩子、几个下沉器和一小团打结的尼龙钓鱼线。站在那里，我突然想到这是个钓鱼的好天气，雷德现在是不是也站在牢房的窗口，望着窗外的大草原，脑子里想着和我刚才想的一模一样的内容。

我想起了卡萨罗娜告诉我的关于雷德的另一件事。那件事发生时的天气与今天类似。他当时正凝视着牢房窗外，做着谁知道什么样的白日梦。然后他注意到一名监狱工作人员正在一片草地上捡垃圾，那里距离监狱周围的栅栏比较近。雷德的注意力转向了那个人缓慢而慵懒的动作。那人在高低不平、风吹日晒的草地上择路而行。雷德的脑袋里相当安静，几乎什么都没想，但突然之间一切都变得一团糟，就像他的生活一样。因为当垃圾工转过身看到丹尼斯·雷德那张熟悉的脸正透过监狱一扇厚厚的防弹窗盯着他时，很明显他一点也不喜欢。

在雷德眨眼的工夫，垃圾工对着他竖起了中指。这激怒了雷德。

“他以为自己是谁啊？”雷德听见自己在想，“那个白痴是州惩教署的雇员。他的行为肯定不是纳税人应该容忍的。这不仅是不尊重，无疑还违反了政府雇员的行为准则。”

因此雷德不再继续观赏草原风景了，而是转过身大声呼喊看守。一名看守到达牢房后，雷德告诉了他刚刚发生的事，以及自己多么不喜欢其他人对着自己竖起中指。看守记录了一份报告后离开了。几分钟后，雷德听到牢房的广播系统“啪”的一声启动了。

那个声音说：“不管是谁对 B.T.K. 竖了中指，都得停下来。他觉得这很无礼……再说一遍，不管是谁对 B.T.K. 竖了中指，请立即停止这种不尊重的行为。”

雷德笑了笑，摇了摇头。他对自己说：“这样就可以解决问题了。”但须臾之后，牢房里爆发出一阵刺耳的大笑声、讥笑声和口哨声。雷德还没意识到自己在做什么的时候已经跟着一起笑了。

我认为这是一幅奇怪的画面。因为乍一看，雷德似乎是在嘲笑自己。其实他不是。自嘲对于雷德这样的自大狂来说是不可能的。如果他知道其他囚犯在嘲笑他，就不会把这件事告诉卡萨罗娜了。相反，他认为在那短暂的一瞬间，他又成了宇宙的中心，成了每个人都在思考和谈论的人。

他告诉自己他是 B.T.K.。即使在监狱里，他也是那个下命令的人，而且作为一个自恋的反社会者，他希望得到特殊待遇。

我在后院又转了一会儿，踢踢地上的泥土和枯草，看看雷德的菜园里还剩下什么，他说夏天下班后的晚上自己喜欢在那里待着。他的两个黑色塑料堆肥箱几乎被藤蔓和杂草全部覆盖了。我详细了解过很多道德败坏、品性恶劣的变态犯罪者，雷德的角色扮演在这些人中是非常到位的。难怪警察花了这么长时间才抓到他。他的生活看起来甚至比最正常的人都要正常。如果给另一个自我表演者颁奖，他会成为奥斯卡奖获得者非常有竞争力的人选。

我试着想象雷德在这里和他的孩子们一起玩耍，在如今已经生锈的秋千架上推着他的女儿克丽，或者和布莱恩一起在如今已经破碎的树屋木制地板上坐着。无论我如何试着描绘出诺曼·洛克威尔[①]田园诗般画作中的场景，雷德与家人互动的画面总会陷入地狱般可怕的境地，就像赫罗尼穆斯·博斯[②]的油画一样。这种景象让我又一次深切地同情雷德的妻子和孩子。是什么能让一个人跟最信任自己的三个人这么玩猜哑谜游戏呢?

那张摇摇晃晃的铝和木质长凳在院子的一个角落里，靠近秋千架，背对着房子。我坐在上面时，感觉到凳子几乎被我的体重压垮了。然后我闭上了眼睛，听着蝗虫在炎热寂静的空气中发出有节奏的鸣叫声。在西方的远处，我看到了一团正在积聚的乌云。

---

① Norman Rockwell（1894-1978），20 世纪早期美国重要的画家及插画家，曾被《纽约时报》誉为“本世纪最受欢迎的艺术家”。——译者

② Hieronymus Bosch（1450-1516），最富盛名的荷兰画家之一，以描绘奇幻、梦幻般的场景和怪诞的生物而闻名。——译者

我回想起 2005 年 8 月那个闷热的下午，数百万美国人目不转睛地盯着电视机，看着 B.T.K. 详细讲述自己的谋杀案。听到他说每一次谋杀都是经过深思熟虑和精心策划的，听到他像厨师谈论菜单一样谈论自己的罪行，即使和这种人有过很多交道，我还是感到很恶心。我经常思考这一切对普通人的影响。雷德站在塞奇威克县的法庭上，穿着最后一次去教堂时穿的那套衣服，成了我们国家最新的暗黑无比的反面名人。

昨晚在房间里发现的那封信，此刻在我衬衫前面的口袋里。我用手指在口袋外面摸了摸，确保它还在那里后才拿出来，展开，然后花了几分钟又看了一遍那 3 页纸。

我不知道宝拉周六的上午是否曾在这里坐过，因为有人告诉我，丹尼斯周六上午总是把家里其他人都赶出房子，这样他就可以“收拾打扫”家了——其实是他就可以一个人在家翻看自己收藏的杀戮纪念品了。

我在想，她第一次发现丈夫穿着女装把自己吊起来的时间，是不是就是这样的周六上午。我试着想象她当时的画面：困惑、受伤、想不明白那个总是说爱自己的男人怎么能做出这种事。宝拉·雷德用自己的方式创造了一个小奇迹。虽然这对她丈夫受害者的家人来说并没有什么安慰，但当她偶然发现丹尼斯挂在浴室门上时，无意迫使他进入了一种低级的冬眠状态。除了被捕或被杀之外，这可能是发生在雷德身上最好的事情了，因为这阻止了他更频繁地杀人。谁知道宝拉可能让多少人免于被雷德夺走性命？

已经马上下午 1 点了。我那天晚上要赶一趟从堪萨斯城到杜勒斯国际机场的夜间航班，于是决定是时候开车去机场了，从那里到机场有 4 个小时的车程。从雷德家院子往回走的时候，我有股冲动，想把他的房子点着，这样就可以抹去他几十年来谎言的丑陋纪念碑了。我怀疑他的邻居根本都不会在乎。

尽管从犯罪学的角度来看，纵火案总是很有意思，我还是匆匆走向自己的车爬了进去，打开空调，几分钟后高速驶过威奇托市，回到了通往堪萨斯城的州际公路上。麦田和玉米地从车窗外呼啸而过，过了将近一个小时后我才注意到手机的信息提示灯在闪烁。

我看了看电话号码，是卡萨罗娜刚刚打过电话，于是我把她的留言调出来。

“我再也受不了了。”她抱怨道，“昨晚我和丹尼斯打了电话，我对天发誓有一半的时间我都觉得自己是在和一个小男孩说话，而不是我认识的那个怪物。”

“你知道他告诉我什么吗？他说他一整天都很沮丧，说‘我知道我不应该说这些，但我真的很想念麦当劳。我真的很想他们家的汉堡和薯条’。我差点把电话掉在地上。你能相信吗？他杀了10个人，却在为不能吃到芝士汉堡和薯条而难过。你怎么看？反正我想吐。我努力保持冷静。我觉得自己在扮演他妈妈或者其他类似的角色。”

“我用非常耐心的声音说：‘丹尼斯，你真的需要记住你为什么在那里。你需要记住这一点。’”

“在那之后他沉默了，然后才说‘是的，我想你说得对’。约翰，我再也受不了了。我当初为什么要给他写那封该死的信呢？我不知道你是怎么忍受做这些的……”

卡萨罗娜的声音渐渐消失了。我猜一定是我这边没信号了。

我继续向东跋涉，脑子里翻腾着过去几天吸收的所有东西。10个人死去了，无数其他人的生命被撕出了空洞，永远无法被填充的空洞。

所有这些都是一个人造成的。

30多年来，我一直努力理解这个自称B.T.K.的人。在过去的1年里，我一直沉浸在他的世界里，采访追捕他的警察、和他的朋友聊天、阅读他的日记、翻阅他在纸上留下的文字和图像。以下是我得出的结论。

“他的动机是什么？”起初，雷德杀人的动机仅仅是想在受害者身上演出他的束缚幻想，然后杀了她。这没什么特别复杂的。但当他意识到自己的行为对威奇托市人们造成的影响时，杀人的理由开始发生了变化。肾上腺素的激增令他陶醉。整个社区都害怕他。一夜之间，他从一个可怜的无名小卒变成了一个无所不能的木偶大师。他一拉绳子，大家就都跳起舞来。不久之后，恐吓社区和智取警察就像在受害者身上表演那些暗黑的幻想一样令他满意。

“他是怎么挑选受害者的？”雷德真正寻找的是那些容易被攻击的女性。仅此而已。他的受害者可能是任何年龄段的。他最看重的是可以按照自己想要的方式捆绑和打扮她们。雷德真的不在乎受害者的长相，因为一旦夺走了她们的生命，她们就变成了只存在于他脑海中的虚拟实体，在那里他可以一次又一次地性侵她们，以他想要的任何方式对犯罪的所有细节或她们的身体特征加以修改。

“他怎么能逍遥法外这么长时间？”雷德以前是一个刑事司法专业的学生，也是一个警察迷。他是个“有条理”的连环杀手，这意味着他仔细考虑和策划了自己的每一起凶杀案。除了邻居马琳·赫奇，他的其他所有受害者都是陌生人。对于执法部门来说，这些所谓的陌生人杀人案是最难侦破的。有利于他的另一个特点是他很有耐心。这一点在我研究过的其他连环杀手身上并不常见。他杀人没有规律。他能够做到相隔好几年不杀人，是因为他可以从受害者那里拿走她们的私人物品，然后在自慰的时候用它们来重温他的罪行，以此来维持他的幻想。

“为什么雷德这么多年后又出现了？”2004 年 1 月，《威奇托鹰报》刊登了一篇纪念奥特罗谋杀案 30 周年的报道。这篇文章提到了当地的一位律师，他正在写一本关于 B.T.K. 的书。我了解到，这两件事合在一起，打开了雷德脆弱自我的开关。他是唯一一个知道自己杀人动机、知道是什么让自己深陷捆绑虐待和杀戮、知道自己每次杀人时真实情况的人，所以他绝不允许由其他人执笔写一本关于自己的书。他决定自己写一本书，并开始向媒体和警方发送信息。他的自负最终导致了被捕，我们执法部门应该更早利用这种自负来对付他。

“是什么让丹尼斯·雷德成为连环杀手的？”我一直认为像雷德这样的杀手并非生来就是坏人。据我所知，丹尼斯小时候并没有受到过身体上的虐待。他对捆绑的想法源于小时候的一次经历。当时他走进自己母亲的卧室，发现她被缠在床上。这一形象在他的脑海里挥之不去，并且日渐恶化。几年后，他开始把动物捆绑起来、画酷刑室、画被绳子和铁链绑着的女人的素描画。在后来的生活中，雷德开始大量阅读侦探杂志，上面充斥着关于女性被捆绑和虐待的故事。他还看了很多有关真实罪案的书籍。这些都没有让他杀人，但这些材料确实助长了他脑海中已经存在的幻想。

“我们怎样才能防止出现另一个 B.T.K.？”现在要阻止 B.T.K. 造成的痛苦和恐惧已经太晚了。但了解我们在调查中哪里出了问题，可以很好地预防另一个 B.T.K. 能够如此长期地给社会带来恐怖和屠杀。要回答这个问题，只需要从雷德的妻子走进房间看到丈夫穿着女装把自己吊起来的画面开始。他的妻子两次撞见他这么做，都把丹尼斯吓得魂飞魄散，虽然不足以阻止他再次杀人，但足以让他惊魂不已。他担心宝拉会把这些点关联起来，然后震惊地发现：“哦上帝，我的丈夫就是 B.T.K.!”

但另一方面他也知道自己没什么好担心的。为什么？因为在案件的最初几年里，执法机构很少发布关于不明嫌疑犯的宝贵信息，比如其可能的行为、性格特点和其他特征。

我现在觉得我们应该以不同的方式处理类似事情。

从 B.T.K. 写的东西中我们能够看出，他至少是个警察迷。更有可能的是，他想当警察。他描述犯罪现场的方式就好像他是《犯罪现场调查》的资深成员一样。记得第一次读他写的东西时，我就告诉自己，这个不明嫌疑犯十有八九是学犯罪学的。如果知道威奇托州立大学提供这样一个项目，在调查的早期就可以成为一个合乎逻辑的线索。

我们还从犯罪现场得知 B.T.K. 对捆绑很感兴趣，这种兴趣不是一夜之间就能形成的。因此，B.T.K. 藏匿的色情材料中包含相当一部分捆绑照片似乎是合乎逻辑的。

他的艺术才能是另一个不可能速成的特质。当然，他是一个非常小心谨慎的人，和家人一起看晚间新闻时，是不会画那些被绳子和铁链捆绑着的女人的。但肯定有人目睹过他画人物，甚至可能是女人，也许就是比照着杂志上的人物描画那样简单。也许某个家庭成员偶然发现了雷德的几幅画，画的是被捆绑在刑具上的女性或者是他对犯罪现场的描绘。也许这就是他儿子看到的。然而，由于社会大众不知道雷德犯罪的所有细节，即使他们找到了他的一些画，也不能指望他们把这些点关联起来。

我学到的最重要的内容之一，是警察可以采取的措施技巧。一旦线索开始枯竭，执法部门就需要开始发布更多信息。让群众参与进来至关重要。给人们足够多的背景信息，让人们更好地理解是什么驱使不明嫌疑犯犯罪，让人们成为执法部门额外的耳朵和眼睛。

警方有 B.T.K. 笔迹的样本，曾向媒体公布过其中一份。宝拉曾经注意到 B.T.K. 的糟糕拼写和她丈夫的拼写有相似之处，但她却说从未见过这个样本，这件事告诉我公布笔迹样本的方式应该调整。

几年前，一位与我一起共事过的犯罪心理画像师在坦帕地区调查一起 3 人谋杀案时，想到了一个主意，即把不明嫌疑犯手写纸条的一部分贴在城市特定区域的广告牌上。不到 24 小时就有人认出了笔迹，不久罪犯就被逮捕了。

我坚信如果我们能更早地、有系统地、有控制地发布这些信息。雷德的妻子和孩子、同事、在基督路德教会的朋友以及童子军中的其他父亲，都有可能早就认出那是丹尼斯·雷德的行为特征了。问题是在 20 世纪 70 年代和 80 年代，我们经验不足，还处在学习阶段，以前从没有做过这种事。我相信我们现在已经积累了足够多的智慧和经验，能够将丹尼斯·雷德这样的连环杀手扼杀在摇篮里。

发布这类信息会对雷德以及执法部门正在调查的任何不明嫌疑犯产生深远的影响。以这种方式提高案件的热度会产生巨大压力，让雷德更加紧张、更加专注此案。一旦出现这种情况，他就会开始表现出周围的人以前可能从未见过的行为。

这可能包括把他能买到的所有报纸都买一份，频繁地切换电视频道，不断转换广播电台，这都是为了获取案件的最新消息。他可能已经开始留蓄胡子或者剃掉原来的胡子，体重减轻或增加，比平时喝得更多，变得更容易争吵，或者难以入睡，半夜醒来后听深夜新闻。也许他时不时会找一个正当理由离开小镇一段时间，或者他的行为可能会从看起来令人难以置信的教条和过度控制变得邋遢、粗心和没有条理。

B.T.K. 案最重要的是强化了我的一个信念，那就是当局需要在用尽所有合理线索后向公众提供信息。通常情况下，这可能发生在启动调查的几天内或者有时候在几个小时内。

然而，关键并不是公布关于不明嫌疑犯的所有已知信息，只要一些有说服力的、有用的信息就够了。其余信息应该保留，以免当局被那些寻求变态恶名之人的虚假供词淹没。那些精选的犯罪分析片段、对调查人员的采访和新闻稿，应该以零散的方式进行公布。如果没有可信的线索，则应定期发布信息，同时发布有关案件的、包含不明嫌疑犯特征的传单。

悬赏是另一个好方法。举报人可以保持匿名时，他们的工作似乎是最有效的。每当举报人提供可能的线索或嫌疑人名字时，举报人会得到一个“代码”，即一个便于识别的数字或单词。只要有起诉，就会给举报人付钱，这往往比“以定罪为基础”更有效，因为这种方法的设计纯粹是为了它的“引导价值”，而不需要举报人在法庭上作证。这是另一种激励，因为在大多数情况下，被举报的人是家人、同事或朋友。

执法的另一个有力工具是媒体。我一直认为媒体可以成为执法部门的得力盟友，尽管有这种想法的人占少数。在我侦办过的许多案件中，都尝试与犯罪发生地的调查记者们建立牢固的联系。

不幸的是，即使几十年后，仍然有一些警察部门和其他执法机构对媒体的唯一回应是“无可奉告”。大错特错。如果管理得当，媒体可以成为刑事调查的好朋友。

在 B.T.K. 的案件中，我相信如果警察能换个方式抓捕他，可能会更有效。当然，在 20 世纪 70 年代，人们不是这么做事的。警方对案件信息严加保密，只有在绝对必要的时候才公布。但现在我们知道了不同的情况，我相信如果当局采取更积极主动的措施，向公众传播有关 B.T.K. 非常具体的细节，认识雷德的人可能会认出他，并告知警方他们认识的人似乎与警方正在寻找的那个人的描述相符。

什么样的细节能让公众将二者关联起来呢？首先，让人们知道，像 B.T.K. 这样的人在犯罪前后会表现出什么样的行为，这是至关重要的。其次，他对侦探杂志和以捆绑为主的色情作品的兴趣，以及他绘画人物（尤其是女性）的“天赋”，是可以成为有用信息的。另一个应该与公众分享的有用信息，是 B.T.K. 对执法部门的迷恋，以及他可能曾经在威奇托州立大学就读。最后，他可能会有自体性欲行为的信息也应该向公众公布。现在我们知道宝拉最少两次撞见过她的丈夫将自己吊起来，但她从未搞清楚他这么做到底是在干什么，以及这种行为与 B.T.K. 谋杀案有什么关联。

宝拉·雷德是一位忠诚而慈爱的妻子。如果她以某种方式得到了关于那个威胁其社区安全的不明嫌疑犯行为特征的更多详细信息，我相信她会告诉执法部门自己知道的一切，哪怕是匿名这么做。

但此一时彼一时。自 1974 年以来，我们从世界各地的丹尼斯·雷德们那里学到了很多。暴力罪犯总是存在，但当今的执法部门对暴力罪犯的动机和想法有了更好的了解。

我们最强大但还远没有被充分利用的工具之一，是联邦调查局的暴力犯罪搜捕数据库项目，简称 VICAP（Violent Criminal Apprehension Program）。该项目可以通过计算机分析确定比如两起相隔几年、发生在全国不同地区的案件是否可能是由同一罪犯所为。

1985 年，时任美国司法部长的弗朗奇·史密斯为 VICAP 的启动剪彩时，我也在现场。20 多年过去了，该项目仍然依赖于各部门自愿提交的悬案供审查和分析。

VICAP 不是一个强制性的项目，这不仅让我感到难过，有时还会让我夜不能寐。我国共有 17000 多个不同的执法机构。不知道是出于何种原因，各机构之间很少彼此交流，很多人觉得没有必要分享信息。这种状况需要改变，而且要快。我们迫切需要一个强制性的 VICAP 项目。它虽然不会根除连环暴力犯罪现象，但会在这些罪犯犯罪生涯的早期让当局拦截住他们。

一缕缕白色的阳光照在田野上，点缀着一簇簇拖拉机大小的苜蓿，它们看上去就像巨大的碎小麦。空气中弥漫着臭鼬的气味。开车时，高速公路上一阵阵温暖的风猛烈地拍打着我伸到窗外的胳膊肘。远处，几小时前我在雷德家后院第一次看到的那团乌云越来越近了。乌云此时的颜色，让我想起了很深的痛苦的瘀伤。

我想把丹尼斯·雷德远远地抛在身后，却做不到。我在过去的几天里仔细考虑审视的思绪太多了，现在还缠绕在大脑里。我心里想，我们对雷德这样无情的掠夺者感兴趣并没有错。错误和可悲的是，我们必须调查清楚他们内心深处的强烈渴望。

人们经常问我为什么要写关于像丹尼斯·雷德这样没有人性的怪物的书。我的答案总是一样的：我始终相信通过消除他们犯罪中耸人听闻的部分，我可以摧毁与他们有关的不真实的说法。我描述了他们犯罪血淋淋的细节，但从不试图渲染他们的行为。

通过讲述雷德及其他连环杀手的故事，我希望能把有关他们所谓的“传奇”缩小淡化——他们才是真正的懦夫和失败者。

最重要的是，我相信通过解释连环杀手的内心是如何运作的，可以帮助读者理解如何避免成为暴力犯罪的受害者。

又过了一个小时。我一直沉浸在自己的想法里，没有注意到天空已经变成了自己见过的最暗的黑色。我把车停在高速路边，意识到周围的一切都被一种泛绿的光照亮了。

我的心开始狂跳。我关掉引擎下了车。如此寂静。空气变得死气沉沉，没有一丝活力。我盯着上方因光线不同而呈现不同黑色的天空，努力回忆上次在下午 3 点左右看到天空变得如此黑暗是什么时候。我回到车里，打开了收音机。

沿着这条路继续往前走，我开始看到锯齿状的闪电把收音机干扰得噼啪作响。新闻报道称，附近的几个城镇刚刚暴发了山洪。从副驾驶座位的窗户往外看，我注意到地平线上翻滚的云层下，有一些模糊的小漏斗在晃动。

龙卷风，我心想。

无事可做，我只能坐在那里，看着头顶上不同的形状。一个不知从何而来的念头在脑中盘旋，我意识到自己想起了在来这里的几天前，雷德对卡萨罗娜详细讲述的一个梦。

梦的第一部分在记忆中很模糊，但我记得最清楚的是龙卷风。雷德说龙卷风刚刚席卷了威奇托市，之后他发现自己正在废墟中行走，在散落到地面上的残骸中摸索着前进。放眼望去，到处都是被砸成数百万个小碎片的房屋、汽车和拖车。他每走几英尺就会停下来，从废墟中捡起一张破烂的照片，或者曾经是孩子玩具的一件东西。他用手指捏着那些支离破碎的生命碎片，审视着每一片碎片，疑惑着……

如果说有任何一张图像可以概括雷德给威奇托社区和自己家庭造成的破坏的话，那就是这一张了。他就是那个黑暗的、肮脏的、旋转的龙卷风，从天上掉下来，毁掉他碰到的一切。

一想到这，我就感到疲倦。我希望能与雷德做个了断，把他完全抛在脑后，但我知道这是不可能的。他和他那样的人是我的使命召唤。不管喜不喜欢，只要血液和空气还在体内流动，我就会努力去了解他们的内心世界是如何运作的。

下雨了。大雨倾盆而下。公路上空无一人。我坐在停在路边的车里，什么也没想，同时又什么都在想。密布的乌云幕帘下，地平线上闪烁着点点金色的阳光。我扭开点火开关，猛踩油门，拼命朝前开去，直奔那道光而去。

图字：09-2022-0869 号

图书在版编目（CIP）数据

走进 BTK 连环杀手的内心世界 /（美）约翰·道格拉斯著 ; 李兰杰译. -- 上海 : 上海译文出版社, 2025. 5. --（译文纪实）. -- ISBN 978-7-5327-9794-3

I. I712. 55

中国国家版本馆 CIP 数据核字第 2025NK1240 号

走进 BTK 连环杀手的内心世界

［美］约翰·道格拉斯　约翰尼·多德　著　李兰杰　译

责任编辑 / 范炜炜　装帧设计 / 邵　旻　观止堂_未氓

上海译文出版社有限公司出版、发行

网址：www.yiwen.com.cn

201101　上海市闵行区号景路 159 弄 B 座

上海市崇明县裕安印刷厂印刷

开本 890 × 1240　1/32　印张 11.5　插页 3　字数 229,000

2025 年 5 月第 1 版　2025 年 5 月第 1 次印刷

印数：0,001—6,000 册

ISBN 978-7-5327-9794-3

定价：68.00 元